Ben Kryst Tomasson
SYLTER GIER

AF185517

aufbau taschenbuch

BEN KRYST TOMASSON, geboren 1969 in Bremerhaven, ist Germanist, Pädagoge und promovierter Diplom-Psychologe. Er hat einige Jahre in der Bildungsforschung gearbeitet, ehe er sich als freier Autor selbstständig gemacht hat. Seine Leidenschaft gehört den Geschichten, die das Leben schreibt, den vielschichtigen Innenwelten der Menschen und dem rauen Land zwischen Nordsee und Ostsee. Wenn er nicht schreibt, verbringt er seine Zeit am liebsten mit einem guten Buch am Meer.

Im Aufbau Taschenbuch sind bisher erschienen: »Sylter Affären«, »Sylter Intrigen«, »Sylter Blut«, »Sylter Gift«, »Sylter Lügen«, »Sylter Schuld« sowie »Sylter Sünden«.

Kari Blom ist schwanger und darf eigentlich nicht mehr im Außendienst tätig sein, doch die Undercover-Einsätze fehlen ihr. Sie ist froh, als ihr Vorgesetzter sie bittet, auf Sylt in einem Fall von Abrechnungsbetrug in einem Schwangerenzentrum zu ermitteln. Zwischen Geburtsvorbereitungskursen und Physiotherapie stellt Kari Nachforschungen an. Nur Hauptkommissar Jonas Voss ist nicht begeistert, denn er sorgt sich um sein ungeborenes Kind. Schnell scheint der Fall klar zu sein – bis Karis Hauptverdächtiger tot am Fuß des Roten Kliffs gefunden wird. Und dann scheint sich Jonas' schlimmste Befürchtung zu bewahrheiten: Kari gerät in Lebensgefahr.

BEN KRYST
TOMASSON

SYLTER GIER

KRIMINALROMAN

 aufbau taschenbuch

MIX
Papier | Fördert
gute Waldnutzung
FSC www.fsc.org   FSC® C083411

ISBN 978-3-7466-4017-4

Aufbau Taschenbuch ist eine Marke
der Aufbau Verlage GmbH & Co. KG

1. Auflage 2023
© Aufbau Verlage GmbH & Co. KG, Berlin 2023
Umschlaggestaltung www.buerosued.de, München
unter Verwendung eines Motivs von
© mauritius images/Christian Bäck
Satz Greiner & Reichel, Köln
Druck und Binden CPI books GmbH, Leck, Germany
Printed in Germany

www.aufbau-verlage.de

Für Mama
In meinem Herzen lebst du weiter

1. Es war ein Tag, wie er schöner nicht hätte sein können. Der Himmel war von einem hellen, samtigen Blau, das wie ein weicher Vorhang über der Förde schwebte. Keine einzige Wolke war zu sehen. Auf dem Wasser, das vom schneeweißen Bug des Segelboots zerteilt wurde, spiegelte sich das Sonnenlicht. Die Luft war angenehm mild und warm für Mitte Oktober.

Am Morgen hatte das Thermometer sechzehn Grad angezeigt. Der Wind war gut, die weißen Segel blähten sich bauchig, und das Segelboot machte ordentlich Fahrt über die Ostsee. Es war vermutlich die letzte Gelegenheit des Jahres, mit dem Boot hinauszufahren, und das goldene Herbstwetter war ein echtes Geschenk.

Der Mann an der Pinne sah dennoch alles andere als glücklich aus.

Kriminalrat Ole Lund, der mit der Vorschot in der Hand auf der Backbordseite des Segelboots saß, betrachtete seinen Freund mit zusammengekniffenen Augen.

Dr. Magnus Richter machte eine tadellose Figur. Die vollen dunklen Haare waren gut geschnitten, im Nacken kurz gestutzt. Das markante Gesicht war glattrasiert, der Blick offen und wach. Richters Kleidung war ebenso lässig wie edel. Ein dunkelblauer Markentroyer, dazu eine weiße Segelhose und weiße Bootsschuhe. Die Brille hatte Richter abgenommen und in der Brusttasche der dünnen blauen Windjacke verstaut, die er über dem Troyer trug.

Nein, es waren die fest zusammengepressten Lippen, die

angespannten Mundwinkel und die hervortretenden Kaumuskeln. Richter grübelte ganz offensichtlich angestrengt über irgendetwas nach.

Ole Lund rutschte auf der Bank ein Stück nach achtern.

»Magnus. Was ist los?«, erkundigte er sich.

Sie waren seit vielen Jahren befreundet, schon seit dem Studium. Magnus war Oles Tutor im Seminar über Strafrecht gewesen. Die Freude am messerscharfen Denken und Diskutieren hatte sofort ein Band zwischen ihnen geschaffen. Mittlerweile war Lund Kriminalrat beim Landeskriminalamt, Richter Kapitaldezernent bei der Kieler Staatsanwaltschaft.

»Ach, nichts.« Richter zwang ein Lächeln auf seine Lippen. »Ich muss nur mal abschalten. Lass uns einfach diesen wundervollen Tag genießen.«

Lund hob die Augenbrauen. »Meinst du, das gelingt dir?«

Richter lieferte sich ein kurzes Blickduell mit ihm. Dann stieß er einen tiefen Seufzer aus. »Du lässt ohnehin nicht locker, richtig?«

Lund hob die Hände. *Du kennst mich doch*, sollte das heißen.

»Also gut.« Richter schaute über das Wasser. »Ich habe einen Fall, der mich verrückt macht. Ich bin mir absolut sicher, dass wir es mit einer Straftat zu tun haben, aber wir finden beim besten Willen keine Beweise.«

Lund legte den Kopf schief. »Worum geht es?«

»Fehlverhalten im Gesundheitswesen. Abrechnungsbetrug, Korruption, Urkundenfälschung. Kein Einzelfall, sondern ein Netzwerk. Mehrere Arztpraxen, die plötzlich ein ungewöhnlich hohes Patientenaufkommen verzeichnen, und ein Baby-Zentrum, das der Zahl an abgerechneten Verordnungen zufolge im Akkord arbeitet.« Richters Mundwinkel hoben sich kurz. »Auf Sylt. Da kennst du dich doch aus?«

»Hm.« In Lunds Kopf arbeitete es bereits. »Was habt ihr bisher unternommen?«

»Das Übliche. Datenanalysen, Befragung der Ärzte, der Mitarbeiter und mehrerer Patienten. Aber – nichts. Wer auch immer da den Krankenkassen betrügerisch das Geld aus der Tasche zieht, wir kommen ihm nicht auf die Spur.« Die braunen Augen des Staatsanwalts funkelten wütend. »Schlimmer noch: Wir haben so wenig Indizien, dass ich keinen weiteren Ermittlungsaufwand rechtfertigen kann. Mir wird nichts anderes übrig bleiben, als das Verfahren einzustellen.« Er schlug ärgerlich mit der Faust auf die Reling.

Das Segel knatterte, weil sich das Boot in den Wind drehte. Rasch korrigierte Richter den Kurs, und die erschlaffte Leinwand blähte sich wieder.

Ole Lund schaute versonnen über das blau glitzernde Wasser. »Ein Baby-Zentrum, sagst du?«

Richter nickte. »*Baby-Well* heißt der Laden. Die bieten Beratung für Schwangere, Geburtsvorbereitung, Physiotherapie und alles Mögliche andere für werdende Mütter an.«

Ole Lund lächelte. »In dem Fall hätte ich eine Idee«, sagte er.

2. Karolina Dahl schnaufte und steuerte die nächste Bank an. Zum Glück erhob sich dort gerade ein älteres Ehepaar. Die beiden lächelten sie wohlgefällig an, als Kari ihren Platz einnahm.

Das passierte ihr in letzter Zeit häufiger. Dabei fand sie, dass man den Bauch eigentlich noch gar nicht richtig sah. Aber Frauen, die selbst Kinder zur Welt gebracht hatten, besaßen wohl einen Blick dafür, und Männer, die Väter geworden waren, offenbar ebenfalls.

Kari setzte den Rucksack ab und holte die Wasserflasche heraus. Während sie trank, ließ sie den Blick über die Förde bis zur anderen Seite schweifen, wo sich am Ostufer das Marine-Ehrenmal in Laboe erhob. Die Ostsee hatte wie so oft an klaren Herbsttagen, an denen die Sonne schon tief stand, eine fast unwirklich azurblaue Farbe, die Kari besonders liebte.

Bis vor einigen Wochen war sie beinahe täglich den Weg an der Förde entlang gejoggt, von Strande bis nach Dänisch-Nienhof und wieder zurück. Jetzt schaffte sie kaum noch das Stück bis zum Bülker Leuchtturm, ohne zwischendurch eine Pause einzulegen. Was weniger daran lag, dass ihr Bauchumfang so sehr zugenommen hatte, sondern eher daran, dass sie sich ansonsten kaum noch bewegte.

Seit sie ihrem Vorgesetzten mitgeteilt hatte, dass sie schwanger war, durfte sie nur noch im Innendienst arbeiten. Natürlich konnte er nichts dafür, er befolgte nur die Vorschriften, doch Kari ärgerte sich trotzdem. Nicht über ihren Chef, sondern über die Arbeit, die sie seitdem zu verrichten hatte. Öde Schreibtischtätigkeiten, um die sie bisher stets einen großen Bogen gemacht hatte.

Kari schrieb nicht gern. Nicht einmal SMS oder Chatnachrichten, aber erst recht keine langen Berichte. Deswegen war es auch geradezu absurd, dass Ole Lund für ihre Sylter Einsätze die Legende der erfolglosen Schriftstellerin Kari Blom ersonnen hatte.

Kari lachte leise. Zumindest die Erfolglosigkeit ließ sich mit ihrem Unwillen zu schreiben erklären.

Aber sie hatte sich an die Rolle gewöhnt, gegen die sie sich anfangs so sehr gesträubt hatte, genau wie gegen einen Einsatz auf der Insel der Schönen und Reichen.

Mittlerweile liebte sie Sylt. Nicht nur, weil Jonas Voss dort lebte, mit dem sie seit einem halben Jahr verheiratet war, und wegen der von ihr sogenannten Häkelmafia, vier reizenden alten Damen, die über ein riesiges soziales Netzwerk verfügten und Kari seit ihrem ersten Fall auf der Insel begleiteten. Sie hatte außerdem festgestellt, dass Sylt einfach unvergleichlich schön war. Dass sich dort auch die High Society tummelte, störte Kari weniger, als sie vermutet hatte. Schließlich gab es auch genügend normale Menschen auf der Insel.

Seit dem Frühjahr hatte es für sie keinen Undercover-Einsatz auf Sylt und auch sonst nirgendwo mehr gegeben. Stattdessen fuhr Kari jetzt jeden Morgen zu dem gesichtslosen grauen Kasten im Mühlenweg und saß den ganzen Tag in ihrem Büro im LKA. Dort tat sie das, was sie bisher immer anderen überlassen hatte. Sie stellte Recherchen an, instruierte die Beamten, die undercover unterwegs waren, und tippte deren meist handschriftlich oder mündlich abgegebenen Berichte, während sie die Kollegen glühend beneidete.

In solchen Momenten kamen ihr Zweifel, ob die Entscheidung für das Kind richtig gewesen war.

Sie hatte schon lange nicht mehr daran gedacht, Mutter zu werden. Nicht mehr, seit Björn, ihr erster Ehemann, bei einem Einsatz als Notarzt ums Leben gekommen war, als er ein Kind aus dem Eis gerettet hatte. Danach hatte Kari sich von allem distanziert. Nie wieder wollte sie jemanden so nah an sich heranlassen wie Björn. Nie wieder wollte sie einen solchen Schmerz erleben.

Aber es hatte nicht funktioniert. Sie hatte Jonas kennengelernt, und der Sylter Kommissar hatte sich einfach nicht abweisen lassen. Seine Liebe war so groß, dass sie Karis Mauern irgendwann eingerissen hatte. Und nun war sie mit ihm verheiratet und bekam ein Kind von ihm. Mit einundvierzig!

Die Schwangerschaft stellte ihr ganzes Leben auf den Kopf. Kari war unausgeglichen, häufig gereizt und fast immer bis in die Haarspitzen angespannt. Sie litt abwechselnd an Appetitlosigkeit und Heißhunger, an kribbelnder Unruhe und lähmender Antriebslosigkeit. Ihr fehlten die Arbeit als Undercover-Ermittlerin und die Bewegung, geistig ebenso wie körperlich.

Würde das nun immer so bleiben?

Allem Unbehagen zum Trotz war ihr von der ersten Sekunde an klar gewesen, dass sie das Kind behalten würde. Der kleine Mensch, der in ihr heranwuchs, war das Produkt ihrer Liebe zu Jonas. Das Kind war ein Geschenk.

Allerdings hatte sie nicht geahnt, wie mühevoll eine Schwangerschaft war. In den ersten Wochen war ihr ständig schlecht gewesen, und seit einiger Zeit fühlte sie sich aufgedunsen, so als würde nicht nur ihr Bauch, sondern jede Zelle in ihrem Körper wachsen. Sie hatte zugenommen und einen Großteil ihrer Fitness eingebüßt. Und sie hatte noch immer keine Idee, wie sie ihr Leben bewerkstelligen könnten, wenn das Kind erst da war. Kari wollte irgendwann wieder in ihrem Job als Undercover-Ermittlerin arbeiten, auch auf Sylt. Das bedeutete, dass sie dort nicht mit Jonas zusammenleben konnte.

Aber noch war Zeit, um sich Gedanken über diese Entscheidungen zu machen. Zeit, von der sie nicht wusste, wie sie sie herumbekommen sollte. Wenn der Bauch immer dicker und sie selbst noch unbeweglicher wurde, als sie es jetzt schon war. Sechs Wochen würde sie noch arbeiten, ehe sie in den Mutterschutz ging. Und dann? Würde sie nur noch wie ein gestrandetes Walross auf dem Sofa liegen?

Ihr Smartphone klingelte, ehe sie sich weiter in ihre gedankliche Negativspirale hineinsteigern konnte. Sie nahm es aus dem Rucksack und stellte fest, dass es nicht, wie sie erwartet hatte, Jonas war, der sie anrief, sondern ihr Chef Ole Lund.

Automatisch ging ihr Blick zu den Segelbooten, die auf der Förde kreuzten. Hatte Ole nicht heute mit seinem langjährigen Freund, dem Staatsanwalt Magnus Richter, die letzte Fahrt für dieses Jahr unternehmen wollen?

»Hallo Ole«, begrüßte sie ihren Vorgesetzten. »Seid ihr auf Grund gelaufen?«

»Nein.« Ole Lund lachte. Er wirkte entspannt und gut gelaunt wie immer. »Aber ich habe ein Attentat auf dich vor.«

»Aha?« Hatten die beiden ihre Arbeit mit aufs Boot genommen, statt sich einen lauen Tag zu machen? In dem Fall bedeutete das wohl: weitere Recherchen, weitere Akten, weitere Berichte.

»Magnus hat einen Fall, bei dem er nicht weiterkommt«, sagte Lund wenig überraschend. »Es geht um falsche Abrechnungen bei den Krankenkassen.«

»Mhm.« Das klang nicht sonderlich spannend.

»Der Haupttäter scheint in einem Gesundheitszentrum beschäftigt zu sein. Aber Magnus fehlen die Beweise, um dort offiziell tätig zu werden. Deswegen dachte ich an einen Undercover-Einsatz.«

»Schön.« Karis Magen zog sich zusammen. Dann musste sie wohl wieder einen Kollegen präparieren.

»Auf Sylt«, fügte Lund hinzu.

Aus dem unguten Gefühl im Magen wurde ein heißer Knoten. Seit ihrem ersten Einsatz betrachtete sie Sylt als ihre Insel. Sie wollte nicht, dass einer ihrer Kollegen dort tätig wurde.

»Ich möchte, dass du das machst«, sagte Lund.

»Würde ich gern«, gab Kari gereizt zurück. »Aber ich darf nicht. Weil ich schwanger bin, schon vergessen?«

»Nein.« Sie konnte Lunds Grinsen sogar durchs Telefon

sehen. »Im Gegenteil. Das ist genau der Clou. Ich möchte, dass du privat dorthin fährst. Weil es sich nämlich um eine Einrichtung für Schwangere handelt.«

Karis Laune hob sich im Bruchteil einer Sekunde.

»Die Praxisgemeinschaft heißt *Baby-Well*. Im Angebot sind Physiotherapie und Kurse für Schwangere.«

Vor Karis Augen entstand sofort ein Bild. Sie könnte nach Sylt fahren und wie all die Jahre zuvor bei Marijke Meenken im Gartenhaus wohnen. Lange Spaziergänge an der Nordsee machen und ein paar Kurse bei *Baby-Well* belegen. Und ganz nebenbei Ole Lund einen Gefallen tun.

»Bist du dabei?«, fragte Lund.

»O ja.« Kari lächelte breit. Jonas würde das vermutlich nicht gefallen, weil er in ständiger Sorge um sie und das ungeborene Kind war. Doch das war ihr in diesem Moment herzlich egal. Sie wollte zurück in ihr altes Leben, und wenn Lund ihr die Chance dazu bot, würde sie nicht Nein sagen.

»Gut. Dann treffen wir uns morgen früh um zehn in meinem Büro, und du bekommst alle Informationen, die du brauchst.«

»Ich werde da sein«, versprach Kari und beendete das Gespräch. Sie steckte das Telefon und die Wasserflasche zurück in den Rucksack und erhob sich von der Bank, so beschwingt wie schon seit Monaten nicht mehr.

3. »Babette?« Grethe Aldag, die Klempnerwitwe mit den eisgrauen Haaren, tippte sich mit dem Zeigefinger an die Stirn. »Wer, um alles in der Welt, nennt sein Kind denn Babette?«

»Das ist ein guter und klangvoller Name«, verteidigte sich Witta Claaßen und rückte ihre weiße Dauerwelle zurecht. »Ich weiß wirklich nicht, was es dagegen einzuwenden gibt.«

Grethe hob den Zeigefinger. »Alt und angestaubt, das ist der Name«, erklärte sie. »Und außerdem kein bisschen norddeutsch.«

Alma Grieger, die Bäckerwitwe mit den rot gefärbten Haaren, rückte auf dem Sofa nach vorn. »Ich finde auch, dass es ein friesischer Name sein sollte«, stimmte sie zu.

»Du meinst, so etwas wie Pietje oder Poppeline?« Witta Claaßen, verwitwete Gattin eines Kampener Landarztes, rümpfte die Nase. »So etwas würde ich dem armen Kind nicht antun.«

Marijke Meenken, die mit der frisch gefüllten Kaffeekanne zurück ins Wohnzimmer kam, schüttelte den Kopf. Sie kannte ihre Freundinnen seit der Schulzeit, und die lag nun wirklich lange zurück, aber manchmal benahmen sich die drei immer noch wie alberne Schulmädchen.

»Nun lasst doch das Gezanke, Kinder«, bat sie. »Frau Blom und Herr Voss werden schon den richtigen Namen für das Kleine finden.«

Wie immer hatten sich die Freundinnen am Samstagnachmittag zum Handarbeiten getroffen. Seit ein paar Wochen produzierten sie ausschließlich Babysachen. Marijke und Grethe strickten Strampelanzüge, Alma stellte winzige Schuhe und Mützen her. Witta, die immer das Besondere wollte, hatte sich darauf verlegt, Stofftiere zu häkeln.

Mittlerweile gab es bereits einen Hund, eine Katze und einen Bären. Wittas aktuelles Projekt war eine in Cyan und Magenta geringelte Schlange. Marijke fand die Farbgebung ein wenig zweifelhaft, aber die Wolle war im Sonderangebot gewesen, und Wittas krankhafter Geiz hatte das Rennen gegen die gestalterische Logik gewonnen.

Aber am Ende war es auch egal. Das Kind würde die Schlange nicht weniger lieben, weil die Farben nicht stimmten. Im Gegenteil wahrscheinlich.

»Wer sagt denn überhaupt, dass es ein Mädchen wird?«, erkundigte sich Grethe. »Vielleicht wird es ja auch ein Junge.«

»Deswegen haben wir extra verschiedene Modelle gestrickt«, sagte Witta und wies auf den Berg von Stramplern, Mützchen und Schühchen im Korb in der Ecke. Einige Teile waren hellblau, einige rosa, der Rest hellgelb. »Damit Frau Blom in jedem Fall die richtigen Farben zur Verfügung hat.«

»Was ist denn richtig?«, stichelte Grethe. »Wir leben doch nicht mehr in Großmutters Zeiten, rosa für die Mädchen, blau für die Buben.«

Witta hob das Kinn. »Das macht man durchaus noch so. Aber das weißt du natürlich nicht. Du hast ja keine Kinder.«

Grethes Gesicht verschloss sich. Marijke schüttelte erneut den Kopf. Witta wusste genau, dass Grethe aufgrund einer Krebserkrankung in jungen Jahren keine Kinder hatte bekommen können, aber im Eifer des Gefechts vergaß sie es manchmal.

»Entschuldige«, besann sich Witta, die Grethes Blick und Marijkes Geste bemerkt hatte. »Das war dumm und unüberlegt.«

»Schon gut.« Grethe winkte ab. »Das ist lange her.« Sie grinste. »Genau wie deine Erfahrungen mit Kleinkindern. Sören wird bald sechzig, oder nicht? Und weit und breit kein Enkelkind in Sicht.«

Witta nahm wieder ihre Marlene-Dietrich-Pose ein. »Er wollte nicht sein eigenes Kind im Luxus großziehen, sondern den vielen helfen, denen es nicht so gut geht.«

Wittas Sohn war als Flying Doctor im Senegal tätig, was Witta gleichermaßen stolz und traurig machte, weil sie ihn nur selten zu Gesicht bekam.

»Ja.« Auch Grethe fuhr ihre Krallen ein. »Das ist wirklich eine gute Sache.«

Grethe, Witta und Alma legten ihr Strickzeug beiseite und schaufelten Zucker in ihre Kaffeetassen. Alma betrachtete den bunten Kleiderhaufen im Korb.

»Frau Blom und Herr Voss können alles so machen, wie sie es wollen. Bis zur Geburt haben wir so viele blaue, rosa und gelbe Strampler, dass sie dem Kind immer dieselbe Farbe anziehen können oder jeden Tag eine andere, egal was es wird.«

»Aber einen Namen braucht das Kind trotzdem«, beharrte Witta und nahm ihr Strickzeug wieder zur Hand, um an der pink-blauen Schlange weiterzuarbeiten. »Victor zum Beispiel. Oder Victoria, wenn es ein Mädchen wird.«

»Es gibt ja auch sehr hübsche friesische Namen«, sagte Alma. »Jeske. Oder Jorin.«

Was zufälligerweise die Namen von Almas Kindern waren.

»Aber das Kind wird doch wohl in Kiel aufwachsen«, wandte Witta ein. »Das ist eine Großstadt, und sie befindet sich außerdem nicht in Friesland. Da kommt man meiner bescheidenen Meinung nach mit einem etwas geläufigeren Namen besser zurecht.«

Ein bedrücktes Schweigen folgte. Witta hatte recht. Kari würde ihr Kind in Kiel zur Welt bringen, und sie würde es auch dort großziehen. Marijke und ihre Freundinnen mochten wohl einen ganzen Korb voller Babywäsche stricken und häkeln, aber sie würden an der ganzen Sache keinen großen Anteil haben. In ihrem Alter reiste man nicht mehr so viel, und mit dem Kind konnte Kari nicht mehr undercover auf Sylt ermitteln. Es würde alles wieder so werden wie vor jenem

Sommer, in dem Kari das erste Mal auf der Insel ermittelt hatte. Keine Detektivspiele und keine Abenteuer mehr, nur die wöchentlichen Häkeltreffen und die Spaziergänge mit der Sylter Ornithologischen Gesellschaft SOG, in der sie alle vier Mitglieder waren.

Alma hatte zumindest noch ihren Freund Albert, den sie bei Karis letztem Fall kennengelernt hatte. Er war der Fahrer der Familie, in der es bei der Hochzeit auf dem Golfplatz einen Toten gegeben hatte. Die Familie hatte ihr Anwesen auf Sylt verkauft und sich irgendwo im Hamburger Umland etwas Neues angeschafft, aber Hamburg war nicht aus der Welt, und Albert, der ein paar Jahre jünger als Alma war, kam an seinen freien Tagen auf die Insel und verbrachte die Zeit mit ihr.

Grethe, Witta und Marijke selbst dagegen hatten außer der Häkelrunde und der SOG niemanden. Grethe hatte keine Kinder, Wittas Sohn lebte im Senegal, und Marijkes Sohn Raik, die Enkeltochter und die beiden Urenkelinnen wohnten weit weg in Süddeutschland. Sie hatten kein schlechtes Verhältnis, aber alle drei Generationen hatten so viel mit sich selbst zu tun, dass sie nur selten Kontakt zu Marijke aufnahmen, und die Ferien verbrachten sie lieber im sonnigen Süden als auf Sylt, wo es ihnen zu kalt und zu windig war. Marijke hatte deshalb schon oft darüber nachgedacht, ihr Testament zu ändern und das hübsche Kapitänshaus in Braderup nicht ihren hohlköpfigen Urenkelinnen zu vermachen, die sich nur mit ihren Smartphones beschäftigten, sondern Kari Blom, die sich auf Sylt so wohlfühlte. Oder vielleicht dem neugeborenen Kind?

Aber das eine war so unsinnig wie das andere. Kari konnte nicht auf Sylt wohnen, wenn sie hier irgendwann wieder undercover ermitteln wollte. Wie lange es bis dahin wohl dauern würde? Zunächst müsste das Kind ja aus dem Gröbsten raus sein. Ob Witta, Grethe, Alma und Marijke selbst dann noch am Leben wären?

Marijke stand auf und holte vier Gläser und die Flasche mit dem Küstennebel aus dem Schrank. Sie mussten dringend etwas gegen die trübsinnige Stimmung unternehmen, die sich über ihre Runde gesenkt hatte. Grethe nahm ihr die Flasche ab und schenkte ein.

Sie wollten gerade anstoßen, als das Telefon im Flur klingelte.

»Moment.« Marijke hob die Hand. »Ich bin gleich wieder da.«

Sie ließ die Tür zum Wohnzimmer offen stehen und eilte zum Apparat. »Meenken?«

Als sie die Stimme am anderen Ende erkannte, fiel alle Schwermut von ihr ab. »Frau Blom!«

Binnen Sekunden war sie von ihren Häkelschwestern umringt, die so laut schnatterten, dass Marijke kaum verstand, was Kari sagte.

»Das Gartenhaus? Ja, das ist noch frei«, sagte sie. »Ich lasse dort niemanden außer Ihnen mehr wohnen, das wissen Sie doch.«

Sie hörte wieder zu und spürte, wie sich ihre Laune weiter hob.

»Wunderbar«, sagte sie überschwänglich und verabschiedete sich.

Die anderen drei sahen sie erwartungsvoll an.

»Sie kommt!«, verkündete Marijke. »Und nicht nur das. Sie hat auch einen neuen Fall.«

Die Augen von Alma, Witta und Grethe strahlten.

»Also, Mädels!«, rief Alma. »Das müssen wir feiern!«

4. »Ich weiß wirklich nicht, wie ihr euch das vorstellt.« Finja Voss strich ihre langen dunklen Haare glatt. Sie saß aufrecht am Tisch, ganz selbstgerechte Empörung. »Dass ihr unbedingt heiraten musstet, okay. Aber ein Kind zu bekommen, wenn Kari nicht zu uns ziehen will? Wie soll das gehen?«

Jonas Voss betrachtete seine Tochter. Sie war immer ein ernstes Mädchen gewesen, und sie hatte sehr an ihrer Mutter gehangen. Von Anfang an hatte sie Schwierigkeiten mit der neuen Frau in Jonas' Leben gehabt. Jonas hatte gehofft, dass sich das mit der Zeit geben würde, doch die Abwehr war geblieben. Vielleicht, weil Kari sich ebenso wenig auf ein normales Familienleben einließ, wie Friederike es getan hatte. Mit Jonas' Kollegin Hannah wäre es vielleicht anders gewesen. Sie verstand sich gut mit Finja, und sie hatte sich viele Jahre lang gewünscht, Teil der Familie Voss zu werden.

Aber diese Zeiten waren vorbei. Hannah war jetzt seit mehr als zwei Jahren glücklich mit Maximilian Kirschstein liiert.

»Ich werde öfter in Kiel sein«, erklärte er. »Wenn Kari wieder arbeitet, gehe ich in Elternzeit.«

Das hatte er mit Kari noch nicht abgesprochen, aber es erschien ihm die einzig mögliche Lösung.

»Und was ist mit uns?« Finja verschränkte die Arme vor der Brust.

Jonas lächelte sie an. »Du bist ohnehin nur noch an den Wochenenden hier«, sagte er.

Finja hatte vor einer Woche ihr Studium an der Universität Hamburg begonnen. Ein Bachelorstudium der Geowissenschaften mit dem Ziel, anschließend einen Master im deutschlandweit einzigartigen englischsprachigen Studiengang »Integrated Climate System Sciences« zu erwerben. Der Natur- und Umweltschutz war nach wie vor ihre große Leidenschaft. Die Sommermonate hatte sie auf Norderney verbracht und sich dort mit einer Gruppe von Biologen in einem Vogelschutzprojekt engagiert.

In Hamburg hatte sie mit viel Glück ein Zimmer in einem Studentenwohnheim ergattert, so dass sie nicht pendeln musste. Am Anfang würde sie vermutlich jeden Freitagabend nach Sylt fahren und bis zum Sonntagabend bleiben, doch wenn sie unter ihren Kommilitoninnen erst einmal Freundinnen gefunden hatte und ins studentische Leben eingetaucht war, würden die Besuche seltener werden, daran hatte Jonas nicht den geringsten Zweifel.

»Umso schlimmer«, gab seine Tochter zurück. »Dann ist Jasper ganz allein.«

»Ich bin kein Baby mehr«, erklärte Jonas' Sohn mit vollem Mund und fing mit der Hand ein paar Krümel auf, die herausfielen. Sie saßen an der Kaffeetafel und vertilgten den Streuselkuchen, den Finja am Morgen gebacken hatte. Jasper hatte gerade ein riesiges Stück abgebissen und musste ein paarmal schlucken, ehe er weitersprechen konnte. »Ich werde in drei Monaten sechzehn.«

»Richtig.« An Finjas verkniffener Miene änderte sich nichts. »Es dauert noch mehr als zwei Jahre, bis du volljährig bist.« Sie sah ihren Vater an. »Soll er ganz allein hier wohnen? Dann ist es vermutlich eine Frage der Zeit, bis Leonie genauso einen dicken Bauch hat wie Kari.«

Jasper wurde puterrot. »So ein Quatsch«, empörte er sich. Eine Fontäne von Butterstreuseln sprühte aus seinem Mund über den Tisch bis zu Finjas Teller.

»Igitt.« Finja stand auf, trug den Teller zur Spüle und

nahm sich einen neuen aus dem Schrank. Jasper sah zu Jonas und verdrehte die Augen. Jonas zuckte mit den Schultern. Wie so oft konnte er jedes seiner Kinder gut verstehen, obwohl sie gegensätzlicher kaum hätten sein können.

»Also?«, fragte Finja, nachdem sie zurück an ihrem Platz war und sich ein neues Stück Kuchen genommen hatte. »Wie habt ihr euch das gedacht?«

Tatsächlich hatten Kari und er überhaupt noch nicht darüber geredet, aber das würde er Finja nicht auf die Nase binden.

»Jasper kommt mit nach Kiel, wenn ich in Elternzeit gehe. Oder Opa Redlef zieht solange hier ein, falls Jasper auf Sylt bleiben will.«

»Cool«, grinste Jasper. »Ich glaube, ich nehme lieber Opa Redlef als ein schreiendes Baby.«

»Sonst müsstest du dich ja auch von Leonie trennen«, ätzte Finja weiter.

Jasper schüttelte den Kopf so heftig, dass seine blonden Locken von einer Seite auf die andere flogen.

»Da ist überhaupt nichts. Leonie ist bloß eine Schulfreundin«, sagte er mit der tiefen Stimme, die sich mittlerweile gesetzt hatte. Nur ganz selten war noch ein jugendliches Krächzen zu hören.

»Wer's glaubt.« Finja spitzte den Mund.

Jasper gönnte ihr keine Antwort, sondern griff stattdessen nach der Flasche mit der Sprühsahne und dekorierte sein nächstes Stück Kuchen mit einer zentimeterdicken Schicht. Er war immer noch schlaksig und konnte essen, was er wollte, sehr zum Verdruss seiner Schwester, die genau auf ihre Ernährung achtete, um nicht zuzunehmen. Deshalb verzichtete sie auch auf die Sahne.

»Schön. Und was ist, wenn deine Elternzeit rum ist?«, wandte sich Finja wieder an ihren Vater.

»Das werden wir dann schon sehen«, entgegnete Jonas, der diese Fragen lieber verdrängen wollte. Er hatte sich riesig gefreut, als er von Karis Schwangerschaft erfahren hatte, aber er wusste auch, dass sie eine Menge Probleme zu lösen hatten. Kari war keine Frau, die ihren Beruf aufgab, um in der Mutterrolle aufzugehen. Sie mussten einen anderen Weg finden.

»Also wird es ein Kind mit Teilzeiteltern. Mal hier, mal dort. Keine richtige Familie, sondern immer nur ein Vater oder eine Mutter, die sich ein bisschen Zeit nehmen, während der andere arbeiten muss.«

Jasper legte das Stück Kuchen, das er sich gerade in den Mund schieben wollte, energisch auf seinen Teller zurück.

»Ich weiß nicht, was du willst«, fuhr er seine Schwester an. »Kari und Paps lieben sich zumindest, und sie werden auch das Kind lieben. Unsere Mutter ist abgehauen, als du sieben warst und ich vier. Sie hat sich seitdem überhaupt nicht mehr um uns gekümmert, weil sie mit ihrem Manager eine neue Familie gegründet hat. Karis Kind wird es bestimmt nicht schlechter haben als wir.«

Jonas' Ex-Frau war Konzertpianistin und hatte ihre Karriere und ihre Tourneen dem Familienleben auf Sylt vorgezogen.

Finjas Miene verschloss sich. Jasper war noch zu klein gewesen, um wirklich zu realisieren, was die Trennung der Eltern bedeutete, doch Finja war davon mit voller Wucht getroffen worden.

»Na, dann sind ja alle glücklich«, sagte sie. »Bloß gut, dass ich nicht mehr hier wohne und das Elend mit ansehen muss.« Finja erhob sich und war mit drei Schritten an der Wohnzimmertür, die mit einem Knall hinter ihr ins Schloss fiel.

Jonas seufzte. Jasper grinste ihn an.

»Die kriegt sich schon wieder ein. Und das mit Opa Redlef – das ist echt stark.« Er verschlang rasch den restlichen

Kuchen auf seinem Teller und stand dann ebenfalls auf. »Ich gehe noch zu Lukas«, erklärte er. »Playstation.«

Gleich darauf war Jonas allein. Er räumte den Tisch ab, stellte das benutzte Geschirr in die Spülmaschine und sah aus dem Fenster in den Garten. Die Büsche müssten dringend gestutzt werden, und der Rasen könnte vor dem Winter auch noch einmal gemäht werden. Das Wetter war perfekt, mild und klar, aber Jonas konnte sich trotzdem nicht aufraffen.

Finjas Attacke saß wie ein Stachel in seinem Herzen. Weil sie das ausgesprochen hatte, was er selbst auch dachte. Dass sein Kind in einer kompletten Familie aufwachsen sollte. Vater, Mutter, Kind, hier in seinem hübschen kleinen Kapitänshaus in Keitum. Das war es, was er sich immer gewünscht hatte. Bekommen hatte er es nur in den ersten sieben Jahren nach Finjas Geburt, und auch da war Friederike öfter auf ihren Konzertreisen als zu Hause gewesen.

Aber man konnte eben nicht alles haben.

Das Telefon klingelte, als er gerade beschlossen hatte, das restliche Tageslicht auszunutzen und in den Garten zu gehen. Jonas folgte dem Geräusch und fand das Mobilteil auf der Spüle zwischen Rührschüssel und Backpinsel. Das Chaos der ersten Jahre als alleinerziehender Vater hatten sie hinter sich gelassen, aber das Aufrechterhalten der Ordnung gelang bis heute nicht immer.

Jonas griff nach dem Gerät und drückte auf die Taste mit dem grünen Hörer. »Voss?«

»Hallo Jonas.«

»Kari.« Ein freudiger Schauer durchrann ihn, direkt gefolgt von ängstlicher Beklemmung. Normalerweise telefonierten sie am Abend. Wenn Kari tagsüber anrief, war womöglich etwas passiert. Etwas mit dem Baby?

»Es ist alles in Ordnung«, beruhigte ihn Kari, die sein Erschrecken offenbar bemerkt hatte. »Ich wollte dir nur sagen, dass ich morgen nach Sylt komme.«

»Aha?« Wieder verspürte er Freude, aber auch Irritation. Kari wollte in Zukunft weiterhin als Undercover-Ermittlerin tätig sein, auch auf Sylt. Das bedeutete im Umkehrschluss, dass sie sich hier auf der Insel nicht gemeinsam sehen lassen durften. Wenn bekannt wurde, dass die erfolglose Schriftstellerin Kari Blom mit dem Sylter Kriminalhauptkommissar Jonas Voss liiert war, würde sie sich kaum noch ins Vertrauen irgendwelcher Gesetzesbrecher schleichen können.

»Nur, damit du Bescheid weißt«, setzte Kari hinzu. »Wir werden uns nicht sehen. Wenn wir uns zufällig treffen sollten, kennen wir uns nicht.«

Voss kniff die Augen zusammen. Das klang, als würde Kari einen neuen Fall übernehmen.

»Du willst wieder arbeiten?«, fragte er scharf. »Das ist doch gar nicht erlaubt. Kein Außendienst während der Schwangerschaft.«

»Deswegen ist es nicht offiziell«, erklärte Kari. »Ich mache nur einen Besuch bei meiner Freundin Marijke Meenken und wohne ein paar Tage bei ihr im Gartenhaus.«

»Um dort was zu tun?«, fragte Voss.

Karis Mutterschutzzeit begann in einem Monat. Sechs Wochen vor dem errechneten Geburtstermin. Danach würde sie erst im März wieder arbeiten dürfen. Jonas konnte sich nicht vorstellen, dass Kari ausgerechnet in diesen letzten sechs Arbeitswochen vor der langen Zwangspause Urlaub nahm, um sich bei Marijke Meenken zu entspannen.

»Ich belege einen Geburtsvorbereitungskurs bei *BabyWell* in Westerland. Und ich gönne mir ein paar Massagen, um mich zu entspannen. Das ist gut für das Kind.«

»Warum machst du den Kurs nicht in Kiel? Dann könnte ich mitkommen.«

»Du hast schon zwei Kinder, bei deren Geburt du dabei warst. Du brauchst keinen Kurs.«

Jonas wartete. Das war mit Sicherheit nicht der wahre Grund. Kari wollte offenbar nicht darüber reden, warum sie wirklich nach Sylt kam, aber sie würde ihn auch nicht anlügen.

»Na gut«, seufzte sie, nachdem er eine halbe Minute geschwiegen hatte. »Ole hat mich gebeten, mich ein wenig bei *Baby-Well* umzusehen. Die Praxis ist möglicherweise in einen Abrechnungsbetrug verwickelt.«

»Also doch.« Voss knirschte mit den Zähnen. Er wollte nicht, dass Kari sich und das Kind in Gefahr brachte. Aber Kari hatte ihren eigenen Kopf. Sie ließ sich keine Vorschriften machen. »Gibt es irgendetwas, das ich tun kann, um dich umzustimmen?«

Kari zögerte nur kurz.

»Nein«, erwiderte sie dann. »Wie gesagt: Ich wollte dich nur informieren. Es ist alles schon organisiert. Ich rufe dich an, wenn ich bei *Baby-Well* fertig bin.«

Sie drückte das Gespräch weg, ehe er noch etwas erwidern konnte.

Voss starrte das Mobilteil an. Am liebsten hätte er es in die Ecke geworfen und zugesehen, wie das Plastik zersplitterte und die Batterien aus dem Fach sprangen. Aber das wäre einfach nur dumm. Er müsste ein neues Gerät kaufen, und für Finja wäre das Wasser auf ihre Mühlen.

Also trug er das Mobilteil ins Wohnzimmer, stellte es in die Station und ging anschließend nach oben ins Schlafzimmer, um sich ein paar alte Sachen anzuziehen. Das Telefon hatte er gerettet, aber die Hecke und der Rasen mussten jetzt daran glauben.

5. Ole Lund sah auch am Sonntagmorgen aus wie aus dem Ei gepellt. Wie immer trug er gediegene Kleidung, eine dunkle Stoffhose, ein hellblaues Hemd und ein graues Sakko, dazu eine seiner heiß geliebten Designerkrawatten. Die blonden Haare saßen perfekt, das Kinn war glattrasiert, die blauen Augen leuchteten.

Kari setzte sich ihm gegenüber in den Besuchersessel. Sie plagte immer noch das schlechte Gewissen, weil sie Jonas einfach abgewürgt hatte. Aber sie kannte seinen Standpunkt. Wenn sie die Chance auf eine letzte Undercover-Ermittlung vor der Geburt ihres Kindes nutzen wollte, musste sie die Ohren vor seinen Wünschen verschließen.

Lund, der nicht nur ihr Vorgesetzter, sondern auch ihr Freund war, sah ihr den Zwiespalt offensichtlich an.

»Jonas ist vermutlich mit deiner Entscheidung nicht glücklich?«, erkundigte er sich.

»Nein.« Kari verschränkte die Arme vor der Brust. »Aber ich mache es trotzdem.«

Der Kriminalrat lächelte. »Ich hatte nichts anderes erwartet.«

Er beugte sich vor, öffnete eine Schublade seines wie immer ordentlichen Schreibtisches und holte ein paar Unterlagen hervor.

»An deiner Legende müssen wir nichts ändern«, erklärte er. »Du bist die erfolglose Schriftstellerin Kari Blom. Du verbringst wie so oft ein paar Tage oder Wochen bei deiner Freundin Marijke Meenken, um an deinem nächsten Buch zu arbeiten. Nur dass du dieses Mal keinen Job annimmst, um den Lebensunterhalt zu bestreiten, den die brotlose Kunst nicht erbringt, sondern dich ganz auf deine Rolle als werdende Mutter konzentrierst. Du bist also absolut authentisch und unverdächtig.«

»Ja.« Das war eine geradezu perfekte Konstellation.

»Es macht die Sache einfach und schwierig zugleich«, warnte Lund. »Du kommst problemlos bei *Baby-Well* rein, aber es wird schwieriger, einen Blick hinter die Kulissen zu werfen, als wenn du dort arbeiten würdest.«

»Klar.« Darüber hatte Kari ebenfalls bereits nachgedacht.

»Aber ich bin sicher, du findest trotzdem einen Zugang.« Lund öffnete eine der Mappen, die er auf den Tisch gelegt hatte. »Zum Thema. Was weißt du über Fehlverhalten im Gesundheitswesen?«

Kari überlegte kurz. »Nicht viel«, gab sie zu. Korruption und Betrug waren ihr tägliches Geschäft, aber im medizinischen Bereich war sie bisher nicht unterwegs gewesen. Abgesehen von ihrem Fall in der Wellness-Oase in Rantum, aber da war es um andere Dinge gegangen.

Lund tippte auf die Blätter im Ordner. »Ich habe dir einen Überblick zusammengestellt. Um es kurz zusammenzufassen: Die Schäden durch betrügerische Aktivitäten im Gesundheitswesen belaufen sich in Deutschland jährlich auf mehrere Milliarden Euro.«

»So viel?«

»Ja, leider.« Lund hielt einen Moment inne. »Den weitaus größeren Teil des Schadens erleiden die gesetzlichen Krankenkassen, aber auch bei den privaten gehen die Verluste durch falsche Abrechnungen in den Milliardenbereich. Strafrechtlich handelt es sich um Betrug, der mit einer Geld- oder Freiheitsstrafe von bis zu fünf, in schweren Fällen sogar bis zu zehn Jahren geahndet wird, aber das scheint die Täter nicht hinreichend abzuschrecken.«

Kari fühlte Ärger in sich aufsteigen. Wer die Krankenkasse betrog, betrog auch die Versicherten. Am Ende zahlten sie den Schaden mit, der von den Gaunern verursacht wurde.

»Wie funktioniert so ein Abrechnungsbetrug?«, erkundigte sie sich.

Lund breitete die Hände aus. »Da gibt es eine ganze Reihe von Möglichkeiten, je nachdem, wer der Täter ist. Ein Arzt könnte Leistungen abrechnen, die er gar nicht erbracht hat, oder er könnte eine tatsächlich erbrachte Leistung einer falschen Leistungskategorie zuordnen. Er könnte auch Leistungen abrechnen, die jemand anders an seiner Stelle erbracht hat, zum Beispiel die Arbeit des Assistenzarztes als Chefarztbehandlung.«

»Okay.« Kari hob die Augenbrauen. Sie hatte sich über diese Dinge nie zuvor Gedanken gemacht.

»Ein Physiotherapeut könnte eine tatsächlich erbrachte Leistung abrechnen, aber den Umfang falsch angeben«, fuhr Lund fort. »Ein Apotheker könnte dem Patienten ein günstiges generisches Medikament aushändigen, aber das teurere Originalpräparat abrechnen. Ein Pflegedienst könnte Leistungen abrechnen, die nicht wie angegeben von qualifiziertem Personal erbracht wurden. Und so weiter.«

»Meine Güte.« Kari schwirrte schon jetzt der Kopf.

»In unserem Fall geht es um ein paar Ärzte in Westerland, die seit einiger Zeit deutlich mehr Behandlungen abrechnen als ihre Kollegen in der Umgebung«, erklärte Lund. »Und um das Schwangerenzentrum *Baby-Well*. Angesichts der Summe an Rechnungen, die bei den Krankenkassen eingehen, müsste dort Tag und Nacht gearbeitet werden.«

»Vielleicht ist das ja so.« Kari wusste aus eigener leidvoller Erfahrung, wie schwer es war, einen Termin für ein Beratungsgespräch für Schwangere oder einen Platz in einem

Geburtsvorbereitungskurs zu ergattern. Das Angebot war begrenzt, die Nachfrage riesig.

Lund klappte den Ordner zu und schob ihn zu Kari hinüber. »Du wirst es herausfinden.«

»O ja.« Kari stand auf und klemmte sich die Mappe unter den Arm. »Das werde ich.«

Es gab eine ganze Reihe von Verbrechen, die aus Not oder einer unkontrollierbaren emotionalen Erregung heraus begangen wurden, und in manchen Fällen konnte Kari das Motiv der Täter nachvollziehen. Für einige empfand sie sogar Mitleid.

Hier allerdings ging es nicht um Gefühle, sondern nur um niedere Triebe. Wer die Krankenkassen betrog, handelte aus purer Gier. Und dafür hatte Kari nicht einen Funken Verständnis.

6. Marijke Meenken lächelte zufrieden. Es hatte alles ganz wunderbar geklappt. Alma hatte Albert angerufen, und der Chauffeur hatte es tatsächlich geschafft, sich die Geschäftslimousine seines Arbeitgebers auszuleihen und damit nach Sylt zu kommen. Der Wagen besaß zwei einander gegenüberliegende Sitzbänke im Fond, so dass sie alle darin Platz finden würden.

Den gestrigen Abend hatten sie damit verbracht, einzukaufen, zu kochen und zu backen. Sie hatten Girlanden gespannt und ein Büffet aufgebaut, das alles in den Schatten stellte, was sie Kari bisher präsentiert hatten, und das war weiß Gott nicht wenig gewesen. Aber dieses Mal sollte die Begrüßung besonders schön ausfallen. Kari sollte wissen, wie sehr sie bei ihnen willkommen war und wie gern sie an ihrem Leben Anteil nahmen.

Als ob sie das nicht ohnehin wüsste, sagte die Stimme in Marijkes Kopf spöttisch.

Und es stimmte ja auch. Aber mit der Sympathie war es wie mit so vielen anderen Dingen im Leben auch. Selbst wenn der andere wusste, welche Zuneigung man ihm entgegenbrachte, war es trotzdem gut, es auszusprechen. Jeder wurde schließlich gelegentlich von Zweifeln geplagt. Und eine Bestätigung hatte noch nie geschadet.

Witta rückte das kegelförmige Hütchen auf ihrer weißen Marlene-Dietrich-Frisur zurecht. Sie sah nicht besonders glücklich darüber aus, wagte es aber auch nicht, die aus bunt glänzender Bastelfolie hergestellte Kopfbedeckung abzusetzen.

Alma hatte die Hüte gefertigt, für jede von ihnen in einer anderen Farbe, blau für Grethe, gelb für Marijke, silbern für Witta und knallig pink für sich selbst, was sich erheblich mit ihren rot gefärbten Haaren biss. Außerdem hatte sie jeden Hut mit einem farblich passenden Schweif aus Lametta versehen. Feenhüte nannte sie ihre Gebilde. Marijke fand sie ein wenig albern, wollte Alma aber die Freude nicht verderben und machte gute Miene zum bösen Spiel. Anders als Witta, die es nicht schaffte, darüber hinwegzusehen, dass ihr der Hut die mühsam gelegte Dauerwelle ruinierte.

Albert hatte Glück gehabt. Für ihn hatte Alma keinen Feenhut kreiert, sondern ein Barett in Dunkelgrün, das sich auf seinem runden Gesicht mit den vielen Lachfalten ausgesprochen fesch ausnahm.

Zusätzlich zu den Hütchen hatte Alma auch Fähnchen besorgt, die sie bei Karis Ankunft schwenken konnten. Marijke fürchtete, dass sie damit wie eine in die Jahre gekommene

Cheerleader-Gruppe aussahen, aber das war auch egal. Sie waren in einem Alter, in dem man sich keine Gedanken mehr darüber machen musste, was andere von einem dachten. Und Kari würde sich sicherlich freuen. Zumindest hätte sie etwas zu lachen.

• • •

Kari Blom lehnte sich in dem gepolsterten Sessel am Fenster zurück und faltete die Hände über dem Bauch. Seit einigen Wochen spürte sie die Bewegungen des Kindes. Meistens nur ganz zart, aber manchmal versetzte ihr das Baby auch einen Tritt. Es war ein seltsames Gefühl, und Kari war sich nicht ganz sicher, ob es ihr gefiel. Aber es zeigte zumindest, dass ihr Baby gesund und munter war, und das war am Ende das Einzige, was zählte.

Sie lehnte den Kopf gegen die Nackenstütze und schaute aus dem Zugfenster auf die Wiesen, die draußen vorbeizogen. Sattes Grün im goldenen Licht des späten Herbstnachmittags, ein paar Schafe und Kühe, ein Umspannwerk und ein Feld mit einer Solaranlage. Dann kam auch schon das Wattenmeer in Sicht.

Der Intercity verließ das Festland und rollte über den Hindenburgdamm.

Es war Flut, die Wellenbrecher waren unter der Wasseroberfläche verborgen. Ein paar Vögel kreisten über dem Bahndamm. In der Ferne erspähte Kari die Insel.

Sie war seit einem halben Jahr nicht mehr auf Sylt gewesen und hatte gar nicht gemerkt, wie sehr sie es vermisst hatte. Erst jetzt, als sie über das Wasser nach List schaute, spürte sie die Freude, die der Anblick jedes Mal in ihr auslöste.

Wind und Wellen, Weite und Freiheit. Kari konnte nicht erklären, woran es lag, aber auf Sylt fühlte sie sich lebendiger und der großen Welt näher als an jedem anderen Ort, an dem sie bisher gewesen war. Vielleicht, weil das Meer sich so unendlich und verheißungsvoll vor dem breiten Sandstrand auf der Westseite der Insel erstreckte oder weil die lauten Schreie der Möwen so ungebändigt und wild klangen. Sylt öffnete Herzen, selbst dann, wenn man versuchte, sie zu verschließen. Kari hatte das am eigenen Leib erfahren, und obwohl sie mittlerweile schon oft hier gewesen war, wiederholte sich dieses Erlebnis jedes Mal, wenn sie einen der Strandübergänge erklomm und auf die Nordsee blickte.

Der Zug hatte den Hindenburgdamm bereits überquert und stoppte in Morsum, dem ersten Bahnhof auf der Insel. Nur wenige Fahrgäste stiegen hier ein und aus, und schon nach zwei Minuten ging die Fahrt weiter.

Der nächste Halt war Keitum. Kari hatte plötzlich einen Kloß im Hals, der das Gefühl von Freude und Freiheit verdrängte. Hier in Keitum wohnte Jonas in einem hübschen kleinen Kapitänshaus mit blauen Fensterläden und einem Garten, der immer ein wenig verwildert aussah. Es wäre ein wunderbarer Ort zum Leben, perfekt für eine Familie mit einem kleinen Kind. Wenn sie dafür nicht die Möglichkeit opfern müsste, undercover auf Sylt zu ermitteln.

Kari schob den Gedanken beiseite. Vielleicht wäre sie irgendwann so weit, aber noch war sie es nicht.

Der Intercity setzte sich bereits wieder in Bewegung und steuerte Westerland an. Nur ein paar Minuten, dann hielt der Zug. Kari holte mit einiger Mühe ihren Rucksack und ihre Reisetasche aus dem Gepäckfach über den Sitzen und presste mit einem leisen Stöhnen die Hand in den Rücken. Wie sollte das werden, wenn ihr Kind immer weiter wuchs und ihr Bauch immer dicker wurde? Am Ende würde sie noch einen Bandscheibenvorfall bekommen.

Kari schüttelte auch diese unangenehme Vorstellung ab und ließ sich mit den anderen Fahrgästen zum Ausstieg schieben. Schnaufend setzte sie ihre Tasche auf dem Bahnsteig ab und sah sich um. Marijke Meenken hatte ihr versprochen, sie abzuholen, doch im dichten Gedränge konnte sie die alte Dame mit den kleinen grauen Locken und der dicken Brille auf der Nase nirgendwo entdecken.

Unter den Reisenden, die vor ihr gingen, brach Erheiterung aus. Mehrere Personen lachten laut, und einige wiesen mit dem Finger in Richtung Bahnhofsgebäude. Kari reckte den Hals, um herauszufinden, was der Auslöser ihrer Belustigung war.

Die Reihen vor ihr lichteten sich, und dann konnte Kari es sehen.

Vor dem Bahnhofsgebäude standen fünf Personen mit bunten Regenjacken. Auf den Köpfen trugen sie farblich passende konische Hüte aus buntem Glanzpapier mit kometenartigen Schweifen aus Lametta, im Gesicht ein breites Lächeln. Dazu schwenkten sie bunte Fähnchen.

Kari verspürte kurz den Impuls, sich hinter einem Automaten mit Süßigkeiten zu verstecken, bis die anderen Fahrgäste den Bahnhof verlassen hatten, aber dann ging sie doch mit erhobenem Kopf weiter. Das war ihr Empfangskomitee, und darauf durfte sie stolz sein. So leicht verschenkten die vier alten Damen ihre Herzen nicht. Dass Kari sie erobert hatte, war eine Auszeichnung. Und das Leuchten in den Augen der Häkelfrauen, als sie Kari entdeckten, entschädigte ohnehin für alle Peinlichkeiten.

7. Als Kari am nächsten Morgen vor der Praxis von Dr. Wolf Lindner stand, dröhnte ihr der Schädel. Der Begrüßungsabend bei der Häkelmafia hatte tatsächlich alles in den Schatten gestellt, was die alten Damen ihr bisher geboten hatten. Angefangen hatte es mit der Fahrt in der Diplomatenlimousine mit Albert als Chauffeur und dem alkoholfreien Champagner, den Marijke zur Begrüßung geköpft hatte. Seit die Häkelfrauen wussten, dass sich Kari nichts aus Alkohol machte, bemühten sie sich stets um Alternativen, und nun, da sie schwanger war, erst recht. Dann war das leckere Essen gefolgt, das die Damen aufgetischt hatten, und zum Schluss die köstliche Champagnertorte, die Alma Grieger, Witwe eines Westerländer Bäckers und gelernte Konditorin, kreiert hatte. Natürlich ebenfalls mit alkoholfreiem Champagner.

Danach war Kari so satt gewesen, dass sie drei Tassen Espresso gebraucht hatte, bis sie sich wieder in der Lage gefühlt hatte, sich aus dem Sessel hochzustemmen und ins Gartenhaus hinüberzugehen, in dem sie immer wohnte, wenn sie auf Sylt war. Marijke hatte das winzige Gebäude liebevoll eingerichtet. Es war zwar eng, aber Kari fühlte sich dort ausgesprochen wohl.

Sie hatte sich in die weiche, nach Lavendel duftende Bettwäsche gekuschelt, aber nach den drei Tassen Espresso war sie so wach gewesen, dass sie kein Auge zubekommen hatte. Stattdessen waren ihr immer wieder die Gespräche des Abends durch den Kopf gegangen. Sie hatte den Häkeldamen alles über den Abrechnungsbetrug erzählt, was sie wusste, und die Frauen hatten sofort beschlossen, ihr zu helfen. Schließlich besaßen sie die besten Voraussetzungen, um sich bei den

Ärzten, unter denen auch Orthopäden, Internisten und Allgemeinmediziner waren, umzusehen.

Kari hatte nichts dagegen. Die Häkelmafia hatte mittlerweile einige Erfahrung mit Undercover-Ermittlungen, und Kari selbst fühlte sich schwerfällig und nicht so beweglich wie gewöhnlich. Ein wenig Unterstützung konnte nicht schaden.

Den Besuch bei Dr. Lindner allerdings konnte sie besser selbst erledigen. Wolf Lindner war Gynäkologe, und Karis nächste Routineuntersuchung stand ohnehin an. Angesichts der Kopfschmerzen, die sie nach der durchwachten Nacht plagten, hätte ein Besuch beim Hausarzt zwar näher gelegen, aber das wäre Kari dann doch zu albern erschienen. Sie wusste ja, woher das Dröhnen in ihrem Schädel rührte, und sie hätte selbst dann kein Medikament dagegen eingenommen, wenn sie nicht schwanger wäre.

Kari betrat das Haus in der Süderstraße und fuhr mit dem Fahrstuhl hinauf in den ersten Stock. An einer Milchglastür befand sich das Praxisschild. Sie drückte auf den Klingelknopf, und ein paar Sekunden später ertönte ein Summer. Kari öffnete die Tür.

Der Empfangsbereich war groß und lichtdurchflutet. Hinter einem halbrunden Tresen saß eine stark geschminkte rothaarige Frau von vielleicht Mitte zwanzig im weißen Kittel und sah ihr entgegen.

»Guten Morgen.« Kari lächelte.

Die Arzthelferin nickte nur knapp. »Haben Sie einen Termin?«

Karis Lächeln erstarb. »Nein. Ich bin spontan vorbeigekommen.«

»Das ist schlecht«, beschied ihr die Arzthelferin.

Kari entschied, ein wenig auf die Tränendrüse zu drücken.

»Es tut mir leid«, sagte sie. »Aber ich habe Angst, dass

mit dem Kind etwas nicht in Ordnung ist. Ich hatte solche Schmerzen letzte Nacht, und jetzt kann ich es nicht mehr spüren.«

Der erhoffte Effekt trat nicht ein. Die Miene der Arzthelferin blieb verschlossen.

»Ein Notfall also. Na gut. Dann versuche ich, Sie irgendwo dazwischen zu quetschen. Ich hoffe, Sie haben Zeit mitgebracht?«

Kari hob die Schultern. »Wenn es nötig ist?«

»Das ist es.« Die Arzthelferin streckte die Hand aus. »Ihre Karte bitte.«

Kari zwang das Lächeln wieder auf ihre Lippen. »Ich habe keine. Ich …«

»Sie sind nicht versichert?«, fiel ihr die Arzthelferin ins Wort.

Kari knirschte mit den Zähnen. Sah sie vielleicht so aus, als könnte sie sich keine Versicherung leisten? Sie trug eine weite, bequeme Jeanshose und eine geblümte Bluse, dazu helle Ballerinas und eine gelbe Windjacke. Keine Designermarken, aber auch alles andere als billig. Kari war auch erst vor einer Woche beim Friseur gewesen. Ihre praktische blonde Kurzhaarfrisur saß tadellos. Lediglich mit dem Make-up ging sie ausgesprochen sparsam um. Sie hasste das Gefühl fettiger Cremes auf der Haut und verklebter Poren. Meistens beließ sie es wie heute bei ein wenig Tagescreme und einem pflegenden Lipgloss.

»Ich bin privat versichert.«

»So?« Die Arzthelferin musterte Kari einen Moment skeptisch. Dann legte sie ein Klemmbrett mit einem Fragebogen auf den Tresen. »Füllen Sie das bitte aus. Wir brauchen Ihre Adresse und Angaben zu Ihrem Gesundheitszustand.«

»Natürlich.« Kari nahm das Klemmbrett und den Stift.

»Sie können sich ins Wartezimmer setzen«, erklärte die junge Frau gnädig und wies auf eine mattierte Glastür in Karis Rücken.

»Danke.« Kari drehte sich um und öffnete die Tür.

Sie hatte erwartet, ein überfülltes Zimmer vorzufinden, doch tatsächlich war der Raum leer. Kari runzelte die Stirn. Sie hängte ihre Jacke an den Garderobenständer und nahm auf einem der Schwingstühle am Fenster Platz.

Wenn hier niemand war, weshalb war es dann ein Problem, Kari einzuschieben? Aber vielleicht gab es ja einen perfekt organisierten Terminplan, und jede Patientin wurde sofort nach ihrem Eintreffen ins Sprechzimmer geleitet? Oder war es deshalb so leer, weil Dr. Lindner ebenso unfreundlich war wie seine Arzthelferin?

Kari verbrachte einige Minuten damit, den Fragebogen auszufüllen. Anschließend sah sie sich im Raum um. Neben den bequemen Schwingstühlen gab es einen Tisch, auf dem zahlreiche Zeitschriften lagen, medizinische Fachblätter ebenso wie Buntes aus der Regenbogenpresse. In einer Ecke stand ein Wasserspender, in einer anderen ein niedriger Tisch mit ebenso niedrigen Stühlen und einer Kiste mit Spielzeug und Kinderbüchern. An der Wand gegenüber der Fensterfront hingen zahlreiche großformatige Babybilder.

Ganz so schlimm konnte Dr. Lindner nicht sein, wenn er all diesen Kindern auf die Welt geholfen hatte.

Die Tür zum Wartezimmer öffnete sich, die Arzthelferin schaute herein. »Haben Sie den Fragebogen ausgefüllt?«

»Ja.«

»Schön. Dann kommen Sie bitte.«

Die Arzthelferin nahm ihr das Klemmbrett ab, als Kari aus dem Raum trat, und deutete auf eine offen stehende Tür auf der rechten Seite.

»Dort hinein, Frau ...«, sie warf einen Blick auf den Fragebogen. »Blom.« Ihre Augen verengten sich. »Sie leben auf Sylt? Warum sind Sie dann nicht zu dem Arzt gegangen, der Sie gewöhnlich betreut?«

»Ich bin nur zu Besuch hier«, erklärte Kari. »Ich wohne bei einer Bekannten im Gartenhaus.«

»Aha.« Die Arzthelferin zog sich hinter den Tresen zurück, ohne Kari eines weiteren Blickes zu würdigen. Kari straffte die Schultern und betrat das Sprechzimmer.

Es war klein und bot gerade genug Platz für einen Schreibtisch mit einem Computer. Auf der einen Seite des Tisches stand ein schwarzer Bürosessel, auf der anderen standen zwei weitere Schwingstühle. Kari nahm auf einem davon Platz. Hinter ihr öffnete sich eine Tür.

»Guten Morgen«, erklang eine volltönende tiefe Stimme. Ein Mann im weißen Kittel ging an Kari vorbei und nahm ihr gegenüber hinter dem Schreibtisch Platz. Er war mittelgroß und kräftig gebaut. Ein grauer, kurz gestutzter Haarkranz zog sich um seinen Kopf. Die grauen Augen hinter der randlosen Brille blickten freundlich. Seine Hände, die er locker auf den Tisch legte, erschienen Kari riesig.

In Kiel wurde sie von einer Ärztin betreut, einer jungen Frau mit schlanken, filigranen Fingern. Kari hoffte, dass Lindner ihr nicht wehtun würde. Womöglich war ja das der Grund für sein leeres Sprechzimmer?

»Was kann ich für Sie tun?«, erkundigte sich der Arzt.

Kari tischte ihm dieselbe Geschichte auf wie seiner Arzthelferin. Dr. Lindner lächelte.

»Dann sehen wir uns das am besten einmal an.« Er deutete auf die Tür in ihrem Rücken. »Machen Sie sich untenherum frei und nehmen Sie auf dem Stuhl Platz. Ich komme dann gleich zu Ihnen.«

Kari befolgte die Anweisung und saß kurz darauf in einem ebenfalls winzigen Raum auf dem Gynäkologenstuhl. Zu ihrer Überraschung spürte sie fast nichts, als Lindner sie untersuchte. Verglichen mit seinem zartfühlenden Vorgehen war ihre Kieler Frauenärztin geradezu ruppig.

Lindner verteilte ein durchsichtiges Gel auf Karis Bauch und fuhr dann mit dem Ultraschallgerät darüber. Er drehte den Monitor so, dass sie etwas sehen konnte.

Mittlerweile konnte sie die Schwarz-Weiß-Bilder gut interpretieren. Sie erkannte Kopf, Körper und Gliedmaßen des Kindes.

»Das sieht alles gut aus.« Lindner steckte das Gerät zurück in die Halterung und reichte Kari ein paar Papiertücher, mit denen sie das Gel abwischen konnte. »Ziehen Sie sich wieder an und kommen Sie zu mir, dann besprechen wir die Untersuchungsergebnisse.«

Dr. Lindner verschwand durch die Tür. Kari kletterte vom Stuhl und ging hinter den Paravent. Zwei Minuten später saß sie wieder vollständig bekleidet vor dem Arzt.

»Wie gesagt«, erklärte er. »Ich kann keine Unregelmäßigkeiten erkennen. Es kann schon mal vorkommen, dass Sie Schmerzen haben, vor allem, wenn Sie viel gegessen haben.« Er neigte den Kopf und sah sie fragend an.

»Hm. Ja. Ich bin gestern Nachmittag nach Sylt gekommen«, sagte Kari. »Ich besuche hier ein paar Freundinnen. Sie haben ein sehr schönes Begrüßungsessen für mich gezaubert. Ein bisschen zu üppig vielleicht.«

Lindner breitete die Hände aus. »Da haben Sie Ihre Erklärung.« Er hob die Augenbrauen. »Bleiben Sie länger auf Sylt?«

»Ich weiß es noch nicht genau«, sagte Kari. »Eine Woche, vielleicht auch zwei oder drei.«

Lindner griff in seine Schreibtischschublade und holte ein paar Zettel hervor.

»Ich würde Ihnen raten, einen Geburtsvorbereitungskurs zu besuchen. Sie sind erst im sechsten Monat, das mag der eine oder andere für ein wenig zu früh halten, aber mir ist aufgefallen, dass Sie sehr angespannt sind.«

Kari schnitt eine Grimasse. Angespannt war sie in der Tat.

»Ich empfehle Ihnen das Schwangerenzentrum gleich hier in der Straße«, sagte Lindner. »*Baby-Well*. Meine Arzthelferin bucht Ihnen dort gerne einen Kurs.«

Kari hätte fast gelacht. Sie bezweifelte sehr, dass die junge Frau hinter dem Tresen irgendetwas gerne tat.

»Ich schreibe Ihnen außerdem ein pflanzliches Präparat auf, das beruhigend und entspannend wirkt. Sie bekommen auch eine Verordnung für eine Physiotherapie. Die können Sie ebenfalls bei *Baby-Well* machen. Dort arbeiten nicht nur sehr gute Hebammen, sondern auch hervorragende Physiotherapeuten.«

Lindner zog die Tastatur auf dem Schreibtisch zu sich heran, tippte ein paar Zeilen ein und schob einen kleinen blauen und einen größeren gelben Vordruck in den Drucker, der gleich darauf zu rattern begann.

Kari nahm die beiden Blätter entgegen, die Lindner ihr reichte, nachdem der Drucker sein Werk beendet hatte. In ihrem Nacken kribbelte es.

Sie war bisher nicht öfter als unbedingt nötig zum Arzt gegangen, aber seit sie schwanger war, gehörten regelmäßige Arztbesuche dazu. Deshalb wusste sie auch, dass Ärzte selten mit Rezepten und Verordnungen um sich warfen. Gerade bei Krankengymnastik und Physiotherapie war die Zurückhaltung groß, weil die Ärzte mit ihrem engen Budget zu kämpfen hatten. Dass Lindner ihr diese Dinge gleich bei ihrem ersten Besuch geradezu aufdrängte, war mehr als verdächtig.

Zahlte ihm *Baby-Well* eine Provision dafür, dass er dem Zentrum Patienten vermittelte? Gab es eine Verabredung mit einem Apotheker, der das verschriebene Präparat gegen ein günstiges austauschen, aber das teure abrechnen und den Gewinn mit Lindner teilen würde? Oder würde Lindner zwischen den tatsächlich durchgeführten Untersuchungen ein paar Posten auf ihrer Rechnung vermerken, die frei erfunden waren, ihm aber direkt ein paar Euros in die Tasche spülten?

»Wenn Sie keine Fragen mehr haben, sehen wir uns in zwei Wochen wieder, in Ordnung?« Dr. Lindner erhob sich. »Natürlich nur, wenn alles in Ordnung ist. Falls Sie sich unwohl fühlen, kommen Sie sofort. Jederzeit.«

»Ja. Vielen Dank.« Kari stand ebenfalls auf und schüttelte Lindners angebotene Hand. Sein Händedruck war warm, weich und vertrauenerweckend, genau wie die Untersuchung. Lindner war definitiv ein guter Gynäkologe. Ob er auch ein guter Mensch war, stand auf einem anderen Blatt.

Der Arzt öffnete die Tür zum Empfangsbereich und geleitete Kari zum Tresen.

»Frau Kessler. Buchen Sie für Frau Blom bitte einen Platz in einem der Intensivkurse zur Geburtsvorbereitung bei *Baby-Well*?«, sagte er zu seiner Arzthelferin. »Sie ist nur eine oder zwei Wochen auf der Insel, deshalb müsste es schnell gehen. Und sagen Sie auch Bescheid, dass Frau Blom gleich mit einer Physiotherapie-Verordnung vorbeikommt.«

Die Arzthelferin lächelte. »Selbstverständlich, gerne, Herr Doktor. Das erledige ich sofort«, flötete sie.

Kari sah die junge Frau ungläubig an. Das konnte unmöglich dieselbe Person sein, die Kari beim Betreten der Praxis in Empfang genommen hatte.

Die Arzthelferin griff zum Telefon. Lindner ging zur Tür des Wartezimmers und bat die nächste Patientin ins Sprechzimmer, die während Karis Untersuchung eingetroffen sein musste. Offenbar war der Ablauf der Sprechstunde tatsächlich straff und gut organisiert.

»Ja. Danke.« Das Lächeln der Arzthelferin verschwand im selben Moment, in dem sich die Tür des Sprechzimmers hinter Dr. Wolf Lindner und seiner Patientin schloss. Sie legte den Telefonhörer auf und kritzelte etwas auf einen Zettel, den sie Kari reichte.

»Bitte sehr. Das ist Ihr erster Termin.« Sie setzte sich wieder, wandte sich von Kari ab und begann, auf ihrer Computertastatur zu tippen.

»Fein.« Kari schlüpfte ins Wartezimmer, um ihre Jacke zu holen – es war auch jetzt wieder leer –, und ging dann zum Ausgang der Praxis. Ihren Abschiedsgruß ließ die Arzthelferin unbeantwortet.

Kari, die sich von dem unmöglichen Verhalten zunehmend gereizt fühlte, stieß schwungvoll die Tür zum Treppenhaus auf und wäre fast in einen jungen Mann hineingerannt.

»Oh. Hoppla.« Der Mann streckte die Arme aus, um sie aufzufangen. Seine kräftigen Hände umschlossen kurz Karis Oberarme, fest, aber unaufdringlich. Dann trat der Mann einen Schritt zurück und schaute auf Karis Bauch. »Sie sollten vorsichtiger sein«, riet er. »So ein Unfall ist schnell passiert.«

Kari betrachtete ihn. Er war nicht besonders groß, aber attraktiv. Schulterlange, gewellte braune Haare und warme braune Augen, dazu die Ausstrahlung eines Tänzers. Kari schätzte ihn auf Ende zwanzig.

»Danke. Und Entschuldigung. Ich war in Gedanken.«

»Kein Problem.« Er machte Platz, um Kari vorbeizulassen, und öffnete dann die Praxistür, während Kari auf den

Knopf für den Fahrstuhl drückte. Wahrscheinlich war er der Freund der jungen Frau, die gerade bei Dr. Lindner im Sprechzimmer saß.

Kari fuhr ins Erdgeschoss. Sie trat auf die Straße und sah erst nach rechts, dann nach links.

Schräg gegenüber der Praxis befand sich eine Apotheke. Kari würde dort ihr Rezept einlösen, ehe sie sich auf den Weg zu *Baby-Well* machte. Bis zu ihrem Termin war noch eine halbe Stunde Zeit.

Eigentlich hielt sie nicht viel davon, Probleme mit Medikamenten zu lösen, aber im Augenblick fühlte sie sich tatsächlich sehr angespannt. Deshalb würde sie eine Ausnahme machen, dem Kind zuliebe.

■ ■ ■

Jonas Voss hatte sich für das Fahrrad entschieden. Er hatte nicht gut geschlafen in der letzten Nacht, weil ihn der Ärger über Karis Entscheidung und die Sorge um das ungeborene Kind gequält hatten. Als am Morgen der Wecker geklingelt hatte, hatte er sich zerschlagen gefühlt. Deshalb war sein erster Impuls gewesen, den Wagen zu nehmen. Aber dann hatte er sich gesagt, dass er mit dem Auto in fünf Minuten im Büro und immer noch aufgewühlt wäre. Er brauchte frische Luft, und er brauchte die Bewegung, um seine innere Anspannung loszuwerden.

Viel geholfen hatte es offenbar nicht. Als er die Tür zu seinem Büro öffnete, wandte ihm seine Kollegin Hannah Behrends, die bereits an ihrem Schreibtisch saß, den Kopf zu und verengte die Augen.

»Jonas? Was ist los?«

Voss zog die Lederjacke aus und hängte sie an den Garderobenhaken. Er arbeitete seit vielen Jahren mit Hannah zusammen, und sie war längst nicht mehr nur eine Kollegin, sondern auch eine Freundin. Sie kannte seine ganze komplizierte Geschichte mit Kari. Nicht zuletzt, weil sie sich anfangs selbst Hoffnungen auf eine Beziehung mit Jonas gemacht und die Nebenbuhlerin mit Neid und Argwohn betrachtet hatte. Mittlerweile war ihr Verhältnis entspannt, umso mehr, seit Hannah mit Maximilian zusammen und glücklich war. Die Beziehung der beiden schien so unkompliziert zu sein, wie es sich Jonas nur erträumen konnte. Mit Kari würde es immer schwierig bleiben, aber sie war eben seine große Liebe.

»Kari ist wieder auf Sylt«, berichtete er, nachdem er sich einen Kaffee eingeschenkt und sich Hannah gegenübergesetzt hatte.

Hannah schüttelte ihren blonden Bob. »Ich würde ja sagen: ›Wie schön für dich‹, wenn du nicht so eine Leidensmiene ziehen würdest.« Ihre Augen weiteten sich. »Moment mal. Soll das heißen, sie ist gekommen, um zu arbeiten? Das darf sie doch gar nicht, als Schwangere im Außendienst.«

»Deshalb ist sie privat hier. Sie besucht einen Geburtsvorbereitungskurs bei *Baby-Well* in Westerland. Aber in Wirklichkeit ermittelt sie wegen Abrechnungsbetrug. Ihr Chef Ole Lund hat diesen großartigen Plan ausgeheckt.«

Hannah schob den Kaffeebecher auf ihrem Schreibtisch hin und her.

»Vielleicht wollte er ihr einen Gefallen tun«, überlegte sie. »Du hast doch erzählt, wie unzufrieden Kari ist, weil sie nur noch am Schreibtisch hockt.«

Voss trank einen großen Schluck Kaffee und verbrühte sich prompt den Mund. Fast hätte er den Kaffee wieder ausgespuckt.

»Und deswegen bringt er sie in Gefahr? Kari und das Kind?«

Hannah lächelte. »Abrechnungsbetrug klingt nicht so gefährlich, finde ich. Und eine unglückliche Mutter ist auch nicht gut für ein Kind. Die Hormone, die Karis Körper ausschüttet, gelangen ja auch in den Blutkreislauf des Babys.«

Jonas stellte den Becher mit einem Seufzen zurück auf den Tisch. »Ich habe einfach Angst, verstehst du das? Kari ist einundvierzig. In dem Alter ist eine Schwangerschaft ohnehin schon riskant. Ich will sie nicht verlieren. Und das Kind auch nicht.«

Hannah lächelte. »Du musst ihr vertrauen, Jonas. Kari weiß, was sie tut.«

Voss stieß einen langen Seufzer aus. »Dein Wort in Gottes Ohr.«

Aber er konnte ja ohnehin nichts ändern.

· · ·

Kari überquerte die Süderstraße und lief auf die Apotheke zu. *Strand-Apotheke* stand in den typischen geschwungenen Lettern auf dem Schild über dem Eingang, obwohl es in der Fußgängerzone in Westerland drei Apotheken gab, die deutlich näher am Strand lagen. Andererseits befand sich auf Sylt eigentlich alles in Strandnähe, und für eine Insel passte der Name allemal.

Kari war so in ihre Überlegungen zur Namensgebung versunken, dass sie erst mit Verspätung bemerkte, dass sie die junge Frau kannte, die gerade die Apotheke verließ. Achtzehn Jahre alt, schlank, mit langen dunklen Haaren, die ihr glatt über die Schultern fielen, und einem sehr ernsten Gesichtsausdruck. Sie hatte den Kopf gesenkt und versuchte, ihren Apothekeneinkauf in der kleinen Handtasche aus unbehandeltem Jutestoff zu verstauen, die offenbar bereits zu voll war.

Im Näherkommen sah Kari, dass es sich bei dem erworbenen Produkt um eine Pappschachtel handelte, deren Aufmachung ihr bekannt vorkam.

Kari blieb vor der jungen Frau stehen. »Hallo Finja.«

Jonas' Tochter hob ruckartig den Kopf und starrte Kari an wie ein verschrecktes Reh im Scheinwerferlicht. »Kari.« Sie verstärkte ihre Bemühungen, die Schachtel in die Handtasche zu stopfen. Die Kartonverpackung bekam Knicke, aber endlich gelang es. Finja klappte rasch die Lasche über die Öffnung der Handtasche. »Ich dachte, du bist in Kiel.«

»Ich habe beschlossen, ein paar Tage auszuspannen«, entgegnete Kari. Sie hatte nie einen rechten Zugang zu Finja gefunden, deshalb wollte sie Jonas' Tochter auch nicht in ihre Undercover-Aktivitäten einbeziehen. »Bei Frau Meenken und ihren Freundinnen.«

Finja legte den Kopf schief. »Wohnt Frau Meenken nicht in Braderup?«

»Doch.«

»Was tust du dann hier?«

Kari deutete über die Straße. »Ich war beim Frauenarzt. Dr. Wolf Lindner. Wenn man schwanger ist, muss man regelmäßig zur Kontrolle.«

Sie sah, wie sich Finjas blasses Gesicht leicht rötete.

»Ich war auch bei Dr. Lindner«, erklärte sie. »Wegen der Pille.« Sie deutete mit dem Kinn in Richtung der Handtasche.

»Mhm«, machte Kari. Sie hatte deutlich gesehen, dass es sich bei Finjas Einkauf nicht um eine Pillenschachtel handelte, aber sie wollte sie nicht bedrängen. »Wie findest du ihn denn?«

»Dr. Lindner?« Finja war anzusehen, dass es ihr nicht behagte, mit Kari über ein so intimes Thema zu sprechen. »Er ist nett. Und sehr vorsichtig.«

»Den Eindruck hatte ich auch«, bestätigte Kari. Sie zögerte kurz. »Sollen wir später einen Kaffee trinken gehen?«, fragte sie dann. »Oder einen Happen essen? Ich habe gleich einen Physiotherapietermin, aber danach hätte ich Zeit.«

»Nein.« Finja warf demonstrativ einen Blick auf ihre Armbanduhr. »Ich habe eine Verabredung. Ich bin auch schon spät dran.«

Kari machte einen Schritt zur Seite und breitete die Arme aus. »Ich will dich nicht aufhalten.«

»Also, dann.« Finja nickte und ging davon.

Kari sah ihr hinterher. Wahrscheinlich sollte sie sich lieber heraushalten. Sie selbst schätzte es ebenfalls nicht, wenn man sich in ihre Angelegenheiten einmischte. Aber andererseits: Finja war gerade erst achtzehn geworden und noch längst nicht erwachsen. Und sie war die Tochter des Mannes, den Kari geheiratet hatte. Finja würde sie nie als Mutter akzeptieren, aber trotzdem war sie doch für sie verantwortlich.

»Finja!« Kari lief der jungen Frau hinterher.

Finja blieb stehen und drehte sich um. »Ja?«

Kari keuchte. Sie war bereits von den paar Schritten außer Atem. »Ich wollte dir nur sagen, dass ich da bin. Wenn du jemanden zum Reden brauchst.«

»Klar. Danke.« Finja presste die Handtasche vor die Brust. »War's das?«

»Ja.«

»Gut.« Finja drehte sich wieder um und setzte ihren Weg fort, mit größeren Schritten als zuvor, wie es Kari schien.

Kari sah ihr hinterher. Ob sie mit Jonas über diese Begegnung reden sollte?

Nein, besser nicht, entschied sie. Die Stimmung zwischen ihnen war angespannt genug. Es war nicht nötig, noch mehr Öl ins Feuer zu gießen.

■ ■ ■

»Das ist ja Finja Voss!«, rief Witta Claaßen aufgeregt und zeigte durch die Windschutzscheibe von Marijkes Golf Sportsvan auf die junge Frau, die sich eilig von Kari entfernte. Sie trug eine braune Stoffhose, ein braunes Top und darüber eine helle Stoffjacke. Die Handtasche, ebenfalls aus einem naturbelassenen Material, hatte sie fest unter den Arm geklemmt. Die langen dunklen Haare wehten im Wind.

»Stimmt.« Marijke erhaschte gerade noch einen Blick auf die Tochter von Hauptkommissar Voss, ehe die junge Frau an ihrem geparkten Wagen vorbeigeeilt war.

Marijke und ihre Freundinnen hatten Kari nach Westerland zur Praxis von Dr. Wolf Lindner gefahren. Nur Alma war nicht mitgekommen, weil Albert seinen freien Tag hatte und mit ihr einen Ausflug zu den Seehundbänken unternehmen wollte.

Marijke, Witta und Grethe hatten mit Kari verabredet, dass sie sie abholen würden, wenn sie beim Gynäkologen und bei *Baby-Well* fertig war. Kari sollte dann anrufen. Die Häkeldamen würden in der Zwischenzeit einen Kaffee trinken gehen und anschließend zu Hause auf ihren Anruf warten. Jedenfalls hatten sie das Kari gegenüber behauptet.

Tatsächlich waren sie kurz entschlossen die Süderstraße ein Stück zurückgefahren und hatten auf halbem Weg zwischen der Frauenarztpraxis und dem Schwangerenzentrum am Straßenrand geparkt. Wer wollte schon Kaffee trinken, wenn sich die Möglichkeit bot, einer LKA-Undercover-Ermittlerin bei der Arbeit zuzusehen?

»Sie weint«, verkündete Grethe vom Rücksitz aus. Witta wandte sich zu ihr um.

»Wirklich?« Schon drehte die Landarztwitwe den Kopf wieder nach vorn. »Ob die beiden sich gestritten haben?«

Marijke fackelte nicht lange. Sie startete den Motor, versicherte sich kurz, dass die Straße in beide Richtungen frei war, und wendete dann schwungvoll. Anschließend fuhr sie im Schritttempo hinter Finja her.

Die junge Frau lief die Süderstraße entlang und bog ein Stück weiter vorn in den Inken-Michels-Weg, der zum Sylt-Aquarium führte.

»Mist.« Der Inken-Michels-Weg war auf dem Abschnitt zwischen Puan-Stöven-Weg und Süderstraße eine Einbahnstraße und nur in die entgegengesetzte Richtung zu befahren. Marijke gab Gas, fuhr bis zur nächsten Abzweigung und setzte den Blinker. In letzter Sekunde lenkte sie den Golf vor einem herannahenden LKW in den Gaadt.

Sie folgte der Straße bis zur nächsten Abzweigung auf der linken Seite, bog dort in den Puan-Stöven-Weg und fuhr bis zur Kreuzung mit dem Inken-Michels-Weg.

»Da ist sie.« Witta deutete die Straße entlang.

Tatsächlich war Finja noch ein ganzes Stück von der Kreuzung entfernt. Sie ging jetzt langsam, fast schleppend. Marijke sah, wie sie ein Päckchen Taschentücher aus der Handtasche hervorholte und sich mit einem der Tücher die Augen abtupfte.

Marijke wusste nicht recht, wie sie sich verhalten sollte. Sie standen hier wie auf dem Präsentierteller. Finja würde direkt an ihnen vorbeilaufen.

Sie überlegte, nach rechts abzubiegen und zum Aquarium weiterzufahren, doch dann hätte Finja sie die ganze Zeit vor Augen. Ihr entgegenzufahren wäre ebenso auffällig, genau wie ein weiteres energisches Wendemanöver. Die einzige vernünftige Möglichkeit bestünde darin, weiter geradeaus zu fahren, aber dann würden sie Finja aus den Augen verlieren. Die nächste Querstraße war der Robbenweg, der in Richtung Deich zum Fußweg wurde. Sie müssten erneut über die Süderstraße fahren oder noch einmal wenden und den Puan-Stöven-Weg zurückfahren, aber bis dahin hätte Finja längst den Fischerweg vor dem Aquarium erreicht und könnte in alle möglichen Richtungen weitergehen.

Die Unentschlossenheit lähmte Marijke so sehr, dass sie einfach stehen blieb, und dann hatte Finja sie auch schon erreicht. Zum Glück war die Tochter des Hauptkommissars derart mit sich selbst beschäftigt, dass sie dem Auto, das mit laufendem Motor direkt an der Kreuzung stand, überhaupt keine Beachtung schenkte.

Vielleicht lag es auch daran, dass Finja den Wagen noch nicht kannte. Marijkes silberner Golf Plus, den sie drei Jahre zuvor angeschafft hatte, hatte plötzlich Macken entwickelt, obwohl er mit seinen neun Jahren noch nicht wirklich alt gewesen war. Nachdem sie im Juli zum dritten Mal binnen eines halben Jahrs liegengeblieben war, hatte Marijke entschieden, ihn gegen ein neueres Modell zu tauschen. In ihrem Alter brauchte man einfach ein Fahrzeug, auf das man sich verlassen konnte.

Der Neue war ein zwei Jahre alter Golf Sportsvan mit ebenso gemütlicher Sitzhöhe wie der Golf Plus und dazu einigen technischen Spielereien, die das Fahren erleichterten. Marijke, die den Wagen erst vor zwei Monaten gekauft hatte, strich immer noch jedes Mal zärtlich über den glänzenden weißen Lack, bevor sie einstieg.

Sie wartete, bis Finja sich ein Stück entfernt hatte, und bog dann in den Inken-Michels-Weg.

Die Tochter von Kommissar Voss schlurfte weiter zum Fischerweg und ging am Sylt-Aquarium vorbei zum Strandübergang Himmelsleiter.

»Fahr auf den Parkplatz«, forderte Grethe von hinten. »Wir müssen ihr zu Fuß hinterher.«

Marijke befolgte die Anweisung, auch wenn sie ernsthafte Zweifel hegte, dass sie körperlich in der Lage wären, der jungen Frau auf diesem Weg zu folgen, selbst wenn Finja ausgesprochen langsam ging. Die Himmelsleiter hatte ihren Namen nicht umsonst. Es war ein langer Weg über zahllose Stufen die steile Holztreppe hinauf, bis man oben auf der Dünenkrone stand. Der Aufstieg lohnte sich, der Blick über den endlos langen Sandstrand von Westerland mit den vielen blau-weiß gestreiften Strandkörben und die Nordsee war phantastisch, aber Marijke hatte ihn lange nicht mehr in Angriff genommen. Schon vor Jahren hatte sie befunden, dass sie für solche Anstrengungen zu alt war. Es gab andere und bequemere Möglichkeiten, an den Strand zu kommen und aufs Meer zu schauen.

Marijke hatte den Golf kaum in eine freie Lücke manövriert, als Witta und Grethe auch schon die Türen aufstießen. Grethe sprang schwungvoll hinaus, Witta tat sich etwas schwerer. Marijke löste ihren Gurt und folgte den beiden zur Treppe.

Grethe hatte bereits einige Meter Vorsprung. Witta stöckelte mühsam hinter ihr her.

»Jetzt warte doch mal«, rief sie. »Ich kann nicht so schnell.«

Grethe drehte sich nur kurz um. »Das ist eine Verfolgungsjagd, kein Spaziergang«, grummelte sie. »Da kann man nicht bummeln.«

Witta versuchte, Tempo aufzunehmen, blieb aber mit einem ihrer hohen Absätze an einer Wurzel hängen. Sie ruderte mit den Armen. Ihre perlweiße Handtasche segelte durch die Luft. Witta strauchelte und stürzte zu Boden.

»Ach du liebe Güte.« Marijke eilte ihrer Freundin zu Hilfe. »Hast du dir wehgetan?«

Witta schaute auf ihr weißes Kleid, das ein paar hässliche Flecken abbekommen hatte. Ein Riss verlief von ihrem rechten Knie den halben Oberschenkel hinauf.

»Das schöne Kleid«, jammerte sie.

»Jetzt vergiss doch das Kleid.« Marijke streckte Witta beide Hände hin. »Kannst du aufstehen?«

Grethe, die am Fuß der langen Treppe stehen geblieben war, sah unschlüssig zwischen Finja und Witta hin und her. Die Tochter von Hauptkommissar Voss hatte bereits den zweiten Treppenabsatz erreicht und bewegte sich jetzt wieder schneller. Auf einmal schien sie es eilig zu haben.

Marijke wusste nicht, was den Ausschlag gab, die Erkenntnis, dass sie die junge Frau ohnehin nicht einholen würde, oder dass das Leid ihrer Freundin wichtiger war als die Tränen der Kommissarstochter, jedenfalls machte Grethe auf dem Absatz kehrt und kam zu Witta und Marijke zurück.

Witta nahm Marijkes Hände, schaffte es aber nicht aufzustehen. Grethe sah kopfschüttelnd auf Wittas Schuhwerk. Dann griff sie der Freundin resolut unter die Arme.

»Wie kann man mit solchen Schuhen herumlaufen? Hochhackige Pumps, wenn man auf Verfolgungsjagd geht.«

»Das war ja nicht abzusehen«, hielt Witta ihr entgegen. »Eigentlich wollten wir nur Frau Blom zum Arzt bringen. Und die anderen Schuhe passen nicht zum Kleid.«

»Das ebenso ungeeignet ist.« Grethe selbst trug wie immer Jeans und Turnschuhe.

Endlich hatten sie Witta wieder auf die Füße gestellt. Die Landarztwitwe wollte einen Schritt nach vorn machen und knickte mit einem Aufschrei ein. Marijke und Grethe konnten sie gerade noch auffangen.

»Au!«

»Was ist los?«, fragte Marijke besorgt.

Witta blieb auf dem linken Bein stehen und hielt den rechten Fuß in der Luft.

»Das tut so weh«, jammerte sie. »Ich glaube, der Fuß ist gebrochen.«

»Ach Gott.« Marijke schlug die freie Hand vor den Mund. Auf Grethes Gesicht dagegen breitete sich ein Grinsen aus.

»Das ist doch prima«, sagte sie. »War da nicht auch ein Orthopäde auf der Liste von Frau Blom? Jetzt brauchen wir ihn nicht unter einem Vorwand aufzusuchen. Wir haben einen echten Grund.«

Witta schaute ihre Freundin verletzt an. »Du bist wirklich unmöglich. Kannst du denn nicht mal einen Funken Mitgefühl aufbringen?«

»Doch.« Grethe legte sich Wittas Arm um die Schultern, damit sie ihr helfen konnte, zum Wagen zurückzuhumpeln. »Aber was passiert ist, ist passiert. Das kann man nicht mehr ändern. Ich versuche einfach nur, bei allem immer auch das Positive zu sehen.«

8. *Baby-Well* befand sich in einem Neubau an der Ecke von Süderstraße und Trift unweit des Bahnhofs. Ein Glasdach schützte den Eingangsbereich. Die Tür ließ sich ohne großen Kraftaufwand öffnen und war breit genug, um auch mit einem Zwillingskinderwagen hindurchzukommen. Drinnen wartete ein großzügiger Empfangsbereich mit mintgrünem Linoleumboden, zartgrün gestrichenen Wänden und einem schneeweißen Tresen, auf dem sich zahllose Aufsteller mit bunten Prospekten reihten.

Dahinter stand ein Mann und blätterte in irgendwelchen Unterlagen. Er trug ein rotes T-Shirt, auf dem in geschwungenen weißen Buchstaben der Schriftzug »Baby-Well« prangte. Als Kari eintrat, hob der Mann den Kopf und lächelte. Er mochte um die vierzig sein. Das Gesicht war rund und ein wenig konturlos. Die babyblauen Augen blickten warm und freundlich.

»Hallo«, sagte er mit einer Stimme, die Kari einen Schauer über den Rücken jagte, weil sie so tief und maskulin war. Sie passte überhaupt nicht zu dem Bild, das der Mann abgab. »Sie sind Frau Blom?«

»Ja, richtig.«

Er reichte ihr über den Tresen hinweg die Hand. »Sie müssen sich leider noch einen Moment gedulden. Aber Sie können mir schon mal Ihre Verordnung geben, dann legen wir gleich Ihre Kundenkarteikarte an.«

Kari holte den gelben Zettel, den Dr. Lindner ihr ausgestellt hatte, aus der Handtasche, und reichte ihn dem Mann hinter dem Tresen.

»Sind Sie der Physiotherapeut?«

»Nein.« Der Mann lächelte wieder. »Ich bin Gregor, eine von den Hebammen.«

»Ah.« Kari biss sich auf die Lippen. Sie legte viel Wert auf politische Korrektheit, aber hier war sie geradewegs einem überholten Klischee aufgesessen.

»Nehmen Sie doch einen Moment Platz.« Gregor deutete auf die Stuhlreihe rechts des Tresens und setzte sich an seinen Computer. »Ich nehme schnell Ihre Daten auf. Ihr Physiotherapeut kommt gleich.«

»Danke.« Kari setzte sich und stellte die Handtasche auf den freien Stuhl neben sich. Sie ließ den Blick durch die Anmeldung schweifen, die zugleich als Wartezimmer diente. An einer Seite gab es eine Reihe abschließbarer Spinde. Daneben war eine Schale angebracht, in der etliche Plastikchips lagen.

Gregor hob den Kopf und folgte ihrem Blick.

»Wenn Sie mögen, können Sie schon mal Ihre Sachen einschließen«, schlug er vor. »Das ist bei uns so üblich. Wir möchten, dass unsere Patientinnen keinen unnötigen Ballast mit in den Behandlungsraum nehmen. Sie sollen sich frei fühlen und ungestört entfalten können.«

»Okay.« Das klang in Karis Ohren ein wenig esoterisch, aber sie wollte nicht kleinlich sein. Hatte in den Unterlagen, die Ole Lund ihr mitgegeben hatte, nicht auch gestanden, dass *Baby-Well* von einer Hebamme geleitet wurde, die zugleich Heilpraktikerin war? Das bedeutete natürlich nicht, dass sie auch esoterisch war, doch bei einigen Vertretern der Branche gab es wohl eine Schnittmenge.

Vielleicht war das Zurücklassen des Ballasts aber auch einfach nur eine gute Idee. Kari mochte es selbst nicht gern, wenn ihre Sachen irgendwo unbeaufsichtigt herumstanden, und die Möglichkeit, sie in einen Spind einzuschließen, löste das Problem auf elegante Weise.

Sie stand auf und stellte ihre Handtasche in eines der Fächer. Anschließend nahm sie sich einen der Plastikchips aus der Schale und warf ihn in den Münzschlitz auf der Rückseite der Tür, schloss den Spind und zog den Schlüssel ab. Er hatte ein Band, mit dem man ihn am Hand- oder Fußgelenk befestigen konnte. Kari band ihn hinter ihre Armbanduhr, wo er sie am wenigsten störte.

Anschließend setzte sie sich wieder auf ihren Stuhl, während Hebamme Gregor konzentriert auf der Tastatur tippte, und betrachtete die Tafel an der gegenüberliegenden Wand, die Fotos sämtlicher Angestellten von *Baby-Well* zeigte.

Ganz oben war ein Bild der Praxisinhaberin zu sehen. Dorothea Bachmann, Hebamme und Heilpraktikerin. Darunter hingen die Fotos der beiden anderen Hebammen, Iris Asmussen und Gregor Wahls. Den Abschluss bildeten die Bilder der Physiotherapeuten, Tim Siebert und Florian Petzold.

Kari stutzte. Tim Siebert, den Mann mit den gewellten braunen Haaren und den warmen braunen Augen, hatte sie heute schon einmal gesehen. Sie war fast mit ihm zusammengestoßen, als sie die Praxis von Dr. Wolf Lindner verlassen hatte.

Ihr lief ein Schauer über den Rücken. War Ole Lunds angeblich so verzwickter Fall tatsächlich so leicht zu lösen? Hatte sie schon im ersten Anlauf die betrügerische Verbindung entdeckt?

Die Tür der Praxis öffnete sich, und Tim Siebert trat ein. In der Hand hielt er einen dicken braunen Umschlag im DIN-A4-Format, den er schwenkte und dann vor Gregor Wahls auf den Tresen legte.

»Hier kommen die Ultraschallbilder aus der Praxis Lindner«, verkündete er und wandte sich Kari zu.

»Ach, hallo.« Ein breites Lächeln erschien auf seinen Lippen. »Sind Sie mein Physiotherapietermin? Wir kennen uns ja schon.« Er wandte sich zu Wahls. »Die Dame ist mir bei Dr. Lindner in die Arme gelaufen.«

»Ja. Dr. Lindner hat sie uns vermittelt«, entgegnete Wahls.

»Schön.« Siebert schaute wieder zu Kari. »Ihre Sachen haben Sie schon eingeschlossen? Dann kommen Sie gleich mit. Sie werden sehen, hinterher sind Ihr Baby und Sie so entspannt wie noch nie.«

Kari stand auf und folgte ihm.

Ganz so einfach war die Sache dann wohl doch nicht.

• • •

Als Kari sich zwanzig Minuten später von der Behandlungsliege erhob, fühlte sie sich tatsächlich, als hätten sich sämtliche Knoten in ihrem Körper gelöst. Eigentlich hatte sie die Gelegenheit nutzen wollen, um Tim Siebert auszuhorchen, doch über die Frage, wie lange er schon für *Baby-Well* arbeitete, war sie nicht hinausgekommen.

Fünf Jahre, hatte Siebert ihr berichtet, nach Abitur, freiwilligem sozialem Jahr, dreijähriger Ausbildung in Hamburg und einem Jahr, in dem er mit dem Rucksack durch Südamerika getingelt war, Brasilien, Kolumbien, Peru. Kari erinnerte sich noch, dass er etwas vom Amazonas-Regenwald und seinen bunten Bewohnern erzählt hatte. Dann war sie weggedämmert, weil nicht nur ihre Glieder, sondern auch ihre Augenlider so schwer geworden waren, dass sie sie nicht mehr hatte offen halten können.

»Danke«, seufzte sie, während sie sich wieder ankleidete. »Das war wunderbar.«

»Freut mich«, entgegnete Siebert, während er das Laken zusammenfaltete und die Behandlungsliege mit Desinfektionsmittel abwischte. »Mit Ihnen macht es auch Spaß. Erst dachte ich, Sie könnten gar nicht entspannen, aber dann haben Sie sich doch darauf eingelassen.«

Kari verspürte einen Stich. Der Mann kannte sie nicht und hatte sie nur zwanzig Minuten unter seinen Händen gehabt, doch trotzdem hatte er ihre Persönlichkeit sofort erfasst. Kari hasste es, die Kontrolle abzugeben. Es war ein wenig besser geworden, seit sie mit Jonas zusammen war, doch es fiel ihr immer noch schwer, das Ruder aus der Hand zu geben.

Bei Tim Siebert allerdings hatte es gut funktioniert. Er hatte mit traumwandlerischer Sicherheit ihre verspannten Stellen aufgespürt und mit sanftem Druck aufgelöst. Seine warmen Hände waren fest und weich zugleich gewesen, und Kari hatte sich auf wunderbare Weise geborgen gefühlt.

»Sie machen das sehr gut«, sagte sie.

Siebert lächelte breit. »Das freut mich. Aber wenn man etwas mit Leidenschaft tut, ist das auch nicht schwer.«

Kari schlüpfte in ihre Jeans, die über dem Bauch bereits wieder spannte, obwohl sie sie erst vor zwei Wochen gekauft hatte. Es schien, als würde ihr Kind neuerdings im Rekordtempo wachsen.

»Man kann sich glücklich schätzen, wenn man einen Beruf hat, der einem Spaß macht«, bemerkte sie beiläufig. »Da ist es dann auch nicht so schlimm, wenn man nicht so viel Geld damit verdient.«

Siebert klemmte sich das Laken unter den Arm.

»Stimmt. Als Physiotherapeut wird man nicht reich«, sagte er. »Aber das ist mir auch nicht wichtig. Ich würde mit niemandem tauschen wollen.«

»Nein. Ich auch nicht«, sagte Kari inbrünstig.

Siebert sah sie neugierig an. »Was machen Sie denn?«

Kari biss sich auf die Lippen. Die Behandlung hatte sie so weich gemacht, dass sie für einen Moment vergessen hatte, weshalb sie hier war. Ihre spontane Äußerung hatte sich auf ihren Job als Undercover-Ermittlerin beim LKA bezogen, den sie um keinen Preis aufgeben wollte, aber das war nicht die Antwort, die sie Siebert geben konnte.

»Ich bin Schriftstellerin«, sagte sie getreu ihrer Rolle und versuchte, ein Strahlen in ihre Augen zwingen.

»Ah.« Siebert hob die Augenbrauen. »Das ist spannend. Was schreiben Sie? Romane?«

Kari dachte kurz nach. Sie hatte mit Ole nicht genau abgesprochen, wie sie vorgehen wollte, auch deshalb, weil es kein offizieller Undercover-Einsatz war. Sollte sie professionelle Neugier vortäuschen oder lieber ganz privat bleiben? Aber während der Behandlungen würde sie nicht viel erfahren und beim Geburtsvorbereitungskurs vermutlich auch nicht. Sie entschied, das Risiko einzugehen und sich als Autorin auf Recherchereise auszugeben. Vielleicht war das ein Weg, um einen besseren Blick hinter die Kulissen von *Baby-Well* zu bekommen.

»Ach, alles Mögliche«, sagte sie leichthin. »Angefangen habe ich mit Biographien. Danach habe ich es mit Romanen versucht, aber inzwischen denke ich, dass ich beim Sachbuch besser aufgehoben bin.« Sie neigte ihr Kinn in Richtung ihres Bauchs. »Momentan beschäftige ich mich vor allem mit dem Thema Schwangerschaft.«

Tim Siebert lächelte. »Wann ist es denn so weit?«, erkundigte er sich.

Kari war enttäuscht. Sie hatte gehofft, dass Siebert ihr anbieten würde, bei ihren Recherchen behilflich zu sein. Aber vielleicht war ihm der Gedanke einfach nicht gekommen. Trotzdem konnte es nicht schaden, dass sie den Köder ausgeworfen hatte. Sie würde wiederkommen, und vielleicht würde dann jemand anbeißen.

»Der Geburtstermin ist für Anfang Januar berechnet.«

»Schön. Dann haben Sie ja noch ein wenig Zeit, sich um Ihr Buch zu kümmern.« Siebert legte den Kopf schief. »Ich lese ja nicht so viel. Jedenfalls nichts, was nicht mit Physiotherapie zu tun hat. Aber wenn Sie eines Ihrer Werke besonders empfehlen können?«

Kari hüstelte. »Nun ja. Also ... um ehrlich zu sein: Bisher habe ich noch nichts veröffentlicht. Das ist nicht so leicht, wissen Sie? Es gibt unglaublich viele Leute, die schreiben, und nur die wenigsten finden jemals einen Verlag.«

Siebert nickte mitfühlend. »Ist es das, was Sie belastet? Dass Sie mit Ihrem Beruf kein Geld verdienen?«

Kari spürte, wie sich ihr Magen verknotete. War aus dem Physiotherapeuten plötzlich ein Psychotherapeut geworden?

»Verzeihen Sie.« Siebert hob die Hand und bewegte sich in Richtung Tür. »Ich wollte Ihnen nicht zu nahe treten. Ich habe nur gespürt, wie verspannt Ihre Schultern und Ihr Nacken sind. So, als würden Sie beständig einen schweren Rucksack mit sich herumtragen.«

Der Klumpen in Karis Magen bewegte sich nach oben und blockierte ihre Kehle.

Siebert hatte recht. Sie schleppte einen schweren Rucksack, angefüllt mit Sorgen um die Zukunft. Was würde aus ihr werden, wenn das Kind da war? Aus ihrem Beruf, ihrem Leben, aus der Beziehung zu Jonas? Plötzlich hatte sie das Gefühl, die Herausforderung nicht bewältigen zu können.

Sie spürte, wie sich ihre Augen mit Tränen füllten, und wischte sie ungeduldig mit dem Handrücken ab. Kari weinte nicht, schon gar nicht vor einem Mann, den sie erst vor einer Stunde kennengelernt hatte.

Siebert holte ein Päckchen Taschentücher aus der Tasche seiner weißen Hose und legte es auf die Behandlungsliege.

»Lassen Sie sich Zeit. Ich brauche den Raum erst in einer halben Stunde wieder«, sagte er. Damit schlüpfte er aus der Tür und zog sie lautlos hinter sich ins Schloss.

Kari schluchzte auf. Die Tränen rannen ihr heiß über das Gesicht. Sie nahm sich ein Taschentuch und tupfte sie ab, doch es kamen immer mehr.

Hatte sie sich zu viel zugemutet? Sollte sie Ole anrufen und den Einsatz auf Sylt abbrechen?

Aber was sollte sie dann tun? Wieder in Kiel am Schreibtisch im Landeskriminalamt sitzen und langweilige Berichte tippen? Zu Hause auf dem Sofa liegen und fernsehen? Das würde sie in den nächsten Monaten noch oft genug tun.

Nein, sie würde sich jetzt zusammenreißen und das, was sie angefangen hatte, zu Ende bringen. Sieberts Behandlung hatte offenbar nicht nur ihre Muskeln, sondern auch ihre Abwehrmechanismen aufgeweicht. In Zukunft musste sie einfach vorsichtiger sein und sich besser darauf einstellen.

9. Marijke Meenken parkte den Golf Sportsvan direkt vor der Praxis des Orthopäden auf dem Bürgersteig. Im Parkverbot, aber das war ihr egal. Gemeinsam mit Grethe half sie Witta ins Gebäude. Wittas Knöchel war mittlerweile dick geschwollen, und sie konnte kaum auftreten. Die hochhackigen Schuhe waren keine Hilfe, aber Witta weigerte sich, sie auszuziehen.

»Ich laufe doch nicht auf Strümpfen.«

Marijke und Grethe tauschten einen verständnislosen Blick, fügten sich aber. Marijke zog die Tür zur Praxis im Erdgeschoss auf, und Grethe stützte Witta. Sie erspähte einen Stuhl an der Wand neben dem Tresen und steuerte ihn an. Witta ließ sich mit einem Stoßseufzer auf die Sitzfläche sinken. Die Arzthelferin hinter dem Tresen, eine blasse, stämmige Frau in den Vierzigern mit kurzen blonden Haaren, hob den Kopf.

»Guten Tag. Haben Sie einen Termin?« Dann entdeckte sie das Malheur. »Ach Gott. Ein Notfall.« Sie kam hinter dem Tresen hervor und kniete sich vor Witta auf den Boden. »Darf ich mal einen Blick darauf werfen?«

Witta brachte ihre Dauerwelle in Form. »Es wäre mir lieber, wenn sich das ein Arzt ansieht.«

»Selbstverständlich. Ich wollte nur mal schauen.«

Witta setzte eine Leidensmiene auf. »Wenn es sein muss. Aber seien Sie um Gottes willen vorsichtig.«

»Natürlich.« Die Arzthelferin betaste behutsam den geschwollenen Knöchel.

»Au!« Witta stöhnte laut. Die Arzthelferin zog rasch ihre Hand zurück.

»Er ist gebrochen, nicht wahr?«, klagte Witta. »Ich kenne mich aus. Mein verstorbener Mann war Arzt.«

Die Arzthelferin erhob sich und blickte auf Witta herab. »Dann sollten Sie es besser wissen, als mit diesem ungeeigneten Schuhwerk herumzulaufen, in Ihrem Alter«, sagte sie unfreundlich. »Wozu gibt es denn Gesundheitsschuhe?«

»Pah.« Witta sah aus, als hätte man ihr faules Obst angeboten. »Die sind doch potthässlich.«

»Es gibt sehr schicke Turnschuhe«, warf Grethe ein und zeigte auf ihre eigenen Füße. Der Sportschuh, den sie zur ausgewaschenen Bluejeans trug, war neongrün. »Darin läuft man prima, und man knickt auch nicht so leicht um.«

Die Arzthelferin nickte beifällig. Witta rümpfte die Nase.

»Du hattest noch nie einen Sinn für Mode. So einen Schuh trägt man doch nicht zum Kleid.«

»Dann solltest du vielleicht dein Outfit überdenken«, gab Grethe zurück. »Ein Gipsfuß ist auch nicht gerade schick.«

»Um Himmels willen.« Witta hatte sich bisher offenbar keine Gedanken über die Folgen ihres Sturzes gemacht.

Die Arzthelferin zog sich hinter ihren Tresen zurück. Sie wirkte auf seltsame Art befriedigt.

Marijke ging zu Witta. »Hast du deine Krankenkassenkarte dabei?«

Witta verdrehte die Augen. »So etwas habe ich nicht. Ich bin privat versichert.«

»Das ist gut«, ließ sich die Arzthelferin hinter dem Tresen vernehmen.

Im Flur hinter ihnen öffnete sich eine Tür, und eine verhärmt aussehende grauhaarige Frau betrat den Empfangsraum. »Ich bekomme noch ein Rezept für ein Rheumamittel.«

»Einen Moment bitte.« Die Arzthelferin wandte sich an Marijke. »Schreiben Sie mir die persönlichen Daten Ihrer Freundin auf? Name, Anschrift, Telefonnummer?« Sie reichte ein Klemmbrett über den Tresen und sah zu Witta. »Sie können dann gleich rein.«

Wittas Miene hellte sich auf. »Immerhin. Flott geht es hier ja. Sie haben den Laden im Griff«, vermerkte sie anerkennend.

Die Arzthelferin lächelte. Offenbar war sie für Komplimente empfänglich.

Marijke füllte rasch das Formular aus und half dann gemeinsam mit Grethe ihrer Freundin vom Stuhl hoch. Sie stützten Witta, die zwischen ihnen ins Sprechzimmer humpelte.

Der Arzt saß an seinem Schreibtisch und tippte auf der Tastatur seines Computers. Er sah nicht einmal auf, als sie den Raum betraten.

»Setzen Sie sich«, sagte er. Dann schien er zu bemerken, dass nicht nur eine Person den Raum betreten hatte, sondern gleich drei. Er hob den Kopf und musterte die drei alten Damen. Sein Blick fiel auf Wittas geschwollenen Knöchel.

»Oha.« Er deutete auf die Behandlungsliege. »Setzen Sie sich hin, und ziehen Sie die Schuhe aus. Ihre Begleiterinnen können draußen warten.«

»Ich will, dass sie dableiben«, protestierte Witta.

»Von mir aus.« Der Arzt beendete seine Dateneingabe und stand auf. Er war jung, sehr groß und breitschultrig, mit

millimeterkurz geschnittenen blonden Haaren und glatt-
rasiertem Kinn. Er griff nach Wittas Unterschenkeln, hob
mühelos ihre Beine hoch und legte sie auf die Liege. Dann
streifte er ihr mit einer routinierten Bewegung den Seiden-
strumpf vom Fuß.

»Das kann jetzt ein bisschen wehtun«, warnte er und be-
fühlte den Knöchel.

»Au!«, jammerte Witta prompt. »Geht das nicht ein bisschen vorsichtiger? Sie müssen wissen, mein Mann war Land-
arzt in Kampen. Die Patienten haben immer seine Feinfühlig-
keit gelobt. Ich bin ihm viele Jahre lang zur Hand gegangen.«

Der Arzt hob müde einen Mundwinkel. »Tut mir leid.
Ich muss mir ein Bild machen. Ohne Sie abzutasten, geht das
nicht.«

Witta presste verstimmt die Lippen zusammen. Sicher
hatte sie erwartet, als Gattin eines Kollegen eine besondere
Behandlung zu erfahren, doch der Orthopäde wirkte wenig
beeindruckt.

»Sie haben Glück«, sagte er. »Der Knöchel ist nicht gebrochen, nur verstaucht.«

»Sind Sie sicher? Wollen Sie nicht lieber eine Röntgenaufnahme machen?«

»Das tun wir selbstverständlich. Aber Sie werden sehen,
dass ich recht habe.«

Er ging zum Schreibtisch und drückte eine Taste auf seinem Telefon. »Frau Ehlen? Bringen Sie doch bitte rasch mal
den Rollstuhl in die zwei.«

Sie mussten nicht lange warten, dann klopfte es an der Tür,
und die Arzthelferin schob einen Rollstuhl in den Behandlungsraum. Der Arzt griff Witta unter Schultern und Knie,
und ehe sie es sich versah, saß sie im Rollstuhl.

»Eine Röntgenaufnahme des rechten Fußknöchels bitte«,

sagte der Arzt. »Und schicken Sie mir gleich den nächsten Patienten rein.«

»Natürlich, Herr Doktor.« Die Arzthelferin schob Witta durch den Flur in einen Raum, an dessen Tür ein Warnschild angebracht war, ein gelbes Dreieck mit schwarzem Rand und dem schwarzen Strahlensymbol in der Mitte. Darunter stand auf einem weiteren gelben Schild »Röntgenstrahlung«.

»Da können Sie nicht mit rein«, sagte die Arzthelferin. »Setzen Sie sich doch solange ins Wartezimmer.« Sie winkte Marijke und Grethe, ihr zu folgen, und schickte die nächste Patientin, eine junge Frau mit einem bandagierten Handgelenk, ins Sprechzimmer. Dann verschwand sie über den Flur in den Röntgenraum.

»Das ist unsere Chance«, sagte Grethe. »Jetzt können wir uns umsehen.« Sie sprang auf und strebte zum Empfangstresen.

Marijke eilte hinter ihr her. »Was meinst du denn, was du da findest? Glaubst du, auf den Abrechnungen steht drauf, dass es Fälschungen sind, damit man sie auch erkennt?«

»Ich kann doch einfach mal schauen.« Grethe war bereits um den Tresen herumgegangen und hatte den Computermonitor mit einem energischen Ruckeln an der Maus zum Leben erweckt. Sie klickte sich durch die Ordner. »Hm«, brummte sie ratlos. »Das sind ja eine Menge Patienten.«

»Das sage ich doch.«

Grethe tippte wahllos auf eine Patientenakte. »Dann drucke ich das eben aus.«

Der Drucker in der hinteren Ecke des Empfangstresens begann zu rattern.

Marijke schlug die Hände vor den Mund. »Wenn jetzt jemand kommt.«

Grethe grinste. »Es kommt ja keiner. Und wenn doch, ziehen wir eben die Nummer mit der Demenz ab. Das hat doch schon ein paarmal prima geklappt.«

Marijke hatte wenig Lust, die verwirrte Alte zu spielen, aber sie konnte Grethe ja auch nicht allein lassen. Also spähte sie abwechselnd zur Tür des Sprechzimmers und des Röntgenraums und fuhr zusammen, als sich die Klinke des letzteren senkte.

»Mach schnell«, hauchte sie. »Die Arzthelferin kommt zurück.«

Die Tür des Röntgenraums öffnete sich, und die Arzthelferin schob Witta mit dem Rollstuhl heraus. Grethe schloss das geöffnete Fenster auf dem Bildschirm und riss die Blätter aus dem Drucker. Sie rollte sie zusammen und stopfte sie hinten in den Hosenbund, gerade noch rechtzeitig, ehe die Arzthelferin den Flur entlangkam und sie erblickte.

»Was machen Sie denn da? Sie sollten sich doch ins Wartezimmer setzen.«

Grethe presste die Beine zusammen. »Ich muss mal zur Toilette. Dringend.«

»Die ist da drüben.« Die Arzthelferin wies zum entgegengesetzten Ende des Flurs.

»Ah!« Grethe sprintete los. Ehe sie die Arzthelferin passierte, ließ sie die Papierrolle unter ihrem dicken Pullover verschwinden.

Die Arzthelferin sah zu Marijke. »Sie können dann gleich wieder mit hineinkommen. Die Aufnahme ist sofort fertig.«

Sie fuhr Witta mit dem Rollstuhl zur Tür des Sprechzimmers. Grethe kam von der Toilette zurück, im selben Moment, als die Patientin mit dem bandagierten Handgelenk das Sprechzimmer verließ.

Der Orthopäde hängte die Röntgenaufnahme in einen beleuchteten Glaskasten.

»Und? Was sehen Sie?«, fragte er Witta. »Da Sie ja quasi vom Fach sind.« Er grinste.

Witta kniff die Augen zusammen. Marijke fragte sich, ob sie überhaupt etwas erkennen konnte, da sie wie meistens ihre Brille nicht trug. Diese verdammte Eitelkeit!

»Keine Fraktur«, verkündete Witta, klang dabei jedoch alles andere als sicher.

»Richtig.« Der Arzt breitete die Hände aus. »Wie ich es Ihnen gesagt habe. Der Knöchel ist lediglich verstaucht. Meine Arzthelferin wird Ihnen gleich einen Verband anlegen, und ich gebe Ihnen ein Rezept für eine feste Bandage mit. Sie wissen ja vermutlich, wie man richtig wickelt. Sie können auch eine abschwellende Salbe benutzen.«

»Schreiben Sie mir dafür auch ein Rezept?«

»Das ist nicht nötig. Diese Salben sind nicht verschreibungspflichtig, und die Kasse erstattet Ihnen die Kosten ohnehin nicht.«

»Dann vielleicht ein bisschen Physiotherapie?«

Der Arzt schnaubte. »Der Knöchel ist verstaucht. Sie sollten ihn möglichst ruhig halten, nicht bewegen.«

»Ein Schmerzmittel?«

»Auch das bekommen Sie rezeptfrei in der Apotheke.« Der Orthopäde sah jetzt ernsthaft verärgert aus. »Was wollen Sie eigentlich? Eine Behandlung oder einen kostengünstigen Arzneimittelvorrat?«

»Also, wenn Sie ein paar Gratisproben da hätten, würde ich nicht Nein sagen ...«

»Witta!« Marijke reichte es. Sie sah den Arzt an. »Verzeihen Sie bitte. Das ist der Schock von dem Sturz.«

Der Orthopäde nickte. »Achten Sie darauf, dass Ihre Freundin den Fuß stillhält.« Er setzte sich an den Computer und tippte rasch ein paar Zeilen. »Wir sehen uns dann in vierzehn Tagen wieder. Frau Ehlen macht Ihnen den Verband und gibt Ihnen das Rezept und einen Termin.«

»Danke.« Marijke sammelte rasch Wittas Schuhe ein, und Grethe schob den Rollstuhl aus dem Sprechzimmer. Marijke war froh, als sie die bohrenden Blicke des Orthopäden nicht mehr im Rücken spürte.

»Mit euch kann man wirklich nirgendwo hingehen«, beschwerte sie sich. »Ihr benehmt euch unmöglich.«

»Wieso?« Witta setzte eine unschuldige Miene auf. »Zumindest wissen wir jetzt, dass Herr Dr. Böttcher zwar ein furchtbar unhöflicher Mensch ist, aber zumindest niemand, der unnötige Behandlungen oder Medikamente verordnet.«

»Und wir haben ein paar interessante Unterlagen«, setzte Grethe hinzu. »Vielleicht kann Frau Blom ja etwas damit anfangen.«

»Was denn für Unterlagen?«, rief Witta neugierig.

»Psst«, machten Marijke und Grethe gleichzeitig, weil die Arzthelferin mit raschen Schritten auf sie zustrebte. »Du bekommst jetzt erst mal deinen Verband. Und dann fahren wir nach Hause.«

■ ■ ■

Kari wusste nicht genau, wie lange sie auf der Behandlungsliege gesessen hatte, als es an der Tür klopfte.

»Ja.« Sie raffte rasch die benutzten Taschentücher zusammen. Sie hatte tatsächlich die ganze Packung verbraucht.

Die Tür öffnete sich, und eine Frau streckte den Kopf herein. Sie musste in Karis Alter sein, Anfang bis Mitte vierzig, aber ihr Haar war bereits komplett ergraut. Es fiel ihr in langen Locken bis auf die Schultern, machte sie aber nicht alt, sondern verlieh dem schmalen Gesicht eine besondere Note. Die blauen Augen waren besorgt auf Kari gerichtet.

»Geht es wieder?«, fragte sie sanft.

»Ja. Alles in Ordnung.« Kari glitt von der Liege und warf die zusammengeknüllten Taschentücher in den Papierkorb in der Ecke. »Das war die Behandlung. Sie hat mich völlig aufgeweicht.« Kari versuchte sich an einem heiteren Lachen, das gründlich misslang.

»Das kommt schon mal vor«, entgegnete die Frau. »Eine gute Physiotherapie kann diesen Effekt haben. Und unser Tim hat goldene Hände.«

»In der Tat.« Kari schlüpfte in ihre Schuhe und zog ihre Windjacke über.

»Haben Sie noch einen Moment Zeit?«, erkundigte sich die Frau. »Sie haben sich ja auch für einen unserer Geburtsvorbereitungskurse angemeldet. Die Vorbesprechung für die Teilnehmerinnen war schon letzte Woche, aber wir können das gleich nachholen, wenn Sie mögen.«

»Ja. Gerne.« Kari folgte der Frau über den Flur in ein kleines Büro, das ausgesprochen sparsam möbliert war. Vor dem Fenster stand ein Schreibtisch aus hellem Holz, davor einer jener Hocker für den Rücken, die nur eine winzige Sitzfläche und ein Polster für die Knie besaßen. Dazu gab es einen kleinen Glastisch mit zwei einander gegenüberstehenden hellen Schwingsesseln und ein Bücherregal, in dem die Bücher ordentlich in Reih und Glied standen. An den zahlreichen in Dunkelblau, Hellblau und Weiß gestreiften Buchrücken erkannte Kari, dass es sich überwiegend um medizinische Fachbücher handelte. An der Wand hingen Meeresbilder. Alles strahlte Ruhe und Frieden aus, und Kari fühlte sich schon wieder an ein psychotherapeutisches Arrangement erinnert.

Die Frau stellte zwei Gläser auf den Tisch und füllte sie mit Wasser aus einer Karaffe, in der ein paar Steine lagen.

»Legen Sie doch die Jacke ab«, schlug sie vor, und Kari befolgte den Rat und hängte die Jacke an die Garderobe neben der Tür, ehe sie in einem der Sessel Platz nahm.

Die grauhaarige Frau griff nach einer Dokumentenmappe auf dem Schreibtisch und setzte sich Kari gegenüber. Es war eine dieser Klappmappen, wie man sie auch von Arztbesuchen kannte.

»Frau Kari Blom aus Kiel«, las sie laut und schaute Kari an. »Sie machen Urlaub auf Sylt?«

»Ich besuche eine Freundin«, erwiderte Kari, die sich langsam gefangen hatte. »Eine alte Dame. Sie wohnt in Braderup.«

»Sehr schön. Und Sie sind lange genug hier, um an unserem einwöchigen Geburtsvorbereitungskurs teilzunehmen? Wir haben jeden Abend von siebzehn bis neunzehn Uhr eine zweistündige Sitzung, und am Wochenende treffen wir uns jeweils am Nachmittag, von dreizehn bis siebzehn Uhr.«

»Das kann ich einrichten.«

»Gut. Dann darf ich mich erst einmal vorstellen. Mein Name ist Dorothea Bachmann. Ich bin ausgebildete Hebamme und Heilpraktikerin. Wir verfolgen hier einen ganzheitlichen Ansatz. Eine Schwangerschaft ist ja weitaus mehr als nur ein körperlicher Vorgang. Sie stellt vielfältige Herausforderungen an die werdende Mutter, aber auch an den Partner und die restliche Familie. Deshalb bieten wir alles an, was im weiteren Sinne zur Tätigkeit einer Hebamme dazugehört, also die persönliche und medizinische Betreuung bis zur Geburt, die Begleitung beim Prozess der Geburt selbst und die Unterstützung nach der Geburt mit Kursen zur Rückbildung, zum Stillen und Tragen und so weiter.«

Kari nickte. Sie hatte sich bereits informiert und erfahren, dass Hebammen auch die meisten der nötigen Untersuchungen selbst durchführten. Dass man bei ihnen lernen konnte, wie man nach der Geburt den Körper wieder in Form brachte, was als »Rückbildung« bezeichnet wurde.

»Die medizinischen Untersuchungen, die wir hier bei *Baby-Well* nicht vornehmen können, führt Herr Dr. Lindner in seiner Praxis durch«, fuhr Dorothea Bachmann fort. »Sie haben ihn ja bereits kennengelernt.«

»Ja.«

»Wir sind aber der Ansicht, dass es damit allein nicht getan ist«, erklärte die Hebamme. »Deshalb habe ich *Baby-Well* gegründet, um den Schwangeren zusätzlich auch eine engmaschige Betreuung durch eine Heilpraktikerin – das bin ich – und Physiotherapie anbieten zu können. Wir wollen einfach das Beste für Körper, Geist und Seele. Für Sie und Ihr Kind.«

»Das klingt gut«, sagte Kari und meinte es auch so. Bachmanns strahlende Augen, die warme Stimme und die Freundlichkeit in ihrem Blick brachten Kari ernsthaft ins Wanken. Vielleicht war man hier bei *Baby-Well* wirklich so engagiert, dass man keine Patientinnen abwies, und hatte deshalb ein so außergewöhnlich hohes Aufkommen an Abrechnungen? Nicht, weil sich irgendjemand illegal bereicherte, sondern weil die Angestellten aus Leidenschaft für ihren Beruf bis an ihre Grenzen gingen? Das wäre schließlich auch eine plausible Erklärung dafür, warum die Gespräche und Datenanalysen, von denen Lund gesprochen hatte, ohne Ergebnis geblieben waren.

Die Heilpraktikerin lächelte. »Dann haben Sie hoffentlich nichts dagegen, wenn ich Ihnen ein paar persönliche Fragen stelle? Ich möchte Sie gerne ein bisschen kennenlernen.«

»Bitte. Fragen Sie«, sagte Kari und hoffte, dass Bachmann nicht spürte, wie Kari ihren Schutzwall hochfuhr. Wenn sie eines nicht leiden konnte, waren das *persönliche Fragen*.

Aber die Fragen gingen ja nicht an ihr wahres Ich, an Karolina Dahl, sondern an die Kunstfigur Kari Blom. Da sie allerdings ihre ganz eigene und reale Schwangerschaft betrafen, ließ sich das in diesem Fall nur schlecht trennen.

»Werden Sie den Geburtsvorbereitungskurs leiten?«, fragte sie die Heilpraktikerin, um der Inquisition fürs Erste zu entgehen.

»Nein.« Dorothea Bahmann lächelte, als hätte sie Karis Ablenkungsmanöver mühelos durchschaut. »Den Kurs macht unsere Hebamme Iris Asmussen. Sie ist sehr kompetent und versiert. Sie werden sie mögen.« Bachmann trank einen Schluck Wasser. »Ich selbst kümmere mich um die Patientinnen, die besondere Probleme haben, medizinisch und emotional. Wenn Sie irgendetwas bedrückt, wenn Sie über irgendetwas reden möchten, kommen Sie zu mir.«

»Danke.« Kari griff ebenfalls nach ihrem Wasserglas. Sie brauchte etwas, woran sie sich festhalten konnte. Ihre Handtasche wäre jetzt hilfreich gewesen, aber die hatte sie ja im Spind eingeschlossen.

Bachmann betrachtete Karis Bauch. »Sie sind im sechsten Monat, sagt Tim?«

»Ja.«

»Es ist Ihr erstes Kind? Ihre erste Schwangerschaft?«

»Ja.« Kari schluckte. Sie durfte jetzt nicht an Björn denken, an das Kind, das sie gemeinsam hatten haben wollen, an den Schmerz, als sie von seinem tödlichen Unfall erfahren hatte und all ihre Lebensträume zerplatzt waren wie Seifenblasen.

»Sie wollten keine Kinder?«

»Doch.« Kari würgte mühsam die Tränen hinunter. Sie trank von ihrem Wasser und stellte das Glas energisch auf den Tisch. Sie war jetzt Kari Blom, und die hatte keinen Mann verloren, sondern ihr Leben dem Schreiben gewidmet. »Aber es hat sich nicht ergeben. Ich wollte erst den beruflichen Erfolg, ehe ich eine Familie gründe.«

»Und Ihr Partner war damit einverstanden? Ist er auch auf Sylt? Der Kurs ist am Wochenende auch für die Partner offen, da können Sie ihn mitbringen.«

Kari schüttelte den Kopf. Karolina Dahl hatte einen Ehemann, der für das Kind da sein würde, aber Kari Blom hatte niemanden, nur die Häkelmafia.

»Ich bin allein. Der Mann war – ein Urlaubsflirt. Aber ich will das Kind trotzdem. Ich bin einundvierzig. Es ist wahrscheinlich die letzte Chance. Und ich habe mir immer ein Kind gewünscht. Ich habe das lange verdrängt, aber als ich dann den positiven Schwangerschaftstest in der Hand hatte, war es plötzlich ganz klar.«

Die Heilpraktikerin sah sie eindringlich an. »Sie sind Schriftstellerin, richtig? Aber Sie haben noch nichts veröffentlicht?«

»Nein.« Kari fühlte sich beschämt, obwohl die gesamte Legende erfunden war. Was vermutlich gut war, um authentisch zu wirken. »Ich habe keinen Verlag gefunden. Und ich habe immer wieder Schreibblockaden.«

»Weil Sie sich zu sehr unter Druck setzen.«

»Hm.« Offenbar war es keine große Kunst, das herauszufinden. Bachmann war nach Dr. Lindner und Tim Siebert schon die dritte Person an diesem Tag, der es gelungen war.

»Darf ich fragen, wovon Sie leben?«

»Gelegenheitsjobs.« Kari war froh, dass Bachmann nicht weiter auf der Psychoschiene herumritt. »Deshalb bin ich oft auf Sylt. Hier kann man immer gutes Geld verdienen. Und ich wohne günstig bei einer Freundin in Braderup.«

Bachmann neigte den Kopf. »Tim sagt, Sie planen ein Sachbuch? Zum Thema Schwangerschaft?«

»Ja.«

Die Heilpraktikerin lächelte. »Nun, vielleicht könnten wir gemeinsam daran arbeiten. Ich würde gern mein Konzept populär machen, aber mir fehlt sowohl die Zeit zum Schreiben als auch das Talent. Um die Wahrheit zu sagen: Ich schreibe einfach nicht gern.«

Kari hüstelte. Sie musste an sich halten, um Dorothea Bachmann nicht um den Hals zu fallen. Die Frau sprach ihr aus der Seele!

»Das würde mich freuen«, sagte sie stattdessen. »Allerdings kann ich Ihnen nicht versprechen, dass das Buch auch veröffentlicht wird. Bisher habe ich noch keinen Verlag.«

»Da könnte ich vielleicht etwas einfädeln«, erwiderte die Heilpraktikerin. »Ich kenne ein paar Leute aus der Branche.«

Kari musste schon wieder ihr gesamtes schauspielerisches Talent bemühen.

»Das wäre phantastisch!«, rief sie so enthusiastisch, wie sie es vermochte.

Bachmann lächelte. »Dann setzen wir uns doch einfach in den nächsten Tagen zusammen und reden über das Projekt«, schlug sie vor und blickte auf die Uhr. »Jetzt habe ich leider einen Termin. Aber vielleicht morgen Vormittag? So gegen elf?«

»Ja. Gern.« Dieses Mal kam Karis Freude von Herzen. Der Blick hinter die Kulissen würde doch schneller gelingen als befürchtet!

...

Jonas Voss lächelte, als er sein Fahrrad durch den Garten zum Schuppen schob. Er hatte den Wagen sofort entdeckt, als er in den Osterwai in Keitum eingebogen war. Rasch stellte er das Rad zu den anderen und lief über das abendfeuchte Gras zur Terrassentür. Wenn jemand im Haus war, war sie immer einen Spaltbreit geöffnet, damit der Rest der Familie von hinten hineingehen konnte und nicht noch einmal ums Haus herumlaufen musste. Schließlich waren sie alle drei meistens mit dem Rad unterwegs, Finja der Umwelt zuliebe, Jonas, um sich fit zu halten, und Jasper, weil er so viel überschüssige Energie hatte. Und natürlich auch, weil er noch keinen Führerschein hatte und für die öffentlichen Verkehrsmittel zu ungeduldig war.

Früher hatte Jasper sein Fahrrad meistens einfach an den Gartenzaun gelehnt, aber seit Finja und er neue Räder hatten, bestand Jonas darauf, dass die Kinder sie im Schuppen abstellten. Bei seinem eigenen rostigen Hollandrad wäre das nicht unbedingt nötig, aber er musste seiner Vorbildfunktion gerecht werden und konnte nicht die von ihm selbst aufgestellten Regeln ignorieren.

Er schob die Terrassentür auf, säuberte die Schuhe an der Fußmatte und trat ins Wohnzimmer. Die Tür zum Flur stand offen, und Jonas hörte ein leises Brutzeln. Der Duft von gebratenem Fisch stieg ihm in die Nase.

Jonas' Lächeln wurde noch breiter. Er ging zur Küchentür und lehnte sich in den Türrahmen.

»Hallo Paps. Das ist ja eine Überraschung.«

Der Mann, der am Herd mit zwei Pfannen hantierte, drehte sich zu ihm um.

»Hallo mein Sohn.« Er trat auf ihn zu, und die beiden Männer umarmten sich. Dann machte Redlef Voss einen Schritt zurück und hielt Jonas auf Armeslänge von sich weg. »Besonders überrascht wirkst du aber nicht.«

Jonas deutete in Richtung Haustür. »Ich habe dein Auto gesehen.«

Redlef blinzelte. »Richtig. Ich hätte in der Nebenstraße

parken sollen.« Er musterte seinen Sohn. »Alles in Ordnung bei dir? Du siehst aus, als läge dir etwas auf der Seele.«

Jonas seufzte. Seinem Vater konnte er nichts vormachen. Er wollte es auch gar nicht. Sie hatten ein vertrauensvolles Verhältnis, das noch enger geworden war, seit Jonas' Mutter mit Anfang fünfzig an einer Blutvergiftung gestorben war.

Ein rostiger Nagel, an dem sie sich verletzt hatte, war die Ursache gewesen. So ein lächerlich kleiner Auslöser und solch dramatische Folgen.

Das war jetzt zwölf Jahre her, und sie hatten sich daran gewöhnt, aber Jonas vermisste seine Mutter immer noch sehr, und er wusste, dass es Redlef nicht anders ging, auch wenn sein Vater das vortrefflich hinter seiner bärbeißigen Art zu verstecken wusste. Silja Voss war eine warmherzige und lebensbejahende Frau gewesen. Sie hatte eine Lücke hinterlassen, bei Redlef und Jonas ebenso wie bei ihren Enkelkindern, aber nach ihrem Tod war die Familie noch enger zusammengerückt.

Redlef ließ seinen Sohn los und kehrte zum Herd zurück. Er wusste, wenn Jonas reden wollte, würde er das tun.

Jonas betrachtete seinen Vater, das wettergegerbte Gesicht, den dichten Bart und die wirren grauen Haare, in denen sich nur noch wenige braune Strähnen fanden. Redlef war jetzt fünfundsechzig, dachte aber nicht daran, in den Ruhestand zu gehen. Sein Fischgeschäft lief hervorragend, und auf die Ausflüge mit seinem Kutter »Andina«, mit dem er auch Touristen zu den Seehundbänken fuhr, würde er sicher nicht verzichten, solange es noch ging. Und das würde es voraussichtlich noch eine ganze Weile. Bis auf das Grau der Haare sah man Redlef sein Alter nicht an. Seine Augen blitzten neugierig und wach, seine Bewegungen waren geschmeidig, und seine Ausstrahlung war die eines Mannes in den besten Jahren.

Jonas räusperte sich, doch ehe er etwas sagen konnte, flog die Wohnzimmertür auf, und Jasper stürmte wie ein Wirbelwind in die Küche.

»Opa Redlef!« Er warf sich seinem Großvater an den Hals und drückte ihn.

Anders als viele andere Fünfzehnjährige legte Jasper keinen Wert darauf, cool zu wirken. Er liebte seinen Großvater, und er hatte kein Problem damit, es zu zeigen.

Er ließ Redlef wieder los und spähte in die beiden Pfannen auf dem Herd.

»Schollenfilet!« Seine Augen leuchteten. »Mit Bratkartoffeln.« Er leckte sich die Lippen. »Super! Ich gehe mir nur schnell die Hände waschen.«

Für Jasper war Fisch das Größte. Schon als Kind hatte er ein Stück Stremellachs einer Tafel Schokolade vorgezogen. Jonas wusste nicht, welche Pläne sein Sohn für die Zukunft hatte. Vermutlich noch gar keine. Jasper ließ die Dinge gerne einfach auf sich zukommen. Aber Jonas wäre nicht überrascht, wenn er eines Tages in die Fußstapfen seines Großvaters treten und dessen Fischhandlung übernehmen würde.

Jonas hörte, wie Jasper die Treppe hinaufrannte. Im Obergeschoss fiel eine Tür ins Schloss, gleich darauf die nächste. Jonas überlegte, ob er einen neuen Versuch starten sollte, sich seinem Vater anzuvertrauen, doch die Zeit war zu knapp. Jasper würde in wenigen Minuten wieder unten sein.

»Stellst du schon mal die Teller auf den Tisch?« Auch Redlef hatte offenbar entschieden, das Gespräch auf später zu verschieben.

»Klar.« Jonas ging ins Wohnzimmer und deckte den großen Tisch mit dem guten Geschirr. Redlef trug die beiden Pfannen herein und setzte sie auf die Warmhalteplatten, die Jonas in der Tischmitte platziert hatte.

Jonas hörte das Geräusch der Haustür und erinnerte sich, dass Finjas Rad im Schuppen gestanden hatte. Offenbar war sie mit den öffentlichen Verkehrsmitteln unterwegs gewesen. Den Führerschein hatte sie bislang nicht gemacht, der Umwelt zuliebe.

Durch die offene Wohnzimmertür sah er, wie seine Tochter in den Flur trat und von Redlef in Empfang genommen wurde.

»Opa Redlef.« Finja hatte sein Auto offenbar nicht registriert. Sie wirkte tatsächlich überrascht, ihn zu sehen.

Redlef umarmte seine Enkelin und nahm ihr Jacke und Handtasche ab. »Komm. Das Essen steht schon auf dem Tisch.«

Finja streckte die Hand nach ihrer Tasche aus. »Ich will noch kurz nach oben, Hände waschen.«

»Das Bad ist besetzt.« Redlef hängte Jacke und Tasche an die Garderobe. »Nimm das Gästebad.«

Finja sah aus, als wollte sie widersprechen, verschwand dann aber doch in den kleinen Raum neben der Haustür. Jonas und Redlef nahmen am Tisch Platz. Jasper kam die Treppe heruntergestürmt, im selben Moment, als Finja aus dem Gästebad trat. Wieder streckte sie die Hand nach ihrer Handtasche aus, doch Jasper packte seine Schwester am Arm und zog sie mit sich ins Wohnzimmer.

»Komm. Das Essen wird kalt.«

Finja fügte sich, und die beiden setzten sich zu Jonas und Redlef an den Tisch.

Redlef füllte die Teller. Alle griffen nach ihrem Besteck. Finja schob ein Stück Scholle auf die Gabel und führte sie zum Mund. Dann wurde sie plötzlich blass. Sie ließ die Gabel fallen und presste die Faust vor den Mund.

Jasper schaute seine Schwester erschrocken an. »Was ist los?«

Finja nahm versuchsweise die Hand herunter und schluckte. »Mir ist schlecht. Der Geruch.«

Jasper runzelte die Stirn. Er hob seine eigene Gabel zur Nase und schnupperte. »Riecht doch total lecker.«

Er hielt ihr die gefüllte Gabel hin. Finja wedelte mit den Händen. »Nimm das weg.«

Jasper tat ihr den Gefallen, ließ seine Schwester aber nicht aus den Augen.

»Seit wann verträgst du keinen Fisch mehr?«, erkundigte er sich.

»Ich weiß es nicht«, entgegnete Finja schroff.

Jasper legte den Kopf schief und musterte seine Schwester nachdenklich. Jonas sah, wie ihm ein Gedanke durch den Kopf schoss. »Du bist doch nicht etwa schwanger?«, fragte Jasper.

Finja schob energisch ihren Teller von sich weg. »Red doch nicht so ein dummes Zeug«, fuhr sie ihren Bruder an.

»Ich dachte ja nur. Wenn dir vom Fischgeruch schlecht wird ...«

»Quatsch.« Finja griff nach ihrer Gabel, ließ sie aber gleich wieder sinken. »Ich glaube, ich habe mir den Magen verdorben.« Sie sprang auf, stürzte zum Gästebad und knallte die Tür hinter sich zu.

Jasper sah unschlüssig zwischen dem Tisch und der geschlossenen Tür hin und her.

»Lass Sie«, löste Redlef seinen Konflikt.

Jasper nickte. Er angelte sich die Scholle von Finjas Teller und beförderte sie auf seinen eigenen. Dann machte er sich über das Essen her.

Redlef warf Jonas einen fragenden Blick zu. Könnte es sein, dass Jasper recht hatte?

Jonas schüttelte den Kopf. Finja hatte noch nie einen

Freund gehabt. Das Einzige, was sie interessierte, waren Natur- und Umweltschutz. Und das Semester hatte erst vor einer Woche begonnen. Selbst wenn sie in Hamburg jemanden kennengelernt und sich Hals über Kopf in ihn verliebt hätte, könnte sie jetzt unmöglich schwanger sein.

Oder war in den Sommerferien etwas passiert, als sie mit einer Gruppe von Naturschützern auf Norderney gewesen war, die sich mit Vögeln beschäftigt hatten?

Er stand auf, ehe sich die Wortassoziation, die sich ihm aufdrängte, in seinem Kopf breitmachen konnten.

»Ich sehe mal nach ihr«, sagte er, kam aber nur bis zur Flurtür, weil in diesem Moment das Telefon klingelte. Voss nahm das Mobilteil aus der Station und meldete sich.

»Jonas, hallo«, erklang die Stimme von Hannah Behrends am anderen Ende. »Tut mir leid, wenn ich dich störe, aber der Kriminaldauerdienst hat mich angefunkt. Wir haben einen Toten am Roten Kliff. Der Notarzt ist sich nicht sicher, ob es ein Unfall war.«

Voss warf einen schnellen Blick auf die Tür des Gästebads und seufzte. Was immer Finjas Problem war, es musste warten.

»Ich bin gleich da«, versprach er und beendete das Gespräch.

»Eine Leiche?«, fragte Jasper interessiert.

»Ja.« Jonas deutete auf den Fisch auf seinem Teller. »Hebt ihr mir den auf?«

»Selbstverständlich«, sagte sein Vater und brachte den Teller in Sicherheit, ehe sich Jasper auch noch Jonas' Filetstück unter den Nagel reißen konnte. »Wir kümmern uns auch um Finja. Mach dir keine Sorgen.«

»Danke.« Jonas legte seinem Vater kurz die Hand auf die Schulter und verwuschelte seinem Sohn die blonden Locken.

Im Flur nahm er seine Lederjacke vom Haken und den Auto-schlüssel aus der Schale auf dem Garderobenschrank.

Ein letztes Mal sah er auf die Toilettentür, hinter der er ein Würgen zu hören meinte. Dann öffnete er schweren Herzens die Haustür und machte sich auf den Weg.

10. Der Gruppenraum war hell und freund-lich, mit zahllosen Fotos von glücklich lachenden Babys an den Wänden und bequemen, weich gepolsterten Stühlen, aber Kari fühlte sich trotzdem unwohl. Sie war überhaupt kein Gruppentyp. Es fiel ihr schwer, loszulassen und sich zu öffnen, und erst recht konnte sie das nicht, wenn sich etliche Augenpaare auf sie richteten.

Gut, das hier war keine Therapiegruppe, sondern ein Ge-burtsvorbereitungskurs. Aber war das wirklich so anders?

Kari war nach dem Gespräch mit Dorothea Bachmann rasch ins Entrée am Bahnhof gegangen und hatte einen Salat und ein Sandwich gegessen. Dann war es auch schon Zeit für den Abendkurs gewesen.

Nun saß sie mit den anderen werdenden Müttern im Halb-kreis und schaute zu den beiden Kursleitern, die sich rechts und links von einer fahrbaren Weißwandtafel postiert hat-ten.

Die Schöne und das Biest, schoss es ihr durch den Kopf, und ihre Anspannung löste sich ein wenig.

Dabei war der Mann überhaupt nicht hässlich, im Ge-genteil. Er war groß und durchtrainiert, hatte sehr kurz ge-schnittene schwarze Haare und einen gepflegten und akkurat gestylten Dreitagebart. Kari schätzte ihn auf Mitte dreißig.

Unter dem eng sitzenden roten T-Shirt von *Baby-Well* wölbten sich die Brust- und Schultermuskeln. Das Ärmelbündchen spannte über dem Bizeps. Die grauen Augen taxierten die Teilnehmerinnen.

War es die fehlende Wärme in seinem Blick, oder war es einfach nur der Kontrast, der ihn so soldatisch und irgendwie roh wirken ließ?

Seine Partnerin überstrahlte alles. Eine Frau mit gefälligen Rundungen, einem fein geschnittenem Gesicht und blonden Locken, die jedem Rauschgoldengel zur Ehre gereicht hätten. Sie fielen ihr wie ein Wasserfall bis über die Schultern. Ihre blauen Augen leuchteten, ihre Stimme war warm und hüllte ihr Gegenüber ein wie eine weiche Decke.

»Hallo«, sagte sie sanft. »Ich bin Iris, eure Hebamme.« Sie nahm einen grünen Boardmarker zur Hand und schrieb den Namen an die Tafel. *Iris Asmussen.* »Wenn ihr nichts dagegen habt, duzen wir uns.« Sie lächelte. »Wir werden gemeinsam eure Kinder auf die Welt holen, und das ist so ungefähr das Intimste, was Menschen, die nicht miteinander verwandt sind, gemeinsam tun können. Da wäre es sehr seltsam, sich zu siezen. Aber wenn das jemandem nicht recht ist, akzeptieren wir das natürlich auch.«

Die Anwesenden nickten und signalisierten durch gemurmelte Worte ihre Zustimmung. Kari biss sich auf die Lippen. Sie war keine Freundin voreiliger Verbrüderung, aber in diesem Fall blieb ihr wohl nichts anderes übrig.

Iris wies auf den Mann an ihrer Seite. »Das ist Florian. Er ist euer Physiotherapeut.« Ihr Lächeln wurde noch breiter. »Das unterscheidet die Kurse bei *Baby-Well* von anderen Schwangerschaftskursen. Wir zeigen euch nicht nur Atem- und Entspannungstechniken, sondern auch Griffe, die euer Partner anwenden kann, um ein muskuläres Ungleichgewicht gezielt zu behandeln und Verspannungen aktiv zu lösen. Ihr habt sicher schon von verklebten Faszien gehört?«

Wieder nickten alle.

»Florian ist Faszienexperte«, erklärte Iris. »Ich bin sicher, er wird euch begeistern.«

Kari betrachtete den Physiotherapeuten, während dieser mit einem blauen Boardmarker seinen Namen an die Tafel schrieb. *Florian Petzold.*

Vermutlich war er ein guter Therapeut, aber Kari wäre es lieber, wenn Tim Siebert, der sie am Nachmittag behandelt hatte, der Partner von Iris Asmussen wäre.

Auf der anderen Seite war sie nicht zu ihrem Vergnügen hier, und auf diese Weise lernte sie alle Angestellten bei *Baby-Well* kennen, Tim bei der privaten Physiotherapie, Iris und Florian im Geburtsvorbereitungskurs und die Chefin Dorothea Bachmann bei ihrem frisch ins Leben gerufenen Buchprojekt. Fehlte nur noch Hebamme Gregor Wahls, aber da würde sich sicherlich auch noch etwas ergeben.

»Also«, sagte Iris Asmussen. »Dann fangen wir mal an. Wir werden in dieser Woche jeden Abend und an den beiden Nachmittagen am Wochenende zusammen arbeiten. Dazu wollen wir uns zunächst einmal kennenlernen. Wir machen eine kleine Vorstellungsrunde.« Ihr Blick wanderte zu Kari, die rechts außen im Halbkreis saß. »Magst du anfangen?«

Kari mochte nicht. Aber sie hatte keine Wahl.

»Natürlich.« Sie zwang ein Lächeln auf ihre Lippen und schaute in die Runde. »Mein Name ist Kari Blom. Ich ... äh ... weiß nicht so recht, was ich sagen soll.«

Iris Asmussen trat neben sie und strich ihr leicht über den Oberarm.

»Erzähl uns einfach ein bisschen was von dir. In der wievielten Schwangerschaftswoche bist du? Wann ist der errechnete Geburtstermin? Planst du eine Hausgeburt, oder möchtest du das Kind im Krankenhaus zur Welt bringen? Wer ist dein Partner? Habt ihr gemeinsame Pläne?«

Iris, Florian und die anderen Teilnehmer sahen sie erwartungsvoll an. Kari fühlte sich, als schaute sie plötzlich in die Mündungen von sieben Pistolen, die auf sie gerichtet waren.

Sie hatte geglaubt, sich auf diesen Einsatz nicht besonders vorbereiten zu müssen, weil sie ja im Grunde keine Rolle spielte, sondern sie selbst war. Sie hatte sich überhaupt nicht klargemacht, dass das noch ungleich schwieriger war, weil sie ja trotzdem als Kari Blom agieren musste. Und weil es von ihr genau die Selbstreflexion verlangte, der sie bisher konsequent aus dem Weg gegangen war.

»Ich kann dazu gar nichts sagen«, brachte sie hervor. »Außer, dass ich im sechsten Monat bin und das Kind Anfang Januar kommen soll. Über all die anderen Fragen habe ich mir bisher keine Gedanken gemacht.«

Iris sah aus, als wollte sie weiter in sie dringen, doch Florian Petzold ging dazwischen.

»Das reicht doch fürs Erste. Wir kennen deinen Namen und den voraussichtlichen Geburtstermin, und alles Weitere wird sich finden.« Er schrieb in großen Buchstaben »Kari Blom« auf die Weißwandtafel. »Richtig so?«

»Ja«, sagte Kari und schenkte ihm ein dankbares Lächeln. Vielleicht war Florian Petzold doch nicht verkehrt.

...

Mittlerweile hatte sich die Dämmerung auf Sylt herabgesenkt, und auch das Wetter war umgeschlagen. Der Himmel verdunkelte sich zusehends. Das letzte Licht des Tages wurde von den aufziehenden Wolken geschluckt. Ein leichter Nieselregen setzte ein. Harmlos bisher, doch so schwarz, wie die Wolken aussahen, würde der Regen im Laufe des Abends und der Nacht noch deutlich zunehmen.

Jonas Voss fuhr über Tinnum in Richtung Norden. Der neue dunkelblaue Passat, den er sich Anfang des Jahres gekauft hatte, rollte fast lautlos über die Straßen, auf denen nur noch wenig Verkehr war. Die Touristen, die im Herbst auf die Insel kamen, kehrten abends meist frühzeitig in ihre Unterkünfte zurück und machten sich für das Abendessen fertig.

In Kampen bog Jonas links in die Kurhausstraße ein und gab bis zur Abzweigung zur Sturmhaube Gas. Dann fuhr er nach rechts in den Riperstieg, dem er bis zum Parkplatz des Restaurants folgte, von dessen neu eröffneter Terrasse aus man einen großartigen Blick über das Rote Kliff hatte. Er stellte den Passat ab und ging zu Fuß zum Strandübergang, an dem ein uniformierter Polizist Wache hielt.

Ein junger Beamte, den Voss nicht kannte. Er durchforstete die Taschen seiner Lederjacke nach dem Dienstausweis, fand ihn aber nicht. Jonas schnitt eine ärgerliche Grimasse. Er war ein guter Polizist, aber sein mangelnder Ordnungssinn machte ihm immer wieder einen Strich durch die Rechnung. Ohne seine Kollegin Hannah Behrends war er aufgeschmissen, weil ihm ständig etwas fehlte. Ein Stift, ein Notizblock, seine Dienstmarke oder irgendeine Akte. Immerhin, die Dienstwaffe hatte er korrekt und sicher im Holster verstaut. Aber das war auch etwas anderes. Mit der Pistole war er seit jeher sorgsam umgegangen. Als Vater achtete man auf alles, was einem Kind Schaden zufügen konnte.

Der Polizist hob die Hand, um ihn aufzuhalten, doch ehe er Jonas ansprechen konnte, erschien Hannahs blonder Bob auf der Holztreppe hinter dem Uniformierten.

»Jonas.« Sie winkte ihm zu. »Da bist du ja.«

Voss erklomm rasch die restlichen Stufen bis zur Dünenkuppe und versuchte, sich nicht anmerken zu lassen, dass ihn der Aufstieg angestrengt hatte. Immer wieder nahm er sich vor, an seiner Kondition zu arbeiten, doch er schaffte es einfach nicht. Eine Weile lang hatte Kari ihn zum Joggen mitgenommen und sich alle Mühe gegeben, ihn für diesen Sport zu begeistern, das Projekt dann aber rasch wieder aufgegeben, als sie festgestellt hatte, dass er überhaupt keinen Spaß am Laufen hatte und sie nur aufhielt.

»Das ist Hauptkommissar Jonas Voss«, sagte Hannah zu dem jungen Beamten, der daraufhin zackig die Hand an den Mützenschirm hob und beiseitetrat.

Jonas folgte ihr die Holztreppe zum Strand hinunter und spähte ins Zwielicht. Rechts und links erhob sich die schroffe Felskante des Roten Kliffs, darunter erstreckte sich der lange weiße Sandstrand. Dahinter lag das Meer, eine schwarze Fläche, auf der ein letzter Rest Tageslicht schimmerte. Die Wolken, die über dem Wasser schwebten, waren von unten in flammendem Rot angestrahlt. Schwarze Wellen mit weißen Schaumkronen rollten auf den Strand.

Direkt unterhalb der Kliffkante entdeckte Voss ein paar dunkle Gestalten mit Taschenlampen. Hannah strebte direkt auf die kleine Gruppe zu, und Jonas sah, dass es sich um einen weiteren uniformierten Beamten, zwei Sanitäter und einen Notarzt handelte. Sie standen um den leblosen Körper eines Mannes herum, der zwischen dürrem Dünengras im Sand lag. Einer der Sanitäter hatte die Taschenlampe auf den Leichnam gerichtet.

»Ein Paar, das einen Abendspaziergang gemacht hat, hat den Toten gefunden«, berichtete der Polizist, nachdem sich alle Anwesenden vorgestellt hatten. Er deutete in Richtung Meer, wo sich die Silhouette eines eng umschlungenen Pärchens vor dem tiefrot gefärbten Streifen über dem Wasser abzeichnete. Ein Bild wie aus einem romantischen Film, wunderschön, wäre nicht der Grund für ihre eingefrorene Haltung so schrecklich gewesen.

»Was ist mit ihm passiert?«, erkundigte sich Voss.

»Er ist definitiv von der Kliffkante gestürzt«, erläuterte der Notarzt. »Multiple Frakturen an Armen und Beinen, Abschürfungen an Gesicht und Händen.« Er schwenkte die Taschenlampe, so dass sich Voss und Behrends ein Bild machen konnten. »Das Muster der Verletzungen lässt aber keinen Aufschluss darüber zu, ob es ein Unfall oder etwas anderes war. Deshalb habe ich Ihre Kollegen gebeten, die Kriminalpolizei zu informieren.«

Hannah hatte bereits ihr Tablet in der Hand, um sich Notizen zu machen. »Das war vollkommen richtig.«

»Wissen wir, wer der Mann ist?«, fragte Voss.

»Er hatte nichts bei sich«, berichtete Hannah. »Der Kollege hat seine Kleidung untersucht.« Sie zeigte auf den Uniformierten. »Keine Papiere, kein Geld, kein Handy, und auch keine Wagenschlüssel.«

»Das spricht gegen einen Unfall«, überlegte Voss. Wie hätte der Mann hierherkommen sollen, wenn er weder mobil war noch Geld dabeihatte, um Bus oder Taxi zu bezahlen? Natürlich konnte man auch hierherlaufen, aber trotzdem war es ungewöhnlich, dass jemand überhaupt keine persönlichen Gegenstände bei sich hatte.

»Es spricht auch gegen Selbstmord«, merkte Hannah an. »Wer von der Klippe springen will, macht nicht vorher einen langen Spaziergang.«

»Es sei denn, es war ein spontaner Entschluss«, mischte sich einer der Sanitäter ein. »Er ist mit jemandem hierhergekommen, vielleicht mit seiner Freundin. Sie waren in der Sturmhaube. Wollten sich eigentlich aussprechen, weil es irgendeinen Konflikt gab, aber stattdessen haben sie sich wieder gestritten. Sie hat ihn sitzenlassen und ist mit dem Auto weggefahren. Seine Sachen sind vielleicht noch im Wagen. Und er stand plötzlich allein auf dem Parkplatz, von der Freundin verlassen, ohne Geld für ein Taxi. Verzweifelt. Er ist zur Kliffkante gelaufen, hat aufs Meer hinausgesehen, und dann hat er sich einfach hinuntergestürzt.«

»Möglich.« Hannah sah den Sanitäter mit gerunzelter Stirn an, ehe sie auf ihrem Tablet zu tippen begann. Jonas ahnte, was ihr durch den Kopf ging. Die Schilderung des jungen Mannes war so plastisch und detailgetreu, dass sie eigentlich nur einen Schluss zuließ: Er selbst hatte eine solche Situation schon erlebt. Zum Glück hatte er sich offensichtlich entschieden weiterzuleben.

»Ich habe eine Streifenwagenbesatzung in die Sturmhaube geschickt«, berichtete Hannah, nachdem sie mit dem Tippen fertig war. »Sie befragen das Personal, und sie stellen auch die Halter der Fahrzeuge auf dem Parkplatz fest. Wenn wir die Besitzer ausfindig gemacht haben und am Ende ein Wagen übrig bleibt, könnte es der des Toten sein.«

Voss nickte anerkennend. Hannah hatte wie immer hervorragende Arbeit geleistet.

Der Notarzt reichte ihm ein Formular. »Ich habe die Ergebnisse der vorläufigen Leichenschau hier festgehalten und auf ungeklärte Todesursache erkannt«, sagte er. »Der Bestatter ist schon informiert. Er möchte wissen, ob er gleich kommen soll oder ob Sie eine rechtsmedizinische Untersuchung vor Ort wollen.«

Jonas ließ den Blick die Kliffkante hinaufgleiten. Es konnte so sein, wie es der Sanitäter vermutete, aber das war nicht unbedingt die naheliegende Erklärung dafür, warum der Mann weder Brieftasche noch Handy dabeihatte. Viel plausibler war, dass ihn jemand hinuntergestoßen und dem Toten die Gegenstände anschließend abgenommen hatte, um die Identifizierung zu erschweren. Was bedeutete, dass sie es höchstwahrscheinlich mit einem Tötungsdelikt zu tun hatten.

»Wir machen das volle Programm«, entschied er. »Rechtsmedizin und Spurensicherung. Besser einmal zu viel nachgeschaut als einen Mord übersehen.«

»Dem kann ich nur zustimmen.« Der Notarzt packte seine Sachen zusammen. »Uns brauchen Sie dann ja nicht mehr.«

»Nein. Vielen Dank.«

Jonas und Hannah sahen zu, wie der Notarzt und die Sanitäter die Holztreppe hinaufstiegen. Jonas wandte sich an den uniformierten Beamten.

»Wir brauchen ein Zelt«, sagte er und deutete zum Himmel. Der rote Streifen über dem Meer war verschwunden, tiefschwarze Wolken drohten über dem Kliff. »Sonst hat der Regen die Spuren weggespült, ehe die Kollegen von der Kriminaltechnik und von der Rechtsmedizin hier sind.«

»Wird erledigt.« Der junge Beamte stürzte davon.

Jonas wandte sich zu Hannah, die ihre Taschenlampe auf das Gesicht des Toten gerichtet hatte.

»Ist was?«, fragte er.

»Ich weiß es nicht.« Hannah kaute auf ihrer Unterlippe. »Er kommt mir irgendwie bekannt vor. Aber mir fällt beim besten Willen nicht ein, wo ich ihn schon mal gesehen haben könnte.«

■ ■ ■

Kari Blom seufzte leise, als sie den Spind im Empfangsbereich von *Baby-Well* öffnete und ihre Handtasche herausnahm. Es hatte ihr überraschend gutgetan, sich mit den anderen Schwangeren auszutauschen. Was bisher im diffusen Nebel gelegen hatte, begann jetzt Gestalt anzunehmen. Der Moment, in dem man ihr das Neugeborene reichen würde. Die Wunder, die es dann zu entdecken gab. Die Nähe, die entstehen würde, wenn sie ihr Kind auf dem Arm hielt und stillte. Das Gefühl, gemeinsam mit Jonas und dem Kind eine Familie zu sein.

Die Schwierigkeiten, die sie vor sich gesehen hatte, erschienen plötzlich nicht mehr so groß. Sie würden es schaffen, und sie würde einen Weg finden, auch ihren eigenen Bedürfnissen nachzugehen. Man konnte auch als Mutter berufstätig sein. Mit einem Partner wie Jonas war sie nicht dazu verdonnert, zum Hausmütterchen zu mutieren.

Sie fühlte sich so weich, wie sie es vor Björns schrecklichem Unfall einmal gewesen war. Das war eine Seite, die sie lange ausgeklammert hatte. Sie hatte gar nicht gemerkt, wie viel Lebensfreude sie sich damit versagt hatte. Aber das alles würde sich jetzt ändern.

Gemeinsam mit den anderen Kursteilnehmerinnen trat sie aus dem Gebäude. Auf der gegenüberliegenden Straßenseite lehnte ein junger Mann unter einer Laterne, der sich jetzt löste und zu ihnen herüberkam. Er nahm eine der Frauen in den Arm und küsste sie. Kari sehnte sich plötzlich danach, dasselbe mit Jonas zu tun.

Das Paar ging Hand in Hand davon. Die anderen vier Frauen aus dem Kurs blieben vor der Tür stehen.

»Sollen wir noch irgendwo einen Tee trinken gehen?«, fragte die Älteste von ihnen. Annika, wenn sich Kari alles richtig gemerkt hatte. Wobei alt relativ war. Annika war dreiunddreißig, acht Jahre jünger als Kari. Sie wollte unbedingt ein Kind, obwohl sie keinen festen Partner hatte. Ein Wunsch, den Kari nur schwer nachvollziehen konnte. Aber es war eben nicht jede Frau mit ihrem Beruf verheiratet so wie sie, und nicht jeder Beruf griff so stark in das Privatleben ein wie der ihre. Annika arbeitete als Telefonkundenberaterin für ein Kosmetikunternehmen. Sie konnte ihren Job von zu Hause aus erledigen und sich nebenbei um ihr Kind kümmern.

Die vier Frauen sahen sie fragend an. »Was ist? Kommst du auch mit?«, erkundigte sich Lia, die jüngste der Frauen. Sie war erst siebzehn und von einem sehr viel älteren und verheirateten Mann schwanger. Angeblich wollte er sich von seiner Frau trennen und mit ihr und dem Kind eine Familie gründen. Kari hatte ernste Zweifel daran, dass das geschehen würde, aber sie wollte die Frau nicht desillusionieren. Das Leben würde das vermutlich früh genug erledigen.

»Tut mir leid, ich kann nicht. Ich werde abgeholt.«

Kari hatte mit Marijke Meenken telefoniert, als sie im Entrée ihren Salat gegessen hatte, und der alten Dame mitgeteilt, dass ihr Kurs um neunzehn Uhr zu Ende war. Marijke hatte irgendwie komisch gewirkt, aber Kari hatte nicht nachgefragt. Sie telefonierte nicht gern an öffentlichen Orten, und wenn es ein Problem gab, war es ohnehin besser, das nicht am Telefon zu besprechen.

»Von deinem Mann?« Das war Lena, neunundzwanzig und glücklich verheiratet. Sie strahlte eine solche Ruhe und Zufriedenheit aus, dass Kari fast neidisch wurde.

»Nein. Von einer Freundin, bei der ich zurzeit wohne.«

»Sag ihr doch ab«, schlug Elisa vor. Zweiundzwanzig und ebenfalls glücklich verheiratet. »Ich kann dich später bringen.«

»Sie ist bestimmt schon auf dem Weg«, sagte Kari.

Tatsächlich kam in diesem Moment ein weißer Golf Sportsvan die Straße entlang und hielt neben ihnen auf dem Bürgersteig. Marijkes Neuanschaffung, die sie Kari bei ihrer Ankunft auf Sylt mit großem Stolz vorgeführt hatte.

»Da ist sie. Vielleicht morgen, ja?« Kari winkte den vier Frauen zu und stieg zu Marijke in den Wagen. Die Häkeldame legte den Gang ein und trat das Gaspedal durch. Der Golf startete mit durchdrehenden Reifen. Kari suchte unwillkürlich am Griff über der Beifahrertür Halt. »Haben wir es so eilig?«

»O ja.« Marijke strahlte sie an. »Wir haben eine Menge zu erzählen.«

»Aha?« Kari war überrascht, dass Marijke allein gekommen war. Am Morgen hatten Marijke, Grethe und Witta sie gemeinsam abgesetzt. Nur Alma war nicht dabei gewesen, weil Albert an seinem freien Tag einen Ausflug mit ihr machen wollte. Ganz glücklich war die Bäckerwitwe darüber nicht gewesen, aber sie hatte sich wohl gesagt, dass an Karis erstem Tag auf Sylt noch nicht viel passieren würde. Sie verpasste also nichts, wenn sie sich Zeit für ihren Liebsten nahm.

»Wir waren bei Dr. Böttcher«, berichtete Marijke, während sie die Fußgängerzone passierten. Das Rathausgebäude mit der Spielbank war erleuchtet, die Geschäfte in der Friedrichstraße und in der Strandstraße waren dunkel. Nur in den Lokalen brannte noch Licht.

»Dem Orthopäden?« Böttcher war einer der Namen auf der Liste, die Ole Lund ihr gegeben hatte.

»Richtig.« Marijke wandte Kari kurz den Kopf zu, und sie sah, dass die Augen der alten Dame funkelten. »Wir haben Ihnen ein paar Patientenunterlagen besorgt. Vielleicht finden Sie da ja einen Beweis, dass bei den Abrechnungen etwas nicht mit rechten Dingen zugeht. Obwohl Dr. Böttcher nicht den Eindruck macht, als würde er betrügen.«

Kari beschlich ein mulmiges Gefühl. Sie hatte nichts dagegen gehabt, dass die alten Damen ein paar Arztbesuche machten, um sich einen Eindruck von den Medizinern zu verschaffen, bei denen plötzlich ein besonders hohes Patientenaufkommen zu herrschen schien. Allein konnte Kari das kaum bewältigen, und sie war auch nicht so versiert, dass sie reihenweise erfundene Erkrankungen vortäuschen könnte. Die Häkeldamen hatten eindeutig die besseren Voraussetzungen. Aber davon, sich heimlich Patientenunterlagen anzueignen, war definitiv nicht die Rede gewesen.

»Keine Sorge«, beruhigte Marijke sie heiter. »Es hat niemand etwas gemerkt.«

Kari betrachtete sie von der Seite. Marijke Meenken war eigentlich die Vernünftigste der Häkeldamen, eine kluge Frau mit kleinen grauen Locken und wachen Augen, aber der Übermut und die Sorglosigkeit der anderen schienen mit den Jahren auf sie abzufärben. Oder lag es am Alter, dass die Frauen einfach vor nichts mehr Angst hatten?

»Na gut«, sagte Kari. »Ich kann mir die Sachen ja mal ansehen.«

Marijke nickte. Sie fuhr die Westerlandstraße entlang durch den weniger mondänen Teil des Orts. Am Ende machte die Straße einen Knick und wurde zur Braderuper Straße. Sie passierten den Kreisel bei Feinkost Meyer und fuhren geradeaus weiter nach Braderup. Kurz darauf hielten sie vor Marijkes hübschem Friesenhaus.

In der Küche brannte Licht, und Kari sah zwei Schatten hinter der Gardine, die sich bewegten. Alma und Grethe, den Silhouetten nach zu urteilen. Witta saß vermutlich wie immer im Wohnzimmer und ließ sich bedienen.

Kari und Marijke stiegen aus, und die Kapitänswitwe öffnete die Haustür. Kari hatte kaum einen Schritt in den Flur gesetzt, als Alma und Grethe auch schon die Köpfe aus der Küchentür streckten. Sie hatte also richtig geraten.

»Hallo Frau Blom«, sagte Grethe. »Wir haben eine tolle Überraschung für Sie.«

»Nun lasst sie doch erst mal hereinkommen«, tadelte Marijke. Sie nahm Kari den Mantel ab und winkte sie ins Wohnzimmer durch.

Witta Claaßen saß tatsächlich wie immer in Marijkes bequemsten Sessel, allerdings nicht mit der würdevollen Ausstrahlung der großen Diva, sondern mit einer bitteren Leidensmiene. Ihre Beine lagen auf einem Hocker, ihr rechter Fuß war dick bandagiert.

»Frau Claaßen.« Kari hob unwillkürlich die Hände vor den Mund. »Was ist Ihnen denn passiert?«

»Sie ist gestürzt«, erklärte Grethe, die Kari ins Wohnzimmer gefolgt war. »Das kommt davon, wenn man mit hochhackigen Pumps auf Verfolgungsjagd geht.«

Kari wandte sich der Klempnerwitwe zu. »Verfolgungsjagd?«

Marijke, die ebenfalls ins Wohnzimmer getreten war, sah Grethe kopfschüttelnd an. Grethe hob die Schultern.

»Was denn? Sollen wir es Frau Blom vielleicht verheimlichen? Sie ist doch schließlich so etwas wie ihre Tochter.«

Kari sah ratlos zwischen den Häkelfrauen hin und her.

»Finja Voss«, erläuterte Witta. »Wir haben Sie beide gesehen, vor der Apotheke. Als Finja quasi vor Ihnen davongelaufen ist. Sie hatte Tränen in den Augen. Wir wollten einfach nur wissen, wohin sie geht.«

»Wir sind ihr bis zum Aquarium gefolgt«, übernahm Grethe. »Da mussten wir aussteigen, weil sie den Strandübergang genommen hat. Und dann ist Witta gestürzt, wegen dieser albernen Schuhe.«

Kari pickte den Punkt heraus, der sie am meisten interessierte.

»Wie konnten Sie Finja und mich beobachten? Wollten Sie nicht einen Kaffee trinken gehen und dann zu Hause warten, bis ich Sie anrufe?«

Marijke hob die Hände in Grethes Richtung.

Deswegen solltest du den Mund halten, sollte das wohl bedeuten.

Grethe gab sich unbeeindruckt. »Wir dachten, es ist besser, wenn wir Sie im Auge behalten. Immerhin sind Sie schwanger und ermitteln trotzdem gegen irgendwelche Verbrecher. Wir wollten einfach zur Stelle sein, falls Sie in Gefahr geraten.«

Die Wahrheit war natürlich, dass die Häkeldamen Angst gehabt hatten, etwas zu verpassen, da war sich Kari sicher. Trotzdem war sie gerührt. Auch wenn es manchmal anstrengend war, tat ihr die Fürsorge der alten Frauen gut.

»Was für ein Medikament hat Finja da in ihrer Handtasche versteckt?«, erkundigte sich Grethe. Trotz ihres hohen Alters hatte sie immer noch gute Augen, denen so leicht nichts entging.

»Ich habe es nicht genau gesehen«, erklärte Kari. »Sie sagt, sie hätte sich von Dr. Lindner die Pille verschreiben lassen.«

Das war nicht gelogen, aber es war auch nicht die ganze Wahrheit. Kari hatte sehr wohl einen Verdacht, was Finja in der Apotheke erworben hatte. Aber das wollte sie mit Jonas besprechen, nicht mit den Häkelfrauen.

»Was sagt denn der Arzt?«, fragte sie Witta und deutete auf den bandagierten Fuß, um das Thema zu wechseln.

»Verstaucht«, verkündete die Landarztwitwe mit einer Miene, als hätte man eine unheilbare Krankheit bei ihr diagnostiziert.

»Ein Glück«, erwiderte Kari, die sich schon lange nicht mehr von Wittas Hang zur Dramatik beeindrucken ließ. »Der Fuß hätte ja auch gebrochen sein können.«

Witta hob die Hände, die wie so oft in dünnen Baumwollhandschuhen steckten. »Das will ich mir gar nicht vorstellen.«

»Hast du doch«, widersprach Grethe in ihrer üblichen trockenen Art. »Du warst beleidigt, als Dr. Böttcher gesagt hat, der Knöchel sei nicht gebrochen.«

Witta würdigte sie keines Blickes. »Das ist ein ausgesprochen unfreundlicher Arzt. Ruppig und kein bisschen entgegenkommend. Aber bestimmt kein Betrüger. Ich habe alles versucht, um ihm etwas abzuschwatzen, ein Rezept oder eine Verordnung, aber er hat abgelehnt. Nur die Bandage habe ich bekommen.«

Grethe zwinkerte Kari zu. »Ihr Betteln war natürlich vollkommen uneigennützig.«

Witta funkelte sie an. »Was habe ich dir getan, dass du immer schlecht von mir denkst?«

»Ich kenne dich eben.«

Witta kniff beleidigt die Lippen zusammen. Alma kam aus der Küche, ein großes Blech in den Händen, die in dicken Topfhandschuhen steckten. Auf dem Blech befand sich ein reichlich mit Schinken, Zwiebeln und einer dicken weißen Creme belegter Teigboden.

»Ich habe Flammkuchen gebacken«, sagte sie zu Kari, und zu Marijke und Grethe: »Stellt ihr mal Teller und Untersetzer auf den Tisch?«

Marijke beeilte sich, das Gewünschte aus dem Schrank zu holen, Kari und Grethe verteilten es, und Alma setzte das Blech ab. Mit dem Pizzaschneider, den Marijke ihr reichte, zerteilte sie den Flammkuchen routiniert in ein Dutzend gleich großer Stücke und verteilte die ersten fünf auf die Teller. Marijke holte Gläser und füllte sie mit Mineralwasser, Grethe legte Besteck neben die Teller. Dann nahmen sie alle

Platz, und Alma reichte Witta, die nicht gut an den Tisch herankam, ihren Flammkuchen.

Alle probierten, und eine Weile lang war nichts anderes zu hören als genüssliches Schmatzen und Seufzen. Dann hielt Grethe es nicht mehr aus.

»Wir haben bei Dr. Böttcher einen Blick in den Computer geworfen und ein paar Patientenunterlagen ausgedruckt«, berichtete sie.

»Du hast das getan«, korrigierte Marijke. »Ich habe es Frau Blom schon erzählt.«

»Das war nicht in Ordnung, Frau Aldag«, sagte Kari zu Grethe.

Die Klempnerwitwe blieb unbeeindruckt. Von einem schlechten Gewissen war nichts zu sehen. »Sie hätten doch dasselbe getan, wenn Sie die Gelegenheit dazu gehabt hätten«, argumentierte sie. »Wie wollen Sie sonst herausfinden, ob einer der Ärzte auf Ihrer Liste seine Abrechnungen fälscht?«

Kari musste zugeben, dass Grethe recht hatte.

»Ich schaue mir die Sachen an«, sagte sie. »Gleich nach dem Essen.«

»Sehr gut«, erwiderte Grethe zufrieden und fischte sich das nächste Stück von Almas Gebäck vom Blech. »Genau wie dein Flammkuchen.«

»O ja«, stimmte Kari zu.

»Danke.« Alma strahlte. »Ich bin froh, wenn ich auch etwas beitragen kann. Ein Auto habe ich ja nicht, und den Mut, ein paar Unterlagen mitgehen zu lassen, hätte ich erst recht nicht. Ich gehe auch nicht gerne zum Arzt.« Ihre Mundwinkel sanken herab. »Ich hatte eine sehr gute Freundin. Sie war nie krank, aber irgendwann ist sie zum Arzt gegangen, um einen Check-up machen zu lassen. Und dann hatte sie auf einmal Krebs. Drei Monate später war sie tot.«

Witta verdrehte die Augen. »Sie hat den Krebs nicht bekommen, weil sie zum Arzt gegangen ist. Sie ist daran gestorben, weil man ihn zu spät entdeckt hat. Deswegen ist regelmäßige Vorsorge so wichtig.«

»Du musst es ja wissen«, versetzte Alma ungewohnt bissig. Normalerweise war sie diejenige, die es nicht ertrug, wenn ihre Freundinnen sich beharkten, und die alle Konflikte mit buntem Zuckerguss übertünchen wollte.

»Ja, allerdings.« Witta hob die Nase. »Ich bin schließlich vom Fach.«

Kari fühlte sich plötzlich zutiefst erschöpft. Es war ein langer Tag gewesen, und sie war einige Male innerlich aufgewühlt gewesen, nach der Physiotherapie und nach dem Geburtsvorbereitungskurs. Sie brauchte einfach ein bisschen Zeit für sich. Rasch aß sie den Rest von ihrem Flammkuchen und trank ihr Glas leer.

»Würden Sie mir die Unterlagen mitgeben?«, fragte sie Grethe. »Nehmen Sie es mir nicht übel, aber ich würde mich gern zurückziehen und ein wenig ausruhen.«

»Natürlich!«, rief Witta. »Sie sind schließlich schwanger.«

»Das ist ein ganz normaler Zustand, keine Krankheit«, bemerkte Grethe. Sie griff nach der Plastiktüte, die neben ihr auf dem Sofa lag, und reichte sie Kari.

»Danke.« Kari, die Grethes Widerstreben bemerkte, erhob sich mit einem Lächeln. »Ich komme morgen früh zum Frühstück herüber, dann erzähle ich Ihnen, ob ich in den Unterlagen etwas entdeckt habe.«

Grethes Mundwinkel hoben sich, und auch die anderen drei Frauen wirkten zufrieden.

Marijke brachte Kari zur Tür. »Frühstück um neun?«, fragte sie.

»Ja. Das passt mir.« Kari nickte der Kapitänswitwe zu. »Gute Nacht.«

Marijke erwiderte den Abschiedsgruß und schloss die Tür. Kari atmete auf. Endlich war sie allein!

Sie wäre jetzt gern eine Runde über die Holzbohlenwege durch die Braderuper Heide gejoggt, wie sie es immer tat, wenn sie hier war, doch mit dem Krümelchen im Bauch war das keine Option. Aber sie könnte ja zumindest einen Spaziergang machen.

Etwas Feuchtes streifte ihr Gesicht. Kari hob den Kopf und sah, dass der Himmel voller pechschwarzer Wolken hing. Schon landete wieder ein kalter Tropfen auf ihrer Stirn, und ein paar weitere folgten gleich darauf.

Kari beschleunigte ihre Schritte, nahm den Schlüssel für das Gartenhaus aus ihrer Handtasche und schloss rasch die Tür auf. Gerade noch rechtzeitig. Sie hatte ihre Unterkunft kaum betreten, da brach über ihr die Hölle los.

• • •

Der Wind strich in orkanartigen Böen über den Strand und fegte den feinkörnigen Sand mit der Geschwindigkeit eines Hochdruckreinigers an der Steilküste entlang. Der Regen rauschte wie aus einem gigantischen Duschkopf vom Himmel. Die dicken Tropfen bohrten unzählige kleine Löcher in den weichen Sand. Wenn es irgendwo um den Toten herum Spuren gegeben hatte, wurden sie in diesem Augenblick ausgelöscht.

Jonas Voss stöhnte. Das Wetter hatte sich in kürzester Zeit komplett gedreht. Das war auf einer Nordseeinsel nicht ungewöhnlich, aber selbst hier waren die Wechsel nur selten derart heftig. Der Wetterbericht hatte keinen Sturm angekündigt, nicht für diese Nacht, aber die Elemente hielten sich nicht an die Prognosen.

Voss zog die Kordel seiner Kapuze enger. Hannah hatte einen der Beamten losgeschickt, um ihnen die Polizeiregenjacken aus ihrem Wagen zu holen. Jonas' Lederjacke hätte ihm bei diesem Guss nur wenig genützt.

Zum Glück hatten sie es rechtzeitig geschafft, ein Zelt über dem Toten zu errichten. Prof. Dr. Susanne Lorenz, die Kieler Rechtsmedizinerin und Karis beste Freundin, kniete in ihrem weißen Tyvek-Anzug neben dem Leichnam. Die Kollegen von der Spurensicherung, ebenfalls in weißes Plastik gehüllt, drängten sich mit Jonas und Hannah unter dem Zelt. Es machte angesichts des Unwetters keinen Sinn, die nähere Umgebung abzusuchen. Die Beamten hatten auch genug damit zu tun, die mitgebrachten Tatortleuchten und den Generator vor dem Regen zu schützen, den der Sturm unter das Zeltdach peitschte.

Auf dem Meer türmten sich die Wellen, die Gischt schäumte unter dem drohenden schwarzen Himmel. Der Mond, der sich dennoch dann und wann hinter den Wolken hervorschob, beleuchtete die dramatische Szenerie.

Unter anderen Umständen hätte Jonas das Naturschauspiel genossen. Er liebte seine Insel, auch bei schlechtem Wetter. Doch mit dem Toten zu seinen Füßen kam er sich eher vor wie in einem furchtbar schlechten Film.

Das Liebespaar, das den Toten gefunden hatte, hatten sie nach Hause bringen lassen. Die beiden hatten nichts gesehen. Als sie auf ihrem Spaziergang hier vorbeikommen waren, hatte der Tote bereits am Fuß des Roten Kliffs gelegen. Das Paar würde am nächsten Tag ins Polizeirevier kommen, um den genauen Ablauf zu Protokoll zu geben, doch neue Erkenntnisse versprach sich Jonas davon nicht. Die beiden standen unter Schock. Er würde dafür sorgen, dass sich zeitnah jemand vom Polizeipsychologischen Dienst um sie kümmerte.

Weitere Zeugen gab es nicht. Die Stelle, von der aus der Tote ihren Berechnungen nach abgestürzt sein musste, war von der Terrasse der Sturmhaube aus nicht einzusehen, und auch vom Strand aus hatte niemand etwas beobachtet.

Die uniformierten Kollegen hatten alle Restaurantgäste, die sie angetroffen hatten, befragt, ebenso wie die Passanten am Strand. Es hatte sich niemand gefunden, der eine Aussage hätte machen können. Dabei waren bei gutem Wetter, wie es bis vor ein paar Stunden geherrscht hatte, eigentlich immer Spaziergänger unterwegs. Aber man hätte schon in der Sekunde hinsehen müssen, als der Mann gestürzt war. Nachdem er unten im Sand lag, hätte man ihn auch für einen Wanderer oder Naturliebhaber halten können, der sich ausruhte, oder für einen Betrunkenen, der seinen Rausch ausschlief. Sie hatten Glück, dass sich das Liebespaar näher herangewagt hatte, um nachzusehen, ob mit dem Mann alles in Ordnung war. Sonst wäre der Leichnam womöglich erst nach dem Unwetter entdeckt worden, und die Chancen, Spuren zu finden, wären noch geringer gewesen.

Die Rechtsmedizinerin richtete sich auf und verstaute ihre Gerätschaften in ihrer schwarzen Arzttasche. Sie trat zu Jonas und Hannah, zog den Mundschutz herunter und schob die weiße Kapuze zurück. Darunter kam ihr blonder Lockenkopf zum Vorschein. Wie immer machte sie nicht mehr Worte als nötig, eine Eigenschaft, die Jonas sehr schätzte.

»Der Mann hat zahlreiche Knochenbrüche und Abschürfungen, außerdem eine Schädelfraktur.« Die Rechtsmedizinerin stellte ihre Tasche in den Sand. »Einige der Spuren finden sich oberhalb der gedachten Hutkrempe, aber ich gehe trotzdem davon aus, dass sämtliche Defekte durch den Sturz verursacht wurden.«

Die Hutkrempen-Regel besagte, wie Jonas wusste, dass Verletzungen unterhalb der gedachten Hutkrempe in der Regel von einem Sturz, oberhalb davon dagegen von einem Schlag herrührten.

»Die Halswirbelsäule ist gestaucht«, erläuterte die Rechtsmedizinerin. »Das lässt darauf schließen, dass er kopfüber nach unten gestürzt und mit dem Kopf voran aufgeschlagen ist. Das Muster der Verletzungen sieht so aus wie bei jemandem, der von einem Steg in einen zu flachen See gesprungen ist.«

»Das heißt, er hat sich freiwillig hinuntergestürzt?« Hannah hatte die Hände in die Taschen ihrer Regenjacke gestopft. Das Tablet herauszuholen war ihr angesichts des Sprühregens offenbar zu riskant.

»Die Indizien deuten darauf hin, aber endgültig kann ich das erst nach der Obduktion sagen. Es könnte auch sein, dass ihn jemand hinuntergestoßen hat.« Die Rechtsmedizinerin hob ihre Tasche wieder auf und sah hinaus in den strömenden Regen. »Ich mache mich auf den Rückweg«, sagte sie. »Ihr sorgt dafür, dass der Tote zu mir nach Kiel in die Rechtsmedizin kommt?«

»Die Bestatter sind schon auf dem Weg hierher«, erklärte Hannah. »Sie sollten es heute noch aufs Festland schaffen, wenn der Bahnverkehr nicht eingestellt wird, dann haben Sie den Leichnam morgen früh auf dem Tisch.«

»Prima.« Susanne Lorenz stülpte die Tyvek-Kapuze wieder über den Kopf und sprintete los.

Sie war gerade erst im dichten Regen verschwunden, als aus derselben Richtung ein Polizeibeamter in Regenjacke und Regenhose auftauchte. Der stabile dunkelblaue Kunststoff war komplett nass und klebte an seiner Uniform. Vom Schirm seiner Dienstmütze, die er unter der Kapuze verstaut hatte, tropfte ihm Wasser ins Gesicht. Auch die Gläser seiner runden Brille waren nass. Zu Jonas' Verblüffung wirkte er trotzdem gut gelaunt.

»Wir haben die Halter sämtlicher Fahrzeuge auf dem Parkplatz oben bei der Sturmhaube ausfindig gemacht«, berichtete er, während er zu ihnen unter das Zeltdach kam, die Brille abnahm und mit einem Taschentuch trocken rieb. »Bis auf einen.« Er setzte die Brille wieder auf und fummelte ein Smartphone aus der Innentasche der Regenjacke hervor. Mit ein paar Wischbewegungen aktivierte er das Display und hielt Jonas und Hannah das Gerät hin. »Das ist er. Der Tote. Oder nicht?«

Jonas und Hannah blickten zwischen dem Foto auf dem Bildschirm und dem toten Mann im Sand hin und her. Das Gesicht des Toten war durch den offen stehenden Mund und die geöffneten Augen entstellt, aber es war eindeutig derselbe Mann.

· · ·

»Kari.« Ole Lund meldete sich schon nach dem ersten Klingeln.

»Hallo Ole.« Kari rutschte auf dem Bett in ihrem kleinen Zimmer in Marijkes Gartenhaus nach hinten und stopfte das Kissen fester in ihren Rücken. Mit der anderen Hand hielt sie das Smartphone ans Ohr. »Ich mache es kurz, ich bin ziemlich erschlagen«, sagte sie. »Ich glaube, dein Freund bei der Staatsanwaltschaft hat recht mit seinem Verdacht. Ich war heute bei Dr. Lindner. Er ist äußerst freigiebig mit Rezepten und Verordnungen, und er hat mich direkt zu *Baby-Well* vermittelt. Ein sympathischer Arzt, aber das bedeutet ja nicht, dass er kein Betrüger sein kann. Auch wenn man sich wünscht, dass es anders wäre.«

»Hm.«

»Ich nehme an, er zieht die Sache gemeinsam mit Dorothea Bachmann durch, der Besitzerin von *Baby-Well*. Eine sehr nette Frau. Ein bisschen vergeistigt vielleicht, aber nach allem, was ich sehen konnte, auch eine gute Geschäftsfrau. *Baby-Well* ist perfekt organisiert. Da gibt es sicherlich eine Menge Möglichkeiten, bei den Abrechnungen zu schummeln.«

»Kari ...«

»Ich habe sogar schon einen Zugang zu ihr gefunden. Sie möchte gemeinsam mit mir ein Buch über das richtige Verhalten in der Schwangerschaft und bei der Geburtsvorbereitung schreiben.«

Ole Lund räusperte sich vernehmlich.

»Ich habe mir auch ein paar Unterlagen von diesem Orthopäden angesehen«, fügte Kari rasch hinzu. »Dr. Lars Böttcher. Der scheint aber sauber zu sein.«

»Kari ...«

»Ja?« Erst jetzt fiel Kari auf, dass Ole bisher nichts anderes gesagt hatte als ihren Namen. Er fragte nicht einmal nach, wie sie an ihre Informationen gelangt war.

»Hast du irgendwo Staub aufgewirbelt?«, erkundigte er sich stattdessen. »Kann es sein, dass jemand gemerkt hat, dass du herumschnüffelst?«

»Nein.« Kari war irritiert. Sie hatte nichts Verdächtiges getan. Sie war ja auch erst seit einem Tag auf der Insel. Bisher hatte sie sich einfach nur umgesehen. »Wie kommst du darauf?«

Lund seufzte. »Ich habe schlechte Nachrichten.«

»So?«

»Am Roten Kliff ist ein Toter gefunden worden. Er ist wohl über die Kliffkante gestürzt.«

»Ein Suizid?«

»Danach sieht es aus.«

»Das ist traurig«, sagte Kari, die keine Ahnung hatte, weshalb Lund ihr davon erzählte.

»Susanne hat mich gerade angerufen«, erklärte der Kriminalrat. »Sie hat eine Nachricht von Jonas bekommen. Du kennst den Toten.«

Ein ungutes Gefühl beschlich Kari.

»Es ist Dr. Wolf Lindner«, sagte der Kriminalrat.

Kari hatte das Gefühl, als hätte ihr jemand eine Faust in den Magen gerammt. Oder war es das Baby, das sie getreten hatte?

»Aber – wieso?«

»Das frage ich dich. Du warst doch heute bei ihm.«

»Ja.« Kari ließ das Gespräch mit dem Gynäkologen vor ihrem geistigen Auge Revue passieren. »Wie gesagt. Er war sehr freundlich. Engagiert. Er hat mich untersucht. Sehr vorsichtig übrigens. Viel sanfter als die Frauenärztin, zu der ich sonst gehe. Dann hat er mir mein Rezept und die Verordnung ausgedruckt und seine Arzthelferin gebeten, mich bei *Baby-Well* anzumelden. Er hat auf mich wie ein Mann gewirkt, der in sich ruht. Ausgeglichen, selbstbewusst, zufrieden. Seine Arzthelferin ist eine blöde Zicke, aber nur, wenn Lindner nicht in der Nähe ist.«

»Das ist wohl kaum ein Grund, sich umzubringen«, warf Lund ein.

»Nein. Aber mein Besuch kann auch nicht der Anlass gewesen sein. Dein Freund von der Staatsanwaltschaft hat die Ärzte und Patienten doch ebenfalls befragen lassen. Vielleicht dachte Lindner, dass er etwas herausgefunden hat?«

»Wir werden es wohl nicht erfahren«, erwiderte der Kriminalrat. »Es sei denn, Lindner hat einen Abschiedsbrief hinterlassen.«

»Sag mir Bescheid, wenn du mehr weißt, ja?«, bat Kari.

»Selbstverständlich.«

»Was soll ich jetzt tun? Stillhalten und abwarten? Oder weitermachen?«

Lund überlegte nur kurz.

»Du machst weiter«, entschied er. »Wenn Lindners Selbstmord etwas mit dem Abrechnungsbetrug zu tun hat, ist er sicherlich nicht der Einzige, der darin verwickelt war. Versuch, seine Komplizen ausfindig zu machen. Vielleicht hat ihn ja auch jemand von denen unter Druck gesetzt und ihn in den Suizid getrieben.«

Kari änderte ihre Position, weil ihr Rücken schmerzte. »Ich werde sehen, was ich tun kann.«

»Schön.« Lund machte eine kurze Pause. »Und, Kari?«

»Ja?«

»Versuch, deinem Ehegatten nicht in die Quere zu kommen. Ich bin sicher, er wird nicht begeistert sein, wenn du dich schon wieder in seine Ermittlungen einmischst.«

Kari wollte noch etwas erwidern, doch Lund hatte die Verbindung bereits unterbrochen. Kari starrte das Smartphone an, bis das Display erloschen war. Dann legte sie es auf den Nachttisch.

Sie sah aus dem Fenster in den strömenden Regen und auf die schwarzen Wolken, die am Himmel vorbeirasten und nur dann und wann den Blick auf einen fahlen Mond freigaben.

Ihren letzten Einsatz auf Sylt vor der Babypause hatte sie sich weiß Gott anders vorgestellt.

Kari strich mit der Hand über den gewölbten Bauch. »Was meinst du, Krümelchen? Schaffen wir das?«

Sie lauschte eine Weile, doch das Baby gab keine Antwort.

11. Marijke Meenken steuerte den Golf Sportsvan über den Munkhoog in Richtung Süden, vorbei am Munkmarscher Hafen und dem Fährhaus Sylt. Kari schaute durch die Windschutzscheibe auf die raue Landschaft im Morgenlicht. Rechter Hand der karge Heidebewuchs, links das Wattenmeer.

Das Unwetter hatte sich im Laufe der Nacht ebenso rasch verzogen, wie es am Abend zuvor über die Insel hereingebrochen war. Jetzt erinnerten nur noch die vielen herabgefallenen Blätter und ein paar Bäume mit abgeknickten Ästen an den Sturm. Die dichte schwarze Wolkendecke war von dünnen weißen Schwaden abgelöst worden, die sich wie nachlässige Pinselstriche über den blassblauen Himmel erstreckten.

Das Meer befand sich auf dem Rückzug, doch noch war der größte Teil des Watts unter dem Wasser verborgen. Die Vögel zogen ihre Kreise am Himmel. Sie warteten darauf, dass der Schlick freigelegt wurde, damit sie nach Beute picken konnten.

Kari unterdrückte ein Gähnen. Sie hatte kaum ein Auge zugetan in der letzten Nacht. Unablässig waren die Fragen durch ihren Kopf gekreist.

Hatte sie irgendetwas getan, das Dr. Lindner oder einen seiner Komplizen in Panik versetzt hatte?

Abrechnungsbetrug war kein Kavaliersdelikt. Strafrechtlich galt er als Betrug und wurde mit Geld- und Freiheitsstrafen von bis zu fünf, in schweren Fällen auch bis zu zehn Jahren bestraft. Ein Arzt konnte darüber hinaus seine Kassenzulassung oder sogar seine Approbation verlieren.

Hatte Dr. Wolf Lindner all dem zuvorkommen wollen, indem er sich das Leben nahm? Und war sie, Kari Blom, schuld daran?

Das Kind in ihrem Bauch bewegte sich. Kari schloss kurz die Augen und legte die Hände auf die Wölbung. Wollte das Krümelchen ihr etwas sagen?

Grethe Aldag beugte sich zwischen den Sitzen nach vorn. Seit Kari schwanger war, überließ Witta ihr den Beifahrersitz, den die Landarztwitwe normalerweise gepachtet hatte, und quetschte sich mit Märtyrermiene zu Grethe und Alma auf die Rückbank.

»Machen Sie sich keine Vorwürfe«, sagte Grethe. »Sie haben Dr. Lindner nicht gezwungen, die Kassen zu betrügen. Das war ganz allein seine Entscheidung. Genau wie sein Sprung von der Kliffkante.«

Kari schenkte der Klempnerwitwe ein dankbares Lächeln. Grethe hatte vollkommen recht. Aber es fühlte sich trotzdem nicht so an.

Der Munkhoog wurde zur Munkmarscher Chaussee. Sie passierten die Kirche St. Severin und erreichten gleich darauf den Keitumer Kreisel. Marijke fuhr am Teehaus vorbei in den Ort mit den vielen hübschen Friesenhäusern und den kleinen Geschäften, die ausgefallen, aber nicht so mondän waren wie in Kampen. Kari mochte Keitum, weil es beschaulicher und ursprünglicher war als Westerland.

Kurz darauf erreichten sie den Osterwai, in dem sich Jonas' kleines Kapitänshaus mit den blauen Fensterläden befand.

Kari wusste, dass es leichtsinnig war, hierherzukommen, aber in der letzten Nacht hatte sie so gefroren. Immer wieder hatte sie an die dicke blaue Strickjacke gedacht. Die Jacke hatte Björn gehört, und nach seinem Tod hatte Kari sich jedes Mal hineingekuschelt, wenn sie sich einsam fühlte. Es war, als könnte sie dann immer noch seine Umarmung spüren. Natürlich war ihr die Jacke viel zu groß gewesen, und Kari hätte sie nie in der Öffentlichkeit getragen, weil sie um ihren schlanken Körper schlackerte und sie sich geradezu hineinwickeln musste. Jetzt aber, mit ihrem Schwangerschaftsbauch, passte sie gut.

Zuerst hatte sie gedacht, die Jacke würde in Kiel im Schrank hängen, doch dann war ihr eingefallen, dass sie sie bei Jonas gelassen hatte. Warum, konnte sie nicht genau sagen. Sie spürte immer, wenn sie die Jacke trug, dass sie Jonas nicht gefiel. Als zöge sie die Umarmung ihres toten Ehemannes der ihres jetzigen vor. Dass es darum überhaupt nicht ging, wollte er nicht begreifen.

Was sie geritten hatte, die Jacke in ihrem Schrank in Jonas' Haus in Keitum zurückzulassen, wusste sie beim besten Willen nicht. Aber jedenfalls war die blaue Strickjacke nun nicht in weiter Ferne, sondern in greifbarer Nähe.

Es blieb das Problem, dass niemand sie mit Jonas oder an seinem Haus sehen sollte. Aber Jonas war bei der Arbeit, so wie die meisten seiner Nachbarn vermutlich auch. Sie würde ihm nicht begegnen, und er würde auch nicht merken, dass sie im Haus gewesen war. Nach den Misstönen bei ihrem Gespräch am Wochenende wegen ihres privaten Undercover-Einsatzes wollte sie ihn nicht noch weiter aufbringen, und dass sie sich nicht nach ihm, sondern nach Björns Jacke sehnte, hätte vermutlich diesen Effekt.

Deshalb wollte sie sich einfach nur schnell hineinschleichen, die Jacke aus dem Schrank holen und wieder verschwinden.

Marijke hielt vor dem Gartenzaun. Kari öffnete die Beifahrertür.

»Ich bin gleich wieder da«, sagte sie, ehe die Häkelfrauen

auf die Idee kommen konnten, sie zu begleiten. Sie stieg rasch aus dem Wagen, öffnete das Gartentor und eilte zur Haustür. Den Schlüssel hatte sie bereits in der Hand. Sie schloss die Tür auf und schaute zurück zu Marijkes Wagen, ehe sie ins Haus schlüpfte. Die Häkeldamen waren tatsächlich brav im Auto sitzen geblieben.

Kari trat in den kleinen Flur und wandte sich der Treppe zu. Im selben Moment hörte sie neben sich ein Geräusch, und die Tür des Gästebads schwang auf.

Kari wirbelte herum und fand sich Finja gegenüber, die sie anstarrte, ebenso bleich und erschrocken wie Kari.

»Kari.« Finjas Miene verschloss sich. »Was tust du hier?«

Karis Herz hämmerte wie verrückt. »Ich wollte mir eine Jacke holen«, erklärte sie.

Finja sah sie an, als hätte sie nicht mehr alle Tassen im Schrank. Die junge Frau öffnete den Mund, um etwas zu sagen, doch was herauskam, war nur ein Gurgeln. Finja stürzte zurück ins Bad, und Kari hörte, wie sie sich erbrach.

Kari wartete, bis sie die Toilettenspülung und das Rauschen des Wasserhahns vernahm. Finja erschien wieder in der Tür.

»Ich habe nicht damit gerechnet, dass jemand zu Hause ist«, entschuldigte Kari sich. »Müsstest du nicht in Hamburg an der Uni sein?«

»Es geht mir nicht gut«, fasste Finja das Offensichtliche in Worte.

Kari, deren Pulsschlag sich mittlerweile wieder beruhigt hatte, nickte. »Bauchkrämpfe und Übelkeit?«

»Hm.« Finja verschränkte die Arme vor der Brust, eine klare Abwehrhaltung. Doch dieses Mal wollte Kari sich nicht abspeisen lassen.

»Hast du den Test gemacht?«, erkundigte sie sich.

Finja neigte den Kopf, so dass ihr die langen dunklen Haare vor die Augen fielen. »Welchen Test?«

»Den du dir gestern in der Apotheke besorgt hast.«

Finja nagte an ihrer Unterlippe, sagte aber nichts.

»Du glaubst, dass du schwanger bist, richtig?«, fragte Kari.

»Quatsch.« Finja hob den Kopf und warf die Haare zurück. »Ich habe bloß etwas Falsches gegessen.«

»Warum hast du dann den Test gekauft?«

»Das war kein Test.«

Kari seufzte. »Ich habe die Schachtel gesehen.«

Finjas Lippen begannen zu zittern. Ihre Augen waren groß. »Bitte. Du darfst Papa nichts sagen.«

Kari empfand tiefes Mitgefühl mit der jungen Frau. »Also bist du schwanger?«

Finja löste ihre Abwehrhaltung und ruderte mit den Armen. »Ich weiß es nicht. Ich habe den Test noch nicht gemacht. Ich hatte Angst.«

»Das Kind wird nicht verschwinden, wenn du so tust, als wäre es nicht da.«

»Das ist mir auch klar«, fauchte Finja. »Aber wenn ich den Test mache, dann ist es so ... endgültig.«

»Ja, ich weiß.« Kari konnte sich noch gut an den Moment auf ihrer Hochzeit erinnern, als sie selbst den Test in der Hand gehalten hatte. Das Ergebnis war ein Schock gewesen. »Ich habe mich auch eine ganze Weile davor gedrückt. Zum Glück war meine beste Freundin da, als ich gesehen habe, dass der Test positiv ist. Ich war ziemlich durcheinander. Weil ich längst mit dem Thema abgeschlossen hatte.«

Finja zupfte an ihrer Leinenbluse. »Meine Freundinnen sind alle zum Studieren nach Kiel gegangen«, sagte sie. »Ich könnte natürlich hinfahren. Aber ich habe immer diese

Krämpfe, und mir ist ständig schlecht. Ich weiß nicht, ob ich die Fahrt schaffe.« Sie schaute auf ihre Finger. »Vielleicht warte ich lieber noch bis zum Wochenende«, überlegte sie. »Dann kommt bestimmt eine von ihnen nach Hause.«

Kari betrachtete die schmale junge Frau, die immer so ernst war. »Wir können den Test auch gemeinsam machen«, bot sie an.

Finja blinzelte. Ihr Blick wurde hoffnungsvoll. »Ehrlich?«

»Ja.«

»Okay.« Finja bewegte den Kopf in Richtung Treppe. »Dann lass uns nach oben ins Bad gehen.«

Sie wollte sich gerade auf den Weg machen, als aus dem Wohnzimmer ein Rumpeln ertönte.

Finja erstarrte. »Was war das?«

Kari war schon an der Wohnzimmertür. »Hast du die Terrassentür offen gelassen?«

»Ja.« Finja wurde noch blasser. »Ein Einbrecher?«

»Wenn ja, dann verjagen wir ihn«, verkündete Kari und stieß die Wohnzimmertür auf.

Davor standen die vier Häkeldamen. Alma Grieger bückte sich gerade, um die Fernbedienungen von Fernseher und Receiver aufzuheben.

»Tut mir leid«, sagte sie. »Ich bin gegen den Beistelltisch gestoßen.«

Kari atmete tief durch. »Was tun Sie hier?«

»Wir wollten nur sehen, ob mit Ihnen alles in Ordnung ist«, erklärte Marijke Meenken. »Weil Sie gar nicht zurückgekommen sind. Wir dachten, so lange kann es nicht dauern, eine Jacke aus dem Schrank zu holen.«

»Und weil Sie doch schwanger sind …«, setzte Alma hinzu. »Da muss man vorsichtig sein.«

Finja, die hinter Kari ins Wohnzimmer getreten war,

lachte. Es klang ein wenig hysterisch. Die Häkeldamen musterten die junge Frau neugierig.

»Sie sind ja gar nicht in Hamburg. Müssen Sie nicht studieren?«

»Ich bin krank«, entgegnete Finja und sah Kari flehend an. Kari nickte fast unmerklich. Sie würde nichts verraten.

»So?« Witta trat einen Schritt vor. Als ehemalige Landarztgattin fühlte sie sich bei allen medizinischen Fragen berufen. »Was fehlt Ihnen denn?«

»Eine Magenverstimmung«, erklärte Kari, ehe Finja antworten konnte. »Das erste Semesterwochenende, Sie wissen schon. Man trifft die alten Freundinnen aus der Schulzeit und feiert den neuen Lebensabschnitt. Zu viel Alkohol, zu viel Fastfood, zu wenig Schlaf.«

Marijke und Alma nickten verständnisvoll. Grethe dagegen sah aus, als würde sie Kari kein Wort glauben.

Witta hob den Zeigefinger und sah Finja ernst an. »Dann sollten Sie sich hinlegen. Schlaf nachholen und Tee trinken. Kamille und Fenchel. Das hilft immer.«

»Ja.« Finja ging wie ferngesteuert zum Sofa und setzte sich. Grethe war sofort bei ihr und half ihr, den Kopf auf das Kissen und die Füße auf die Sitzfläche zu betten.

Alma strebte zur Küche. »Ich koche den Tee.«

Sie kam nicht weit, weil sich im selben Moment die Haustür öffnete. Jonas Voss stand im Türrahmen und blickte irritiert auf die kleine Gesellschaft, die sich in seinem Haus versammelt hatte.

»Was ist denn hier los?« Er sah Kari an. »Sagtest du nicht, wir dürfen keinen Kontakt haben?« Sein Blick wanderte weiter ins Wohnzimmer und blieb an seiner Tochter hängen. »Finja?« Er ging zu ihr und setzte sich auf die Sofakante. »Wie geht es dir? Ist dir immer noch schlecht?«

»Ja.«

Jonas hob die Hand, um ihr übers Haar zu streichen, doch Finja wandte den Kopf ab. Jonas stand wieder auf.

»Wir kümmern uns um Ihre Tochter«, sagte Marijke. »In der Zwischenzeit könnten Sie sich mit Frau Blom unterhalten. Wo wir nun schon einmal alle hier sind, können wir auch Informationen austauschen.«

Jonas wirkte nicht begeistert, doch er respektierte die alten Damen zu sehr, um zu widersprechen. »Gut. Gehen wir auf die Terrasse?«

»Ja.« Kari folgte ihm nach draußen.

»Also? Was für Informationen sollen das sein, von denen Frau Meenken spricht?« Voss verschränkte die Arme, eine fast exakte Kopie der Haltung seiner Tochter. Die Lederjacke spannte über seinen breiten Schultern.

Kari seufzte. Jonas würde nicht begeistert sein, wenn er feststellte, dass sich ihre Ermittlungen wieder einmal kreuzten. Aber sie konnte ihm ihre Erkenntnisse auch nicht vorenthalten.

»Der Tote am Roten Kliff«, sagte sie. »Dr. Wolf Lindner. Das war einer der Verdächtigen in meinem Fall.«

»Und?«

»Sein Selbstmord könnte etwas damit zu tun haben. Ich weiß zwar nicht wie, aber wenn er gemerkt hat, dass man ihm auf den Fersen ist ...«

»Er wusste doch ohnehin, dass er im Fokus von Ermittlungen der Staatsanwaltschaft steht, oder nicht?«

»Ja. Aber dabei wurde nichts gefunden.«

»Und was hast du getan, das ihn dermaßen aus dem Gleichgewicht gebracht haben könnte, dass er sich von der Klippe stürzt?«

»Ich weiß es nicht. Ich habe mich lediglich von ihm untersuchen lassen, und er hat mir ein paar Rezepte ausgestellt und mich an *Baby-Well* vermittelt. Aber irgendeinen Grund für seinen Suizid muss es ja geben.«

Voss löste die verschränkten Arme und schob die Hände in die Taschen seiner Lederjacke. »Ich kann dich beruhigen. Lindners Tod hat nichts mit dir zu tun.«

Kari runzelte die Stirn. »Wie kannst du dir da so sicher sein?«

Jonas' Miene blieb ernst. »Weil es aller Wahrscheinlichkeit nach kein Selbstmord war.«

»Ach so?« Kari war verwirrt. »Also doch ein Unfall?«

»Nein.« Seine Kiefer mahlten.

»Mord?«

»Davon gehen wir im Augenblick aus.«

Kari ballte die Fäuste. Wenn sie Jonas weiterhin die Informationen aus der Nase ziehen müsste, würde sie ihn am Kragen packen und durchschütteln.

»Vielleicht erklärst du mir das?«, fragte sie gereizt.

Sie sah den Ärger in seinen Augen, doch dann gab er sich einen Ruck. Am Ende war es immer Jonas, der nachgab, wenn sie in Streit gerieten.

»Susanne hat bei der Obduktion Verletzungen festgestellt, die nicht vom Sturz herrühren. Blessuren an Armen und Handgelenken, die eindeutig vor dem Tod eingetreten sind, als das Blut noch in Lindners Körper zirkuliert ist, so dass sich Ansätze von Blutergüssen gebildet haben. Susanne meint, er ist nicht freiwillig an die Kliffkante getreten, sondern jemand hat ihn gezogen und gestoßen.«

In Karis Kopf rasten bereits die Gedanken. »Also hat nicht Dr. Lindner bemerkt, dass er beobachtet wird, sondern einer seiner Komplizen«, schloss sie. »Derjenige hat befürchtet, dass Lindner auspackt, und ihn deshalb kaltgestellt.«

Jonas hob abwehrend die Hände. »Bitte. Keine voreiligen Schlüsse.«

»Aber es wäre doch möglich.«

Jonas sah sie mit einem Blick an, den sie nicht deuten konnte. Glaubte er, die Schwangerschaftshormone hätten ihren Kopf vernebelt und sie könnte nicht mehr klar denken?

»Wir ziehen natürlich in Erwägung, dass Dr. Lindner an diesem Abrechnungsbetrug beteiligt war und deshalb sterben musste. Aber wenn mich nicht alles täuscht, gibt es bisher keinen Beweis dafür, dass die Ärzte in Westerland und die Leute von *Baby-Well* die Krankenkassen tatsächlich betrügen?«

»Nein«, gab Kari zu. »Es ist nur ein Verdacht.«

Voss fuhr sich durch die braunen Locken. »Eben«, sagte er. »Deshalb ermitteln wir zurzeit in eine andere Richtung.«

»Aha«, gab Kari bissig zurück. »Und in welche?«

Zuerst dachte sie, dass Jonas ihr nicht antworten würde, aber dann tat er es doch.

»Dr. Lindner ist vor zwei Monaten geschieden worden. Seine Frau hat einen neuen Lebenspartner, aber vielleicht gab es noch alte Animositäten, oder die Scheidung ist nicht so verlaufen, wie sie es sich vorgestellt hat? Du weißt ja: Aus großer Liebe kann auch großer Hass entstehen.«

Kari fragte sich, ob seine Aussage eine verschlüsselte Botschaft enthielt, zog es aber vor, darüber hinwegzugehen.

»Schön«, versetzte sie. »Dann brauchst du mich ja nicht.«

Jonas griff nach ihren Händen. »Kari. Natürlich brauche ich dich. Du bist die Frau, die ich liebe. Meine Frau. Und die Mutter unseres Kindes.« Sein Blick glitt zu ihrem gewölbten Bauch.

Kari schloss die Augen. Ihre Wut verpuffte, und sie lehnte den Kopf an seine Brust. »Entschuldige«, murmelte sie. »Das ist einfach gerade alles ein bisschen viel für mich.«

Jonas strich ihr sanft übers Haar. »Ja, ich weiß.«

»Ah! Versöhnung!«, ertönte eine zufriedene Stimme von der Terrassentür her.

Kari öffnete die Augen und sah Witta Claaßen, die auf einem Bein stand, den bandagierten Fuß angehoben, eine Hand an den Türrahmen gelehnt, die andere mit der Krücke auf Kari und Jonas gerichtet. Hinter ihr tauchten die drei anderen Häkeldamen auf.

»Wir müssen los«, sagte Marijke Meenken und tippte auf ihre Armbanduhr. »Sie haben eine Verabredung. Mit Frau Bachmann.«

Kari hob ebenfalls das Handgelenk. Sie hatte gar nicht gemerkt, wie die Zeit verflogen war.

»Stimmt.« Sie löste sich von Jonas.

»Wer ist Frau Bachmann?«, erkundigte er sich.

»Die Inhaberin von *Baby-Well*«, verkündete Grethe Aldag. »Frau Blom schreibt ein Buch mit ihr. Oder jedenfalls tut sie so.«

Das Lächeln auf Jonas' Gesicht erlosch. »Du machst weiter?«

Kari sah ihn verständnislos an. »Natürlich. Du löst deinen Fall, ich löse meinen.«

Jonas sagte nichts mehr, er sah sie nur an. Kari ertrug den Kummer in seinen schönen braunen Augen nur ein paar Sekunden lang.

»Also dann«, sagte sie munter und marschierte an den Häkelfrauen vorbei ins Haus. Neben dem Sofa blieb sie stehen, zog Notizbuch und Stift aus der Tasche und schrieb ihre Handynummer aufs Papier. Dann riss sie den Zettel ab und reichte ihn Finja, die immer noch auf dem Sofa lag. Mittlerweile bis zum Kinn in eine Wolldecke gehüllt und mit einem dampfenden Becher Tee neben sich auf dem Tisch.

»Ruf mich an, wenn es dir wieder besser geht«, raunte Kari ihr zu. »Ich kann jederzeit vorbeikommen.«

»Danke.« Finjas Lächeln war schwach, aber es berührte Kari zutiefst. Weil es zum ersten Mal, seit sie Jonas' Tochter kannte, von Herzen kam.

12. Hannah Behrends warf ihm zum wiederholten Mal einen Seitenblick zu, sagte aber nichts. Seit Jonas von seinem kurzen Abstecher nach Hause ins Polizeirevier zurückgekommen war, hatte er gegrübelt.

Während Hannah den Dienstwagen auf der Lister Straße nach Norden lenkte, schaute er aus dem Seitenfenster auf die vorbeiziehende Landschaft. Dünen und Strandhafer auf der einen Seite, dichter Wald auf der anderen. Auf dem Parkplatz der Vogelkoje standen etliche Fahrzeuge. Der sogenannte Sylter Dschungel, das Naturschutzgebiet mit dem Lehrpfad, war außer in den Wintermonaten immer ein beliebtes Ausflugsziel.

Schließlich hielt Hannah es nicht mehr aus. »Ist alles in Ordnung mit Finja?«, fragte sie.

»Ich denke schon«, gab Voss einsilbig zurück.

Erneut richteten sich Hannahs blaue Augen auf ihn. Sie war es nicht gewohnt, dass er sie von seinen Gedanken ausschloss.

Jonas seufzte und berichtete ihr von dem sonderbaren Zusammentreffen mit Kari, Finja und der Häkelmafia.

»Dr. Lindner gehörte also zu den Ärzten, die neuerdings ein ungewöhnlich hohes Patientenaufkommen haben?«, fasste Hannah zusammen. »Kari hat ihn unter die Lupe ge-

nommen, weil sie glaubt, dass er die Krankenkassen betrügt?
Und nun denkt sie, sein Tod hängt damit zusammen?«

»Ja.« Erneut überfiel Jonas ein Unwille, der ihm selbst
fremd war.

»Aber bisher gibt es keine Beweise dafür, dass tatsächlich
ein Abrechnungsbetrug stattfindet?«, fragte Hannah weiter.

»Nein. Es ist nur ein Verdacht.«

»Schön.« Hannah, deren gute Laune nicht so leicht zu erschüttern war, lächelte. »Also durchleuchten wir beide Lindners Privatleben, und Kari kümmert sich um die Abrechnungen. Dann kommen wir uns nicht in die Quere, und einer von
uns wird schon etwas finden.«

»Hm.« Jonas hoffte, dass der Laut zustimmend klang. So
recht glaubte er nicht daran, dass es so einfach war. Bisher war
es das zumindest nie gewesen. Kari hatte ihren eigenen Kopf,
und wahrscheinlich würden sich ihre Wege bald wieder kreu-
zen. Vermutlich leider nicht auf die Art, die er sich wünschte.

• • •

Kari Blom sah dem weißen Golf Sportsvan hinterher, der zügig auf der Süderstraße in Richtung Norden davonfuhr. Was
das Alter den Häkeldamen an körperlicher Beweglichkeit
nahm, glich Marijke Meenken durch ihren sportlichen Fahrstil aus.

Eigentlich passte das nicht zu ihr, weil sie von den vier alten Damen die Ruhigste und Vernünftigste war. Aber auch
die Kapitänswitwe hatte sich im Laufe der Jahre verändert.
Dank der Abenteuer, die sie mit Kari erlebt hatten, waren die
Frauen selbstbewusster und wagemutiger geworden. Das war
gut, weil es sie jung hielt, aber es hatte sie auch schon oft genug in Gefahr gebracht. Kari war entschlossen, dafür zu sorgen, dass so etwas nicht noch einmal passierte.

Sie hatte gedacht, dass eine Ermittlung in einem Betrugs-fall, der den Medizinsektor betraf, nicht so gefährlich sein könnte, doch nach dem Tod von Dr. Lindner war sie sich des-sen nicht mehr so sicher. Jonas suchte das Motiv im Privat-leben des Arztes, doch Kari war überzeugt, dass man Lind-ner ermordet hatte, weil er für seine Komplizen zum Risiko geworden war.

Schließlich ging es nicht um Peanuts. Geschickter Abrech-nungsbetrug konnte einem Arzt, Apotheker oder Physiothe-rapeuten rasch fünfzig- oder hunderttausend Euro an zusätz-lichen jährlichen Einnahmen in die Kasse spülen oder auch noch mehr, je nachdem, wie skrupellos die Person war. Und es gab eine Menge Menschen, die schon für weitaus geringere Beträge über Leichen gingen.

Was die Verdächtigen betraf, hatte Kari allerdings ein Pro-blem. Die plausibelste Erklärung bestand darin, dass Dr. Lindner mit Dorothea Bachmann, der Inhaberin von *Baby-Well*, gemeinsame Sache gemacht hatte, auch wenn Kari noch keine konkrete Vorstellung davon hatte, wie die beiden das Kassensystem zu ihrem Vorteil ausgenutzt hatten. Aber der Arzt und die Heilpraktikerin waren diejenigen, die den Ge-winn einstrichen.

Das Problem war, dass Kari von der Inhaberin von *Baby-Well* einen gänzlich anderen Eindruck hatte. Dorothea Bach-mann wirkte engagiert und authentisch. Ein bisschen abge-hoben vielleicht, mit einem Hang zur Esoterik, aber nicht wie jemand, der das Gesundheitssystem betrog, um sich selbst zu bereichern. Und erst recht konnte Kari sich nicht vorstellen, dass Bachmann eine kaltblütige Mörderin war.

Aber was besagte das schon? Man konnte den Leuten nicht in den Kopf sehen. Kari hatte im Laufe ihrer Karriere mehr als einmal erlebt, wie sich scheinbar integere Menschen als gewissenlose Straftäter entpuppten. Und die Angst davor, aufzufliegen und für das eigene Fehlverhalten zur Rechenschaft gezogen zu werden, war ein mächtiger Motor. Davon abgesehen könnte ja auch Dorothea Bachmann einen Komplizen haben, einen ihrer Angestellten zum Beispiel.

Kari dachte sofort an Florian Petzold, den Physiotherapeuten mit der soldatischen Ausstrahlung. Körperlich hätte er die besten Voraussetzungen für die Tat. Aber das machte ihn noch nicht zum Mörder. Und Vorurteile waren keine gute Grundlage für eine Ermittlung.

Kari holte tief Luft und strich sich über den Bauch. Sie könnte noch stundenlang hier stehen und Theorien entwickeln und verwerfen, doch das brachte sie nicht weiter. Was sie brauchte, waren Beweise.

»Also los, Krümelchen«, sagte sie zu dem Kind in ihrem Bauch und öffnete die Eingangstür von *Baby-Well.*

Es war wieder Gregor Wahls, der hinter dem Empfangstresen stand. Die männliche Hebamme. Kari hatte im Netz recherchiert; die Berufsbezeichnung wurde tatsächlich einheitlich für alle Geschlechter verwendet. Die frühere Bezeichnung *Entbindungspfleger* für männliche Hebammen war mittlerweile abgeschafft worden. Wer wollte, konnte noch vom *Geburtshelfer* sprechen, doch die wenigen Männer, die diesen Beruf ausübten, bezeichneten sich selbst mit Stolz und sicherlich auch einer Portion Trotz als Hebammen.

Leicht hatten sie es nicht. Gerade männliche Ärzte straften ihre Geschlechtsgenossen in der Geburtshilfe oft mit Herablassung, hatte Kari gelesen. Sie hätte Wahls gerne gefragt, was ihn zu seiner Berufswahl bewogen hatte, wollte ihm aber nicht zu nahe treten.

»Hallo Frau Blom.« Gregor Wahls lächelte sie an. »Sie haben eine Verabredung mit Dorothea, richtig?«

»Ja.«

Der Mann mit dem schütteren blonden Haar und den babyblauen Augen deutete den Flur entlang.

»Sie können einfach durchgehen. Dorothea ist in ihrem Büro.« Er beugte sich vertraulich vor. »Sie ist total begeistert von Ihnen. Sie sagt, es ist ein absoluter Glücksfall, dass Sie zu uns gekommen sind.«

»Hm.« Kari verspürte ein schlechtes Gewissen. Dabei war es doch ihr Beruf, ihrem Umfeld etwas vorzuspielen. Aber seit sie schwanger war, fiel es ihr deutlich schwerer, sich abzugrenzen. Stattdessen erlebte sie immer wieder den Impuls, die ganze Welt zu umarmen. Dieses *Muttergefühl*, eine Mischung aus Wärme, Nachsicht und Fürsorglichkeit, überschwemmte sie manchmal geradezu, schön und beängstigend zugleich.

Kari hätte nie gedacht, dass die Schwangerschaftshormone sich derart auf ihre Persönlichkeit auswirken könnten. Sie war immer klar, geradlinig und rational gewesen. Jetzt bestand sie gelegentlich nur noch aus Gefühlen. Etwas, das ihre Mutter, die Psychotherapeutin, als äußerst positiv beurteilte. Ihrer Meinung nach war Karis Kontrollbedürfnis zwanghaft gewesen, und sie hatte immer mit Sorge beobachtet, wie schwer es Kari fiel loszulassen. Das war jetzt anders. Doch wenn Kari ihren Job hier erfolgreich zu Ende bringen wollte, musste sie sich auf ihre Qualitäten vor der Schwangerschaft besinnen.

»Ich freue mich auch, dass Frau Bachmann so aufgeschlossen ist«, sagte sie deshalb. »Ich träume schon lange davon, ein Buch über die beste Vorbereitung auf die Geburt herauszubringen, aber es ist natürlich etwas ganz anderes, wenn man jemanden im Boot hat, der vom Fach ist.«

»Ich helfe auch gern«, bot Gregor an. Sein rundes Gesicht leuchtete.

»Danke. Ich komme darauf zurück.« Kari winkte ihm zu

und machte sich auf den Weg zum Büro der Inhaberin von *Baby-Well*.

Auf halbem Weg kam sie an einem Behandlungsraum vorbei, dessen Tür offen stand. Von drinnen waren leises Lachen und flüsternde Stimmen zu hören. Kari schaute neugierig hinein.

Sie sah zwei Personen, die eng umschlungen neben der Behandlungsliege standen und sich küssten, beide im Outfit von *Baby-Well*, weiße Hose und Schuhe und ein rotes T-Shirt mit dem Schriftzug des Schwangerenzentrums auf der Brust. Die Frau hatte lange blonde Locken, die ihr weit über die Schulter fielen. Iris Asmussen, die Hebamme. Der Mann hatte ebenfalls lange Haare, braun und gewellt. Tim Siebert, der Physiotherapeut mit den Zauberhänden.

»Frau Blom?«

Kari zuckte zusammen, als plötzlich die Stimme neben ihrem Ohr ertönte. Sie spürte, wie ihre Wangen heiß wurden. Sie wandte den Kopf und sah Dorothea Bachmann. Die Inhaberin des Zentrums warf ebenfalls einen Blick in den Behandlungsraum und schnalzte mit der Zunge.

»Iris. Tim. Wie oft habe ich euch schon gesagt, dass ihr nicht vor den Patienten herumturteln sollt?«

Der Physiotherapeut und die Hebamme trennten sich ohne jede Eile voneinander. Tim lächelte Dorothea charmant an. Iris warf ihre Rauschgoldengel-Locken zurück.

»Sorry«, sagte Tim. »Wir wussten nicht, dass jemand hier ist.« Er blinzelte Kari zu. »Wir haben Sie doch nicht erschreckt?«

»Nein. Natürlich nicht.« In der Tat waren nicht Tim und Iris schuld daran, dass ihr Herz jagte, sondern Dorothea Bachmann, die sie beim Herumschnüffeln ertappt hatte. Wobei der Inhaberin von *Baby-Well* diese Art von Neugier wahrscheinlich unverdächtig vorkam. Aber Kari nahm sich trotzdem vor, in Zukunft vorsichtiger zu sein.

Iris und Tim verließen den Behandlungsraum und zogen sich in den Aufenthaltsraum zurück. Bachmann lud Kari mit einer Handbewegung ein, ihr zu folgen.

»Die beiden sind ein hübsches Paar, nicht wahr?«, sagte sie, während sie die Tür zu ihrem Büro öffnete und Kari hereinwinkte.

»Ja«, sagte Kari aufrichtig. Iris und Tim hatten sie beide beeindruckt, mit ihrer Freundlichkeit und ihrem Enthusiasmus. »Sie haben ein wirklich tolles Team hier.«

»Danke.« Die Heilpraktikerin lächelte. Sie schloss die Tür hinter Kari und lud sie ein, in der Sitzgruppe Platz zu nehmen. Einen Moment lang betrachtete sie Karis Gesicht. »Salbeitee«, sagte sie dann. »Ich glaube, das ist heute genau das Richtige für Sie.«

Sie hantierte mit Wasserkocher und Tassen und sah nebenbei zu Kari. »Ich hoffe, Sie haben ein bisschen Zeit mitgebracht? Es gibt so viel, das ich Ihnen erzählen muss.«

»So viel sie wollen«, entgegnete Kari und holte ihr Diktiergerät aus der Tasche.

Mit den Informationen, die sie von Bachmann bekam, würde sie Jonas vielleicht davon überzeugen können, dass der Mord an Lindner mit dem Abrechnungsbetrug zusammenhing. Natürlich musste er auch das Privatleben des Ermordeten unter die Lupe nehmen. Aber so, wie die Dinge lagen, war es doch mehr als unwahrscheinlich, dass es für den Mord ein anderes Motiv gab als Lindners Fehlverhalten im Umgang mit den Krankenkassen.

...

Dr. Wolf Lindners geschiedene Frau wohnte in einem Neubau am nördlichen Ortsrand von List. Vier Stockwerke, eine moderne Fassade mit viel Glas und Stahl, wenig Sylter Charme. Aus den oberen Stockwerken hatte man vermutlich einen guten Blick aufs Wattenmeer. Heike Langer, Lindners Ex-Frau, und ihr neuer Lebensgefährte Ingo Strecker wohnten allerdings im Erdgeschoss.

Hannah Behrends drückte auf den Klingelknopf, der im Inneren das Geläut einer Kirchenglocke hervorrief. Der Mann, der gleich darauf die Tür aufriss, hatte dagegen nichts Klerikales an sich. Sein Körper war der eines Bodybuilders. Passend dazu trug er ein schwarzes Muskelshirt. Die rote Satinjogginghose war Geschmackssache, genau wie die hellblauen Fitnessschuhe und die weißen Sneakersocken. Wirklich schlimm waren die rotblonden Locken, die zu einer Frisur geformt waren, die an eine russische Fellmütze erinnerte, und der dünne, kurz rasierte Oberlippenbart. Hannah murmelte etwas. Jonas war sich nicht ganz sicher, glaubte aber, »Pornobalken« verstanden zu haben.

»Ja, bitte?« Der Muskelmann beäugte sie misstrauisch.

Hannah zog ihren Dienstausweis hervor und stellte Jonas und sich vor. »Wir würden uns gerne kurz mit Ihnen und Ihrer Lebensgefährtin unterhalten.«

»Ach so. Ich dachte, Sie sind von der Presse. Die belästigen uns schon seit dem frühen Morgen.«

»Das tut uns leid.« Voss und Behrends hatten noch keine Presseerklärung herausgegeben, aber auf einer kleinen Insel wie Sylt sprach sich ein Todesfall schnell herum. Die Online-Ausgabe der Sylter Nachrichten hatte bereits eine Meldung gebracht, in der vom »tragischen Absturz des Frauenarztes Dr. Wolf. L.« die Rede war. Jonas wusste nicht, ob der Subtext beabsichtigt war – Absturz im Sinne von Niedergang oder gar Fehlverhalten? –, aber auf jeden Fall war die Nachricht nicht geeignet, das Opfer und die Familie zu schützen. So viele Frauenärzte gab es auf Sylt nicht. Schon mit dem Buchstaben L war Lindner der Einzige, und mit dem Vornamen Wolf dazu vermutlich nicht nur auf der Insel, sondern in ganz Nordfriesland. Voss nahm an, dass in der Praxis bereits die Leitungen heiß liefen.

»Wir haben das Telefon stummgeschaltet«, sagte der Bodybuilder. »Und wenn sich noch mal ein Reporter im Garten herumtreibt und versucht, über die Terrasse ins Haus zu kommen, kann er sein blaues Wunder erleben.«

Voss schloss aus seinen Worten, dass das bereits mehr als einmal vorgekommen war.

»Rufen Sie lieber die Polizei«, riet Hannah. »Wenn sich jemand verletzt, handeln Sie sich nur unnötigen Ärger ein.«

Der Bodybuilder stieß einen verächtlichen Laut aus.

»Kommen Sie.« Er winkte sie in den Hausflur, schloss die Tür und verriegelte sie. Dann ging er ihnen voran in eine geräumige und lichtdurchflutete Küche. Sauber und aufgeräumt, aber in Voss' Augen ungemütlich und steril.

In der Mitte befand sich eine große Kochinsel. Auf den Hockern, die im Kreis um die Arbeitsfläche angeordnet waren, saßen zwei Frauen, die unterschiedlicher kaum hätten sein können. Abgesehen davon, dass sie beide sehr schlank waren.

Die Frau auf der linken Seite hatte pechschwarz gefärbte Haare, die ihr weit über die Schultern fielen, und einen straffen Körper, dem man ansah, dass sie regelmäßig trainierte. Sie trug pinkfarbene Leggins und ein schwarzes Sportoberteil, das einen guten Blick auf ihre solariumsgebräunte Haut gewährte, dazu weiße Sportschuhe und Sneakersocken wie Ingo Strecker. Ein Partnerlook, der das Auge reizte, weil sich das Pink der Leggins mit dem Satinrot der Trainingshose biss.

Das Gesicht der Frau war ebenfalls braungebrannt und zeigte bereits erste Anzeichen verfrühter Hautalterung. Jonas dankte dem Schicksal im Stillen, dass Kari nichts für Eitelkeiten dieser Art übrig hatte. Er verabscheute künstliche Bräune ebenso wie zentimeterdickes Make-up.

Die Frau, die auf der rechten Seite der Kücheninsel saß, hatte halblange, leicht gewellte blonde Haare und eine fast blasse Gesichtshaut. Ihre grauen Augen musterten ihn durch die Gläser einer runden Brille mit schlichtem Metallrahmen. Sie schien nur auf dem Sprung zu sein, denn sie hatte ihren hellen Trenchcoat, den sie zu hellblauen Jeans und sandfarbenen Sneakers trug, nicht abgelegt.

Beide Frauen blickten verkniffen. Voss und Behrends schienen im unpassenden Moment gekommen zu sein.

»Heike«, sagte Ingo Strecker zu der dunkelhaarigen Frau. »Die Herrschaften sind von der Polizei.«

»Wegen Wolf?« Die Frau schaute Voss und Behrends an. »Glauben Sie bloß nicht, dass ich dem Mistkerl eine Träne nachweine.«

»Mama.« Die blonde Frau, die ihr gegenübersaß, presste die Lippen zusammen.

»Frau Lindner?« Jonas wandte sich ihr zu. »Mein Beileid zum Tod Ihres Vaters.«

»Danke.« Eine Träne löste sich aus dem Augenwinkel der jungen Frau. Sie griff in die Tasche ihres Trenchcoats, holte ein Taschentuch hervor und tupfte sie ab.

Heike Langer hob die Hand. »Mir gegenüber können Sie sich die Beileidsbekundungen sparen.«

Jonas ließ rasch die Informationen Revue passieren, die Hannah und er recherchiert hatten.

Heike Langer, die Ex-Frau von Dr. Wolf Lindner, war früher Arzthelferin gewesen, hatte aber nach der Hochzeit aufgehört zu arbeiten. Eine weitere Berufstätigkeit war nicht dokumentiert, aber so, wie die Frau aussah, durfte man wohl davon ausgehen, dass sie wesentliche Teile ihrer Zeit im Fitnessstudio verbrachte.

Ingo Strecker, ihr neuer Lebensgefährte, war ausgebildeter Fitnesstrainer und arbeitete in einem Fitnesscenter in Westerland. Demselben vermutlich, in dem Heike Langer trainierte. Es schien nicht besonders weit hergeholt, anzunehmen, dass die beiden sich dort kennengelernt hatten.

Sophie Lindner, die Tochter, kam dagegen nach ihrem Vater. Sie studierte in Kiel Medizin und arbeitete nebenbei als Rettungssanitäterin.

»Sie haben sich ganz offensichtlich nicht im Guten getrennt«, bemerkte Voss, an Heike Langer gewandt.

»Ha!« Lindners Ex-Frau rutschte auf ihrem Hocker nach vorn und stützte die Hände auf die Arbeitsfläche. »Er hat mich bei der Scheidung über den Tisch gezogen. Ich musste durch sämtliche Instanzen, und am Ende ist mir trotzdem nur ein lächerlicher Betrag geblieben. Wolf sitzt in Kampen in der Villa, die er von seinen Eltern geerbt hat, hat seine schicke Praxis in Westerland, fährt mit dem Porsche über die Insel und lässt es sich gutgehen. Und wir? Hocken hier in diesem überteuerten Neubau und haben kaum mehr als das, was Ingo nach Hause bringt.«

Und das ist nicht viel, sagte sie nicht, aber Jonas und Hannah hörten es auch so.

»Niemand hat dich gezwungen, ihn zu betrügen«, versetzte Sophie Lindner verbittert.

Heike Langer warf ihre langen Haare zurück. »Dein Vater hat mich doch gar nicht mehr gesehen. Immer nur seine Praxis, seine Patienten, seine Kollegen, mit denen er über den medizinischen Fortschritt diskutiert hat.«

»Du warst doch auch nie da. Fitnessstudio. Friseur. Mani-
küre. Pediküre. Wellness. Shoppen. Wann hättest du je Zeit
für Papa gehabt? Oder dich für die Dinge interessiert, die ihn
beschäftigt haben?«

»Neue diagnostische Methoden? Oder die schrecklichen
Bedingungen, unter denen Frauen in Entwicklungsländern
ihre Kinder zur Welt bringen?«

»Das ist ein wichtiges Thema. Ich bin stolz, dass Papa sich
da engagiert hat.« Sophie Lindner legte den Kopf schief.
»Du wolltest doch auch mal helfen, früher. Bist du nicht deshalb Arzthelferin geworden?«

»Pah. Helfen. Als Arzthelferin ist man eine bessere Ver-
waltungsangestellte. Karten einlesen, Termine vergeben, Rezepte ausdrucken. Wenn man Glück hat, darf man vielleicht
mal Blut abnehmen oder eine Grippeimpfung spritzen. Das
war nicht das, was ich wollte.«

»Was wolltest du denn?«

»Ich wäre gern Ärztin geworden. Aber dafür waren meine
Noten nicht gut genug.«

»Du hättest es später nachholen können. Nach der Ausbildung zur Arzthelferin hättest du genügend Wartesemester
gehabt.«

»Da hatte ich ein Kind zu versorgen.«

Sophie Lindner verdrehte die Augen. »Andere Frauen haben auch Kinder und arbeiten trotzdem.«

Voss verständigte sich mit Behrends. Der Disput zwischen
Mutter und Tochter enthüllte viel über die Beziehung der beiden, aber er wollte langsam zum Punkt kommen.

»Sie waren wütend auf Ihren Mann, weil Sie bei der Scheidung nicht das bekommen haben, was Ihnen Ihrer Meinung
nach zusteht?«, unterbrach er das Wortgefecht.

Heike Langer wandte ihm den Blick zu. »Wütend? Ich

hätte ihm den Hals umdrehen können. Sechsundzwanzig Jahre waren wir verheiratet. Ich habe seine Tochter großgezogen, mich um Haus und Garten gekümmert und ihm den Rücken freigehalten. Und er? Hat es in all den Jahren nie für nötig gehalten, unseren Ehevertrag zu ändern.«

»Was stand darin?« Hannah holte ihr Tablet hervor.

»Dass bei einer Trennung jeder sein persönlich erwirtschaftetes Vermögen behält.«

»Sie haben also nichts bekommen?«

»Nur das Sparbuch, das ich schon bei unserer Hochzeit hatte. Und dieses lächerliche Almosen von fünfundzwanzigtausend Euro, das er mir überwiesen hat. Für einen Neustart! Aus Gutmütigkeit, hat er gesagt, nicht, weil es mir zustünde.«

Voss fand fünfundzwanzigtausend Euro keinesfalls lächerlich. Das war mehr als das halbe Netto-Jahresgehalt, das er als Kriminalhauptkommissar bekam. Aber er sparte sich einen Kommentar.

»Haben Sie deshalb gehofft, dass Ihr geschiedener Mann Sie auch in seinem Testament bedacht hat?«, fragte er stattdessen.

Heike Langer kniff die Augen zusammen. »Was ist denn das für eine Frage?«

Ingo Strecker, der bisher mit verschränkten Armen am Tisch gesessen hatte, als ginge ihn das alles nichts an, fuhr auf. »Wollen Sie unterstellen, wir hätten irgendwas mit dem Selbstmord von Heikes Ex zu tun?«

Jonas sah von einem zum anderen. »Wir gehen davon aus, dass es kein Selbstmord war«, ließ er die Bombe platzen.

»Kein …« Sophie Lindner wurde noch blasser, als sie es ohnehin schon war. Von den dreien in der Küche begriff sie mit Abstand am schnellsten. »Sie meinen … Jemand hat Papa umgebracht?« Sie sah erst zu ihrer Mutter, dann zu Ingo Strecker.

Der pumpte seine Muskeln auf und hob drohend den Zeigefinger. »Pass auf, was du sagst.«

»Ich habe überhaupt nichts gesagt.« Der Blick, mit dem Sophie den neuen Lebensgefährten ihrer Mutter maß, ließ wenig Zweifel daran, wie sie zu ihm stand.

»Man hat ihn ermordet?« In Heike Langers Augen blitzte etwas auf, das Jonas nicht deuten konnte.

Erschrecken? Angst? Oder vielmehr Genugtuung?

»Sie finden, er hätte es verdient?«, erkundigte sich Hannah.

Heike Langers Mundwinkel zuckten, und dieses Mal war sich Jonas sicher. Ihr Hass saß so tief, dass ihr Lindners Tod tatsächlich Befriedigung verschaffte.

»Wie gesagt. Ich weine ihm keine Träne nach«, erklärte Langer. »Aber ich habe ihn nicht umgebracht, wenn Sie das denken.«

»Wo waren Sie gestern Nachmittag zwischen sechzehn und siebzehn Uhr?«, fragte Hannah. Das war die mutmaßliche Todeszeit, die Prof. Dr. Susanne Lorenz ermittelt hatte.

»Da war ich joggen.«

»Am Roten Kliff?«

»Nein.« Heike Langer sah Hannah vernichtend an. Natürlich wusste sie, wo der Leichnam ihres Ex-Mannes gefunden worden war. »Das wäre nicht besonders praktisch, wenn man in List wohnt, finden Sie nicht? Ich laufe immer am Ellenbogen.«

»Hat Sie jemand gesehen?«, fragte Hannah unbeeindruckt weiter.

Heike Langer hob die Hände. »Natürlich waren da Leute. Aber ich habe niemanden getroffen, den ich kenne.«

»Gut.« Hannah wandte sich an Strecker. »Und Sie?«

»Ich war im Keller. Ich habe da ein paar Geräte zum Trainieren.«

»Sie trainieren nicht in Ihrem Studio?«

»Nein. Das sieht man dort nicht so gern. Weil es bei den Kunden den Eindruck erweckt, man würde während der Arbeitszeit seinem Privatvergnügen nachgehen. Es bringt auch nichts. Wenn ich dort meine Gewichte stemme, sprechen mich ständig Kunden an und wollen Tipps. Da kann ich mich nicht auf mein eigenes Training konzentrieren.«

»Das bedeutet, Sie haben beide kein Alibi«, fasste Hannah zusammen.

Strecker ballte die Fäuste. »Gute Frau«, sagte er, eine Ansprache, mit der ihm Hannahs Missbilligung gewiss war. »Ich stimme Heike zu, dass ihr Ex ein Schwein war. Welcher anständige Mann lässt seine Frau nach mehr als fünfundzwanzig Jahren Ehe arm wie eine Kirchenmaus im Regen stehen? Aber ich bin nicht bescheuert. Ich will nicht die besten Jahre meines Lebens hinter Gittern verbringen.«

»Wenn alle Täter so rational denken und danach handeln würden, wären wir arbeitslos«, versetzte Hannah.

»Man kann nicht immer alles kontrollieren. Manchmal gehen einfach die Gefühle mit einem durch«, ergänzte Jonas.

»Mir nicht.« Strecker verschränkte wieder die Arme vor der Brust. Seine beachtlichen Bizepse wölbten sich. »Ich habe früher Kampfsport gemacht. Ich kann mich kontrollieren.«

»Dann haben Sie den Mord an Lindner also kaltblütig geplant?«, fragte Hannah ungerührt.

Streckers Faust donnerte auf den Küchentresen. »Ich habe ihn nicht umgebracht, verdammt nochmal!«, brüllte er.

So viel zum Thema Selbstkontrolle.

Strecker merkte es selbst und fuhr sich mit der Hand durch

die dichten rotblonden Locken. »Entschuldigung. Aber ich war es wirklich nicht. Ehrlich.«

»Das hören wir öfter«, sagte Hannah, doch Strecker ließ sich nicht erneut provozieren. Er setzte sich wieder auf seinen Hocker und verschränkte die Arme.

Heike Langer leckte sich die Lippen. »Sie sagten etwas von einem Testament. Haben Sie eines gefunden?«

»Bisher nicht.« Sie hatten sofort ein Team in Lindners Villa geschickt, waren selbst aber noch nicht dort gewesen. Das Gespräch mit den Angehörigen hatte Priorität.

Sophie Lindner hob das Kinn. »Es gibt ein Testament«, verkündete sie. »Und ich kann dir auch sagen, was darin steht.«

In den Augen ihrer Mutter blitzte die blanke Gier. »Ja?«

»Er hat mich zur Alleinerbin bestimmt.« Sophie sah Jonas und Hannah an. »Da ich seine einzige lebende Angehörige bin, steht mir in der jetzigen Situation ohnehin alles zu, aber das Testament hat er gemacht, als meine Eltern noch nicht geschieden waren. Sicher ist sicher, nicht wahr?«

Heike Langers Augen wurden dunkel vor Wut. »Das hast du ihm doch eingeflüstert. Du warst schon als Kind so gierig.«

Sie musterte ihre Tochter mit einem Blick, in dem Voss nicht eine Spur von mütterlicher Zuneigung entdecken konnte. Stattdessen sah er nur Neid und gekränkte Eitelkeit.

Heike Lange legte den Kopf schief. »Vielleicht warst du es ja? Hast du ihn umgebracht, damit du nicht noch jahrelang auf dein Erbe warten musst? Damit die Praxis schon für dich bereitsteht, wenn du mit dem Studium fertig bist?«

Sophie Lindner glitt von ihrem Hocker und strich ihren Trenchcoat glatt. »Das muss ich mir nicht anhören.« Sie schaute erst Jonas, dann Hannah an. »Ich warte draußen auf Sie.«

»Ich denke, wir sind hier auch fertig«, sagte Voss. Hannah steckte ihr Tablet weg, und gemeinsam folgten sie Sophie Lindner auf die Straße.

Als sie vor dem Haus standen, atmete Jonas tief durch. Nur noch eine Minute länger in dieser Küche, und er wäre an seiner Abscheu erstickt!

...

Als Kari eine Stunde später wieder auf die Straße trat, schwirrte ihr der Kopf. Sie hatte mehr über Geburtshilfe und Schwangerschaft erfahren, als sie jemals hatte wissen wollen. Dorothea Bachmann war sowohl als Heilpraktikerin als auch als Hebamme ausgesprochen gut informiert. Sie war engagiert und fühlte ehrlich mit ihren Patientinnen mit. Kari hatte keinen einzigen Hinweis darauf gefunden, dass die Inhaberin von *Baby-Well* mit gezinkten Karten spielte.

Bachmann hatte ihr bereitwillig die Organisation der Praxis und den Ablauf des Abrechnungswesens erklärt. Wenn sie eine Betrügerin war, dann hatte sie für ihren Auftritt einen Oscar verdient.

Kari wollte ihr gerne glauben, weil sie Dorothea ausgesprochen sympathisch fand, aber irgendeine Erklärung für das ungewöhnlich hohe Patientenaufkommen musste es geben. Und es war mehr als unwahrscheinlich, dass Dorothea Bachmann nicht wusste, was in ihrem eigenen Unternehmen geschah.

Das Problem war, dass Kari nicht die geringste Idee hatte, wo sie ansetzen sollte. Dorothea Bachmann bot so viel Angriffsfläche wie eine Gummiwand. Und Karis Hauptverdächtiger war tot. Würde sie unter diesen Umständen überhaupt noch irgendetwas herausfinden können?

Kari spürte, wie die Frustration an ihr nagte. Geduld hatte noch nie zu ihren Stärken gehört. Aber in diesem Fall blieb ihr kaum etwas anderes übrig als abzuwarten, wie sich die Dinge entwickelten.

Sie sah auf die Uhr und stellte fest, dass bis zum Geburtsvorbereitungskurs am späten Nachmittag noch jede Menge Zeit war. Was sollte sie jetzt tun?

Das Smartphone in ihrer Handtasche erlöste sie mit einem Klingeln. Kari zog es rasch hervor und schaute aufs Display.

Unbekannter Anrufer.

Kari war irritiert. Die Nummer für dieses Telefon besaßen nur wenige Personen, und die waren allesamt gespeichert. Wahrscheinlich war es einer dieser Werbeanrufe. Es gab immer wieder unseriöse Unternehmen, die einfach alle möglichen Zahlenkombinationen anwählten, um neue Kunden zu akquirieren.

Sie überlegte, ob sie den Anruf einfach wegdrücken sollte, aber dann nahm sie das Gespräch doch an.

»Kari Blom«, sagte sie zurückhaltend, bereit, sofort auf den roten Hörer zu tippen, wenn am anderen Ende jemand eine Verkaufsofferte startete.

»Kari. Hallo. Hier ist Finja.«

»Finja.« Erst jetzt fiel ihr wieder ein, dass sie Jonas' Tochter die Nummer gegeben hatte. Karis Mundwinkel hoben sich, und ein Gefühl jäher Freude durchströmte sie. Finja nahm das Angebot tatsächlich an!

»Wo bist du gerade?«, fragte Finja.

»In Westerland. Bei *Baby-Well*.«

»Hast du Zeit? Könntest du herkommen? Damit wir ... den Test machen?«

»Klar.« Kari sah die Straße hinauf und hinunter. »Ich nehme mir ein Taxi. Ich bin in einer Viertelstunde da.

»Oh. Super.« Finjas Stimme stand in scharfem Kontrast zu ihren Worten. Sie klang nicht begeistert. Vermutlich hatte sie nicht damit gerechnet, dass Kari so schnell zusagen würde.

»Ist das okay für dich?« Kari setzte sich in Bewegung und bog in die Trift. Am Bahnhof würde sie sicherlich ein Taxi finden.

»Ja. Doch.« Eine kurze Pause. »Danke.«

»Keine Ursache. Bis gleich.« Kari tippte auf den roten Hörer und beschleunigte ihre Schritte. Sie wollte bei Finja sein, ehe die junge Frau es sich anders überlegte.

• • •

Sophie Lindner ging zu dem himbeerfarbenen Smart, der vor dem Haus parkte. Sie öffnete die Beifahrertür, warf ihre Handtasche auf den Sitz und stützte sich mit beiden Händen am Türholm ab. Jonas sah, dass ihr Tränen über das Gesicht rannen.

Hannah zauberte ein Päckchen Taschentücher hervor und bot es der Tochter des Gynäkologen an. Sophie nahm dankbar eines der Tücher und schnäuzte sich.

»Verzeihen Sie«, sagte sie. »Aber das ist alles ein bisschen viel für mich.«

»Sie müssen sich nicht entschuldigen«, versicherte ihr Voss.

Sophie zog ein weiteres Taschentuch aus der Packung, die Hannah ihr hinhielt, und tupfte sich die Tränen ab. »Ich hatte gestern Nachmittag von fünfzehn bis siebzehn Uhr ein Kolloquium an der Uni in Kiel«, sagte sie. »Sie können den Dozenten anrufen und nachfragen. Er wird sich an mich erinnern. Wir sind nur sechs Studentinnen in diesem Kurs. Es geht um seltene gynäkologische Erkrankungen, und die Veranstaltung ist freiwillig. Deswegen kommen nur wenige, obwohl es sehr wichtig ist, über diese Dinge Bescheid zu wissen.«

»Danke.« Hannah verstaute die Taschentücher und holte stattdessen ihr Tablet aus der Handtasche, um sich Sophies Angaben zu notieren. »Wie heißt der Dozent?«

Sophie nannte den Namen.

Voss sah zum Haus zurück. »Das Verhältnis zu Ihrer Mutter ist nicht besonders gut«, sagte er. Es war nicht wirklich eine Frage, aber irgendwie musste er ja in das Gespräch einsteigen.

»Nein.« Sophie blickte ebenfalls auf den Neubau. »Zwischen meinen Eltern gab es schon immer einen Konkurrenzkampf. Meine Mutter ist eine narzisstische Persönlichkeit. Sie muss sich ständig der Zuneigung aller Menschen in ihrem Umfeld versichern. Anders gesagt: Sie ist süchtig nach Liebe. Als Kind habe ich das natürlich nicht begriffen. Es hat ein paar Sitzungen bei einer guten Therapeutin gebraucht, um das zu verstehen.«

Jonas nickte. Er bewunderte Sophies Offenheit.

»Mein Vater war wunderbar«, erzählte Sophie Lindner weiter. »Er hatte so viel Liebe für meine Mutter und mich, dass es eine Weile lang wirklich funktioniert hat. Aber Paps war auch ein unglaublich engagierter Arzt. Er hat sich mit ein paar Kollegen zusammengetan, die es sich zum Ziel gesetzt haben, denjenigen Frauen zu helfen, die in armen Ländern ihre Kinder unter fürchterlichen Bedingungen auf die Welt bringen. Dafür hat er viel Zeit und Energie aufgewendet. Und meine Mutter fing an, sich vernachlässigt zu fühlen.«

»Mhm.« Hannahs Finger flogen über die virtuelle Tastatur ihres Tablets.

»Sie hat einen Sport- und Fitnesswahn entwickelt«, erklärte Sophie. »Oder vielleicht auch einen Jugendwahn. Hier auf Sylt haben wir ja die besten Bedingungen dafür. Es gibt reichlich Angebote, den perfekten Körper zu bekommen. Meine Mutter hat sie alle genutzt.«

»Und im Fitnessstudio hat sie einen Mann kennengelernt, der sie bewundert«, vermutete Voss.

»Richtig. Ingo.« Sophie Lindner schüttelte den Kopf. »Ich verstehe sie nicht. Wenn ich nur diese scheußliche Frisur und diesen albernen Schnurrbart sehe! Aber Ingo ist jung, fast zehn Jahre jünger als meine Mutter, und sie findet offenbar, dass er gut aussieht.« Sophie zuckte mit den Schultern. »Wenn er ihr gefällt, bitte. Ich selbst bin nicht so ein Popeye-Fan.« Wieder flossen Tränen über ihre Wangen. »Aber dass sie seinetwegen einen Mann wie Paps verlässt …«

Hannah reichte ihr ein frisches Taschentuch.

»Ihr Vater hat Sie zur Alleinerbin bestimmt«, nahm sie den Gesprächsfaden aus der Befragung im Haus wieder auf.

»Wie gesagt, ich war bei diesem Kolloquium«, setzte Sophie an, doch Hannah unterbrach sie mit einer Handbewegung.

»Es geht nicht um Ihr Alibi. Das werden wir selbstverständlich nachprüfen, aber ich habe keinen Zweifel daran, dass es standhält.«

»Okay.« Sophie tupfte die Tränen aus den Augenwinkeln.

»Wie lange wird es dauern, bis Sie die Praxis übernehmen können?«, fragte Hannah.

»Oh.« Sophie Lindner schürzte die Lippen. Voss sah, dass sie im Kopf rechnete. »Abschluss, AiP, Facharztausbildung, Promotion … sechs oder sieben Jahre, schätze ich.«

»Also gab es für Sie keinen Grund, Ihren Vater schon jetzt aus der Praxis zu verdrängen.« Hannah nickte zufrieden.

»Ach so. Nein.« Sophie lächelte flüchtig, als sie Hannahs Gedankengang begriff. Wieder traten ihr Tränen in die Augen. »Er wollte ja auch, dass ich bei ihm einsteige, wenn ich so weit bin. Wir hatten uns das so schön ausgemalt. Gemeinsam zu arbeiten, bis er in den Ruhestand geht und mir die

Praxis übergibt. Am liebsten hätte er das sofort getan, aber ich muss ja erst die Ausbildung absolvieren. Er wollte gerne mehr Zeit haben für seine Dritte-Welt-Projekte.«

Hannah tauschte einen kurzen Blick mit Jonas. Sophie Lindner hatte ganz offensichtlich keinen Grund gehabt, ihrem Vater einen frühen Tod zu wünschen. Die Mutter und ihr Lebensgefährtin waren nach wie vor die Hauptverdächtigen. Aber vielleicht gab es auch noch jemand anderen? Jemanden, der vom Tod des Gynäkologen profitierte?

»Was wird jetzt aus der Praxis?«, erkundigte sich Voss. »Solange Sie noch keine Approbation haben?«

Wieder erschien ein kurzes Lächeln auf Sophies Lippen. »Wie gesagt. Mein Vater war dabei, sich mehr Freiraum für seine Projekte zu verschaffen. Er hat einen jungen Arzt gefunden, der gerne als Partner bei ihm einsteigen wollte. Dr. Sebastian Moldenhauer. Er hat in den letzten Monaten schon einige Male in der Praxis mitgearbeitet.«

Jonas Voss wusste, dass Kassensitze knapp bemessen und hart umkämpft waren. Lag hier ein Motiv?

»Dr. Moldenhauer übernimmt jetzt die Praxis?«, fragte er.

»Fürs Erste, ja.«

»Dann müssen Sie ihm auch den Kassensitz übergeben, richtig?«

»Provisorisch. Wir machen einen Vertrag, in dem wir festschreiben, dass ich den Sitz zurückbekomme, wenn ich meine Approbation habe.«

»Wissen Sie, wo sich Dr. Moldenhauer gestern am späten Nachmittag aufgehalten hat?«

Sophie Lindner lachte auf. »Sie glauben, Sebastian hat meinen Vater ermordet, damit er seinen Sitz bekommt?« Sie schüttelte den Kopf. »Bestimmt nicht. Sebastian arbeitet in Kiel im Universitätsklinikum. Er hatte gestern Nachmittag

und Abend Dienst. Das können Sie nachprüfen.« Sie seufzte.
»Ich habe ihn heute Morgen angerufen. Er hat sofort Urlaub
eingereicht und sich auf den Weg gemacht. Ab heute Nachmittag kümmert er sich um die Praxis, und wir regeln die Ver-
tragsangelegenheiten. Ich bekomme den Kassensitz zurück,
wenn ich so weit bin, und Sebastian wird mein Teilhaber. Das
ist für uns beide eine tolle Lösung.« Sophie Lindner schaute
auf ihre Armbanduhr. »Deswegen müsste ich jetzt auch los.
Sebastian wartet sicher schon. Er braucht ein paar Schlüssel
und Kennwörter.«

»Okay.« Hannah wischte über das Display ihres Tablets.
»Nur noch eine Sache.«

»Ja?«

»Haben Sie Einblick in die Buchhaltung Ihres Vaters?«

Sophie Lindner runzelte die Stirn. »Ich kenne sein System,
aber keine Details. Warum fragen Sie?«

Hannah schnitt eine Grimasse. »Tut mir leid, aber wir
müssen das fragen: Können Sie sich vorstellen, dass Ihr Vater
bei seinen Abrechnungen gelegentlich mehr Kosten notiert
hat, als tatsächlich angefallen sind?«

Sophie Lindners blasses Gesicht färbte sich rot. »Sie meinen, ob er sich Geld von den Krankenkassen erschlichen
hat, das ihm nicht zustand? Niemals. Paps war der ehrlichste
Mensch, den man sich vorstellen kann. Er hatte es auch nicht
nötig. Meine Großeltern väterlicherseits waren sehr reich. Sie
haben ihm nicht nur die Villa in Kampen, sondern auch ein
nicht unbeträchtliches Vermögen hinterlassen. Deshalb war
er ja auch so vorsichtig, als er meine Mutter geheiratet hat.
Er hat sie wirklich geliebt, aber sie kam aus sehr bescheidenen Verhältnissen. Er hatte einfach Angst, dass sie nicht ihn
liebt, sondern sein Geld.« Sophie warf einen Blick zurück
zum Haus. »Ganz falsch lag er damit ja nicht. Hätte er ihr

nicht ihren exklusiven Lebensstil finanziert, hätte sie ihn vermutlich schon viel früher verlassen.«

»Gut.« Hannah verstaute das Tablet in der Handtasche. »Danke für Ihre Offenheit. Wir melden uns bei Ihnen, wenn wir noch Fragen haben. Oder neue Erkenntnisse.«

»Ja. Danke.« Sophie Lindner wirkte auf einmal kraftlos. Sie schlug die Beifahrertür zu, ging um den Smart herum und setzte sich hinters Steuer, startete aber den Motor nicht. Stattdessen starrte sie die Straße hinunter.

Voss überlegte, ob es etwas gab, das er für sie tun könnte, aber ihm fiel nichts ein. Das Einzige, was ihr helfen würde, war, wenn sie den Mörder ihres Vaters fanden. Vielleicht gab es ja in der Kampener Villa Hinweise auf ein Motiv, für Heike Lange oder für Ingo Strecker oder für irgendwen sonst? Karis Verdacht mit dem Abrechnungsbetrug jedenfalls schien eine Sackgasse zu sein.

13. »Ich weiß wirklich nicht, was wir hier tun«, nörgelte Witta Claaßen. »Seit Stunden sitzen wir vor dem Haus im Wagen, und es passiert einfach nichts.«

Sie hatte wieder ihren üblichen Platz auf dem Beifahrersitz eingenommen, da sie ohne Kari unterwegs waren, und deutete anklagend mit dem Finger durch die Windschutzscheibe auf das kleine Haus mit der verwilderten Hecke, das sich in Sichtweite befand, aber weit genug weg, damit sie den Bewohnern nicht auffielen.

Witta streckte ihr Bein mit dem bandagierten Fuß so weit aus, wie es der Fußraum vor ihrem Sitz zuließ, und stieß einen Schmerzenslaut aus, der ganz offensichtlich gespielt war.

Wenn jemand einen Grund gehabt hätte zu stöhnen, dann Alma. Witta hatte ihren Sitz so weit zurückgeschoben, dass sie Alma, die hinter ihr saß, die Beine einklemmte. Aber Alma sagte natürlich nichts. Wittas Part war die Drama-Queen, während Alma die Gute-Laune-Fee spielte.

Marijke Meenken musste über ihre Gedanken schmunzeln. Wer waren dann Grethe und sie? Grethe war vermutlich der Troll. Jederzeit mit Sticheleien zur Hand, aber in Wirklichkeit eine gute Seele.

Und sie selbst? Marijke hatte keine Ahnung. Es hatte ihr nie gelegen, eine Rolle zu spielen. Sie war geradlinig, vernünftig und zupackend. So wie es eine Kapitänsgattin und Mutter auf Sylt eben sein musste.

Witta brachte ihre weiße Dauerwelle in Form. »Sollten wir nicht lieber bei ein paar weiteren Ärzten vorbeischauen?«, beharrte sie. »Wir haben Frau Blom doch versprochen, dass wir ihr helfen.«

»Das läuft uns ja nicht weg«, widersprach Grethe. »Aber vorher will ich wissen, was da los ist.« Sie streckte ebenfalls den Arm aus und zeigte auf das Haus mit den blauen Fensterläden. »Da stimmt doch was nicht.«

Marijke war froh, dass Grethe diesen Standpunkt vertrat. Bei ihrer Diskussion beim etwas verfrühten Mittagessen im Luzifer mit Blick auf die Strandpromenade von Westerland und das Kurkonzert, das ihre Mahlzeit begleitet hatte, hatte Marijke ebenfalls für die Observation gestimmt, obwohl sie sich lieber bei den Ärzten umgesehen hätte. Aber sie wollte unbedingt vermeiden, dass Grethe sich erneut widerrechtlich Patientenunterlagen aneignete. So gern sie Kari Blom bei ihren Ermittlungen unterstützen wollte – das, was Grethe getan hatte, war eine Straftat.

Natürlich war ihr klar, dass es lediglich ein Aufschub war.

Sobald sie das Rätsel um Finja Voss gelöst hatten, würden sie sich wieder in Karis Fall mit dem Abrechnungsbetrug stürzen. Aber vielleicht fand Kari ja auch schnell Beweise gegen die Betrüger, und ihr weiterer Einsatz wäre nicht nötig. Was natürlich auch schade wäre.

»Ich habe seit Tagen schreckliches Sodbrennen«, ließ Alma verlauten.

Witta verdrehte die Augen. »Na und? Das liegt für gewöhnlich an einer Bindegewebsschwäche am Übergang zwischen Speiseröhre und Magen. In unserem Alter hat das jeder Zweite. Kauf dir ein paar Tabletten in der Apotheke, Säurehemmer oder Magenschutz, dann wird es besser.«

»Hm.« Alma machte eine Pause. Marijke sah im Rückspiegel, wie sie den Finger an die Nase legte. »Aber könnte es nicht auch ein Magengeschwür sein?«

Wittas Augäpfel drehten eine weitere Runde. »Du solltest nicht immer gleich vom Schlimmsten ausgehen.«

»Ich dachte nur.« Alma lächelte. »Man könnte das vielleicht untersuchen lassen. Stand da nicht auch ein Internist auf der Liste von Frau Blom?«

»Ah!« Auf Wittas Gesicht erschien ein Leuchten, als sie endlich begriff, worauf Alma hinauswollte. »Ja. Du hast recht. Es ist besser, so etwas beizeiten abzuklären. Es kann schließlich immer sein, dass es bösartig ist.«

Almas Lächeln verlor sich. Sie presste eine Hand auf den Magen und blickte ängstlich an sich herunter.

Marijke drehte sich zu ihr um. »Mach dich nicht verrückt«, sagte sie beruhigend. »Ich bin sicher, es ist harmlos.«

Grethe rutschte auf ihrem Sitz herum. »Da!«, sagte sie und zeigte wieder nach vorn. »Da kommt ein Taxi.«

Sofort richteten sich die Blicke ihrer drei Freundinnen auf die Straße.

Das Taxi hielt vor dem Haus von Hauptkommissar Jonas Voss. Wer darin saß, ließ sich durch die Scheibe nicht erkennen.

Es dauerte einen Moment, bis sich die Tür öffnete und eine schlanke Frau mit blonder Kurzhaarfrisur ausstieg. Nur der Bauch war auffallend rund.

»Seht ihr?« Grethe ballte die Siegerfaust. »Das ist Frau Blom.«

...

Kari ging zur Haustür und klingelte, während der Taxifahrer wendete und davonfuhr. Sie hatte zwar einen Schlüssel, aber sie wollte Finja das Gefühl geben, dass sie ihren persönlichen Schutzraum respektierte und nicht ungefragt Grenzen überschritt. Jonas' Tochter hatte sie bisher nie wirklich als Teil der Familie akzeptiert. Auf keinen Fall wollte sie das zarte Pflänzchen, das sich nun plötzlich entwickelte, durch unbedachtes Handeln zertrampeln.

Es dauerte eine Weile, bis sich die Tür öffnete.

»Hallo Kari.« Finja war blass, und man sah ihr an, dass sie geweint hatte. Die Augen waren gerötet und blutunterlaufen. »Komm rein.« Jonas' Tochter trat einen Schritt beiseite, und Kari quetschte sich an ihr vorbei in den schmalen Flur. Sie hängte die blaue Strickjacke an den Haken und wandte sich dann Finja zu.

»Bist du bereit?«

Die junge Frau kaute auf der Unterlippe und knetete ihre Finger. »Ich weiß nicht.«

»Komm.« Kari legte ihr die Hand auf den Rücken und schob sie zur Treppe. Finja stieg ihr voran nach oben, mit schweren Schritten wie eine alte Frau.

»Wo ist der Test?«

»In meiner Handtasche. In meinem Zimmer.«

»Gut.« Kari schob Finja weiter zum Badezimmer. »Ich hole ihn.«

Finja betrat das Bad und hockte sich auf den Toilettendeckel. Sie ließ den Kopf hängen, und ihre langen schwarzen Haare fielen ihr wie ein Vorhang vors Gesicht.

Kari ging weiter und öffnete die Tür zu Finjas Zimmer. Es war schlicht eingerichtet und penibel aufgeräumt. Die unzähligen Bücher in den weißen Regalen waren ordentlich aufgereiht, der Schreibtisch war leer bis auf den weißen Laptop, das Bett war gemacht. Eine zartgrüne Tagesdecke war darübergebreitet worden.

An den Wänden hingen gerahmte Landschaftsaufnahmen, eindrucksvolle Bilder vom brasilianischen Regenwald, einer afrikanischen Wüste und zerklüfteten Eisschollen am Nordpol. An der Tür klebte ein Plakat vom WWF.

Bisher hatte Kari geglaubt, dass sich Finjas Leben ausschließlich um den Natur- und Umweltschutz drehte, doch wenn sie glaubte, schwanger zu sein, gab es da offensichtlich noch mehr.

Wer wohl der Vater des möglichen Kindes war? Soweit Kari informiert war, hatte Finja noch nie einen Freund gehabt. Jedenfalls keinen, von dem ihr Vater etwas wusste. Also war es wohl im Sommer auf Norderney passiert, als Finja dort ein paar Wochen lang mit einer Gruppe von Naturschützern unterwegs gewesen war. Irgendein Projekt mit Vögeln.

Kari unterdrückte ein Kichern. Ihr Vorgesetzter Ole Lund war ein großer Freund von Wortspielen und hätte sicher seine Freude an diesem Zusammentreffen von Begriffen. Aber wenn Finja tatsächlich schwanger war, war das weiß Gott nicht zum Lachen.

...

»Sie sind nach oben gegangen«, beklagte sich Grethe Aldag, die durch das kleine rautenförmige Fenster in der Haustür des Sylter Kriminalhauptkommissars spähte.

»Da kann man nichts machen.« Marijke war ein wenig enttäuscht, zugleich aber auch erleichtert. Sie waren ausgestiegen, um einen Blick durch die Fenster im Erdgeschoss zu werfen und herauszufinden, was Kari und Finja taten. Das barg jedoch das Risiko, dass sie selbst ebenfalls gesehen wurden. Und das wäre mehr als peinlich.

»Also.« Witta, die mit ihrer Krücke als Letzte vor der Haustür des Kommissars angelangt war, schaute ihre Freundinnen auffordernd an. »Dann suchen wir jetzt diesen Internisten auf? Hier gewinnen wir ja ganz offensichtlich keinen Blumentopf mehr. Und wenn wir herausfinden wollen, was mit Finja los, quetschen wir Frau Blom einfach heute Abend beim Essen aus, dann wird sie es uns schon verraten.«

Alma umklammerte ihre pinkfarbene Handtasche. Der Plan, den sie selbst vorgeschlagen hatte, schien ihr auf einmal gar nicht mehr zu behagen.

»Wir könnten auch einfach irgendwo einen Kaffee trinken und ein Stück Kuchen essen.«

»Schnickschnack.« Witta schnippte mit Daumen und Mittelfinger der freien rechten Hand. »Du hast vollkommen recht. Sodbrennen ist ein Symptom, und bei jedem Symptom sollte die Ursache geklärt werden.«

»Richtig.« Grethe kehrte der Haustür den Rücken zu und grinste. »Das sehe ich genauso.«

Marijke war klar, dass es ihr nur darum ging, einen weiteren Arzt von Karis Liste unter die Lupe zu nehmen, aber wenn sie ehrlich war, war sie selbst ebenfalls neugierig. Und vielleicht war es ja auch wirklich gut, Almas Sodbrennen ernst zu nehmen. In ihrem fortgeschrittenen Alter musste man vorsichtig sein. Schließlich wollten sie Karis Kind noch aufwachsen sehen, da war gute Vorsorge das A und O.

»Wir fahren zum Internisten«, entschied sie, und Witta und Grethe nickten. Alma seufzte. Ihre gute Laune war verflogen. Sie schlurfte vor den anderen her zu Marijkes Auto, als hätte sie bereits das Todesurteil erhalten, und auch Marijke wurde plötzlich von einem ganz unguten Gefühl erfasst.

Aber es nützte ja nichts. Egal, wie die Wahrheit aussah – man musste ihr ins Auge sehen.

●●●

Finjas kleine Handtasche aus unbehandeltem Jutestoff lag auf dem halbhohen weißen Schrank neben dem Bett. Kari öffnete sie und zog die Schachtel heraus, die Finja am Tag zuvor in der Apotheke in Westerland erworben hatte.

Sie wollte zurück in den Flur treten, blieb jedoch plötzlich wie angewurzelt stehen.

Was, wenn Finja tatsächlich schwanger wäre? Es würde nicht nur Finjas Leben, sondern auch das von Kari und Jonas komplett durcheinanderwirbeln. All die Ideen, die sie im Kopf hatte, von Jonas, der Elternzeit nahm und sich in Kiel um ihr Baby kümmerte, während sie selbst den einen oder anderen Undercover-Einsatz durchführen könnte, würden sich in Luft auflösen. Jonas hätte es mit einem Schlag nicht nur mit einem, sondern mit zwei Säuglingen zu tun. Karis Wohnung in Kiel war viel zu klein für drei Erwachsene und zwei Babys. Sie müssten hier wohnen, in Jonas' Haus auf Sylt. Und das bedeutete, dass Kari sich entweder hier einschließen müsste wie in einem Gefängnis – oder ihren Beruf aufgeben.

Etwas Saures stieg in Karis Kehle hoch, eine Übelkeit wie in den ersten Schwangerschaftswochen. Erst, als der Pappkarton in ihrer Hand mit einem leisen Knackgeräusch seine

Form änderte, merkte sie, dass sie die Schachtel fast zerquetscht hätte.

Ärgerlich rief sie sich zur Ordnung. Es ging jetzt nicht um sie. Sie war eine erwachsene Frau, und sie hatte Jonas geheiratet. Damit hatte sie auch Verantwortung übernommen, nicht nur für ihren Partner, sondern auch für seine Kinder. Finja hatte ihr ganzes Leben noch vor sich. Sie brauchte Karis Unterstützung. Sie atmete einmal tief durch und ging dann ins Bad.

Finja saß immer noch mit hängenden Armen auf dem Toilettendeckel. Als Kari den Raum betrat, hob sie den Kopf und sah sie mit großen, angsterfüllten Augen an.

»Also. Dann wollen wir mal«, gab sich Kari betont munter und befreite das Testkit aus der Schachtel. Sie studierte rasch den Beipackzettel und erläuterte Finja, wie der Test funktionierte. Es war babyleicht. Schon wieder ein Wortspiel, das aber weder Kari noch Finja ein Lächeln entlockte.

Kari reichte ihr den Test.

»Ich warte vor der Tür«, sagte sie. »Ruf einfach, wenn du mich brauchst.«

»Ja. Danke.« Finja starrte auf das Testgerät in ihrer Hand. Dann stand sie auf.

14. Die Kampener Villa von Dr. Wolf Lindner lag, wie fast alle Anwesen im teuersten Ort der Insel, hinter einem Friesenwall und hohen Hecken und Büschen verborgen. Das Haus selbst war aus roten Klinkersteinen gebaut und besaß die typischen Butzenfenster und das vorgeschriebene Reetdach. Die Zusammensetzung der Inselbevölkerung hatte sich im Laufe der Jahrzehnte stark verändert, Sylt war die Insel der Schönen und Reichen geworden, aber der ursprüngliche Charme der Orte war erhalten geblieben.

In der Einfahrt parkten zwei Kleinbusse der Polizei. Jonas Voss stellte den Dienstwagen direkt daneben und ging gemeinsam mit Hannah zum Haus. An der Tür kam ihnen ein uniformierter Kollege entgegen, der eine Plastikkiste mit Aktenordnern aus dem Haus schleppte. Er blieb stehen und machte sich breit.

»Moin. Wer sind Sie? Was tun Sie hier?«

Voss suchte in den Taschen seiner Lederjacke nach seinem Dienstausweis, vergeblich natürlich. Hannah hatte ihren sofort zur Hand.

»Kriminalhauptkommissar Jonas Voss und Kriminalkommissarin Hannah Behrends vom Polizeirevier Sylt in Westerland. Wir haben die Durchsuchung veranlasst.«

»Ah, Kollegen. Moin.« Der junge Beamte trat beiseite, um sie hineinzulassen. Die Kollegen, die sie angefordert hatten, kamen alle von der Polizeidirektion für Aus- und Fortbildung in Eutin. Polizeischüler, die ihre ersten echten Einsätze hatten.

»Wo ist Ihr Gruppenführer?«, fragte Voss.

»Oben. Im Arbeitszimmer«, erwiderte der Beamte.

»Danke.« Voss und Behrends gingen an ihm vorbei durch den Flur und erklommen die Treppe zum Obergeschoss. Voss sah sich anerkennend um. Treppe und Handlauf waren aus hellem, wie frisch poliert wirkendem Holz. Der sandfarbene Teppich, der das mittlere Drittel der Stufen bedeckte, war makellos. Das Licht kam aus kleinen, in der Decke verborgenen Strahlern. An den Wänden hingen gerahmte Landschaftsaufnahmen der Insel. Auch das Rote Kliff war darunter, erleuchtet von einer blutroten Abendsonne.

Die warme und helle Atmosphäre setzte sich oben im Flur fort. Helles Parkett und weitere Landschaftsbilder. Es gab vier Räume, Schlafzimmer, Bad, Kinderzimmer und Arbeitszimmer. Das Schlafzimmer, ebenfalls schlicht und hell, verfügte über ein Doppelbett, dessen linke Hälfte leer war, ebenso wie der dazugehörige Nachttisch. Auf dem rechten lagen ein paar medizinische Fachbücher, soweit Jonas das aus der Ferne erkennen konnte. An der Wand gegenüber dem Bett hing ein Panoramafoto von Kampen mit dem schwarz-weiß gestreiften Leuchtturm im Zentrum.

Die beiden uniformierten Kollegen, die den Raum unter die Lupe nahmen, schüttelten die Köpfe. Sie hatten sich gründlich umgesehen, aber nichts von Interesse gefunden.

Jonas und Hannah gingen weiter, vorbei am leeren Bad mit Doppelwaschbecken, frei stehender Wanne und einer Regenwalddusche in einer großen gläsernen Kabine.

Auch im Kinderzimmer war niemand. Es war offensichtlich, dass es hier nichts zu finden gab. Über das Bett war ein zartroter Überwurf gebreitet, unter dem sich Decke und Kopfkissen abzeichneten. In den Regalen standen nur wenige Bücher, die typische Literatur für junge Mädchen, die Sophie offensichtlich nicht hatte mitnehmen wollen, als sie zum Studium nach Kiel gezogen war. Jonas erkannte mehrere Romane, die auch im Zimmer seiner Tochter Finja im Bücherschrank standen, neben der Literatur zu Natur- und Umweltthemen. Wenn Finja auszog, würde ihre Hinterlassenschaft ähnlich aussehen.

Der Schreibtisch war leer, in den Schubladen lagen nur ein paar Dinge, die nicht mehr gebraucht wurden. Im Kleiderschrank hing Teenagermode auf einem Teil der Bügel, die anderen waren frei. Jonas fragte sich, warum Lindner und seine Frau den Raum nicht einer anderen Nutzung zugeführt hatten. Sophie war vor vier Jahren ausgezogen und brauchte ihn offensichtlich nicht mehr.

Im Arbeitszimmer waren ebenfalls zwei Kollegen beschäftigt, der eine ohne jeden Zweifel ein Polizeischüler, ein junger Mann mit spärlichem Bartwuchs und blühenden Aknepickeln am Kinn, der andere ein gestandener Beamter, Mitte dreißig vielleicht, mit breiten Schultern, lustigen roten Locken und einem Adamsapfel, der so ausgeprägt war, dass er ihm fast aus dem Hals zu springen schien.

Sie stellten sich vor, der Rotgelockte war Polizeikommissar Reiko Reimers.

»Dr. Lindner hat einen Teil seiner Buchführung hier aufbewahrt«, erklärte er. »Wir nehmen das alles mit.« Reimers deutete auf die Kabel, die auf dem Schreibtisch endeten. »Den Rechner haben wir abgebaut und nach Kiel geschickt. Er war passwortgeschützt. Die mobilen Datenträger sind auch schon in der IT. Ihr bekommt so schnell wie möglich eine Kopie der gespeicherten Dateien. Die Buchführung hat das LKA angefordert. Sie schicken euch dann ebenfalls Kopien.« Reimers legte den Kopf schief. »Ich hoffe, das ist okay so? Die Anweisung kam von der Staatsanwaltschaft. Dr. Magnus Richter. Er ist der zuständige Kapitaldezernent, richtig?«

»Richtig.« Voss knirschte mit den Zähnen. Richter war der Mann, dessentwegen Ole Lund Kari nach Sylt geschickt hatte, um in Sachen Abrechnungsbetrug zu ermitteln. Und nun riss sich das LKA die Beweismittel unter den Nagel, dabei sollte die Aufklärung des Mordes doch Priorität vor dem Betrugsfall haben.

»Das ist in Ordnung.« Hannah lächelte den Kollegen an. »Wir bekommen ja die Kopien sämtlicher Unterlagen, die wir brauchen. Und das LKA hat weitaus mehr Kapazitäten, die Papiere rasch zu sichten, als das bei uns möglich wäre.«

Sie hatte natürlich recht.

»Sonst irgendetwas Verdächtiges?« Jonas sah sich in Lindners Arbeitszimmer um. Es war schlicht und gemütlich wie der Eingangsbereich und das Schlafzimmer. Auch hier viel helles Holz und zahlreiche gerahmte Fotos, allerdings nicht von der Insel, sondern aus ganz anderen Teilen der Welt. Es waren auch keine Landschaftsaufnahmen, sondern Bilder von Frauen in schlichter, ärmlicher Kleidung, die meisten von ihnen schwarz, vor karger, trockener Landschaft. Trotzdem waren die Fotos wunderschön, denn jede der Frauen hielt ein Baby auf dem Arm. Ihre Gesichter leuchteten.

Das musste das Projekt sein, für das sich Wolf Lindner engagiert hatte.

»Nein, bisher nicht«, beantwortete Reiko Reimers Jonas' Frage.

»Gut. Danke.« Hannah verständigte sich wortlos mit Jonas. Hier oben gab es offensichtlich nichts mehr zu tun. Sie gingen die Treppe hinunter, vorbei am Gästebad, in das sie nur einen schnellen Blick warfen, und von dort ins Wohnzimmer.

Es war groß und trotz der winzigen Fenster relativ hell, was vor allem an der geschickten Einrichtung lag. Lindner und seine Frau hatten auf dunkle Möbel verzichtet und sich auf eine cremefarbene Couch, passende Sessel und einen Tisch mit weiß gestrichenen Beinen und Glasplatte beschränkt, dazu eine weiße Anrichte, die Platz für Gläser und Bar bot. Auch die in den Kampener Villen gern bemühten maritimen Motive fehlten. An der Wand gegenüber dem Sofa hing ein großer, aber für den Raum nicht überdimensionierter Flachbildfernseher mit einer Bildschirmdiagonale von etwa sechzig Zoll. Auf einem Regal darunter reihten sich DVDs, überwiegend Dokumentationen über alle fünf Kontinente, wie Jonas feststellte, dazu ein paar Spielfilme älteren Datums.

Durch die hintere Tür gelangte man auf eine großzügige Terrasse mit Bankirai-Bohlen und in den gepflegten Garten, der nichts Aufsehenerregenderes als einen Schuppen zur Aufbewahrung der Gartengeräte und -möbel und einen großen und teuren Gasgrill bot.

Voss und Behrends kehrten ins Wohnzimmer zurück.

Die beiden Kollegen, die den Inhalt des Schranks durchsahen, hatten ebenfalls nichts entdeckt.

Jonas und Hannah unternahmen noch einen Abstecher in die modern und ein wenig steril eingerichtete Küche. Die Schränke und Schubladen enthielten exakt das, was man in einer Küche erwartete. Jonas schob die Hände in die Jackentaschen.

»Lass uns zurückfahren«, schlug er vor. »Wenn es hier etwas Interessantes gibt, befindet es sich auf dem Rechner oder in den Aktenordnern. Und die bekommen wir erst, wenn das LKA sie durchgesehen hat.«

Er wusste, dass er frustriert klang, und genau das war er auch.

Warum mussten seine Mordermittlungen auf der Insel, von denen es gar nicht besonders viele gab, immer wieder mit Karis Fällen kollidieren? Hatten sie nicht auch ohnedies genug Probleme?

■ ■ ■

Die Badezimmertür öffnete sich. Finja streckte den Arm mit dem Teströhrchen heraus. »Das ist positiv, oder?«, fragte sie mit Kleinmädchenstimme.

Kari nahm das Röhrchen und schaute auf das Display. Das Ergebnis war eindeutig. »Ja.«

»O mein Gott.« Finja schlug die Hände vors Gesicht. Tränen quollen zwischen ihren Fingern hervor. Sie schluchzte herzzerreißend.

Kari zog die junge Frau in die Arme und strich ihr sanft über den Rücken. Die Gefühle brachen in Wellen hervor. Immer wieder erzitterte Jonas' Tochter und schnappte panisch nach Luft. Dann endlich ebbte das Schluchzen ab, und Finja löste sich aus der Umarmung.

»Was mache ich denn jetzt?«, fragte sie tonlos.

Kari ließ sich verschiedene Antwortmöglichkeiten durch den Kopf gehen. Keine war wirklich gut, aber irgendetwas musste sie sagen. »Weißt du, wer der Vater ist?«

Finja schluchzte wieder auf. »Er heißt Kilian. Er wohnt auf Norderney. Ich habe ihn in den Sommerferien kennengelernt, bei unserem Vogelschutzprojekt.«

Wenn dieser Kilian auf Norderney lebte, war er vermutlich kein Student. Vielleicht ein Schüler, der noch bei seinen Eltern wohnte?

»Er arbeitet als Biologe«, machte Finja ihre Hoffnung zunichte.

»Wie alt ist er?«

Finja holte tief Luft. »Fünfundvierzig.«

»Oh.« Älter als Kari selbst also.

»Er hat Familie. Frau und Kinder.«

»Und das wusstest du?«

»Nein. Er hat es mir erst hinterher verraten. Nachdem wir zusammen waren. Als ich gesagt habe, dass ich ihn wiedersehen möchte.«

Natürlich.

»Habt ihr nicht verhütet?«

»Ich nehme die Pille. Aber wir hatten am Tag zuvor am Strand Pommes mit Mayo gegessen. Mir ist davon schlecht geworden. Ich musste mich übergeben.«

Also war der Wirkstoff der Anti-Baby-Pille möglicherweise nicht richtig aufgenommen worden. Oder Finja hatte einfach vergessen, sie zu nehmen. Das passte zwar eigentlich nicht zu ihr, aber wenn sie verliebt war, konnte auch eine ernste und vernünftige junge Frau wie Finja schon mal ihre Prinzipien vergessen.

»Ein Kondom habt ihr nicht benutzt?«

»Nein. Wir hatten gerade keins zur Hand. Und nicht viel Zeit. Wir hatten uns heimlich von der Gruppe weggeschlichen, in eine kleine Hütte im Vogelschutzgebiet. Wir konnten nicht erst in den Ort in die Apotheke fahren.«

Kari knirschte mit den Zähnen. Vermutlich hätte Kilian das auch unter anderen Umständen nicht getan. Norderney war klein. Wenn er in der Apotheke oder im Supermarkt Kondome kaufte, würde seine Frau wahrscheinlich davon erfahren, und das hätte er sicherlich nicht gewollt.

Kari atmete ein paarmal tief durch, um sich zu beruhigen. Es nützte ja nichts, zu lamentieren. Sie musste die Dinge so nehmen, wie sie waren.

»Hast du noch Kontakt zu ihm?«, erkundigte sie sich.

»Nein.« Finja verschränkte die Arme vor der Brust. »Ich will auch nicht, dass er von dem Kind erfährt.«

»Das ist okay.« Kari legte ihr beruhigend die Hand auf den Arm.

»Ich möchte auch nicht, dass Paps es weiß.«

Das war schon schwieriger.

»Du willst das Kind nicht?«, fragte Kari. Finja war volljährig, sie brauchte Jonas' Zustimmung nicht, um eine Abtreibung vornehmen zu lassen. Aber könnte sie, Kari, Jonas diese Information vorenthalten? Plötzlich bereute sie, dass sie sich so bereitwillig zur Verfügung gestellt hatte, um Finja bei ihrem Test zu unterstützen.

Im nächsten Moment überfiel sie die Reue. Es war das Mindeste, was sie für Finja tun konnte.

»Ich sage Jonas nichts«, versprach sie. »Ich begleite dich auch zur Familienberatung, wenn du über eine Abtreibung nachdenkst. Aber als Erstes sollten wir zum Frauenarzt gehen.«

»Ehrlich?« Finja sah sie zweifelnd an.

»Versprochen.« Kari hob die Finger zum Schwur.

»Okay. Ich denke darüber nach. Aber jetzt muss ich das erst mal verdauen.« Finja drängte sich an Kari vorbei und riss die Tür zu ihrem Zimmer auf.

»Melde dich«, rief Kari ihr hinterher. »Meine Nummer hast du ja.«

Finja reagierte nicht. Die Zimmertür fiel hinter ihr ins Schloss, und Kari stand allein im Flur. Ratlos sah sie auf den Schwangerschaftstest, den sie in der Hand hielt.

Wie, um alles in der Welt, sollte sie dieses Problem lösen?

15. Als Kari sich am späten Nachmittag auf den Weg zu ihrem Geburtsvorbereitungskurs machte, hatte Finja sich noch immer nicht gemeldet. Kari hatte zunächst einen langen Spaziergang durch Keitum unternommen, um möglichst rasch wieder bei Jonas' Haus sein zu können. Das Weiße Kliff, die hübschen kleinen Häuser, die sich entlang der Straßen Am Kliff und Alter Kirchenweg mit Blick auf das Wattenmeer reihten, das beschauliche Zentrum. In der Kleinen Teestube hatte sie einen Tee getrunken, dann aber eingesehen, dass es keinen Sinn hatte, weiter ihre Kreise in Keitum zu drehen. Schließlich gab es auch noch einen Fall zu klären. Nicht nur den Abrechnungsbetrug, sondern auch den Mord an Dr. Lindner. Natürlich war das nicht ihre, sondern Jonas'

Aufgabe, doch der verschloss sich anscheinend ihrer Argumentation, dass Lindner aufgrund seiner Beteiligung am Abrechnungsbetrug ermordet worden war. Dabei war der Zusammenhang doch offensichtlich!

Sie hatte überlegt, mit dem Taxi oder Zug zurück nach Westerland zu fahren, sich dann aber zu einem weiteren Spaziergang entschlossen. Eine gute Entscheidung. Die Luft war mild und klar, und der Blick über die Landschaft tat ihr gut. Grüne Wiesen, auf denen sich ein paar Schafe um eine Futterstelle drängten, darüber ein typischer norddeutscher Himmel, lichtes Blau mit ein paar federleichten weißen Wolken dazwischen. Wie immer, wenn Kari sich darauf einließ, öffnete Sylt ihre Seele, und die Gedanken, die in ihrem Kopf rotierten, kamen zur Ruhe.

Mehr noch als in all ihren vorherigen Fällen kam es dieses Mal darauf an, Geduld zu bewahren. Sie konnte nicht aktiv in die Abläufe eingreifen, sondern nur darauf warten, dass sich ihr Gelegenheiten eröffneten.

Während sie die Keitumer Landstraße entlanglief, strich sie über ihren Bauch und sprach mit dem Krümelchen, das in ihr heranwuchs. In knapp zwölf Wochen würde es so weit sein. Dann würde sie diesen kleinen Menschen auf die Welt bringen und für ihn da sein.

Sie passierte die großen Einkaufsmärkte in Tinnum und ging weiter geradeaus. Aus der Keitumer Landstraße wurde hier die Keitumer Chaussee, die direkt am Polizeirevier gegenüber dem Bahnhof vorbeiführte. Momentan stand das altehrwürdige Backsteingebäude leer, weil es renoviert wurde. Jonas und Hannah arbeiteten in der Interimsunterbringung in der Stephanstraße.

Kari schlenderte weiter durch die Wilhelmstraße und stöberte in der Auslage der Buchhandlung. Beim Bäcker an der

Ecke erstand sie ein belegtes Brötchen und setzte sich damit zu der Dicken Wilhelme, der Bronzeskulptur einer sehr runden Frau, die in einem Brunnen hockte. Kari hatte die Figur schon immer gemocht, weil sie so gemütlich wirkte, aber mit ihrem Schwangerschaftsbauch fühlte sie sich ihr noch verbundener als sonst.

Anschließend bog sie nach links in die Süderstraße und ging in gemütlichem Tempo zu *Baby-Well*. Sie war ein wenig zu früh, aber das schadete ja nichts.

Dieses Mal war es nicht die Hebamme Gregor Wahls, sondern der Physiotherapeut Florian Petzold, der am Empfangstresen stand. Das rote T-Shirt spannte über seinen muskulösen Schultern.

»Hallo Kari.«

»Hallo Florian.« Kari tat sich immer noch schwer mit dem vertraulichen Du. Sie wandte sich den Spinden zu, nahm einen der Plastikchips aus der Schale und verstaute ihre Handtasche in einem der Fächer.

»Du siehst aus, als hättest du Kummer«, sagte Florian, als sie sich wieder zu ihm umdrehte.

»Ja.« Kari war überrascht. Sie hätte den Physiotherapeuten nicht als so empathisch eingeschätzt.

»Willst du darüber reden?«

Kari überlegte rasch, wie sie ihr Problem für ihre Rolle nutzen könnte.

»Ich habe zufällig herausgefunden, dass die Tochter einer Freundin von mir schwanger ist«, log sie. »Nun möchte das Mädchen, dass ich ihrer Mutter nichts davon sage, aber das ist schwierig für mich. Entweder missbrauche ich das Vertrauen meiner Freundin oder das ihrer Tochter.«

»Wie alt ist das Mädchen?«

»Achtzehn.«

»Dann ist es ihre Entscheidung. Du musst sie respektieren. Und ihre Mutter muss das auch, wenn sie irgendwann erfährt, dass du davon gewusst hast.«

»Hm.« Kari wusste nicht, ob es wirklich so einfach war.

»Was schmiedet ihr für geheime Pläne?«, ertönte eine Stimme hinter ihnen, und Kari und Florian, die sich unwillkürlich über den Tresen hinweg näher zueinander gebeugt hatten, fuhren auseinander. Iris Asmussen, die Hebamme mit den Rauschgoldengel-Locken stand hinter ihnen, ein breites Lächeln auf dem Gesicht.

Kari wiederholte ihre Lügengeschichte. Iris hörte ihr aufmerksam zu. Ihre Miene wurde ernst.

»Du musst es der Mutter auf jeden Fall sagen«, erklärte sie. »Die Tochter mag achtzehn sein, aber das heißt noch lange nicht, dass sie auch erwachsen ist. Was machst du denn, wenn sie sich für eine Abtreibung entscheidet, die sie am Ende bereut? Willst du dafür die Verantwortung tragen?«

Kari spürte, wie ihr heiß wurde. Jonas liebte Kinder und fand es schrecklich, wenn Frauen ihr Baby abtrieben, weil sie glaubten, den Anforderungen als Mutter nicht gewachsen zu sein. Aber würde er diese Position auch vertreten, wenn die schwangere junge Frau seine eigene Tochter war? Und was war, wenn Finja tatsächlich abtrieb und hinterher feststellte, dass sie die falsche Entscheidung getroffen hatte?

»Wer will ein Kind abtreiben?«, erklang eine neue Stimme, und Dorothea Bachmann trat zu der Gruppe, die sich vor dem Empfangstresen ihrer Praxis versammelt hatte.

Kari präsentierte zum dritten Mal ihre Geschichte und wurde allmählich sicherer beim Ausschmücken der Details.

»Ach, die Arme.« Die Heilpraktikerin strich sich die grauen Locken aus der Stirn. »Das ist sicherlich schwer für sie. Ich würde ihr wünschen, dass sie sich für das Kind entscheiden kann, aber nicht jede junge Frau ist schon so früh im Leben bereit für eine Mutterschaft.«

Kari war überrascht. Sie hätte erwartet, dass die Inhaberin von *Baby-Well* vehement dafür plädieren würde, das Kind zur Welt zu bringen. Als Heilpraktikerin und Hebamme konnte sie kaum eine Befürworterin von Abtreibungen sein. Aber Dorothea Bachmann war offensichtlich in der Lage, von ihrer eigenen Position abzusehen und sich in die Lage des jungen Mädchens hineinzuversetzen.

»Wer ist nicht bereit für ein Baby?«, erkundigte sich eine weitere Stimme, und Tim Siebert, der zweite Physiotherapeut von *Baby-Well*, trat hinzu.

Dieses Mal übernahm es Iris Asmussen, die Sache zu erklären. Tim griff nach ihrer Hand und strich beiläufig mit dem Daumen über die Innenfläche, aber sein Blick war bei Kari.

»Sie sollten ihr Zeit geben«, erklärte er. »Für sie da sein und ihr das Gefühl vermitteln, dass Sie hinter ihr stehen. Geben Sie ihr die Chance, es ihrer Mutter selbst zu erzählen. Irgendwann wird sie das tun. Und ihre Mutter wird verstehen, dass Sie sie nicht eingeweiht haben.«

Iris führte Tims Hand zum Mund und küsste seine Finger. »Und wenn sie sich für eine Abtreibung entscheidet, ohne ihrer Mutter etwas zu sagen?«, erkundigte sie sich.

»Dann muss Frau Blom es tun«, erklärte Tim. »Sie sollte nicht zusehen, wie etwas geschieht, das sich nicht wieder rückgängig machen lässt.«

Florian Petzold schüttelte den Kopf. »Die junge Frau ist volljährig. Es ist ganz allein ihre Entscheidung.«

Iris funkelte ihn an. »Du verwechselst Alter und Reife.«

Petzold schob die Hände in die Taschen seiner weißen Hose. »Wenn es ihr an Reife mangelt, ist es besser, wenn sie kein Kind bekommt.«

»Du solltest trotzdem tun, was in deiner Macht steht, damit sie es nicht abtreibt«, beharrte Iris, an Kari gerichtet.

»Aber du musst auch akzeptieren, dass du auf manche Dinge keinen Einfluss hast«, sagte Dorothea Bachmann. »Ach, entschuldige.« Sie hob die Hände. »Jetzt habe ich dich einfach geduzt. Ist das in Ordnung?«

»Ja, natürlich.« Kari rang sich ein Lächeln ab. »Wir duzen uns ja ohnehin in der Gruppe. Dann können wir uns auch alle duzen.« Sie schaute Tim Siebert an. »Das gilt dann auch für Sie. Für dich, meine ich.«

»Gern.« Siebert lächelte, und Kari erinnerte sich, wie gut sich seine warmen Hände auf ihren verspannten Muskeln angefühlt hatten. Sie freute sich schon jetzt auf den nächsten Termin. Die Entspannung konnte sie gebrauchen.

Vor der Tür waren Geräusche zu hören, und im nächsten Moment kamen die Teilnehmerinnen des Geburtsvorbereitungskurses in die Praxis.

»Sorg dafür, dass sich die junge Frau gründlich beraten lässt und sich genügend Zeit für ihre Entscheidung nimmt, das ist das Wichtigste«, erklärte Iris abschließend und machte eine einladende Geste in Richtung des Gruppenraums.

In den nächsten zwei Stunden würde es nicht darum gehen, ein unerwünschtes Kind loszuwerden, sondern ein gewolltes Kind unter den bestmöglichen Bedingungen auf die Welt zu bringen.

Kari war dankbar für die moralische Unterstützung und die guten Ratschläge. Aber sie wusste immer noch nicht, wie sie sich Jonas gegenüber verhalten sollte.

...

Das Haus im Osterwai lag im Dunkeln, als Jonas Voss sein Fahrrad durch den Garten zum Schuppen schob. Bedeutete das, dass es Finja wieder besser ging und sie noch ausgegangen war?

Jonas hatte plötzlich ein schlechtes Gewissen. Hätte er am Morgen zu Hause bleiben und sich um seine Tochter kümmern müssen? Er hatte nicht lange ausgeharrt, nachdem sich Kari und die Häkeldamen verabschiedet hatten. Schließlich gab es einen Fall zu klären, und Hannah hatte im Polizeirevier auf ihn gewartet.

Im Rückblick wurde ihm klar, dass er sich nicht besonders um Finja bemüht hatte, obwohl er doch eigens deswegen noch einmal nach Hause gefahren war. Aber der Streit mit Kari hatte ihn absorbiert, und als Finja erklärt hatte, sie komme allein zurecht, war er einfach wieder gefahren, ohne noch einmal nachzufragen.

Das lag natürlich auch daran, dass Finja ihn seit Beginn der Pubertät auf Distanz hielt. Er hatte sich daran gewöhnt und aufgehört, sie zu bedrängen. Doch vielleicht war es dieses Mal etwas Schlimmes? Jonas hatte noch nie erlebt, dass Finja vom Essen schlecht geworden war und sie sich derart heftig übergeben hatte wie am gestrigen Abend, jedenfalls nicht mehr seit jenem Kindergeburtstag, als sie elf gewesen war und unbedingt alle Torten hatte probieren wollen, die die Mutter ihrer Klassenkameradin gebacken hatte. Seitdem achtete Finja sorgsam darauf, was sie aß, und ähnliche Vorfälle waren nie wieder vorgekommen.

Musste er sich Sorgen machen?

Jonas stellte das Fahrrad in den Schuppen, verschloss die Tür und ging durch den dunklen Garten zur Terrasse. Er zog versuchsweise am Türgriff, musste aber feststellen, dass abgeschlossen war.

Das bedeutete dann wohl, dass Finja tatsächlich nicht zu Hause war, und Jasper auch nicht.

Voss ging um das Haus herum, schloss die Tür auf und trat in den dunklen Flur. Er schaltete das Licht ein, hängte seine Lederjacke an den Garderobenhaken und eilte die Treppe hinauf.

Die Zimmer seiner Kinder waren leer, das von Finja ebenso wie das von Jasper. Jonas machte auf dem Absatz kehrt und lief wieder hinunter.

Das Wohnzimmer und die Küche waren ebenfalls verwaist. Jonas nahm sich ein Bier aus dem Kühlschrank und ließ sich in einen der Sessel im Wohnzimmer sinken. Das Gefühl der Einsamkeit überfiel ihn wie eine Welle.

Er war ein verheirateter Mann und werdender Vater. Sollte er jetzt nicht mit seiner schwangeren Ehefrau zusammen auf dem Sofa sitzen und Zukunftspläne schmieden? Einen Namen für das Kind aussuchen, einen Sportkinderwagen bestellen, der es Kari ermöglichte, mit dem Neugeborenen joggen zu gehen, sich überlegen, in welchen Hort oder Kindergarten das Kind gehen sollte und vielleicht schon einen Platz buchen? All diese Dinge konnte man gar nicht rechtzeitig genug angehen. Wenn das Kind erst einmal da war, würde dafür kaum noch Zeit sein. Und zumindest den Namen brauchte das Kind, sobald es auf der Welt war.

Aber Kari war nicht die richtige Frau für diese Art der Partnerschaft. Sie brauchte ihren Freiraum. Jonas hatte das vorher gewusst und sich trotzdem entschieden, sie zu heiraten, aber nach wie vor fiel es ihm schwer, sich damit abzufinden, wie die Dinge waren. Dabei hatte er wirklich geglaubt, alles könnte sich ändern, als sie ihm gesagt hatte, dass sie schwanger war. Doch auch das hatte sich als Trugschluss erwiesen.

»Hör schon auf«, ermahnte er sich selbst. Es hatte keinen Sinn, sich gedanklich immer wieder im Kreis zu drehen. Kari würde sich nicht ändern. Und wenn sie es täte, wäre sie nicht mehr die Frau, die er liebte.

Besser war es, wenn er sich mit dem Fall Lindner beschäftigte, doch da waren sie im Laufe des Nachmittags nicht viel weitergekommen. Die Kopien der Datenträger und Unterlagen aus dem LKA ließen auf sich warten, und darüber hinaus hatte die Durchsuchung der Villa nichts ergeben. Der Obduktionsbefund hatte ebenfalls keine weiteren Überraschungen erbracht. Wolf Lindner war vermutlich gewaltsam zur Kliffkante gezerrt und hinuntergestoßen worden. Spuren hatten die Kollegen von der Spurensicherungen nicht gefunden, kein Wunder bei dem Unwetter, das kurz nach dem Auffinden der Leiche über die Insel hereingebrochen war, und auch Zeugen gab es keine bis auf das Paar, das die Leiche entdeckt hatte.

Das Alibi von Sophie Lindner war vom Dozenten ihres Kolloquiums bestätigt worden, und das UKSH hatte bestätigt, dass Dr. Sebastian Moldenhauer, der die Praxisvertretung für Dr. Lindner übernehmen sollte, zum Tatzeitpunkt Dienst gehabt hatte. Blieben Lindners Ex-Frau Heike Langer und ihr neuer Lebensgefährte Ingo Strecker, die beide kein Alibi hatten, aber ein Motiv.

Heike Langer fühlte sich von ihrem Ex-Mann betrogen, der sie nach mehr als zwanzig Ehejahren mit einer in ihren Augen lächerlichen Abfindung abgespeist hatte. Und Ingo Strecker war der Arzt mit all seinem Geld sicherlich auch ein Dorn im Auge, weil er sich beständig mit ihm vergleichen lassen musste. Mit seiner Jugend und seinem durchtrainierten Körper hatte er Heike Langer für sich gewinnen können, doch der soziale Abstieg ließ die rosarote Wolke vermutlich rasch verblassen.

Vielleicht hatte Strecker geglaubt, dass Lindner seiner Frau zumindest posthum einen Teil seines Vermögens zukommen ließe oder dass bei Sophie als Erbin etwas zu holen war? Oder hatte er einfach nur einen übermächtigen Gegner ausgeschaltet, weil Heike Langer erwogen hatte, zu ihrem Mann zurückzukehren? Aber das war eher unwahrscheinlich. Die beiden waren erst seit zwei Monaten geschieden.

Voss setzte die Bierflasche an die Lippen und stellte überrascht fest, dass sie bereits leer war. Ärgerlich stellte er sie beiseite und überlegte, was er mit dem einsamen Abend anfangen sollte.

Sein Magen knurrte, also würde er sich als Erstes ein paar Brote schmieren. Danach würde er weitersehen.

Er war gerade auf dem Weg in die Küche, als das Telefon klingelte. Rasch eilte er zum Apparat und riss das Mobilteil aus der Station. Er hatte die Sorge um Finja völlig verdrängt.

Was, wenn ihr etwas zugestoßen war? Wenn sie im Krankenhaus lag, und nun rief man ihn an, um ihm mitzuteilen, dass …

»Jonas?«

Die tiefe, warme Stimme holte ihn zurück auf den Boden der Tatsachen. »Paps.«

»Du bist spät nach Hause gekommen«, stellte Redlef Voss fest.

»Wir haben einen neuen Fall«, entgegnete Jonas.

»Davon kannst du gleich erzählen. Aber jetzt solltest du dich erst mal aufs Rad schwingen.«

»Aha?«

»Wir warten auf dich«, erklärte sein Vater. »Ich habe gekocht.«

Voss spürte, wie ihm ein Stein vom Herzen fiel. »Dann geht es Finja besser?«

»Sie ist noch ein bisschen angeschlagen, aber zumindest wird ihr nicht mehr schlecht, wenn sie gebratenen Fisch riecht. Ich habe ein paar leckere Filets für Jasper und dich und eine Möhren-Ingwer-Suppe für Finja, die wird ihr sicherlich bekommen.«

Jonas wurde von einem warmen Gefühl durchströmt. Er war nicht allein, im Gegenteil. Er hatte eine wunderbare Familie, und mit Kari würde sich auch alles wieder einrenken.

»Ich bin gleich da«, versprach er und stellte das Mobilteil mit Schwung zurück in die Station. Die Niedergeschlagenheit war verschwunden, stattdessen freute er sich auf den Abend.

. . .

Kari hatte damit gerechnet, dass die Häkelmafia sie erwarten würde, doch als sie vom zweiten Kursabend bei *Baby-Well* zurückkam, brannte tatsächlich kein Licht mehr bei Marijke Meenken. Es war spät geworden. Kari war nach dem Kurs noch mit den anderen Frauen in die Innenstadt gegangen. Sie hatten im Café Orth in der Friedrichstraße Tee getrunken und eine Kleinigkeit gegessen. Kari, die eigentlich überhaupt kein Gruppenmensch war, hatte sich wohlgefühlt. Die gemeinsame Erfahrung der Schwangerschaft verband sie mit den anderen Frauen. Es hatte gutgetan, Erlebnisse, Gedanken und Gefühle zu teilen, von denen sie bisher befürchtet hatte, dass sie damit allein war.

Jetzt war es nach elf, doch das war für die Häkelmafia normalerweise kein Grund, zu Bett zu gehen. Wenn Kari auf Sylt in einer Undercover-Ermittlung steckte, waren sie eigentlich immer munter. Vielleicht saßen sie auch in der Küche und hatten das Licht nicht eingeschaltet, damit sie besser hinaussehen konnten und Karis Ankunft auf keinen Fall verpassten?

Kari bezahlte den Taxifahrer, stieg aus und ging den Gartenweg entlang zu Marijkes Gästehaus. Als sie am Küchenfenster vorbeiging, rechnete sie jeden Moment damit, dass sich hinter ihr die Haustür öffnen und eine der alten Frauen nach ihr rufen würde, doch nichts dergleichen geschah.

Kari erreichte das Gartenhaus, ohne dass jemand sie aufhielt. Sie zog die Tür hinter sich zu, schaltete das Licht ein und setzte sich aufs Bett.

In den Jahren zuvor hatte sie sich oft gewünscht, den Häkeldamen nicht beständig Rede und Antwort stehen zu müssen, doch jetzt war sie enttäuscht. Sie hatte sich daran gewöhnt, dass die alten Frauen ihre Arbeit begleiteten, und genoss das Gefühl des Aufgehobenseins in ihrer Runde.

Du wirst sentimental, rügte sie sich selbst. Wahrscheinlich lag es an den Schwangerschaftshormonen. Wenn das Kind erst einmal da war, würde sich das wieder ändern.

Dann würde sich überhaupt alles ändern.

Karis Mobiltelefon klingelte, und sie holte es rasch aus der Handtasche und nahm das Gespräch an.

»Kari«, erklang Ole Lunds muntere Stimme. »Da bist du ja endlich.«

Kari nahm das Smartphone kurz vom Ohr und schaute auf das Display. Tatsächlich waren dort acht entgangene Anrufe verzeichnet, alle von Ole Lund.

»Wo warst du?«, erkundigte sich der Kriminalrat.

»Bei meinem Geburtsvorbereitungskurs«, erklärte Kari. »Da muss ich die Tasche mit dem Telefon im Spind einschließen. Damit man sich ungestört und entspannt auf den Kurs einlassen kann. Und es stimmt, das macht es wirklich leichter.«

»So, so.« Der Spott in Lunds Stimme war nicht zu überhören. »Und der Kurs geht bis abends um elf?«

»Nein. Ich war anschließend mit den anderen Frauen noch im Café Orth. Da habe ich das Telefon wahrscheinlich einfach nicht gehört. Wir haben uns sehr angeregt unterhalten.«

»Hm.« Kari konnte Lunds Schmunzeln vor sich sehen. »Ich muss schon sagen, die Schwangerschaft bekommt dir, Kari. Du wirst so weich. Deiner Mutter würde das gefallen.«

Kari hatte keine Lust, sich provozieren zu lassen. Sie strich über ihren Bauch und dachte, dass Lund recht hatte. Das Krümelchen tat ihr wirklich gut. Es rückte die Welt zurecht.

»Was gibt es denn so Dringendes, dass du schon achtmal angerufen hast?«, erkundigte sie sich.

»Eine Überraschung im Fall Lindner«, erwiderte der Kriminalrat, jetzt ebenfalls ernst. »Wir dachten ja, dass Wolf Lindner einer der Abrechnungsbetrüger ist.«

»Aber?«

»Die verdächtigen Abrechnungen gehen weiter. Gerade heute haben die Kassen wieder Alarm geschlagen. Lindner kann nicht dafür verantwortlich sein.«

»Ich dachte, die Praxis wäre geschlossen?«

»Nein. Lindners Tochter hat auf die Schnelle eine Praxisvertretung gefunden. Einen Dr. Sebastian Moldenhauer.«

»Aber du glaubst nicht, dass er derjenige ist, der die Abrechnungen fälscht?«

»Das wäre schon ausgesprochen dreist. Gerade mal ein paar Stunden im Dienst, und schon ein Betrug?«

»Unwahrscheinlich«, stimmte Kari zu, während ihre Gedanken jagten. Wenn Lindner nicht der Betrüger war, musste es jemand aus seinem Praxisteam sein. Zum Beispiel die unfreundliche Arzthelferin mit den roten Haaren und den pinkfarben lackierten Fingernägeln. Wie war noch ihr Name? Kari dachte kurz nach, dann wusste sie es wieder. Kessler, wie die Zwillinge, mit Vornamen Cindy.

»Es wäre gut, wenn du dich noch einmal in Lindners Praxis umsehen könntest«, fuhr Lund fort.

»Kein Problem«, erwiderte Kari. »Ich lasse mir gleich morgen einen Termin geben.«

Vielleicht könnte sie bei der Gelegenheit ja auch Finja mitnehmen?

16. Am nächsten Morgen trommelte der Regen gegen die Fenster des Gartenhauses, und das Baby in Karis Bauch schien sich unruhig von einer Seite auf die andere zu wälzen. Ein ums andere Mal spürte sie Fußtritte.

Erschöpft und ein wenig beunruhigt setzte Kari sich im Bett auf. Vielleicht war es besser, wenn sie sich zunächst einmal um sich selbst und ihr eigenes Kind kümmerte, ehe sie einen Termin für Finja vereinbarte? Sie durfte Jonas' Tochter auch nicht bedrängen, das war ihr in den Stunden, die sie in der Nacht wachgelegen und gegrübelt hatte, klar geworden. Finja musste von sich aus auf Kari zukommen, nur dann konnte sie hilfreich tätig werden. Und auch Jonas würde vorerst nichts von ihr erfahren. Zumindest in dieser Hinsicht war die Diskussion des Problems mit den *Baby-Well*-Mitarbeitern fruchtbar gewesen. Tim und Dorotheas Position, Finja mit Respekt vor ihren eigenen Entscheidungen zu begegnen, hatte Kari am Ende überzeugt.

Sie hob die Beine aus dem Bett, stand auf und schlurfte in das winzige Bad.

Wann war sie so schwerfällig geworden? Wann hatte sie die dynamische Energie, die Körperspannung, die Zielstrebigkeit verloren, mit der sie sich bisher bewegt hatte?

Aber das war ja nur eine Phase. Eine, die, wie sie gestern Abend erfahren hatte, nicht alle Schwangeren in derselben

Weise erlebten. Zwei Frauen aus dem Geburtsvorbereitungskurs hatten ebenfalls über Bewegungseinschränkungen geklagt, die anderen drei nicht. Die beiden, die darunter litten, waren allerdings auch schon im neunten Monat und nicht erst, wie Kari, im sechsten. Die Bäuche, die sie vor sich her trugen, hatten beängstigende Ähnlichkeit mit Medizinbällen.

Wahrscheinlich hatte die Hebamme Iris Asmussen recht, die Kari freundlich, aber auch deutlich zu verstehen gegeben hatte, dass es nicht in erster Linie ein körperliches, sondern ein psychisches Problem war.

»Du hast Angst, und diese Angst lähmt dich«, hatte Iris gesagt. »Du solltest darüber nachdenken, dir psychologische Unterstützung zu holen.«

Was Wasser auf die Mühlen von Karis Mutter war. Aber Kari wollte nicht.

Sie erledigte ihre Morgentoilette, legte ein sparsames Make-up auf und rief dann in der Praxis an. Sie hatte Glück, offenbar hatten gerade viele Patientinnen ihre Termine abgesagt, und die Arzthelferin – der Stimme und dem Tonfall nach dieselbe unfreundliche Frau, die sie beim ersten Mal angetroffen hatte –, bot Kari an, sofort vorbeizukommen.

Kari überlegte kurz, ob sie Marijke bitten sollte, sie zu fahren, bestellte sich dann aber lieber ein Taxi. Sie klemmte sich die Handtasche unter den Arm, stülpte die Kapuze ihrer wasserdichten Trekkingjacke über den Kopf und huschte zur Straße, immer in der Erwartung, dass sich hinter ihr die Haustür öffnen und Marijke und die anderen Häkeldamen mit ihr reden wollen würden, doch erneut gelangte sie unbehelligt durch den Garten.

Dort angekommen stellte sie fest, dass Marijkes weißer Golf Sportsvan nicht an seinem Platz stand. Offenbar war die alte

Dame bereits unterwegs. Oder war Marijke etwas zugestoßen, und sie hatte die Nacht gar nicht zu Hause verbracht?

Kari kniff die Augen zusammen und dachte nach. Nein, als sie in der letzten Nacht zurückgekommen war, hatte der Golf in der Nähe des Gartentors geparkt. Es war alles in Ordnung.

Erleichtert winkte sie dem Taxi, das gerade in den Lörki Wai einbog.

Der Fahrer war ein wortkarger Nordfriese, der außer »Moin« und »Wo soll's denn hingehen?« nichts sagte, was Kari sehr recht war. Sie schaute auf die Regentropfen, die auf der Windschutzscheibe zerplatzten, und hing ihren Gedanken nach.

Zehn Minuten später hielt das Taxi vor der Frauenarztpraxis in der Süderstraße. Kari bezahlte und zog erneut die Kapuze über den Kopf. So rasch es in ihrer Verfassung möglich war, hastete sie zur Eingangstür. Erst wollte sie auf den Knopf für den Fahrstuhl drücken, doch dann nahm sie trotzig die Treppe. Was sie brauchte, war keine Psychotherapie, sondern nur mehr Training. Sie hatte in den letzten Monaten einfach viel zu oft den ganzen Tag am Schreibtisch gesessen und sich kaum noch bewegt.

Es war in der Tat dieselbe Arzthelferin, die sie in Empfang nahm. Kari warf einen Blick auf das Namensschild, das ihr bestätigte, dass sie sich den Namen richtig gemerkt hatte. Cindy Kessler.

»Frau Blom. Sie können sich da vorn auf den Stuhl setzen. Der Doktor holt Sie gleich rein«, sagte die Arzthelferin.

Kari hängte ihre nasse Jacke an die Garderobe, kehrte dann aber zum Tresen zurück.

»Warum ist denn so wenig los bei Ihnen?«, erkundigte sie sich unschuldig. Die Gelegenheit war günstig, um die Arzthelferin ein wenig auszuhorchen. Vielleicht war sie ja diejenige, die betrügerische Abrechnungen an die Kassen verschickte? Wie viele Helferinnen hatte Lindner überhaupt gehabt? Und was waren ihre Aufgaben?

Kessler hob den Kopf. Kari sah, dass ihre Augen gerötet waren. »Dr. Lindner ist ...«

»Ja?«

»Tot.«

»Tot?« Kari schlug in gespieltem Entsetzen die Hände vor den Mund. »Aber wieso? Ich war doch vorgestern erst hier. Da war er meinem Eindruck nach bei bester Gesundheit.«

Kessler tupfte mit den Fingerspitzen unter ihren Wimpern entlang, und Kari bewunderte sie dafür, dass sie es schaffte, sich dabei mit den langen, pink lackierten Fingernägeln nicht die Augen auszustechen.

»Es war kein natürlicher Tod«, teilte sie Kari mit, weniger abweisend als zuvor und hörbar erschüttert.

»Ach so?« Kari trat näher an den Tresen heran. »Ein Unfall? Selbstmord? Oder womöglich – Mord?«

Kesslers Miene verschloss sich wieder. »Dazu kann ich nichts sagen.«

Kari hob abwehrend die Hände. »Nein. Natürlich nicht.« Sie neigte den Kopf und sah in Richtung Sprechzimmer. »Aber wenn der Doktor tot ist ...«

»Wir haben eine Praxisvertretung«, entgegnete die Arzthelferin schroff. »Dr. Moldenhauer wird Sie betreuen.«

»Schön.« Kari beugte sich vor und nahm den Arbeitsplatz der Arzthelferin in Augenschein. »Und Sie müssen hier nun alles ganz allein bewältigen? Die Patienten, die Termine, die Abrechnungen?«

»Das habe ich schon immer gemacht«, erklärte Cindy Kessler und strich sich eine Strähne ihrer roten Haare hinters Ohr. »Dr. Lindner wollte mit dem Papierkram nichts zu tun haben. Er hat sich ganz auf seine Patientinnen konzentriert.«

Kari verspürte ein jähes Triumphgefühl. Manchmal waren die Dinge einfacher als gedacht.

»Und Sie haben keine Kolleginnen, die Sie unterstützen?«

»Nein. Die Praxis ist so organisiert, dass der Doktor und ich alle Arbeiten innerhalb einer wöchentlichen Arbeitszeit von achtunddreißig Stunden erledigen können. Dr. Lindner hat immer gesagt, wenn er mehr arbeitet, muss er mehr Personal bezahlen, und am Ende rentiert sich das nicht. Er brauchte außerdem auch Zeit für seine Projekte. Er hat Frauen in Dritte-Welt-Ländern geholfen, ihre Babys unter menschenwürdigen Bedingungen zu gebären.«

Kari sah ihr an, dass sie hin- und hergerissen war. Ganz offensichtlich hatte sie Lindner gemocht und respektiert, aber zugleich war da noch etwas anderes. Neid vermutlich, auf das Geld und die Möglichkeiten, die ihm zur Verfügung standen, während sich Cindy Kessler als Arzthelferin mit einem wahrscheinlich eher bescheidenen Gehalt zufriedengeben musste.

Da konnte man durchaus auf die Idee kommen, die eigenen Einnahmen aufzubessern, umso mehr, wenn man exklusiven Zugang zum Abrechnungssystem hatte.

Die Tür des Sprechzimmers öffnete sich. Lena Finke, eine der Frauen aus Karis Geburtsvorbereitungskurs, kam heraus, strahlend und rosig wie immer. Bis zu Lenas Niederkunft waren es nur noch drei Wochen, und sie und ihr Mann freuten sich wie verrückt auf das Kind.

»Ach. Hallo Kari.«

»Hallo Lena.« Kari wollte noch ein paar Worte mit ihr wechseln, doch in der Tür des Sprechzimmers erschien ein junger Mann im weißen Kittel.

»Sind Sie die Nächste?«, fragte er Kari. »Dann kommen Sie doch bitte herein.«

»Ja«, entgegnete Kari und schenkte Lena ein Lächeln. »Wir sehen uns heute Abend beim Kurs.«

Lena nickte. »Ich freue mich schon. Bis dahin.« Sie winkte und ging zur Garderobe, wo ihr Mantel hing. Trotz des runden Bauchs wirkte sie kein bisschen schwerfällig, wie Kari mit leisem Neid feststellte.

Sie betrat das Sprechzimmer und setzte sich dem jungen Mediziner gegenüber. Kari schätzte ihn auf Anfang dreißig. Die blonden Haare waren schulterlang, der Vollbart dicht. Wenn Kari ihn auf der Straße getroffen hätte, hätte sie ihn für einen Surfer gehalten, nicht für einen seriösen Arzt.

»Guten Morgen«, sagte er freundlich und rief ihre Patientenakte auf dem Monitor auf. »Was kann ich für Sie tun?«

Kari erläuterte ihm die ungewöhnlich heftigen Bewegungen, die sie am Morgen verspürt hatte.

»Das kommt schon mal vor«, entgegnete Dr. Sebastian Moldenhauer. »Es bedeutet in der Regel nicht, dass irgendetwas nicht in Ordnung ist. Aber wir sehen uns die Sache trotzdem an. Kommen Sie.« Er stand auf und wies auf die Tür zum Untersuchungsraum.

Kari erhob sich. Einen Vorteil hatte ihr neuer Auftrag auf jeden Fall: Ihr Krümelchen und sie bekamen die bestmögliche medizinische Versorgung.

■ ■ ■

Jonas Voss sah missmutig aus dem Fenster seines Container-Büros in den strömenden Regen. Der Abend mit Redlef und den Kindern hatte ihm gutgetan, aber er war das Gefühl nicht losgeworden, dass Finja Theater spielte. Sie sah ihn nicht an, verknotete unter dem Tisch ihre Finger und wechselte immer wieder unvermittelt das Thema. Jonas machte sich Sorgen. Irgendetwas stimmte nicht mit seiner Tochter, aber sie wollte offensichtlich nicht darüber reden, so wie sie ihn schon seit vielen Jahren von ihren innersten Gedanken und Gefühlen ausschloss.

War er ein schlechter Vater, weil er zugelassen hatte, dass sie sich von ihm distanzierte? Oder wäre er ein schlechter Vater, wenn er sie stattdessen bedrängt und genötigt hätte, sich ihm zu offenbaren?

»Jonas?« Hannah Behrends stellte einen dampfenden Becher Kaffee vor ihm auf den Tisch in ihrer Interimsunterkunft. »Was ist los?«

Voss erklärte in knappen Worten sein Problem. Hannah kannte seine Kinder seit vielen Jahren, und sie hatte sich auch mit Finja immer gut verstanden, ganz anders als Kari, die von Finja nie akzeptiert worden war.

»Soll ich mal mit ihr reden?«, fragte sie. »Ganz unverbindlich? Maximilian und ich könnten ja heute Abend vorbeikommen. Wir bringen auch das Essen mit.« Hannahs blaue Augen blitzten. »Ich rufe ihn gleich an. Er soll seinen Auberginenauflauf machen. Den mag Finja doch so gern.«

Jonas spürte, wie eine Last von seinen Schultern fiel. »Das wäre toll.«

Hannah griff nach dem Telefon und tippte auf den Kontakt. Während sie mit ihrem Freund sprach, fuhr sie sich versonnen mit der Hand durch den blonden Bob, und Jonas dachte, wie gut ihr die Beziehung tat. Hannah war schon immer ein positiver und fröhlicher Mensch gewesen, aber sie hatte darunter gelitten, keinen Partner zu haben. Seit sie mit Maximilian zusammen war, war sie rundum zufrieden und ausgeglichen. Jonas war dankbar, dass er Hannah als Kollegin und Freundin hatte.

»Erledigt!« Hannah beendete das Gespräch und hob den Daumen. »Wir kommen um sieben, dann können wir einen Aperitif trinken und den Auflauf in den Ofen schieben.«

»Das ist schön.« Plötzlich kam Jonas der Tag nicht mehr so düster vor. Er wollte noch etwas sagen, wurde aber von dem Signalton seines Rechners unterbrochen, der den Eingang einer Nachricht ankündigte.

Es war eine E-Mail aus dem LKA.

»Hallo Kollegen«, lautete die Ansprache, »wir sind mit den Unterlagen aus dem Hause Lindner noch nicht durch, aber das hier dürfte euch interessieren.«

Voss öffnete die angehängten Dateien, fünf Scans von Dokumenten, die an vorsintflutliche Erpresserbriefe erinnerten: aus Zeitungsartikeln ausgeschnittene und auf Papier geklebte Buchstaben.

Der Tag der Rache ist nah.

Du wirst für deine Sünden bezahlen.

Deine Gier wird bestraft werden.

Der Schlund der Hölle wird sich vor dir öffnen.

Du wirst in einen tiefen Abgrund stürzen.

Hannah, die um ihre beiden einander gegenüberstehenden Schreibtische herumgekommen war und sich neben Voss postiert hatte, pfiff leise durch die Zähne. »Das ist ja fast so gut wie ein Geständnis.«

»Allerdings.« Voss bewegte die Maus und klickte ein Icon auf dem Monitor an, um die Dokumente auszudrucken. Der Drucker in der Ecke begann zu rattern. »Und wir ahnen auch schon, wer diese Pamphlete verfasst hat, nicht wahr?«

»Heike Langer, Lindners Ex-Frau, oder Ingo Strecker, ihr neuer Lover.« Hannah spitzte die Lippen. »Ich würde auf Strecker tippen. Er hat so etwas ... Primitives.« Sie schüttelte sich. »Allein schon die Frisur und der Pornobalken.«

Hannahs angewiderte Miene war so komisch, dass Voss lachen musste. Der letzte Rest des schlechten Gefühls, mit dem er ins Büro gekommen war, verschwand. Jetzt würde er erst einmal den Mordfall Lindner klären, und am Abend würde sich auch das Problem mit Finja lösen.

»Also los.« Jonas sprang auf, zog die Blätter aus dem Drucker und nahm seine Lederjacke vom Haken. »Dann statten wir Herrn Strecker und Frau Langer jetzt einen Besuch ab.«

Hannah öffnete ihre Schreibtischschublade und zog zwei Taschen-Regenschirme hervor. »Die sollten wir vielleicht mitnehmen.«

Jonas fuhr sich durch die Locken, die immer noch feucht von seinem morgendlichen Sprint vom Wagen zum Bürogebäude waren.

»Gute Idee«, sagte er lächelnd und meinte damit nicht nur die Schirme. Auf Hannah war einfach Verlass.

...

Dr. Sebastian Moldenhauer schob Kari ein ausgedrucktes Ultraschallbild über den Tisch zu.

»Nehmen Sie das mit«, sagte er. »Es ist wirklich schön geworden. Ihr Kind liegt da geradezu perfekt, wie aus dem Lehrbuch.«

Kari sah die Begeisterung in seinen Augen und musste lächeln. Moldenhauer war ganz offensichtlich ein Arzt, der für seinen Beruf lebte, ebenso, wie es auch Dr. Lindner getan hatte. Dem Ermordeten war es nicht darum gegangen, sich zu bereichern. Genau wie Moldenhauer hatte Lindner vor allem helfen wollen. Der faule Apfel fand sich nicht im Sprechzimmer, sondern, wenn überhaupt, an der Rezeption.

Aber war Cindy Kessler tatsächlich in der Lage, sich mit falschen Abrechnungen Leistungen von den Krankenkassen zu erschleichen? Und wenn ja, wie bekam sie das Geld dann auf ihr eigenes Konto? Kari würde sich in der Buchführung der Praxis umsehen müssen, aber dafür brauchte sie Hilfe.

»Sie müssen sich keine Sorgen machen«, sagte Moldenhauer. »Es ist alles in Ordnung. Das Kind spürt, wie es Ihnen geht, deshalb wird es manchmal unruhig, wenn Sie es sind. Versuchen Sie, sich zu entspannen. Je gelassener Sie durch die letzten Monate der Schwangerschaft gehen, desto geborgener wird sich auch Ihr Kind fühlen, und desto weniger wird es um sich treten.«

»Hm.« Kari wusste, dass der Arzt recht hatte, aber das geforderte Verhalten gehörte nicht gerade zu ihren Stärken.

»Wissen Sie schon, was es wird?«, fragte der Gynäkologe.

»Nein.« Jonas und sie hatten sich dafür entschieden, sich überraschen zu lassen.

»Weil Sie es nicht vorher wissen möchten?«

»So ist es.«

Moldenhauer nickte. »Das finde ich gut. Die pränatale Diagnostik ist wichtig, um gegebenenfalls bei Gefahren für den Fötus einzugreifen, aber es ist schade, wenn man dem Wunder der Geburt allen Zauber nimmt.« Der Arzt erhob sich. »Wenn Sie ansonsten keine Fragen mehr haben?«

»Nein.« Kari stand auf, nahm das ausgedruckte Ultraschallbild und verstaute es in ihrer Handtasche. Sie hätte noch jede Menge Fragen gehabt, aber die hatten alle nichts mit ihrer Schwangerschaft und dem Baby zu tun. »Vielen Dank.«

Moldenhauer führte sie zur Tür des Sprechzimmers. »Auf Wiedersehen.« Er blickte sich um, doch Cindy Kessler war nicht an ihrem Platz. Moldenhauer nahm die bereitliegende Karte, ging zum Wartezimmer und holte die nächste Patientin persönlich zur Untersuchung ab.

Kari wartete, bis sich die Tür zum Sprechzimmer hinter den beiden geschlossen hatte. Bot sich ihr hier unerwartet die Chance, sich rasch einen Einblick in Lindners Abrechnungssystem zu verschaffen?

Sie wollte gerade den Tresen umrunden, als sie aus dem Nebenraum ein Geräusch hörte. Die Tür mit der Aufschrift »Labor« war nur angelehnt.

Kari bewegte sich mit ein paar raschen, lautlosen Schritten dorthin und spähte durch den Spalt.

Ach was!

Kari konnte gerade noch verhindern, dass sie ihrer Überraschung hörbar Ausdruck verlieh.

Im Labor befanden sich zwei Personen, Lindners Arzthelferin Cindy Kessler und Karis Physiotherapeut Tim Siebert. Mit Abrechnungsbetrug hatte das, was die beiden dort taten, allerdings nichts zu tun.

17. »Er hat diese Cindy geküsst? Obwohl er mit Iris Asmussen liiert ist?« Witta Claaßen schüttelte empört den Kopf und brachte gleich darauf hastig ihre Marlene-Dietrich-Dauerwelle wieder in Form.

»So etwas soll es geben, stell dir vor«, konterte Grethe Aldag ungerührt. Ihre kurzen eisgrauen Haare brauchten keine behutsame Behandlung, aber Grethe war nicht der Typ für hektische Bewegungen.

Sie saßen in Marijke Meenkens Wohnzimmer um den großen Tisch herum, Witta wie immer in Marijkes bequemstem Sessel, Alma und Grethe auf dem Sofa. Für Kari und Marijke standen ebenfalls schöne Sessel bereit, denen aber die Automatik zum Verstellen von Fußteil und Rückenlehne fehlte wie bei Wittas Sessel, der eigentlich Marijkes Fernsehsessel war.

Der Tisch war mit Marijkes gutem Kaffeegeschirr gedeckt. Es gab Kaffee mit und ohne Koffein und dazu Berge von Kuchen. Butter- und Streuselkuchen, Erdbeer- und Himbeerschnitten und als Krönung eine Maracuja-Torte. Außerdem standen mehrere Teller mit Keksen und Schokolade und eine große Schale mit Sahne auf dem Tisch. Das Backwerk stammte von Alma, die den gesamten Morgen in der Küche gestanden haben musste, den Rest hatten Grethe und Marijke beigesteuert. Witta hatte sich wie immer vornehm zurückgehalten.

Kari nahm sich ein Stück Torte, das sie langsam und genüsslich verspeiste. Seit sie schwanger war, hatte sie ständig Hunger, und es kostete sie einiges an Willensanstrengung, nicht rund um die Uhr zu essen. Zusammen mit der fehlenden Bewegung wäre sie binnen kürzester Zeit kugelrund geworden. Das war sie nun ohnehin, aber wenn das Kind auf der Welt war, würde sie darum kämpfen, ihre gute Figur zurückzugewinnen. Für den entsprechenden Rückbildungskurs hatte sie sich bereits bei ihrer Hebamme in Kiel angemeldet.

»Tim betrügt offenbar seine Freundin«, bestätigte Kari. »Aber ob das heißt, dass Cindy und er auch den Abrechnungsbetrug gemeinsam organisieren?«

Sie mochte sich das eigentlich nicht vorstellen. Tim war ihr auf Anhieb sympathisch gewesen, und seine Behandlung hatte Wunder gewirkt. Seit Jahren hatte sich Kari nicht mehr so gelöst gefühlt. Aber sie war lange genug Polizistin, um zu wissen, dass auch hinter der schönsten Fassade Abgründe lauern konnten. So aufrecht, wie sie es erwartet hätte, war Tim ja definitiv nicht. Ansonsten würde er nicht seine Freundin Iris mit der Arzthelferin Cindy betrügen.

Etwas, das Kari nur schwer nachvollziehen konnte. Iris sah nicht nur aus wie ein Engel, sie war auch einer. Cindy Kessler dagegen war unfreundlich und schnippisch. Aber vielleicht zeigte sie bei Tim ja ein anderes Gesicht.

»Wie sieht dieser Tim denn aus?«, erkundigte sich Alma Grieger neugierig.

Kari holte ihr Smartphone hervor und öffnete die Homepage von *Baby-Well*, auf der auch die Mitarbeiter abgebildet waren.

»Der Zweite von links«, sagte sie und streckte den Arm aus, um Alma das Gerät zu reichen.

Grethe kam ihr zuvor und schnappte sich das Smartphone. Sie zog das Bild mit zwei Fingern groß, ließ Alma aber immerhin mit auf den Schirm schauen.

»Ha!« Grethe blickte Kari triumphierend an. »Den kenne ich!«

»Ich auch!«, sagte Alma aufgeregt. »Den habe ich bei dem Internisten getroffen, bei dem ich gestern war, wegen meines Magens. Ein wirklich netter Arzt. Er hat mich sofort drangenommen, obwohl ich gar nicht angemeldet war, und heute Morgen hat er eine Spiegelung gemacht. Dafür muss man ja nüchtern sein.« Sie strahlte Kari an. »Stellen Sie sich vor, es ist alles in Ordnung. Und ich hatte mir schon echte Sorgen gemacht, wegen meines Sodbrennens.«

»Alma.« Grethe sah ihre Freundin tadelnd an.

»Ja.« Alma merkte, dass sie abgeschweift war. »Jedenfalls habe ich dort diesen Tim ...«

»Siebert«, half Grethe, die immer noch gute Augen hatte und offenbar nicht nur die Personen auf den Fotos erkennen, sondern auch die Namen unter den Bildern ohne Brille entziffern konnte.

»Tim Siebert, ja. Den habe ich dort gesehen.«

»Und ich habe ihn auch getroffen«, erklärte Grethe. »Bei Dr. Geier. Das ist zufälligerweise mein Hausarzt, und er steht ebenfalls auf Ihrer Liste.«

»Darf ich das Foto vielleicht auch mal sehen?«, nörgelte Witta und wedelte mit der Hand. Grethe reichte ihr das Gerät.

»Den kenne ich«, sagte die Landarztwitwe, nachdem sie eine Weile mit zusammengekniffenen Augen das Foto angestarrt hatte. »Der war bei der Hautärztin, die ich aufgesucht habe.«

Sie gab das Smartphone an Marijke weiter. Die nickte lächelnd.

»Ja«, sagte sie. »Ich habe ihn ebenfalls getroffen. Bei dem Hals-Nasen-Ohren-Arzt von Ihrer Liste. Ich bin hingegangen, weil ich heute Morgen plötzlich so ein Ohrensausen hatte.« Sie blinzelte Kari zu. »Das stimmt natürlich nicht, mit meinen Ohren ist alles in Ordnung. Aber einen Tinnitus kann man ja nicht sehen. Das ist ein subjektives Erlebnis. Der Arzt war übrigens nett, er hat mir ein paar Cortison-Tabletten aufgeschrieben, die kann man immer gebrauchen.«

»Um Gottes willen«, mischte sich Witta Claaßen ein. »Sei bloß vorsichtig! Cortison ist ein Teufelszeug. Als mein Wilhelm noch seine Praxis hatte ...«

»Ja, ja«, fiel ihr Grethe ins Wort, ehe Witta weiter über die aktive Zeit ihres Gatten schwadronieren konnte. »Wir wissen das alles.«

Witta schürzte beleidigt die Lippen. Marijke beugte sich vor und strich ihr sanft über den Arm. »Mach dir keine Sorgen. Ich nehme nur eine kleine Dosis, wenn es unbedingt nötig ist.«

Kari hob die Hand. »Moment«, sagte sie. »Das heißt, Sie haben alle einen der Ärzte auf meiner Liste aufgesucht? Und bei jedem dieser Ärzte haben Sie Tim Siebert getroffen?«

Die vier alten Damen nickten.

»Das lässt ja wohl nur einen Schluss zu«, sagte Grethe. »Ich meine, wenn wir ausschließen, dass Tim Siebert ein Don Juan ist, der seine Freundin nicht nur mit der Arzthelferin von Dr. Lindner betrügt, sondern mit allen Arzthelferinnen im näheren Umkreis von *Baby-Well*?«

»Unwahrscheinlich«, gab ihr Marijke recht. »Das wären ja mindestens fünf. Bei Dr. Lindner, bei deinem Hausarzt, bei Almas Internisten, bei Wittas Hausärztin und bei meinem Hals-Nasen-Ohren-Arzt. Und die Helferinnen sind weiß Gott nicht alle jung und schön.«

»Das wäre dann schon ein Fall von krankhaftem Donjuanismus«, brachte Witta ihr Fachwissen ein.

»Richtig«, stimmte Grethe zu, ausnahmsweise ohne einen Seitenhieb auf Witta. »Deswegen würde ich annehmen, dass die Erklärung eine andere ist. Tim Siebert organisiert den Abrechnungsbetrug. Zusammen mit den Ärzten oder, im Fall von Dr. Lindner, mit der Arzthelferin, dieser Cindy Kessler.«

»Dann hat die Kessler ihren Chef umgebracht, weil er dahintergekommen ist?«, fragte Alma entsetzt.

Kari dachte darüber nach. Es fiel ihr schwer, sich vorzustellen, wie die junge Arzthelferin ihren Chef, immerhin einen gestandenen und keinesfalls schwächlichen Mann, gewaltsam zur Kliffkante zerrte und hinunterstieß. Aber ausgeschlossen war es nicht. Vielleicht hatte Cindy ja auch einen Helfer gehabt. Tim Siebert? Auch das konnte und wollte Kari sich nicht vorstellen. Doch eine Ermittlung war eben kein Wunschkonzert.

»Das muss Kommissar Voss klären«, sagte sie.

Die Häkeldamen nickten, doch Kari sah, wie es in ihren Köpfen arbeitete.

»Wie soll das überhaupt gehen, dieser Abrechnungsbetrug?«, erkundigte sich Witta. Als ehemalige Landarzt-gattin fühlte sie sich bei diesem Thema natürlich besonders berufen. »Es ist doch der Arzt, der die Abrechnungen macht, und die Kasse überweist die Leistungen an ihn. Wie kommen da Cindy Kessler und Tim Siebert ins Spiel?«

»Im Fall von Dr. Lindner ist es Cindy, die sich um die Buchhaltung kümmert«, erklärte Kari.

Witta legte die Stirn in Falten. »Dann kann sie vielleicht heimlich etwas von den Einnahmen abzweigen und auf ihr privates Konto überweisen. Wenn sie ein bisschen geschickt ist und eine überzeugende doppelte Buchführung anlegt. Aber welche Rolle spielt Tim Siebert?«

»Möglicherweise rechnen die Ärzte ja keine erfundenen Leistungen ab, sondern Patienten, die gar nicht da waren«, schlug Marijke vor und sah Kari neugierig an. »Wenn Tim Siebert zum Beispiel die Möglichkeit hätte, auf die Krankenkas-senkarten der Patientinnen von *Baby-Well* zuzugreifen ...«

Kari fiel es wie Schuppen von den Augen.

»Natürlich! Das ist es.« Sie war so aufgeregt, dass ihr fast der Teller mit dem Tortenstück von den Knien gerutscht wäre. »Die Patientinnen werden bei *Baby-Well* aufgefordert, ihre Sachen während der Behandlungen im Spind einzu-schließen, damit sie keinen Ballast mit sich herumtragen und sich besser entspannen können. Wenn Tim Siebert einen zweiten Schlüssel hätte ...«

»Dann könnte er sich in aller Ruhe die Krankenkassen-karten ausleihen, sie in die betreffenden Arztpraxen tragen und dort einlesen lassen. Und die Ärzte oder ihre Helferin-nen könnten Leistungen für Patientinnen abrechnen, die nie dort gewesen sind«, ergänzte Grethe.

Kari nickte. »Das klingt plausibel.«

»Sie müssen es nur noch beweisen«, sagte Marijke.

»Das sollte nicht so schwierig sein.« Kari sah auf die Uhr und stellte ihren Kuchenteller beiseite. »Ich habe gleich um siebzehn Uhr den nächsten Kurs. Wenn ich in regelmäßigen Abständen zur Toilette gehe, kann ich die Spinde im Auge behalten. Einer Schwangeren glaubt man ja ohne Weiteres, dass sie ein Problem mit ihrem Harndrang hat.«

Witta, Alma und Marijke, die alle drei selbst Kinder zur Welt gebracht hatten, nickten eifrig.

Kari stand auf, und die Häkeldamen erhoben sich ebenfalls.

»Wir kommen mit«, erklärte Marijke auf Karis fragenden Blick hin. »Wenn Sie recht haben, entwendet Tim die Karten ja nicht nur, er trägt sie auch gleich zum nächsten Arzt. Dann ist es gut, wenn wir draußen Wache halten. Wir können ihn verfolgen und Beweisfotos machen.«

Kari schnitt eine Grimasse. Sie wollte die alten Damen nicht schon wieder in eine Ermittlung hineinziehen. Aber ein Schwangerenzentrum zu observieren war ja hoffentlich nicht gefährlich. Und davon abbringen könnte sie die Häkelmafia ohnehin nicht. Wenn die alten Damen irgendwo ein Abenteuer witterten, waren sie nicht mehr zu halten.

• • •

Der Summer für die Haustür des Mehrfamilienhauses in List wurde betätigt, ohne dass sich jemand über die Sprechanlage erkundigte, wer davor stand. Jonas Voss und Hannah Behrends traten rasch ein und schüttelten die tropfnassen Regenschirme aus. Jonas sah auf seine Hosenbeine und Schuhe, die trotz des Schirms nass geworden waren, weil ihnen eine steife Brise entgegengeweht hatte. Aber so war das eben auf einer Nordseeinsel. Die gute Luft, die herrliche Landschaft und das unvergleichliche Gefühl von Freiheit wogen das wechselhafte und oft kalte und stürmische Wetter allemal auf.

Die Wohnungstür der Erdgeschosswohnung auf der linken Seite wurde aufgerissen. Ingo Strecker, bekleidet mit einem ballonseidenen Trainingsanzug in Violett und Pink und schneeweißen Turnschuhen, machte einen Schritt in den Hausflur und blieb dann abrupt stehen.

»Ach, Sie sind das…« Er sah aus, als hätte er sich am liebsten zurück in den Wohnungsflur geflüchtet und die Tür zugeworfen.

»Tut uns leid, wenn wir Sie enttäuschen.« Hannah marschierte schnurstracks auf den Fitnesstrainer zu. »Wen hatten Sie denn erwartet?«

»Den Paketdienst.« Strecker verschränkte die muskulösen Arme vor der Brust. Jonas bemerkte, dass sein Gesicht hochrot und seine Stirn von Schweißperlen bedeckt war. Offenbar hatten sie ihn beim Training gestört.

»Ein neues Fitnessgerät?«, erkundigte sich Hannah.

»Nein. Ein Mixer. Aber ich wüsste nicht, warum Sie das interessieren sollte.«

Hannahs Lächeln war mehr als knapp. »Deshalb sind wir auch nicht hier. Wir haben noch ein paar Fragen an Sie.«

»So?« Strecker blieb breit in der Tür stehen.

»Dürfen wir vielleicht hereinkommen?«, fragte Hannah. »Oder wollen wir das im Hausflur besprechen?«

Strecker stieß die Luft in einem tiefen Seufzer aus. »Wenn es sein muss.«

Widerwillig trat er beiseite und winkte Voss und Behrends in die Küche. Wie bei ihrem ersten Besuch setzten sie sich auf die Hocker um die Kochinsel herum.

»Frau Langer ist nicht zu Hause?«, erkundigte sich Jonas.

»Nein.« Strecker nahm wieder seine Abwehrhaltung ein. »Sie ist beim Einkaufen.«

»Dann kommt sie ja vermutlich bald zurück«, konterte

Hannah unbeeindruckt. »In der Zwischenzeit können Sie uns vielleicht weiterhelfen.«

Sie öffnete ihre Handtasche und zog die Farbausdrucke der Scans hervor, die ihnen die Kriminaltechnik geschickt hatte. Fünf mit ausgeschnittenen Zeitungsbuchstaben beklebte Seiten.

Der Tag der Rache ist nah.

Du wirst für deine Sünden bezahlen.

Deine Gier wird bestraft werden.

Der Schlund der Hölle wird sich vor dir öffnen.

Du wirst in einen tiefen Abgrund stürzen.

Strecker warf nur einen kurzen Blick auf die Ausdrucke. »Was soll das sein?«

Hannah holte ihr Tablet hervor. »Ich würde auf Drohbriefe tippen, oder was meinen Sie?«

»Und?«

»Unsere Kollegen haben diese Drohungen in der Villa von Dr. Wolf Lindner gefunden.«

Strecker nickte. »Kein Wunder. Der Mann hat sich nicht nur Freunde gemacht.«

Hannah wechselte einen raschen Blick mit Jonas. War Strecker wirklich so unschuldig, wie er sich gab, oder spielte er Theater?

»Die Originale sind noch in der Kriminaltechnik«, erklärte Jonas. »Sie werden dort auf Fingerabdrücke untersucht.«

Strecker stand auf, nahm ein Glas mit einer sämigen grünen Flüssigkeit von der Arbeitsfläche neben der Spüle und leerte es in einem Zug.

»Polizeiarbeit ist ein mühseliges Geschäft, was?«, sagte er. »Genau wie Fitnesstraining.«

Hannah tippte auf das letzte Blatt. »*Du wirst in einen tie-*

fen Abgrund stürzen. Das ist genau das, was mit Dr. Lindner passiert ist. Sie hatten ein Motiv, und Sie haben kein Alibi. Wir hätten deshalb gern Ihre Fingerabdrücke, um sie mit denen auf den Briefen vergleichen zu können.«

»Von mir aus.« Strecker stellte das leere Glas in die Spüle. Anschließend kam er zu ihnen zurück zur Kochinsel, streckte die Arme aus und wackelte mit den Fingern. »Haben Sie Papier und ein Stempelkissen dabei?«

Jonas lachte leise. Strecker glaubte offenbar, dass es nicht möglich war, an Ort und Stelle Fingerabdrücke zu nehmen. Hannah belehrte ihn eines Besseren. Sie öffnete ihre Handtasche, nahm den mobilen Fingerabdruckscanner – ein flaches, zehn mal zwölf Zentimeter großes Kästchen mit TFT-Display – heraus und verband es mit ihrem Tablet.

»Bitte sehr. Legen Sie Ihre Hand einfach flach auf das Display«, forderte sie ihn auf.

Strecker war so perplex, dass er widerstandslos Folge leistete.

»Sehr schön«, sagte Hannah. »Und jetzt bitte noch die beiden Daumen.«

Sie las auch diese Abdrücke ein, ehe sie den Scanner wieder vom Tablet abkoppelte und in der Handtasche verstaute.

»Und?« Strecker steckte die Hände in die Achselhöhlen, als würde es jetzt noch etwas helfen, sie zu verbergen. »Stimmen die Abdrücke überein?«

»Das lässt sich so schnell nicht feststellen«, erklärte Voss. »Die Daten müssen erst übertragen und abgeglichen werden.«

Strecker deutete mit dem Kinn auf die Ausdrucke. »Sie können sich die Mühe sparen. Ich habe den Mist da nicht geschrieben. Wozu sollte das gut sein?«

»Sie waren wütend auf Dr. Lindner«, schlug Hannah vor.

»Sie wollten ihm Angst machen, damit er seiner Ex-Frau mehr von seinem Vermögen abgibt. Und als das nicht funktioniert hat, haben Sie Ihre Drohung wahrgemacht.«

»Dummes Zeug.« Strecker schüttelte den Kopf. »Mir ist das Geld komplett egal. Ich bin mit dem zufrieden, was wir haben.« Er sah sich um. »Das ist doch eine schöne Wohnung.«

»Ihre neue Freundin war aber einen anderen Lebensstil gewöhnt«, bemerkte Hannah.

Strecker zuckte mit den Schultern. »Sie wird sich schon einfinden. So ist das eben im Leben. Mal gewinnt man, mal verliert man.«

Eine durchaus vernünftige Einstellung, fand Jonas Voss. Aber er bezweifelte, dass Heike Langer sie teilte.

»Macht es Ihnen etwas aus, wenn wir hier auf Ihre Lebensgefährtin warten?«, erkundigte er sich.

»Meinetwegen.« Strecker schien sein inneres Gleichgewicht wiedergefunden zu haben. »Wollen Sie auch einen Smoothie? Grünkohl und Kiwi, das bringt verbrauchte Energie zurück und wirkt antioxidativ.«

Hannah tauschte einen raschen Blick mit Voss und verzog fast unmerklich den Mund, aber was sie sagte, war: »Klar, warum nicht?«

. . .

Kari bedauerte es außerordentlich, als sie Iris Asmussen und Florian Petzold zum dritten Mal mit einem entschuldigenden Lächeln zu verstehen gab, dass sie erneut den Raum verlassen musste, um die Toilette aufzusuchen. Sie empfand den Geburtsvorbereitungskurs als äußerst gewinnbringend und wollte nur ungern etwas davon verpassen. Aber sofern die Theorie stimmte, die sie gemeinsam mit den Häkeldamen entwickelt hatte, kam es jetzt darauf an.

Der Kurs begann um siebzehn Uhr. Die meisten Arztpraxen schlossen um halb sechs. Wenn Tim Siebert die Krankenkassenkarten der Kursteilnehmerinnen »auslieh«, um sie bei den Ärzten auf Karis Liste einlesen zu lassen, war dieses Zeitfenster das entscheidende.

Kari öffnete die Tür des Toilettenraums und schlüpfte hinein, schloss die Tür aber nicht komplett, sondern blieb direkt dahinter stehen und spähte durch den Spalt.

Viel konnte sie nicht sehen, nur ein Stück den Flur hinunter in Richtung Empfang, eine Ecke des Tresens und auf der anderen Seite die vordere Ecke der Schrankreihe, in der sich die Spinde für die Patientinnen befanden. Aber sie würde es bemerken, wenn sich jemand in diesem Bereich bewegte, und vermutlich würde sie es auch hören, wenn sich jemand an den Schranktüren zu schaffen machte. Dann könnte sie rasch einen Schritt in den Flur hinein machen und hätte freien Blick auf die Schränke.

Natürlich könnte es auch eine Patientin sein, die zu einem Physiotherapietermin kam und ihre Sachen in den Schrank schloss. Daran war nichts zu ändern. Undercover-Arbeit war immer mit vielen Unsicherheiten und Eventualitäten behaftet.

Die ersten beiden Toilettenbesuche hatten keinen Erkenntnisgewinn gebracht. Der Empfang und der Flur waren verwaist gewesen. Tim Siebert war entweder gar nicht da, oder er steckte mitten in einer Behandlung.

Kari wollte auch den dritten erfolglosen Versuch gerade beenden, als sie ein Geräusch aus dem vorderen Bereich der Praxis hörte. Eine Tür, die geöffnet wurde, und leise Schritte einer Person, die Schuhe mit gut gefederten Sohlen trug, so wie zum Beispiel die weißen Turnschuhe, die zur Dienstkleidung bei *Baby-Well* gehörten.

Kari spitzte die Ohren. Wieder Geräusche, dieses Mal solche, die ihr unwillkürlich einen Schauer über den Rücken jagten. Das leise Knacken, mit dem ein kleiner Schlüssel umgedreht wurde, und das hohle Scheppern, mit dem ein Plastikchip im Metallfach der Münzschließanlage landete.

So leise wie möglich zog Kari die Toilettentür auf und streckte den Kopf in den Flur.

Es war tatsächlich eine Person mit dem roten T-Shirt und der weißen Hose von *Baby-Well*, die einen der Spinde geöffnet hatte und den Inhalt durchsuchte. Allerdings war es nicht Tim Siebert.

Kari zog ihren Kopf zurück und wartete, bis sie hörte, wie der Mann den Chip wieder in den Münzschlitz steckte und die Schranktür verschloss. Gedämpfte Schritte erklangen. Dann fiel die Tür zur Praxis ins Schloss.

Kari verließ die Toilette und eilte zu den Schränken. Sie öffnete den Spind, in dem sie ihre Handtasche verstaut hatte, und zog ihr Smartphone hervor. Rasch aktivierte sie die Kamera und drehte sich zu der Wand, an der die Fotos aller Mitarbeiter von *Baby-Well* hingen. Kari fotografierte eines davon ab und schickte das Bild an Marijke Meenken. Dann tippte sie auf Marijkes Nummer und hielt das Handy ans Ohr.

. . .

Marijke Meenken hatte das Smartphone bereits in der Hand, doch sie zuckte trotzdem zusammen, als zuerst der Ton erklang, der den Eingang einer Nachricht anzeigte, und gleich darauf das Telefon zu klingeln begann. Fast hätte sie das vibrierende Hörersymbol auf die falsche Seite gewischt, aber dann gelang es ihr doch, das Gespräch anzunehmen.

»Frau Blom.« Das Display hatte ihr Karis Namen angezeigt. »Haben Sie etwas entdeckt?« Sie stellte das Gerät auf

Lautsprecher, damit auch Witta, Grethe und Alma, die sich gespannt zu ihr beugten, etwas hören konnten.

Sie hatten Kari zur Praxis von *Baby-Well* gebracht und sich anschließend mit dem Golf auf der gegenüberliegenden Straßenseite postiert, um eingreifen zu können, wenn es nötig war.

»Frau Meenken, hallo«, sagte Kari. »Wir hatten recht. Es macht sich tatsächlich jemand an den Spinden zu schaffen. Aber es ist nicht Tim Siebert.«

»Ach was.« Das war Witta.

Marijke bedeutete ihr, still zu sein.

»Da muss gerade ein Mann die Praxis verlassen haben«, erklärte Kari. »Rotes T-Shirt, weiße Hose. Um die vierzig, rundlicher Typ, schütteres blondes Haar. Weiche Gesichtszüge, spärlicher Bartwuchs, volle Lippen, breite Nase. Ich habe Ihnen ein Foto geschickt.«

Marijke und ihre Freundinnen spähten durch die Windschutzscheibe. Das Foto war nicht nötig. Karis Beschreibung war so präzise, dass Marijke den Mann sofort entdeckte, auch wenn er eine blaue Windjacke übergezogen hatte, die das rote *Baby-Well*-T-Shirt verdeckte.

»Da.« Witta und Grethe zeigten mit ausgestreckten Zeigefingern auf den Mann, der genau auf sie zukam und im nächsten Moment ihren Wagen passierte, ohne sich um die vier aufgeregten alten Frauen im Inneren zu kümmern.

»Wer ist das?«, erkundigte sich Witta.

»Die dritte Hebamme. Gregor Wahls.«

»Eine männliche Hebamme?« Witta verzog das Gesicht.

»Warum denn nicht?«, sagte Alma vom Rücksitz aus. »Es gibt auch sehr einfühlsame Männer. Und furchtbar ruppige Frauen. Ich habe schon Krankenschwestern erlebt …«

»Kinder.« Marijke schnitt ihr mit einer raschen Handbewegung das Wort ab. »Können wir das später diskutieren?« Sie wandte sich wieder an Kari. »Was sollen wir tun? Diesen Wahls beschatten?«

»Natürlich tun wir das«, verkündete Grethe. »Frau Blom braucht Beweise.«

Marijke reichte Witta das Smartphone und startete den Motor. »Wir sind schon unterwegs.« Sie wartete, bis sich eine Lücke im Verkehr auftat, und wendete den Wagen dann schwungvoll. Die Reifen quietschten, und der Golf kam kurz ins Schleudern, aber gleich darauf hatte Marijke ihn wieder unter Kontrolle.

Witta neben ihr quiekte leise. Grethe schnaubte.

»Jetzt stell dich doch nicht so an.«

»Ich hänge eben an meinem Leben«, gab Witta zurück.

Grethe griff zwischen den Sitzen hindurch und schnappte sich Marijkes Telefon.

»Frau Blom? Machen Sie sich keine Sorgen. Wir kümmern uns um alles.«

»Seien Sie um Gottes willen vorsichtig.«

»Ja, ja. Uns passiert schon nichts. Gehen Sie einfach zurück in Ihren Kurs, wir holen Sie um sieben ab.« Damit beendete Grethe das Gespräch. Marijke sah im Rückspiegel, wie sie ein paarmal auf das Display tippte, ehe sie sich wieder zwischen den Sitzen nach vorn beugte und das Telefon in Richtung Scheibe hielt. Vermutlich hatte sie die Kamera aktiviert und schoss ein paar Fotos.

Gregor Wahls lief zügig die Süderstraße entlang in Richtung Norden. Marijke fuhr hinter ihm her und stoppte in regelmäßigen Abständen am Straßenrand, um den nachfolgenden Verkehr vorbeizulassen. Zum Glück war die Insel jetzt im Oktober nicht mehr so brechend voll wie in den Sommermonaten, so dass es nicht zu größeren Behinderungen kam, die die Hebamme auf die Verfolgerinnen aufmerksam gemacht hätte.

Wahls marschierte bis zum Rathaus und überquerte dort die Straße. Marijke vollführte erneut ein gewagtes Wendemanöver und parkte den Golf direkt vor der Sparkasse, so wie sie es auch tat, wenn sie Geld brauchte. Sie hatte die Erfahrung gemacht, dass sich niemand darüber beschwerte, wenn vier hochbetagte Damen den kürzesten Weg zum Geldautomaten wählten.

»Du bleibst im Auto«, sagte Grethe zu Witta. »Mit deinem verstauchten Fuß kommst du ohnehin nicht hinterher. Und einen weiteren Unfall brauchen wir nicht.«

»Ja, ja.« Witta richtete ihre Dauerwelle. »Es muss ja auch jemand hierbleiben und auf den Wagen achtgeben.«

»Genau.« Grethe ließ der Freundin die Ausrede, damit sie ihr Gesicht wahren konnte, und sprang aus dem Fahrzeug. Marijke und Alma folgten ihr.

Gregor Wahls lief die Strandstraße entlang. Grethe, Alma und Marijke hielten sich dicht hinter ihm, doch Wahls beachtete sie nicht. Auch im Oktober herrschte hier in der Fußgängerzone noch genügend Betrieb. Irgendjemand lief immer hinter einem her. Es war kaum möglich zu unterscheiden, ob eine Person mit Absicht oder nur aus Zufall denselben Weg nahm, und drei alte Damen waren in dieser Umgebung alles andere als auffällig.

Alma warf einen begehrlichen Blick zum Café Wien hinüber, einer der wenigen Konditoreien, die Almas hohen Ansprüchen gerecht wurde. Witta, die im Wagen warten musste, liebte dagegen vor allem die leckeren Trüffel aus der zugehörigen Sylter Schokoladenmanufaktur.

»Wenn Frau Blom diesen Abrechnungsbetrug geklärt hat, gehen wir hier alle zusammen ein Stück Torte essen«, schlug

Marijke vor, und nicht nur Alma, sondern auch Grethe nickte energisch.

Die männliche Hebamme dagegen zeigte kein Interesse an Schokolade und Sahnetorte, ebenso wenig wie an der Auslage der anderen Geschäfte. Auch die Herrenmode auf der rechten Seite hinter der Kreuzung zur Elisabethstraße ignorierte Wahls. Kurz dachte Marijke, er würde die Praxis ihres Hals-Nasen-Ohren-Arztes betreten, doch auch das tat er nicht. Stattdessen ging er zielstrebig auf das letzte Gebäude an der Ecke zur Andreas-Dirks-Straße zu.

■ ■ ■

Der grüne Smoothie schmeckte weitaus besser, als Jonas Voss erwartet hatte, und auch Hannah schien positiv überrascht. Ingo Strecker sah es mit Befriedigung. Seine Abwehrhaltung löste sich auf. Stattdessen kam der engagierte Fitnesstrainer zum Vorschein, und ehe sie es sich versahen, wurden Jonas und Hannah ausführlich über die richtige Lebensweise zur Vermeidung frühzeitigen Alterns und körperlichen Verfalls belehrt. Voss, der sich zwischenzeitlich beinahe wohlgefühlt hatte, verspürte ein wachsendes Unbehagen. Was Strecker erläuterte, hatte große Ähnlichkeit mit dem, was ihm Kari immer wieder predigte.

Dabei war er kein unsportlicher Typ. Als Vater von zwei bewegungsfreudigen Kindern und Sohn eines äußerst agilen Vaters kam er gar nicht dazu, sich gehen zu lassen, und wann immer er konnte, fuhr er mit dem Rad zur Arbeit. Trotzdem hatte seine Kondition nachgelassen, und schnelles Rennen oder das Bewältigen vieler Treppenstufen hatte noch nie zu seinen Stärken gehört. Auch Karis Leidenschaft für das Joggen konnte er nicht teilen. Es lag ihm nicht, und er hatte keine Lust, sich zu quälen.

Das Klappern der Wohnungstür erlöste ihn. Heike Langer schoss in die Küche wie der Korken aus einer Sektflasche, ein fröhliches Lächeln auf den Lippen.

»Wir haben Besuch?« Ihre Euphorie fiel in sich zusammen, als sie die Gäste erkannte. »Ach, Sie.«

Ingo Strecker fasste sie an den Oberarmen und drückte ihr einen Kuss auf die Stirn. »Dein Ex hat Drohbriefe bekommen«, erklärte er.

»Na und?«

»Wir brauchen Ihre Fingerabdrücke zum Vergleich«, sagte Hannah und holte das Tablet und den mobilen Fingerabdruckscanner aus ihrer Handtasche. »Damit wir ausschließen können, dass die Briefe von Ihnen stammen.«

Heike Langer setzte sich auf einen der Hocker, warf ihre tiefschwarzen Haare zurück und verschränkte die Arme vor der Brust ihres pinkfarbenen Sportoberteils.

»Haben Sie einen Beschluss?«, fragte sie. »Oder sind wir dazu verpflichtet, Ihnen unsere Fingerabdrücke zu geben?«

»Nein«, sagte Jonas Voss. »Im Augenblick ist das freiwillig.«

Erst wenn die Kriminaltechnik tatsächlich Fingerabdrücke auf den Drohbriefen fand, änderte sich die Situation. Dann durfte man verdächtigen Personen auch gegen deren Willen Abdrücke abnehmen. Und verdächtig war die Ex-Frau des Toten allemal.

Ingo Strecker, der sich abgewandt hatte, um seiner Lebensgefährtin ebenfalls einen Smoothie zu mixen, drehte sich zu Heike Langer um.

»Wo ist das Problem?«, fragte er. »Gib ihnen deine Abdrücke, dann sehen sie, dass du nichts damit zu tun hast.«

Er kam mit dem Smoothie-Glas zurück und stellte es vor Heike Langer auf den Tresen.

»Ich meine, wie blöd ist das?« Er tippte auf die Ausdrucke. »*Du wirst in einen tiefen Abgrund stürzen*? So was schreibe ich doch nicht, wenn ich es wirklich tun will.«

Heike Langer umklammerte das Glas. Die grüne Flüssigkeit bildete einen interessanten Kontrast zu ihren grellrot lackierten Fingernägeln.

»Was?« Ingo Strecker sah seine Lebensgefährtin fragend an.

»Ich will nicht.« Heike Langers Stimme hatte den Tonfall eines nörgelnden Kindes.

»Du machst dir die Finger nicht schmutzig«, erklärte Strecker. »Das ist nicht so wie früher im Fernsehen mit Stempelkissen und Pappkarten. Du musst einfach nur die Finger auf diesen kleinen Kasten da legen.«

Heike Langers Augen sprühten Blitze in Streckers Richtung, doch der schien nichts davon zu bemerken. »Sie haben gesagt, ich muss nicht.«

»Nein.« Hannah machte Anstalten, das Mobilgerät wieder einzustecken. »Aber es macht Sie natürlich verdächtig, wenn Sie sich weigern.«

»Sie verdächtigen mich doch ohnehin.«

Strecker donnerte die Faust auf die Arbeitsplatte der Kochinsel. »Nun mach es doch einfach. Sonst stehen die hier jeden Tag auf der Matte.«

Hannahs Hand mit dem Mobilgerät verharrte über der Handtaschenöffnung. »Ja? Nein?«

Heike Langer setzte das Glas an die Lippen und leerte es in einem Zug. Ein dünner Schnurrbart aus Grünkohl und Kiwi blieb auf ihrer Oberlippe zurück, nicht unähnlich dem Bärtchen ihres Partners.

»Ja, verdammt.« Sie setzte das Glas mit einem Knall auf der Platte ab und funkelte Ingo Strecker an. »Ich habe Wolf diese Briefe geschickt. Aber ich habe ihn nicht vom Kliff gestoßen.«

Hannah stellte das Mobilgerät auf den Tisch. Im Grunde waren die Abdrücke nicht mehr nötig, wenn es ein Geständnis gab, aber es war immer besser, Ermittlungsergebnisse wasserdicht zu machen. Schließlich konnte ein Geständnis auch widerrufen werden.

Strecker starrte seine Lebensgefährtin an. »Warum hast du das gemacht?«

»Weil ich sauer auf Wolf war. Er hat mich über den Tisch gezogen. Sechsundzwanzig Jahre Ehe, und am Ende stehe ich mir leeren Händen da. Ich wollte, dass er Angst hat.«

»Wissen Sie, wie Ihr Ex-Mann auf die Briefe reagiert hat?«, erkundigte sich Voss.

»O ja.« Heike Langer ballte die Fäuste. »Die ersten vier hat er ignoriert, aber nach dem fünften hat er mich angerufen.«

»Was hat er gesagt?«

»Dass er die fünfundzwanzigtausend Euro zurückfordert, die er mir aus reiner Großmütigkeit zugebilligt hat, wenn er noch einmal ein solches Schreiben vorfindet.«

»Daraufhin haben Sie ihn vom Roten Kliff gestoßen«, sagte Hannah.

»Nein. Daraufhin habe ich aufgehört, ihm Briefe zu schreiben.« Langer fuchtelte mit den Händen. »Was hätte ich denn davon gehabt, ihn zu töten? Ich erbe ja nichts.«

»Rache. Genugtuung. Den Triumph, dass Sie vielleicht das Geld verloren haben, er aber sein Leben.«

Heike Langer legte die Hände auf die Tischplatte und atmete tief durch. »Nein«, sagte sie ruhig. »Ich habe Wolf nicht ermordet.« Sie schaute Jonas an. »Was kann ich tun, damit Sie mir glauben?«

»Beginnen wir doch damit, dass Sie uns Ihre Fingerabdrücke geben«, schlug Hannah an seiner Stelle vor und schob ihr den Scanner hin.

»Also gut.« Heike Langer seufzte.

Hannah koppelte das Mobilgerät an ihr Tablet, und Heike Langer legte ihre Finger auf das Display.

Ingo Strecker tigerte unterdessen heftig atmend in der Küche hin und her. »So blöd«, murmelte er. »Wie kann man nur so blöd sein?«

Heike Langer hörte sich das Lamento eine Weile an, dann fuhr sie plötzlich wie eine Furie zu ihm herum. »Hör auf!«, brüllte sie ihn an. »Du verstehst überhaupt nichts.«

»Stimmt.« Strecker blieb vor ihr stehen. »Ich verstehe dein Problem nicht. Wir haben doch alles, was wir brauchen.« Er breitete die Hände aus. »Wir haben eine schöne Wohnung, und ich habe einen Job, mit dem ich genug verdiene, um hier auf der Insel zu leben. Was willst du mehr? Wir brauchen die ganze Kohle von deinem Ex nicht.«

Heike Langer schnaubte. »Du hast keine Ahnung, Ingo. Weil du gar nicht weißt, wie es ist, auf der Sonnenseite zu stehen. Du begreifst nicht, was ich verloren habe.«

»Was denn? Du hast in einem goldenen Käfig gelebt, und jetzt bist du frei.«

Langer seufzte. »Ich werde alt, Ingo. Jugend und Schönheit kosten Geld. Geld, das ich nicht mehr habe.«

»Du brauchst keine Pillen und keine Schönheits-OPs. Sport und gesunde Ernährung – das reicht.«

»Das sagst du jetzt.«

Jonas suchte Hannahs Blick. Der Streit würde nicht so schnell beigelegt werden, und er hatte keine Lust, länger zuzuhören. Die beiden hatten ohne Zweifel Probleme, aber so, wie es aussah, hatte weder Heike Langer noch Ingo Strecker die Lösung darin gesehen, Dr. Wolf Lindner zu töten.

Vielleicht hatte Kari doch recht, und der Mord hatte tatsächlich etwas mit dem Abrechnungsbetrug zu tun, dem sie auf der Spur war?

Er würde noch einmal mit ihr reden müssen, genau wie mit Finja. Zwei Gespräche, auf die er sich nicht freute. Aber die beiden waren seine Familie, und man musste auch die unangenehmen Dinge zusammen durchstehen, genau wie Langer und Strecker.

»Danke für Ihre Zeit«, sagte Jonas laut. »Wir verabschieden uns fürs Erste. Wenn Ihnen noch etwas einfällt, das uns bei unseren Ermittlungen im Mordfall Lindner helfen könnte, melden Sie sich bitte bei uns.«

Langer und Strecker unterbrachen ihren Streit und sahen Voss und Behrends an. Beide schienen peinlich berührt, dass sie sich so hatten gehen lassen.

»Ich bringe Sie zur Tür«, sagte Ingo Strecker und geleitete sie durch den Flur.

»Bitte«, sagte er, als er die Wohnungstür öffnete. »Sie dürfen nicht denken, dass Heike ihren Mann ermordet hat. Sie war wütend auf ihn, und sie kann schon mal aus der Haut fahren, aber sie würde keiner Fliege etwas zuleide tun.«

»Und Sie?«, fragte Hannah.

»Ich hätte Lindner mit einer Hand zerquetschen können«, sagte Strecker. »Aber ich bin Pazifist.«

18. Die Geburtsvorbereitungsgruppe verließ schwatzend den Kursraum und bewegte sich zu den Spinden. Kari öffnete ihren Schrank und zog ihre Handtasche heraus. Ein rascher Blick auf das Display ihres Smartphones zeigte, dass sie eine Nachricht von der Häkelmafia bekommen hatte.

»Gehen wir noch etwas trinken?«, fragte Merle Gräbner munter. »Das war so nett gestern im Café Orth.«

»Gern«, stimmte Lena Finke zu. Sie nahm ihre Handtasche aus dem Spind und holte ihr Portemonnaie hervor. »Aber nur, wenn ich euch einladen darf. Ich habe nämlich heute Geburtstag.«

»Ach«, sagte Merle. »Wie schön.«

Alle umringten Lena, die die Glückwünsche lächelnd entgegennahm, ehe sie ihre Geldbörse öffnete.

»Nanu?« Lena runzelte die Stirn. »Ich hätte geschworen, dass ich einen Hundert-Euro-Schein eingesteckt habe.« Sie kniff die Augen zusammen. »Ich habe ihn extra auf den Tisch mit den Glückwunschkarten gelegt. Aber anscheinend habe ich ihn dann doch vergessen.« Sie zuckte mit den Schultern und verschloss das Portemonnaie wieder. »Diese Hormonumstellung bringt einen ganz schön durcheinander, nicht wahr? Früher ist mir so etwas nicht passiert.«

Die anderen murmelten zustimmend. Kari schaute auf die Nachricht, die Marijke Meenken ihr geschickt hatte.

»Gregor Wahls ist nicht zu einer Arztpraxis gegangen, sondern zum Buchmacher in der Strandstraße«, hatte die Kapitänswitwe geschrieben. »Wir haben gewartet, bis er das Wettbüro wieder verlassen hat, und haben den Buchmacher dann ausgequetscht. Wahls macht Pferdewetten. Hundert Euro hat er eingesetzt, für ein Pferd mit einer sehr hohen Quote. Das bedeutet, dass es mit großer Wahrscheinlichkeit nicht gewinnt. Der Buchmacher sagt, Wahls kommt regelmäßig, wenigstens ein- oder zweimal in der Woche. Er zahlt viel ein, aber er gewinnt so gut wie nie.«

»Was ist das?«, fragte Merle und beugte sich neugierig zu

Kari, um einen Blick auf ihr Smartphone zu werfen. »Post von deinem Liebsten? Dem Vater deines Kindes?«

»Nein, nein. Das ist dienstlich.« Kari schaltete das Smartphone rasch aus und steckte es zurück in die Handtasche.

»Dienstlich?« Merles Augen blitzten. »Was hast du denn für einen Beruf? Und was hat der mit Pferdewetten zu tun?« Offenbar hatte sie einen Teil der Nachricht gelesen.

»Ich bin Schriftstellerin«, erklärte Kari. »Ich schreibe gerade mit Frau Bachmann an einem Ratgeber für Schwangere.«

»Und darin kommen Pferdewetten vor?«

»Nein. Das ist eine andere Geschichte. Die alte Dame, bei der ich wohne, wenn ich auf Sylt bin, hat da etwas aufgeschnappt. Über Spielsucht. Sie meint, ich könnte vielleicht einen Artikel daraus machen.«

Annika, zukünftige alleinerziehende Mutter aus Überzeugung, rückte näher. »Schriftstellerin? Das ist ja spannend. Hast du schon etwas geschrieben, das man im Laden kaufen kann?«

»Nein.« Kari setzte die zerknirschte und ein wenig peinlich berührte Miene auf, die sie für diese Rolle einstudiert hatte. »Bis jetzt lief es nicht so toll. Ich habe noch keinen Verlag. Aber ich hoffe, dass ich irgendwann den Durchbruch schaffe. Vielleicht ja mit dem Ratgeber.«

»Ich drücke dir die Daumen«, sagte Merle herzlich.

Lena warf noch einmal einen Blick in ihre Geldbörse und steckte sie dann kopfschüttelnd zurück in die Handtasche. »Offensichtlich habe ich den Hunni zu Hause liegen lassen. Das heißt, ich kann euch erst morgen einladen. Es sei denn, jemand kann mir etwas leihen?«

»Leider nicht. Und ich habe auch keine Zeit mitzukommen«, sagte Kari. »Meine Vermieterin ist schon auf dem Weg, um mich abzuholen.«

»Sie will ihre Pferdegeschichte loswerden, richtig?«, vermutete Merle.

»Genau.« Kari lächelte, während sie überlegte, was Lena tun würde, wenn sie zu Hause feststellte, dass der Hundert-Euro-Schein nicht bei den Glückwunschkarten lag. Mit ziemlicher Sicherheit war es ja genau dieses Geld, das Gregor Wahls beim Buchmacher eingezahlt hatte. Aber was bedeutete das für Karis Ermittlungen? Hatten Ole Lund und sein Freund, der Staatsanwalt Magnus Richter, sich getäuscht, und der Betrug, der bei *Baby-Well* stattfand, betraf nicht die Krankenkassen, sondern einzig und allein die Patientinnen? Oder gab es hier gleich mehrere Betrüger?

Kari musste dringend mit Ole telefonieren und ihre Gedanken sortieren.

Die anderen Frauen stöberten in ihren Handtaschen und machten bedauernde Gesten in Lenas Richtung.

»Ich habe auch kein Geld mehr im Portemonnaie«, stellte Merle fest. »Nur noch zehn Euro, dabei dachte ich, ich hätte noch mindestens fünfzig. Aber ihr kennt das ja. Man geht in den Drogeriemarkt, um einen Lippenstift zu kaufen, und hinterher steht man mit einer ganzen Tasche voller Zeugs und einer leeren Geldbörse vor dem Geschäft.«

Kari kannte das nicht, nickte aber trotzdem, genau wie die anderen Frauen.

»Ich habe nur fünf Euro«, verkündete die siebzehnjährige Lia, die noch bei ihren Eltern wohnte.

Elisa sah gar nicht erst nach. »Ich habe nichts.« Sie und ihr Mann arbeiteten in einem schicken Sylter Hotel, wohnten selbst aber in einer heruntergekommenen, jedoch keinesfalls billigen Wohnung in einem der älteren Hochhäuser im Norden von Westerland und kamen mit dem Geld kaum über die Runden. Am gestrigen Abend hatte Kari die junge

Frau eingeladen, sonst wäre Elisa direkt nach Hause gefahren.

Annika holte ihr Portemonnaie hervor und hob die Augenbrauen, als sie einen Blick hineinwarf. »Du hast recht«, sagte sie zu Merle. »Man wird unglaublich verschwenderisch in der Schwangerschaft.« Sie lachte unfroh. »Das ist nicht das erste Mal, dass ich hier stehe und feststelle, dass schon wieder weniger Geld im Beutel ist, als ich dachte.« Sie zuckte mit den Schultern. »Sorry. Ich kann dir auch nicht aushelfen.«

»Also verabreden wir uns für morgen«, sagte Lena munter. »Dann bringe ich den Hunni von zu Hause mit und lade euch alle ein.«

»Abgemacht.« Die sechs Frauen umarmten sich und verließen geschlossen die Praxis. Merle deutete zu dem weißen Golf Sportsvan, der auf der gegenüberliegenden Straßenseite parkte. Die Innenbeleuchtung war eingeschaltet und warf ihr Licht auf die vier alten Frauen, die im Wagen saßen und erwartungsvoll zu *Baby-Well* herübersahen.

»Das ist deine Vermieterin, stimmt's?«, fragte Merle.

»Ja. Zusammen mit ihren drei Häkelfreundinnen. Reizende alte Damen, aber fürchterlich neugierig.«

Merle lachte. »So wird man eben, wenn im eigenen Leben nicht mehr so viel passiert.« Sie blinzelte Kari zu. »Halt dir die Frauen warm. Es ist immer toll, wenn man jemanden zum Aufpassen hat. Vier Großmütter sind ein echter Lottogewinn, glaub mir.«

Merle war die Einzige aus der Gruppe, die bereits ein Kind hatte.

»Danke für den Tipp«, sagte Kari. »Ich werde daran denken.«

Die Vorstellung, dass ihr Krümelchen nicht nur ihre eigene Mutter als Oma hätte, gefiel ihr. Nichts gegen eine Psychotherapeutin, die wusste, was gut für ein Kind war, aber die unternehmungslustige Häkelmafia wäre eine schöne Ergänzung zu Karis intellektueller Familie. Schließlich sollte nicht die ganze Verantwortung für den Spaß im Leben des Krümelchens an Jonas' Vater Redlef hängenbleiben.

»Also dann, bis morgen«, sagte Kari und winkte den anderen Frauen, ehe sie über die Straße eilte und neben Marijke auf den Beifahrersitz rutschte.

• • •

Jonas Voss hatte bereits den Tisch gedeckt, als Hannah und Maximilian mit einer Plastikbox mit zwei abgedeckten Schalen, einer großen und einer kleinen, vor der Tür standen. Voss umarmte Hannah, nachdem sie die Box abgestellt hatte, und schüttelte Maximilian die Hand. Wie jedes Mal, wenn er die beiden traf, stellte er mit leisem Neid fest, wie wunderbar sie harmonierten. Maximilian Kirschstein war ein geradliniger und positiver Mensch, und man sah Hannah an, dass sie sich bei ihm geborgen fühlte.

Der Galerist mit den modisch geschnittenen blonden Haaren und den unglaublich blauen Augen trug wie fast immer Jeans, einen flauschigen blauen Pullover und ein langärmeliges Hemd. Wie Voss mittlerweile wusste, verbarg er darunter eine hässliche Narbe am Arm, die von einer Kinderfreizeit stammte. Ein Betreuer hatte ihm damals eine schlimme Brandwunde zugefügt. Eine schreckliche Vorstellung für Voss, der lange Ärmel verabscheute und bei jeder sich bietenden Gelegenheit die Ärmel von Hemd und Jacke bis zu den Ellenbogen hochschob.

Er ging den beiden voran in die Küche und schaltete den Backofen ein. Hannah hängte ihre Jacke an die Garderobe im Flur, Maximilian zog seinen Pullover aus und warf ihn über einen der Küchenstühle. Die Manschetten seines Hemds ließ er geschlossen.

Hannah nahm die größere Schale aus der Plastikbox, die sie auf den Küchentisch gestellt hatte, entfernte die Abdeckung und schob die Schale, deren Inhalt mit einer dicken Schicht Tomatensauce und Schafskäse bedeckt war, in den Ofen.

Voss entkorkte eine Flasche italienischen Rotwein. »Lasst uns ins Wohnzimmer gehen«, schlug er vor. »Der Auflauf braucht ja noch eine Weile.«

Sie setzten sich um den Tisch herum mit Blick auf die Terrasse. Voss verteilte den Rotwein auf die bereitstehenden Gläser, und sie stießen an.

»Danke für die Einladung«, sagte Hannah, und Maximilian nickte. Jonas winkte ab.

»Ich habe zu danken. Ihr habt das Essen mitgebracht. Ich musste ja nur den Wein kaufen.«

»Wir machen das gern.« Hannah nahm Maximilians Hand und schaute auf die bunten Solarleuchten, die überall im Garten verteilt standen. »Hübsch«, sagte sie.

»Die hat Finja aufgebaut«, erklärte Jonas. »Für eine Photovoltaik-Anlage ist das Dach leider zur falschen Seite ausgerichtet, aber mit den Gartenleuchten nutzen wir zumindest einen Teil des Sonnenlichts.«

Hannah neigte den Kopf. »Wo ist sie denn? Deine Tochter?«

Voss richtete die Augen zur Decke. »Sie wollte eigentlich fertig sein, wenn ihr kommt.«

Finja schätzte nicht nur Hannah sehr, sondern auch Maximilian, weil der Galerist sich neben der Kunst auch für den Umweltschutz engagierte.

»Und Jasper und dein Vater?« Hannahs Blick glitt über den Tisch, auf dem nur vier Gedecke standen.

»Die sind mit der ›Andina‹ draußen«, erklärte Jonas. »Redlef hat ein neues Angebot im Programm, Kutterfahrten auf der Nordsee bei Nacht. Heute ist die Premiere, und Jasper wollte unbedingt dabei sein. Mir ist das ganz recht, dann können wir ungestört mit Finja reden. Jasper ist ein toller Junge, aber er liebt es, seine große Schwester auf die Schippe zu nehmen. Das macht es ihr manchmal schwer, sich zu öffnen. Ich hatte den Eindruck, sie freut sich, dass sie euch heute Abend für sich allein hat. Deswegen dauern wahrscheinlich auch die Vorbereitungen länger.«

»Gut.« Hannah lächelte und warf Maximilian einen raschen Seitenblick zu. »Dann können wir ja schnell noch das Dienstliche erledigen ...«

Kirschstein streichelte ihre Hand und erhob sich. »Ich schaue in der Zwischenzeit nach dem Auflauf«, erklärte er und verschwand in die Küche.

»Du hast wirklich Glück mit Maximilian«, bemerkte Voss.

»O ja.« Hannah strahlte. Sie strich mit den Fingern ihren blonden Bob zurecht und holte ihr Tablet aus der Handtasche. »Die Kollegen von der Kriminaltechnik haben sich gemeldet«, berichtete sie. »Es gibt Fingerabdrücke auf den Drohbriefen, die Dr. Lindner erhalten hat. Sie stimmen mit denen seiner Ex-Frau Heike Langer überein. Von Ingo Strecker dagegen gibt es keine.«

»Also haben die beiden bezüglich der Briefe die Wahrheit gesagt.«

»Offenbar ja. Die Frage ist, ob auch der Rest stimmt. Heike Langer ist verdammt wütend, weil ihr Ex sie bei der Scheidung über den Tisch gezogen hat. Und Strecker hat zwar angeblich kein Interesse an Lindners Geld, aber trotzdem könnte die Sache sein Ego beschädigt haben. Immerhin wirft Heike Langer ihm beständig vor, dass er ihr nicht den

Lebensstil bieten kann, den sie gewohnt war«, sagte Hannah.

Jonas Voss dachte darüber nach. »Die beiden bleiben natürlich verdächtig«, bestätigte er. »Allerdings fand ich Ingo Strecker überzeugend. Er ist ja eher schlicht gestrickt, aber vielleicht hilft ihm genau das, klare Prioritäten zu setzen. Er will sein Leben genießen und nicht für einen Mord ins Gefängnis wandern, der ihm nichts bringt. Auch wenn Lindner tot ist – Heike Langer wird nicht aufhören, die beiden Männer miteinander zu vergleichen und Strecker an ihrem Ex zu messen.«

»Stimmt.« Hannah tippte etwas in ihr Tablet. »Und was ist mit Heike Langer selbst?«

»Ich könnte mir vorstellen, dass sie ihm im Affekt einen Stoß versetzt, wenn sich die beiden zufällig oben auf dem Kliff treffen und in Streit geraten«, überlegte Jonas. »Aber dass sie ihn gewaltsam zur Kliffkante zerrt und hinunterstößt? Das ist kein Affekt, sondern ein vorsätzlicher Mord.«

Hannah nickte. »Außerdem hätte Lindner seine Ex-Frau dazu sehr nah an sich heranlassen müssen. So, wie Langer und Strecker die Trennung geschildert haben, erscheint das nicht sonderlich plausibel.« Sie schaltete ihr Tablet aus und steckte es zurück in die Tasche. »Das heißt, wir stehen wieder bei null?«

Jonas fuhr sich durch die widerspenstigen Locken. »Wir hätten noch Karis Theorie. Dass der Mord etwas mit dem Abrechnungsbetrug zu tun hat, den sie untersucht.«

»Gibt es da etwas Neues?«

»Keine Ahnung.« Jonas schnitt eine ärgerliche Grimasse. »Es herrscht ja mal wieder Funkstille.«

Hannah, die nur allzu gut wusste, dass Karis Undercover-Tätigkeit ein beständiges Reizthema in Jonas' und Karis Beziehung war, lachte. »Sie wird dir sicher über Kriminalrat Lund Informationen zukommen zu lassen, wenn es nötig ist. Und privat wird sich auch alles einrenken, wie immer. Du kennst das doch. Du kannst dich darauf verlassen, dass es funktioniert, auch wenn es zwischendurch knirscht. Immerhin hat Kari Ja dazu gesagt, mit dir gemeinsam durchs Leben zu gehen.«

Jonas verzichtete auf die Anmerkung, dass seine und Karis Vorstellungen von Gemeinsamkeit weit auseinanderklafften. Hannah und er hatten dieses Thema oft genug durchgekaut.

Er vernahm Schritte im Treppenhaus und die Stimmen von Finja und Maximilian, die sich in einer Tonlage begrüßten, die frappierend an Vogelgezwitscher erinnerte. Das wechselseitige Entzücken über das Zusammentreffen war nicht zu überhören, auch wenn Voss die Worte, die ausgetauscht wurden, nicht verstand.

Die Tür zum Wohnzimmer öffnete sich, und seine Tochter trat ein, geleitet von Maximilian, der ihr gentlemanlike eine Hand an den Ellenbogen gelegt hatte.

Jonas bekam den Mund kaum wieder zu. Finja, normalerweise in schlichtem Braun und Beige gekleidet, die langen dunklen Haare glatt zurückgekämmt und ohne eine Spur von Make-up, hatte sich für den Besuch in Schale geworfen.

Das Haar war zu einem kunstvollen Knoten am Hinterkopf aufgesteckt. Die Lippen glänzten in einem zarten Rot, die schwarz getuschten Wimpern verliehen ihren Augen etwas Geheimnisvolles. Das schmalgeschnittene schwarze Kleid machte aus der Studienanfängerin eine junge Frau, die problemlos als erfolgreiche Geschäftsfrau oder Anwältin durchgegangen wäre. Auch die hochhackigen schwarzen Pumps hatte Voss noch nie an ihr gesehen.

Rasch blickte er an sich selbst hinunter, auf das blaue Baumwollhemd mit den aufgerollten Ärmeln, die verwaschene braune Baumwollhose und die sandfarbenen Boots, denen man ansah, dass sie bereits viele Kilometer zurückgelegt hatten, und kam sich auf einmal schäbig vor.

Hannah, ebenso wie Maximilian mit modischen Jeans und einem hübschen blauen Pullover bekleidet, stand auf. Sie umarmte Finja und hielt sie dann auf Armlänge von sich weg.

»Du siehst toll aus.«

»Danke.« Finja wirkte kein bisschen verlegen. Sie ging zu ihrem Platz und setzte sich auf den Stuhl, den Maximilian ihr zurechtrückte.

»Wein?«, fragte der Galerist und schwenkte die Flasche über ihr Glas.

Jonas sah, wie Finjas Lächeln für den Bruchteil einer Sekunde bröckelte.

»Nein. Danke. Nur Wasser«, sagte sie dann. Ihre Miene war immer noch freundlich, doch Jonas hatte trotzdem das Gefühl, dass eine unsichtbare Glasscheibe zwischen ihnen hochgefahren war. Wieder einmal.

Maximilian nahm die Wasserflasche vom Tisch und schenkte Finja ein. Anschließend schaute er auf die Uhr. »Ich denke, der Auflauf ist so weit«, verkündete er und ging in die Küche.

Jonas wäre ihm am liebsten hinterhergelaufen, um dem Spannungsfeld zu entgehen, das plötzlich um den Tisch herum entstanden war, aber das hätte zu sehr nach Flucht ausgesehen. Also lächelte er mühsam, genau wie seine Tochter, während ihm gleichzeitig hundert Gedanken durch den Kopf schossen.

In den letzten Tagen war Finja ständig übel gewesen, und nun verweigerte sie den Wein, obwohl sie sonst gerne einen Schluck Sekt oder Prosecco zum Anstoßen nahm und auch gelegentlich etwas Wein zum Essen trank.

Jonas musste an Jaspers Sticheleien beim Abendessen vor zwei Tagen denken. Hatte sein Sohn recht, und seine Tochter war tatsächlich schwanger?

Maximilian trug die dampfende Schale mit dem Auflauf herein und platzierte sie auf dem dicken Holzbrett, das Jonas in der Tischmitte bereitgelegt hatte. Der Galerist verteilte das Essen auf die Teller und wünschte allen einen guten Appetit.

Finja schob sich eine Gabel voll in den Mund und seufzte. »Hm. Lecker.«

»Das freut mich«, sagte Maximilian.

Eine Weile lang aßen sie schweigend. Erst als sich alle nachgenommen hatten, ergriff Hannah das Wort.

»Dann geht es dir wieder besser?«, fragte sie und deutete auf Finjas Teller, den seine Tochter zum zweiten Mal reichlich mit Auflauf gefüllt hatte. »Dein Magen hat sich beruhigt?«

Finja sah zwischen Hannah, Maximilian und Jonas hin und her. »Ihr habt das extra gemacht, stimmt's? Dass Hannah und Maximilian ausgerechnet heute Abend kommen, wenn Jasper und Opa Redlef nicht da sind. Damit ihr mich gemeinsam in die Zange nehmen und ausquetschen könnt.«

»Nein. So war das nicht gemeint«, beteuerte Jonas. Er wollte wissen, was mit seiner Tochter los war, aber nicht den Eindruck erwecken, dass sie einer Inquisition gegenüberstand.

»Dein Vater macht sich Sorgen, Finja«, sagte Hannah warm. »Natürlich bist du erwachsen und kannst tun und lassen, was du willst, aber dein Vater liebt dich. Er möchte, dass es dir gut geht, und er quält sich, weil du nicht mit ihm redest.«

»So?« Finja sah Jonas feindselig an. »Ich dachte, es ist dir nur recht, wenn du dich nicht mehr um mich kümmern musst. Wo doch jetzt das neue Kind kommt.«

Jonas fühlte sich betroffen. Seit Finja und Jasper auf der Welt waren, waren die Kinder immer das Wichtigste für ihn gewesen. Er hatte sich bemüht, ihnen ein guter und liebevoller Vater zu sein, umso mehr, nachdem seine Ex-Frau Friederike die Familie verlassen hatte. Sicherlich war es ihm nicht immer gelungen, Beruf und Privatleben unter einen Hut zu bringen, und er hatte oft die Hilfe seines Vaters und viele Jahre lang auch die eines Kindermädchens in Anspruch nehmen müssen, aber er hatte immer ein offenes Ohr für die Sorgen und Nöte seiner Kinder gehabt und versucht, ihnen zur Seite zu stehen. Oder war das eine falsche Wahrnehmung? Fühlten sich Finja und Jasper vernachlässigt?

Bei seinem Sohn glaubte er das nicht, aber mit Finja war es schon immer schwierig gewesen. Ihr fehlte die Mutter, und sie hatte Kari von Anfang an nicht als Bezugsperson, sondern als Konkurrentin um die Gunst ihres Vaters wahrgenommen.

»Das ist nicht fair, Finja«, sagte Maximilian ruhig. »Jonas tut sein Bestes für Jasper und dich.«

»Vielleicht reicht das ja nicht?«, gab sich Finja bockig.

Hannahs Lebensgefährte ließ sich nicht beirren. »Ich glaube, du befindest dich gerade in einer sehr schwierigen Situation. Du bist mit dir selbst nicht im Reinen, und deshalb fällt es dir schwer, die Liebe zu spüren, die man dir entgegenbringt.«

»So?« Finjas Blick flackerte. Sie sah ihren Vater herausfordernd an. »Also bitte. Wenn du es unbedingt wissen möchtest: Ich bin schwanger. Aber ich will das Kind nicht.«

Für einen Moment war es so still im Wohnzimmer, dass man eine Stecknadel hätte fallen hören.

Jonas blinzelte. Er wusste nicht, was er sagen sollte.

Hannah war die Erste, die ihre Sprache wiederfand. »Bist du sicher?«, erkundigte sie sich.

Finja nickte niedergeschlagen. »Ich habe einen Test gemacht. Das Ergebnis ist eindeutig.«

»Und du kannst ausschließen, dass dir ein Fehler unterlaufen ist?«, hakte Hannah nach.

»Ja.« Finja sah ihren Vater an. »Frag Kari. Sie war dabei. Sie weiß ja, wie man so einen Test macht.«

Jonas fühlte sich wie vor den Kopf geschlagen. Die Frau, mit der er seit Jahren zusammen und seit einem halben Jahr verheiratet war, wusste, dass seine Tochter schwanger war, und sagte ihm nichts?

Hannah warf ihm einen mahnenden Blick zu. Es ging jetzt weder um ihn noch um seine Beziehung zu Kari. Das waren Probleme, mit denen er sich später beschäftigen konnte.

»Was hast du als Nächstes vor?«, fragte Hannah.

Finja schob sich eine Gabel voll Auflauf in den Mund. »Kari geht mit mir zum Frauenarzt und zur Familienberatung, wenn ich es will. Und dann entscheide ich, was ich tue.« Sie sah ihren Vater finster an. »Ich entscheide das, verstehst du? Nicht du.«

Jonas hob beschwichtigend die Hände. »Ich will dir keine Vorschriften machen. Du sollst nur wissen, dass ich für dich da bin, wenn du mich brauchst. Immer.«

Finjas Abwehrhaltung löste sich von einer Sekunde zur anderen in nichts auf. Ihre Lippen begannen zu zittern. Dicke Tränen lösten sich aus ihren Wimpern. Sie sprang vom Stuhl auf, doch sie lief nicht hinaus, wie Jonas es erwartet hatte, sondern kam zu ihm und schlang die Arme um seinen Hals. »Papa.«

Jonas umarmte seine Tochter und zog sie auf seinen Schoß.

Finja schluchzte wie das kleine Mädchen, das sie schon so lange nicht mehr sein wollte. Jonas strich ihr sanft über die seidigen dunklen Haare. So sehr ihn der Schmerz seiner Tochter bekümmerte, so sehr freute er sich auch, dass sie ihn endlich wieder an sich heranließ.

»Wir werden eine Lösung finden, mein Schatz«, versprach er leise. »Es gibt immer einen Weg.«

Über Finjas Kopf hinweg sah er zu Hannah und Maximilian und nickte ihnen zu, ein stummer Dank, dass sie ihm geholfen hatten, dieses Wunder zu bewirken.

19. Sie hatten sich wieder in Marijkes Wohnzimmer versammelt. Jede der Häkeldamen hatte ein Glas mit Küstennebel vor sich stehen, das sie sich, wie sie fanden, mit ihrer aufregenden Verfolgungsjagd verdient hatten. Dass es im Grunde nur ein paar hundert Meter gewesen waren, von der Sparkasse bis zum Aufgang zur Strandpromenade, spielte keine Rolle. Schließlich hatte im dichten Gedränge auf der Strandstraße beständig die Gefahr bestanden, die Hebamme Gregor Wahls aus den Augen zu verlieren, während sie zugleich genügend Abstand halten mussten, damit er nicht merkte, dass er beschattet wurde.

Kari, für die Marijke einen Früchtetee gekocht hatte, stimmte allem, was die Häkelfrauen sagten, zu. Was machte es schon, dass man von der Erzählung sicherlich ein paar Ausschmückungen abziehen musste, weil zum Beispiel das Gedränge auf der Strandstraße zu dieser Jahreszeit so dicht gar nicht gewesen sein konnte? Die vier waren ihr eine große Hilfe gewesen. Sie selbst hätte die Praxis von *Baby-Well* nicht einfach verlassen können, ohne Verdacht zu erregen.

Die weitaus größere Leistung der Häkelmafia bestand allerdings, wie Kari fand, darin, dass die alten Damen dem Buchmacher Informationen über Gregor Wahls entlockt hatten. Kari kannte sich in dem Geschäft nicht aus – für Wettbetrug gab es in ihrer Abteilung Spezialisten, die mit den Feinheiten dieser Branche vertraut waren, in der es häufig illegale Aktivitäten gab. Aber sie war sich ziemlich sicher, dass ein Buchmacher gewöhnlich nicht mit Auskünften über seine Kundschaft hausieren ging. Die Häkeldamen mussten ihr gesamtes Können aufgeboten haben. Kari bedauerte, dass sie nicht dabei gewesen war.

Witta, die ihren verstauchten Fuß auf dem ausfahrbaren Fußteil von Marijkes gutem Sessel gebettet hatte, streckte den Arm mit dem leeren Glas aus. Alma, wie immer darauf bedacht, alle ihre Freundinnen zufriedenzustellen, sprang sofort auf und schenkte eine neue Runde ein.

Die vier prosteten sich zu und tranken. Anschließend schaute Marijke nachdenklich in ihr leeres Glas und formulierte die Frage, die sich auch Kari schon gestellt hatte.

»Heißt das, dass wir uns getäuscht haben? Bei *Baby-Well* findet kein Abrechnungsbetrug, sondern nur schnöder Diebstahl statt? Oder gibt es gleich zwei Mitarbeiter, die sich an den Spinden zu schaffen machen?«

»Wenn man weiß, dass es geht ...«, meinte Grethe. »Vielleicht hat sogar der eine den anderen erst auf die Idee gebracht?«

»Oder es ist derselbe.« Kari wollte zunächst die Spur zu Gregor Wahls weiterverfolgen. Möglicherweise entwendete er ja nicht nur Geld, sondern auch Krankenkassenkarten? Sie würde Ole Lund bitten, Erkundigungen über den Mann einzuziehen.

Ob sie Jonas ebenfalls informieren sollte? Eventuell gab es ja auch eine Verbindung zum Mord an Dr. Wolf Lindner.

Sie hätte gern gewusst, was aus Jonas' Ermittlungen im Kreis von Linderns Angehörigen geworden war. Ob er Lund darüber in Kenntnis gesetzt hatte? Vermutlich nicht. Der

Mord war die Angelegenheit der Sylter Kriminalpolizei, nicht des LKA.

Sie warf einen Blick auf die Uhr. Es war noch nicht zu spät, um bei Jonas vorbeizuschauen. Dabei könnte sie sich auch gleich nach Finja erkundigen. Das Unbehagen, das sie verspürte, schob sie beiseite. So groß war das Risiko nicht, dass man sie dort beobachtete. Von den Mitarbeitern von *Baby-Well* wohnte niemand in Keitum, und von den Teilnehmerinnen des Geburtsvorbereitungskurses ebenfalls nicht.

Früher wäre das kein Argument für sie gewesen. Die Wahrung ihrer Undercover-Identität hatte immer höchste Priorität gehabt. Aber mit dem Baby im Bauch war sie nicht nur weicher geworden, sondern offenbar auch mutiger.

Entschlossen leerte sie ihre Teetasse und stellte sie auf den Tisch. »Darf ich mir Ihr Fahrrad ausleihen?«, fragte sie Marijke Meenken. »Ich möchte noch kurz nach Keitum.«

»Zu Kommissar Voss?« Die Häkeldamen waren schneller auf den Beinen, als sich Kari aus ihrem Sessel hieven konnte.

»Wir fahren Sie«, verkündete Marijke.

»Sie können doch nicht das Rad nehmen«, fügte Witta Claaßen hinzu. »In Ihrem Zustand.«

»Sie ist schwanger, nicht krank«, bemerkte Grethe.

»Eben.« Witta griff nach ihrer Krücke und humpelte zur Wohnzimmertür.

Kari warf einen bedeutungsvollen Blick auf die Schnapsgläser auf dem Tisch. »Sind Sie sicher, dass *Sie* noch fahren können?«, fragte sie ihre Vermieterin.

»Natürlich.« Marijke Meenken nickte vehement. »Das waren nur zwei Gläschen. Null Komma sechs Promille vielleicht, und das erste ist schon fast eine halbe Stunde her, da können Sie ein halbes Promille abziehen. Damit bin ich noch im Toleranzbereich. Und solange wir keinen Unfall bauen ...«

»Das hat man nicht immer in der Hand«, wandte Kari ein und legte die Hand schützend über ihren Bauch. Auf keinen Fall wollte sie, dass ihrem Krümelchen bei einem Verkehrsunfall etwas zustieß.

Alma strich ihr über den Arm. »Deshalb wollen wir Sie ja hinbringen. Stellen Sie sich vor, Sie sind mit dem Rad unterwegs, und irgendein Betrunkener fährt Sie über den Haufen und Sie landen im nächsten Straßengraben. Da sind Sie im Auto sicherer. Marijkes Golf hat eine schöne Knautschzone und einen Beifahrer-Airbag.«

Kari musste zugeben, dass die Argumentation überzeugend war. »Okay«, stimmte sie zu. »Aber ich möchte mich noch kurz frisch machen.«

»Selbstverständlich.« Marijke wedelte mit den Händen, als wollte sie eine Schar Entenküken vor sich her treiben. »Lassen Sie sich ruhig Zeit. Umso mehr Alkohol habe ich abgebaut. Wir warten im Auto.«

»Schön.« Kari drängte sich an den alten Frauen vorbei, verließ Marijkes Haus und ging durch den Garten zu ihrem kleinen Ferienhaus. Bevor sie mit Jonas sprach, musste sie zumindest Ole Lund über die aktuelle Entwicklung in Kenntnis setzten.

Sie wollte schon die Tür ihrer Unterkunft aufschließen, entschied sich dann aber dagegen. Tatsächlich war es nicht nötig, die Kleidung zu wechseln. Sie hatte nur einen Moment durchatmen wollen. Und diesen Augenblick würde sie jetzt einfach noch ein wenig in die Länge ziehen. Für den Blutalkoholspiegel ihrer Vermieterin konnte das nur gut sein, und Jonas ging ohnehin immer spät zu Bett.

Sie drehte sich um, huschte durch den Garten und verließ das Grundstück, in derselben Sekunde, in der sich die Haustür öffnete und die Häkeldamen heraustraten. Rasch lief sie die Straße entlang und bog an der nächsten Ecke rechts ab. Von dort gelangte sie über einen kleinen, inoffiziellen Parkplatz direkt zu den Holzbohlenwegen, die durch die Braderuper Heide führten.

Es war ihre übliche Laufrunde, von der sie jetzt einen kleinen Teil ging, bis zu den beiden Bänken, auf denen sie schon so oft mit Jonas gesessen hatte, und von dort zum Strand. Ein Stück am Wattenmeer entlang, ehe eine hölzerne Treppe wieder nach oben führte.

Die Nacht war sternenklar. Die Wolken hatten sich verzogen, die Nässe des Tages hatte sich in hunderttausenden kleinen Tropfen auf dem Dünengras gesammelt, das im Mondlicht glänzte. Auch auf dem Meer, das in sanfter Dünung auf den Strand rollte, schimmerte es.

Kari atmete tief durch. So schön es an der Ostsee war, die salzige Luft und das Gefühl von Weite und Freiheit auf Sylt waren unvergleichlich, selbst hier auf der Ostseite der Insel, die nur durch einen schmalen Streifen Wattenmeer vom Festland getrennt war.

Sie nahm das Smartphone aus der Handtasche und tippte auf die Nummer von Ole Lund.

Wie fast immer meldete sich ihr Chef bereits nach dem ersten Klingeln.

»Kari«, sagte Lund. »Ich habe schon auf einen Anruf von dir gewartet. Gibt es etwas Neues?«

Kari informierte ihn rasch über die Ereignisse und Erkenntnisse des heutigen Tages. Dass nicht Dr. Lindner selbst, sondern seine Arzthelferin Cindy Kessler die Abrechnungen mit den Kassen veranlasste. Dass selbige Cindy den Physiotherapeuten Tim Siebert von *Baby-Well* geküsst hatte, was definitiv ein Betrug war, weil Siebert eigentlich mit der Hebamme Iris Asmussen liiert war. Und dass die männliche Hebamme Gregor Wahls sich an den Spinden zu schaffen machte und den Teilnehmerinnen des Geburtsvorbereitungskurses Geld entwendete, das er ins Wettbüro trug.

»Dafür, dass Wahls nicht nur das Geld, sondern auch die Krankenkassenkarten nimmt, gibt es aber keinen Beweis?«, konzentrierte sich der Kriminalrat sofort auf den zentralen Punkt.

»Nein. Entweder stimmt der Verdacht von deinem Staatsanwalt nicht, oder es gibt zwei Personen, die sich an den Spinden bedienen. Oder Wahls nimmt mal die Karten, mal das Geld, je nachdem, was er gerade besser gebrauchen kann.«

»Du solltest versuchen, mit dem Mann zu sprechen. Vielleicht lässt er ja irgendetwas raus«, schlug Lund vor. »Ich sorge derweil dafür, dass sich jemand über seine finanziellen Verhältnisse schlaumacht.«

»Ich werde auch Jonas informieren«, sagte Kari. »Es könnte ja sein, dass Wahls etwas mit dem Mord an Dr. Lindner zu tun hat.«

»So?« Lund klang nicht begeistert. »Weshalb überlässt du das nicht mir?«

»Weil ich ohnehin mit Jonas reden muss.« Kari hatte nicht vor, sich auf eine Diskussion einzulassen. »Es gibt da etwas zu klären. Dringend.«

»Okay.« Lund lenkte überraschend schnell ein, wahrscheinlich, weil es diesmal kein offizieller Undercover-Einsatz war, sondern eher eine private Ermittlung. Das Risiko, enttarnt zu werden, war dabei natürlich genauso groß wie sonst auch, aber Lund konnte die spezielle Situation nicht ignorieren, in der Kari sich befand. Dass sie überhaupt für ihn ermittelte, war ein Zugeständnis ihrerseits, also musste er ebenfalls Kompromisse eingehen.

»Aber du hältst mich auf dem Laufenden«, bat er.

»Auf jeden Fall.« Kari drückte das Gespräch weg und musste schmunzeln, als ihr aufging, dass sie dieses Mal den Part übernommen hatte, der sonst Lund vorbehalten war. Sie war nicht nur die Schauspielerin, sie führte auch Regie.

Eigentlich, überlegte sie, fühlte sich das gar nicht schlecht an. Vielleicht war es doch denkbar, dass sie eines Tages auch administrative Aufgaben im LKA übernahm und nicht mehr selbst im kriminellen Milieu ermittelte? Das würde ganz neue Perspektiven für ihre Beziehung zu Jonas bieten. Aber noch war sie nicht dazu bereit.

Sie steckte das Telefon zurück in die Tasche und machte sich an den Aufstieg. Hinter ihr schwappte das Meer im ewig gleichen, beruhigenden Rhythmus auf den Strand. Als Kari das obere Ende der Holztreppe erreicht hatte, war sie außer Atem, aber sie fühlte sich gut. Die Bewegung hatte ihr in den letzten Wochen gefehlt. In Zukunft würde sie wieder mehr nach draußen gehen.

Die vier alten Damen in Marijkes Wagen machten große Augen, als Kari nicht vom Garten, sondern von der Straße aus auf sie zukam. Grethe sprang heraus und hielt zuvorkommend die Beifahrertür für sie auf.

»Da sind Sie ja endlich«, murrte Witta Claaßen, als sie alle im Wagen saßen und Marijke schwungvoll in Richtung Keitum startete.

»Verzeihen Sie.« Kari lächelte die Landarztwitwe im Rückspiegel an. »Ich brauchte ein wenig frische Luft.«

»Das hätten Sie ja auch vorher sagen können. Ich bin vollkommen durchgefroren.«

»Nu stell dich doch nicht so an«, fuhr ihr Grethe über den Mund. »Die paar Minuten.« Sie musterte ihre Freundin missbilligend. »Du musst dir halt mal was Anständiges anziehen, nicht immer nur diese dünnen Fähnchen.«

Witta erwiderte den Blick mit derselben Herablassung. »Es gibt eben Frauen, die Wert auf ein modisches Erscheinungsbild legen, aber davon verstehst du ja nichts.«

»Pfff.« Grethe verzichtete auf die Fortsetzung der Diskussion. Stattdessen beugte sie sich zwischen den Sitzen nach vorn. »Wie ist es denn nu?«, fragte sie. »Mit der Tochter von Kommissar Voss. Die ist schwanger, oder?«

»Was? Schwanger?«, fuhr Witta auf. »Ich dachte, das Mädchen hätte sich den Magen verdorben.«

»Ja. Das hat sie gesagt. Aber ich wusste gleich, dass das nicht stimmt.«

»Ist das wahr?« Auch Alma beugte sich jetzt neugierig nach vorn, und Marijke schaffte es kaum noch, sich auf die Straße zu konzentrieren. Prompt fuhr sie am Kreisel falsch ab und landete statt im Zentrum von Keitum auf der Straße nach Westerland.

»Oh.« Sie drosselte das Tempo, versicherte sich im Rückspiegel, dass die Straße frei war und vollführte dann eines ihrer berüchtigten Wendemanöver.

»Marijke!«, kreischte Witta und tastete haltsuchend nach dem Griff über der Tür. »Du bringst uns noch alle um.«

»Du übertreibst mal wieder maßlos«, tadelte Grethe, die sich bei der schlingernden Fahrt bestens zu amüsieren schien.

Alma hielt sich wie immer aus dem Disput heraus, wirkte aber auch erleichtert, als Marijke nach Keitum abbog und das Tempo drosselte.

Grethe beugte sich wieder nach vorn. »Hab ich recht?«, insistierte sie. »Ist das Mädchen schwanger?«

Kari, die aus Erfahrung wusste, dass sie gegen die Verhörmethoden der Häkelmafia keine Chance hatte, gab klein bei.

»Ja«, sagte sie. »Wir haben einen Test gemacht. Er war positiv.«

»Also ist sie schwanger«, stellte Grethe befriedigt fest.

»Ach du liebe Zeit«, japste Witta. »Das Mädchen ist doch erst achtzehn.«

»Wer ist denn der Vater?«, erkundigte sich Alma.

Darüber wollte Kari lieber nicht allzu detailliert Auskunft geben. »Eine Urlaubsbekanntschaft.«

»Im letzten Sommer, stimmt's? Als Finja auf Norderney war, um Vögel zu zählen?«

Grethe war nicht nur geistig wach, sie hatte auch ein außerordentlich gutes Gedächtnis. Kari, die nicht einmal halb so alt war wie die Klempnerwitwe, beneidete sie gelegentlich darum. Sie selbst stellte schon seit einiger Zeit fest, dass Gedächtnisinhalte, die früher leicht und schnell zugänglich gewesen waren, sich zunehmend dem Auffinden widersetzten.

»Und nun?«, fragte Alma. »Will sie das Kind?«

»Das weiß sie noch nicht«, sagte Kari. »Ich gehe erst einmal mit ihr zum Frauenarzt und zur Schwangerenberatung.«

Marijke nickte beifällig. »Vielleicht ist der Test ja auch falsch«, meinte sie.

»Das kann nicht sein«, gab Witta von hinten ihr medizinisches Wissen zum Besten. »Der Test prüft das Vorhandensein des Schwangerschaftshormons HCG. Humanes Choriongonadotropin. Das wird nur gebildet, wenn eine Frau tatsächlich schwanger ist.«

»Könnte es nicht auch eine Zyste sein?«, fragte Marijke. »Es gibt doch Zysten, die Hormone bilden.«

»Richtig.« Witta war jetzt in ihrem Element. »Die sogenannten Gelbkörper-Zysten zum Beispiel. Sie bilden das Hormon Progesteron, das die Schwangerschaft aufrechterhält. Aber das HCG wird ausschließlich von der Plazenta gebildet, die nur dann entsteht, wenn sich ein befruchteter

Embryo eingenistet hat. Wenn HCG vorhanden ist, ist die Frau schwanger.«

Kari fragte sich, warum die Landarztwitwe in ihrem fortgeschrittenen Alter so gut über Schwangerschaftsdiagnostik informiert war, aber soweit sie wusste, las Witta immer noch die Arztzeitschriften, die ihr Mann abonniert hatte. Offenbar war auch sie mit einem alterungsresistenten Gedächtnis gesegnet.

Marijke bog in den Osterwai ein und stoppte vor Jonas' Haus. »Lassen Sie sich Zeit«, sagte sie zu Kari. »Wir warten.«

»Danke.« Kari stieg rasch aus, um nicht weiter mit den Häkeldamen über Finjas Schwangerschaft diskutieren zu müssen.

Sie kam allerdings vom Regen in die Traufe. Nachdem sie geklingelt hatte, riss Jonas die Haustür auf und starrte sie an.

»Kari. Was tust du hier? Und warum hast du mir nicht gesagt, dass Finja schwanger ist?«

Er hatte es also herausgefunden. Ob Finja es ihm freiwillig erzählt hatte?

»Lass uns erst mal ins Haus gehen«, bat Kari, um sich Zeit zu verschaffen.

Sie trat vor ihm ins Wohnzimmer und sah überrascht, dass Hannah Behrends und Maximilian Kirschstein am Tisch saßen. Vor ihnen standen leer gegessene Teller und eine ebenfalls leere Schale, in der sich irgendein Auflauf befunden hatte. Finja saß auf der anderen Seite. Ihr Teller war ebenfalls leer. Ihre Augen waren verweint, aber sie sah nicht unglücklich aus, sondern eher erleichtert.

Hannah erhob sich. »Wir gehen dann besser«, sagte sie.

»Nein. Bleib«, bat Kari. »Ich wollte etwas Dienstliches mit Jonas besprechen.«

»Dann machen wir solange einen Spaziergang.« Maximilian sah Finja auffordernd an.

Jonas' Tochter erhob sich, ganz ohne den Widerwillen, den sie gewöhnlich zeigte, wenn Kari sich in eine familiäre Situation drängte. Dieses Mal wandte sie sich Kari sogar zu und lächelte sie an.

»Hast du Zeit, morgen mit mir zum Frauenarzt zu gehen?«, erkundigte sie sich.

»Klar.« Kari war freudig überrascht. Sie hatte nicht erwartet, dass Finja weiterhin ihre Unterstützung in Anspruch nehmen würde, wenn auch Jonas und Hannah zur Verfügung standen.

»Dann mache ich einen Termin und schicke dir eine Nachricht, okay?«

»Ja.«

»Danke.« Finja trat auf Kari zu und umarmte sie.

Nicht nur Kari war verblüfft, auch Jonas, Hannah und Maximilian staunten. Auf Jonas' Gesicht erschien ein Ausdruck tiefer Erleichterung. Es war immer sein größter Wunsch gewesen, dass seine Familie die Frau, die er liebte, akzeptierte. Sein Vater Redlef und sein Sohn Jasper hatten das von Anfang an getan, aber mit Finja war es schwierig gewesen.

Jonas sah seiner Tochter nach, wie sie gemeinsam mit Maximilian das Wohnzimmer verließ. Dann setzte er sich zu Kari und Hannah an den Tisch.

»Also. Was gibt es? Hast du eine Spur zum Mörder von Dr. Lindner entdeckt?«

Kari seufzte. Auch wenn Jonas sich um einen neutralen Tonfall bemühte, hörte sie seine Verletztheit und Verärgerung. Er wollte, dass sie sich schonte und auf die Geburt ihres Kindes vorbereitete, nicht, dass sie sich wieder einmal im kriminellen Milieu herumtrieb.

»Ich habe herausgefunden, dass einer der Mitarbeiter von *Baby-Well* sich heimlich an den Sachen der Teilnehmerinnen zu schaffen macht, wenn ein Geburtsvorbereitungskurs stattfindet. Er stiehlt Geld und trägt es in ein Wettbüro in Westerland.«

»Aha?« Jonas sah sie abwartend an. Hannah holte ihr Tablet hervor.

»Wie heißt der Mann?«

»Gregor Wahls. Er arbeitet als Hebamme bei *Baby-Well*.«

»Das ist unschön«, gab Jonas zu. »Aber wo ist der Zusammenhang zu Dr. Lindner?«

»Ich vermute, dass auf diesem Weg nicht nur Geld entwendet wird, sondern auch Krankenkassenkarten. Wahls könnte sie in die nahe gelegenen Arztpraxen tragen und dort einlesen lassen. Auf diese Weise können die Ärzte Leistungen für Patientinnen abrechnen, die überhaupt nicht dort waren.«

»Hm. Hast du dafür Beweise?«

»Noch nicht.«

»Wir checken diesen Wahls«, sagte Hannah. »Seine finanziellen Verhältnisse. Wenn er Schulden hat, die sich mit etwas gestohlenem Bargeld nicht ausgleichen lassen, wäre das zumindest ein Hinweis.«

»Das erledigt Ole«, erklärte Kari. »Er schickt euch die Ergebnisse.«

»Schön.« Jonas' Mimik besagte, dass er das Gegenteil meinte. Er mochte es nicht besonders, wenn man sich in seine Ermittlungen einmischte. »Aber noch mal: Was sollte Wahls mit dem Mord an Lindner zu tun haben?«

»Ich glaube, dass nicht Lindner derjenige war, der die Krankenkassen betrogen hat. Die Abrechnungen macht seine Arzthelferin Cindy Kessler. Lindner könnte dahintergekommen sein, dass Wahls und Kessler die Kassen betrügen und damit auch ihm schaden. Er könnte mit einer Anzeige gedroht haben, und Wahls hat daraufhin beschlossen, Lindner aus dem Weg zu räumen.«

»Ist er der Typ dafür? Eine männliche Hebamme?«

»Wir alle hier wissen, dass es den typischen Mörder nicht gibt«, sagte Kari gereizt. Sie war gekommen, um Jonas zu helfen, nicht um mit ihm zu streiten.

»Okay.« Jonas, der immer zur Versöhnung bereit war, hob die Hände, als wollte er sich ergeben. »Dann frage ich anders. Warum das Rote Kliff? Ein öffentlicher Ort, an dem er leicht beobachtet werden könnte. Warum hat er nicht einen anderen Ort gewählt?«

»Weil er es nach einem Selbstmord aussehen lassen wollte?«

Kari merkte, dass sie die Finger um die Stuhllehne gekrallt hatte. Jonas hatte recht, der Verdacht, dass Wahls etwas mit dem Mord an Lindner zu tun hatte, war mehr als vage. Aber hatte er vielleicht etwas Besseres?

»Was ist denn mit Lindners Familie?«, erkundigte sie sich. »Habt ihr da etwas gefunden?«

»Nein.« Hannah setzte Kari knapp über die Ermittlungen gegen Linders Ex-Frau Heike Langer und ihren neuen Lebensgefährten Ingo Strecker in Kenntnis. »Das scheint eine Sackgasse zu sein.«

Aus dem Flur waren Geräusche und Stimmen zu hören. Gleich darauf öffnete sich die Wohnzimmertür, und Finja und Maximilian traten ein, gefolgt von vier alten Damen.

Jonas' Augen weiteten sich erstaunt. Hannah schmunzelte.

»Ich habe die vier draußen im Wagen entdeckt«, erklärte Maximilian. »Aber da ist es unbequem und viel zu kalt. Ich habe sie eingeladen, noch ein Glas mit uns zu trinken. Wir haben ja auch noch den Nachtisch, Tiramisu ohne Alkohol. Das ist euch doch recht?«

Kari sah in lauter strahlende Gesichter und beschloss, den Moment einfach zu genießen. Es war ein Geschenk, Familie und Freunde zu haben, und wenn sich die Gelegenheit ergab, gemeinsam ein paar schöne Stunden zu verbringen, sollte man sie nutzen.

Jonas sah das offenbar genauso.

»Bitte. Setzen Sie sich. Was möchten Sie trinken?«, fragte er herzlich.

20. Die Nachricht von Finja kam bereits früh am nächsten Morgen. Es war ein wunderschöner Tag. Ein strahlend blauer Himmel wölbte sich über das Wattenmeer, das Kari durch einen Spalt in der Hecke von Marijkes Grundstück aus sehen konnte. Nur vereinzelt trieben ein paar aufgebauschte weiße Schäfchenwolken vorbei, vom frischen Wind auf eine eilige Reise geschickt.

Kari trat aus dem Haus, zog die blaue Strickjacke zu und sog genüsslich die kühle frische Luft ein. Als sie zum Gartentor ging und sich die Lippen leckte, schmeckten sie salzig.

Marijkes Wagen stand vor dem Haus, aber von der alten Dame war nichts zu sehen. Kari war sich nicht sicher gewesen, ob sie Marijke schon wieder bitten durfte, sie zu fahren, nachdem es am Abend zuvor spät geworden war. Sie hatten noch lange bei Jonas im Wohnzimmer gesessen, und das übliche Gekabbel der Häkelmafia hatte dafür gesorgt, dass weder Kari noch Jonas länger in ihrem Schmollwinkel verharren konnten. Schon bald hatten sie alle herzlich gelacht, und

Kari hatte es bedauert, als Witta schließlich zum Aufbruch gedrängt hatte.

Da sie aber annahm, dass Marijke es ihr übel genommen hätte, wenn sie von Finjas Frauenarztbesuch ausgeschlossen würde, hatte sie ihre Vermieterin schließlich doch angerufen. Marijke war höchst erfreut gewesen. Sie hatte dynamisch und kein bisschen müde geklungen.

Hinter Kari öffnete sich die Tür des Kapitänshauses, und die alte Dame trat heraus. Forsch wie immer, auf dem Gesicht ein strahlendes Lächeln. Marijke schloss die Tür ab, fuhr sich rasch mit der Hand durch die kleinen grauen Locken und eilte dann auf Kari zu.

»Bin ich zu spät?«

»Nein. Überhaupt nicht.« Kari warf einen Blick auf die Armbanduhr. Finjas Termin war erst in einer halben Stunde. »Mir war nur danach, ein wenig Luft zu schnappen.«

Marijke hob den Kopf. »Ja. Das ist ein herrliches Wetter heute, nicht wahr?«

Sie strebte zu ihrem weißen Golf Sportsvan und öffnete die Türen. Kari rutschte auf den Beifahrersitz.

Sie fuhren über die alte, mit Schlaglöchern durchsetzte Straße in Richtung Westerland, vorbei an den Wiesen, auf denen ein paar Pferde in der Morgensonne grasten. Hier in Braderup wirkte die Insel so friedlich, dass man kaum glauben konnte, dass irgendwo auf der anderen Seite ein Mord geschehen war.

Es dauerte nur eine Viertelstunde, bis sie die Praxis in der Süderstraße erreichten. Jonas' Tochter stand bereits vor der Eingangstür.

Marijke stoppte auf der gegenüberliegenden Straßenseite und stellte den Motor ab. Als Kari ausstieg, folgte ihr die alte Dame.

Kari war ein wenig irritiert. Sie hatte nicht damit gerechnet, dass Marijke mitkommen wollte, obwohl es bei genauerem Nachdenken nahelag. Ob Finja allerdings davon begeistert wäre?

»Ich bleibe natürlich im Wartezimmer«, versicherte Marijke, als sie bei Finja angelangt waren und sich begrüßt hatten. »Vielleicht kann ich mich ja auch ein bisschen umsehen, während Finja im Sprechzimmer ist.«

Überraschenderweise hatte Jonas' Tochter nichts dagegen. Im Gegenteil schien sie sich über den Beistand zu freuen.

Ganz anders als Cindy Kessler, deren Miene sich verdüsterte, als sie Kari erblickte.

»Schon wieder?«, fragte sie und strich mit den grellpink lackierten Fingernägeln durch die halblangen roten Haare. »Was ist es denn diesmal?«

Kari wehrte ab. »Ich begleite nur eine Freundin.«

Cindys Blick glitt weiter und blieb an Finja hängen. »Ah. Dich kenne ich. Du warst schon öfter bei Dr. Lindner.«

»Ja.« Finja wand sich unbehaglich. »Ich habe ihn sehr gemocht.« Sie sah Cindy Kessler unsicher an. »Darf ich Ihnen mein Beileid aussprechen? Oder macht man das nur bei Angehörigen?«

Die Miene der Arzthelferin wurde ein wenig weicher. »Ich weiß nicht. Aber das ist nett, danke. Ich habe Dr. Lindner ebenfalls gemocht.«

»Wie ist denn der neue Arzt?«, erkundigte sich Finja. »Ist er auch so vorsichtig wie Dr. Lindner?«

Kesslers Entgegenkommen hielt nicht lange vor. »Woher soll ich das wissen?«, sagte sie unfreundlich. »Ich sitze nur an der Rezeption, nicht auf dem Behandlungsstuhl.«

Marijke Meenken räusperte sich vernehmlich und sah die Arzthelferin an. Kari hatte keine Ahnung, warum, aber der

Blick, den Marijke Cindy Kessler zuwarf, schien etwas zu bewirken. Die Arzthelferin zwang ein Lächeln auf die schmalen, ebenfalls pink leuchtenden Lippen.

»Frag doch deine Freundin«, schlug sie vor. »Sie war schon bei ihm.«

Kari nickte. »Mach dir keine Sorgen«, sagte sie zu Finja. »Dr. – äh ...«

»Moldenhauer«, half Cindy Kessler aus.

»Richtig. Dr. Moldenhauer macht das sehr gut.«

Die Tür des Sprechzimmers öffnete sich, und der junge Arzt streckte seinen Kopf heraus. Kari spürte, wie sich Finja neben ihr entspannte, als sie das freundliche Gesicht mit den langen blonden Haaren und dem gepflegten Vollbart sah.

»Hallo. Kommen Sie doch gleich herein«, sagte Moldenhauer.

Finja wandte sich an Kari. »Kommst du mit?«

»Natürlich.« Sie folgte Finja ins Arztzimmer.

»Ich setze mich solange ins Wartezimmer«, verkündete Marijke verabredungsgemäß.

Finja und Kari nahmen vor Moldenhauers Schreibtisch Platz. Der junge Arzt schloss die Tür. »So«, sagte er. »Was kann ich für Sie tun?«

»Ich habe einen Schwangerschaftstest gemacht«, sagte Finja. »Er war positiv.«

»Herzlichen Glückwunsch«, erwiderte der Arzt.

»Ich will es aber nicht«, platzte Finja heraus.

Dr. Moldenhauer lächelte. »Das ist eine Entscheidung, die Sie in aller Ruhe treffen sollten. Lassen Sie uns erst einmal schauen, wie weit Sie sind und ob mit dem Embryo alles in Ordnung ist.«

»Okay.« Kari sah, dass sich Finja in ihr Schneckenhaus zurückzog.

»Gehen Sie doch schon mal nach nebenan in den Untersuchungsraum und nehmen auf dem Stuhl Platz. Ich bin gleich bei Ihnen.«

Finja erhob sich und verschwand im Nebenraum. Moldenhauer wandte sich an Kari.

»Wir kennen uns schon«, stellte er fest. »Sind Sie die Mutter?« Er schaute auf Karis Bauch. »Dann bekommen Sie jetzt ein Kind und ein halbes Jahr später ein Enkelkind.«

»Nein, nein«, wehrte Kari ab. »Finja ist eine Freundin.«

Moldenhauers blonde Augenbrauen zogen sich fast unmerklich zusammen. »Und die Mutter?«

»Hat die Familie verlassen, als Finja noch ein Kind war.«

»Hm.« Moldenhauers Miene drückte Mitgefühl aus. »Aber Sie unterstützen Finja?«

»So gut ich kann, ja.«

»Gut.« Moldenhauer lächelte. »Gehen Sie mit ihr zur Schwangerschaftsberatung. Viele Frauen leiden später sehr darunter, wenn sie in jungen Jahren abgetrieben haben.«

Kari nickte nachdrücklich. »Das werde ich tun.«

• • •

Jonas Voss machte es sich auf seinem Bürostuhl bequem und holte das Schokocroissant aus der Tüte, das er sich auf dem Weg zur Arbeit beim Raffelhüschen in der Fußgängerzone gekauft hatte. Er biss einmal herzhaft ab und wollte gerade die Augen schließen, um sich ganz dem Genuss hinzugeben, als das Telefon auf seinem Schreibtisch klingelte. Rasch würgte er den etwas zu groß geratenen Bissen hinunter. Weil er nicht gut gekaut hatte, blieb er ihm im Hals stecken.

Jonas nahm den Hörer von der Gabel und versuchte vergeblich, den Schokoladenblätterteig weiter in Richtung Magen zu befördern.

»Voss«, meldete er sich mit erstickter Stimme.

»Jonas? Alles in Ordnung?«

Die Stimme am anderen Ende gehörte Kriminalrat Ole Lund.

»Ole. Hallo.« Voss würgte erneut, und dieses Mal rutschte der Teigklumpen nach unten. Voss konnte endlich wieder frei atmen. »Ich esse nur gerade ein Croissant.«

»Ah.« Lund verzichtete auf einen Kommentar, aber Jonas konnte geradezu vor sich sehen, wie der Kriminalrat belustigt den Kopf schüttelte.

Ole Lund gehörte seit längerer Zeit nicht nur zu Karis, sondern auch zu ihrem gemeinsamen Freundeskreis, doch Jonas fühlte sich ihm gegenüber immer noch befangen. Der Kriminalrat war einfach in allem souveräner als Jonas. Die lässige Eleganz, mit der er sich kleidete, die Eloquenz, mit der Lund seine Sätze formulierte, die Bildung, die bei allem, was er sagte, durchschimmerte, und der feinsinnige Humor, den Jonas meist nicht kontern konnte. Das alles verursachte ihm ein subtiles Minderwertigkeitsgefühl. Karis Versicherungen, dass Ole Lund ihn sehr respektierte und seine männliche Lässigkeit bewunderte, hatten Jonas bisher nicht geholfen, sich mit dem Kriminalrat auf Augenhöhe zu fühlen.

»Ich habe ein paar Informationen über Gregor Wahls, die männliche Hebamme bei *Baby-Well*«, erklärte Lund. »Zum einen wäre da die Bankauskunft, die wir uns beschaffen konnten. Wahls hat seinen Dispo-Kredit vollständig ausgeschöpft und außerdem mehrere kleine Kredite laufen, die er in sehr kleinen Raten abstottert.«

»Hm.« Jonas suchte nach einer passenden Erwiderung, doch bevor ihm irgendetwas eingefallen war, sprach der Kriminalrat schon weiter.

»Das ist nicht besonders ungewöhnlich«, erklärte er.

»Viele Menschen bewegen sich finanziell am Limit. Sei es, weil sie ein geringes Einkommen haben und eine hohe Miete zahlen, so dass sich bereits die täglichen Ausgaben nicht decken lassen, oder weil sie unbedingt ein großes Auto fahren wollen, das sie sich nicht leisten können.«

»Hm«, machte Jonas erneut. Er nahm an, dass Lund nicht nur Vermutungen äußerte, sondern seine Einschätzung durch irgendeine Statistik belegt war.

»Was Wahls von diesen Personen unterscheidet, ist, dass er vorbestraft ist«, fuhr der Kriminalrat fort.

»Ach.« Damit hatte Voss nicht gerechnet. Hatte Kari also womöglich doch recht, dass Wahls nicht nur Geld von den Patientinnen von *Baby-Well* entwendete, sondern auch deren Krankenkassenkarten? Und dass er Dr. Lindner ermordet hatte, weil dieser seinem Betrug auf die Schliche gekommen war?

»Bevor er nach Sylt gezogen ist, war Wahls in einer Praxis in Neumünster beschäftigt«, erklärte Lund. »Er hat dort Geld unterschlagen. Keine großen Beträge, insgesamt hat sich der Schaden nur auf ein paar tausend Euro belaufen, aber die Hebamme, der die Praxis gehört, hat ihn angezeigt. Wahls ist zu einer Geldstrafe verurteilt worden und hat anschließend den Arbeitsplatz gewechselt. Bei der Gerichtsverhandlung hat er ausgesagt, dass er das Geld für Pferdewetten verwendet hat. Ein Gutachter hat bestätigt, dass er spielsüchtig ist. Deshalb hat man ihn auch nur zu einer milden Strafe verurteilt.«

»Erstaunlich, dass man ihn unter diesen Umständen bei *Baby-Well* beschäftigt«, sagte Jonas, der endlich seine Befangenheit abgestreift hatte und sich auf die Sache konzentrierte.

»Möglicherweise hat er die Vorstrafe bei seiner Einstellung verschwiegen«, mutmaßte der Kriminalrat.

»Das finden wir heraus«, sagte Voss.

»Wunderbar«, entgegnete Lund. »Schöne Grüße an deine Kollegin Hannah Behrends. Melde dich, wenn ihr etwas Neues habt.«

Damit legte der Kriminalrat auf, ehe Voss noch etwas erwidern konnte.

Hannah, die ihn die ganze Zeit neugierig angesehen hatte, während sie an ihrem Kaffee genippt hatte, stellte den Becher beiseite.

»Neuigkeiten zu Gregor Wahls?«, erkundigte sie sich.

»Ja.« Voss setzte sie rasch ins Bild. Er war gerade damit fertig geworden, als es an der Tür klopfte und einer der uniformierten Kollegen den Kopf hereinsteckte.

»Moin«, sagte er. »Ich habe hier eine junge Frau, die Anzeige erstatten möchte, weil sie bestohlen wurde.«

Voss hob fragend die Augenbrauen. Das war ein Delikt, das die uniformierten Kollegen gewöhnlich selbstständig bearbeiteten.

»Ich bringe sie zu euch, weil du gesagt hast, du willst informiert werden, wenn diese *Baby-Well*-Praxis irgendwo auftaucht.«

»Richtig.« Jonas richtete sich auf.

Der Beamte an der Tür trat beiseite, um eine junge Frau vorbeizulassen. Sie hatte lange blonde Haare und einen Babybauch, der für ihren schmalen Körper viel zu dick zu sein schien.

»Bitte.« Jonas deutete auf den Stuhl neben seinem Schreibtisch. Der Kollege winkte und schloss die Tür von außen. Die schwangere Frau setzte sich mit einem leisen Stöhnen.

»Wann ist es denn so weit?«, fragte Jonas.

»In drei Wochen, wenn mein Gynäkologe richtig gerechnet hat«, sagte die Schwangere. »Ich bete, dass es so ist. Das

Kind ist mittlerweile so schwer, dass ich mir vorkomme wie ein gestrandeter Wal.«

»Ich drücke Ihnen die Daumen.« Jonas räusperte sich. »Mein Name ist Jonas Voss, Kriminalhauptkommissar.« Er wies auf Hannah. »Das ist Kommissarin Hannah Behrends.«

Die Schwangere drehte sich halb auf ihrem Stuhl und winkte Hannah zu. »Hallo. Ich bin Lena Finke.«

Jonas steckte sein Schokocroissant zurück in die Tüte und stopfte sie in eine der Schreibtischschubladen. Anschließend suchte er nach Papier und Stift, wurde aber wie immer nicht fündig. Hannah schob ihm Block und Bleistift von ihrer Seite herüber. Voss lächelte dankbar.

»Also. Was kann ich für Sie tun?«, fragte er.

»Ich bin bestohlen worden«, erklärte Lena Finke. »Bei *Baby-Well*.«

Sie erläuterte, wie sie am Abend zuvor nach dem Geburtsvorbereitungskurs festgestellt hatte, dass sich der Hundert-Euro-Schein, den sie in ihrer Geldbörse vermutet hatte, nicht dort befand.

»Ich wollte eigentlich die anderen Frauen aus dem Kurs einladen, weil ich Geburtstag hatte«, erklärte sie, was Jonas bereits von Kari wusste. »Aber das Geld war nicht da. Ich dachte, ich hätte es in der Eile zu Hause liegen lassen, aber dort war es auch nicht. Ich habe dann noch einmal in Ruhe nachgedacht, und ich bin mir sicher, dass ich es eingesteckt habe, als ich mich auf den Weg zu *Baby-Well* gemacht habe.«

»War ihre Geldbörse in der Praxis unbeaufsichtigt?«

»Nein. Im Gegenteil. Sie steckte in meiner Handtasche, und die war im Spind eingeschlossen.« Lena Finke zog ein unglückliches Gesicht. »Ich möchte niemanden zu Unrecht beschuldigen, aber das Geld kann nur dort weggekommen sein.«

Hätte Jonas nicht von Kari gewusst, dass es genau so gewesen war, er hätte wahrscheinlich angenommen, dass die Frau den Geldschein einfach nur verlegt hatte. Aber so ...

»Mein Mann meinte, ich sollte auf jeden Fall zur Polizei gehen.« Lena Finke lächelte unsicher.

»Das war vollkommen richtig«, versicherte Hannah, die aufgestanden war und der Frau nun eine dampfende Tasse auf den Tisch stellte. »Pfefferminztee«, erklärte sie. »Hilft bei Erkältung, schadet aber vermutlich auch in der Schwangerschaft nicht.«

»Danke.« Lena Finke nahm die Tasse und nippte vorsichtig daran.

»Bei den hundert Euro handelt es sich um einen einzelnen Schein?«, erkundigte sich Hannah.

»Ja.«

»Hatte er besondere Merkmale, an die Sie sich erinnern? War er vielleicht beschädigt? Ein Riss oder eine fehlende Ecke? Hatte jemand etwas darauf geschrieben? Oder war er möglicherweise gefaltet, weil es ein Geschenk war?«

»Nein.« Lena Finke schüttelte den Kopf. »Er war nagelneu. Er kam von meiner Patentante. Sie hat ihn frisch von der Bank geholt. Er war ganz glatt, ohne einen einzigen Knick.«

»Auch das ist ein Merkmal, das ihn von anderen unterscheidet«, sagte Hannah und machte sich eine Notiz auf ihrem Tablet. »Ich nehme an, Sie haben sich die Seriennummer nicht notiert?«

»Nein.« Lena sah sie verwundert an. »Warum sollte man so etwas tun?«

Hannah hob die Schultern. »Manche Menschen tun es.«

Lena Finke nickte. »Ja. Vielleicht mache ich es in Zukunft auch. So dicke haben wir es nicht. Und wenn das Kind erst einmal da ist ...«

Jonas stand auf. »Machen Sie sich keine Sorgen. Wir kümmern uns darum. Und wenn wir den Schuldigen finden, wird er Ihnen den Schaden ersetzen.«

»Ja?« Ein hoffnungsvolles Leuchten trat in Lena Finkes Augen. »Ich dachte, das Geld ist auf jeden Fall weg.«

»Meistens ist das so«, bestätigte Jonas. »Aber in diesem Fall besteht Hoffnung. Weil es Ihnen nicht einfach auf der Straße entwendet wurde, sondern aus einem verschlossenen Spind. Das schränkt den Kreis der Verdächtigen ein.« Er deutete auf die dampfende Tasse. »Nehmen Sie sich den Tee gerne mit vor die Tür. Die Tasse können Sie dem Kollegen am Empfang geben.«

»Oh. Danke.« Lena Finke stand mit einem leisen Ächzen auf. Voss angelte sich die Lederjacke von der Stuhllehne und begleitete die Frau gemeinsam mit Hannah in den Vorraum. Der uniformierte Kollege rückte einen Stuhl für sie zurecht.

»Wir melden uns bei Ihnen, wenn wir etwas Neues wissen«, sagte Voss zu Lena Finke und klopfte dem Kollegen auf die Schulter. »Danke, dass du mitgedacht hast.«

Der Beamte lächelte. »Immer gerne.«

Jonas zog seine Lederjacke über und ging mit Hannah nach draußen. Er fühlte sich beschwingt, weil sie endlich wieder eine Spur hatten. Vielleicht war es ja dieses Mal die richtige.

■ ■ ■

Kari sog erschrocken die Luft ein, als Finja den Untersuchungsraum von Dr. Moldenhauer verließ und zurück ins Sprechzimmer kam. Jonas' Tochter zitterte am ganzen Leib. Über ihr Gesicht liefen Tränen. Sie bewegte sich wie eine Marionette und sank kraftlos neben Kari auf den Stuhl. Kari rückte näher an sie heran und legte ihr den Arm um die Schultern.

»Finja. Was ist denn los?«

Finja schniefte. »Ich ... bin ... nicht ... schwanger«, brachte sie unter Schluchzern hervor.

»Aber ...« Kari dachte an die Ausführungen von Witta Claaßen. War die Landarztwitwe gar nicht so up to date, wie sie glaubte? »Der Test war doch positiv. Ich dachte, das kann er nur sein, wenn das Schwangerschaftshormon gebildet wird.«

»Richtig«, ließ sich Dr. Moldenhauer vernehmen, der aus dem Untersuchungsraum ins Sprechzimmer trat. Er rieb sich die Hände, um das Desinfektionsmittel zu verteilen, mit dem er sie eingesprüht hatte. »Aber es gibt eine Ausnahme.« Er setzte sich Kari und Finja gegenüber. »In sehr seltenen Fällen tritt in den frühen Stadien der Befruchtung eine Komplikation auf, die eine abnormale Entwicklung des Fötus verursacht. Wir sprechen von einer sogenannten Blasenmole. Sie entsteht, wenn während der Befruchtung das genetische Material der Mutter verloren geht.« Er schaute Finja an. »Bei einer Blasenmole ist das Testergebnis ebenfalls positiv, da Ihr Körper HCG produziert. Es entwickelt sich aber kein Baby. Stattdessen bildet sich eine Zellwucherung mit vielen kleinen Zysten.«

Kari versuchte, die Informationen zu verarbeiten. »Was bedeutet das für Finja?«, fragte sie.

»Die Blasenmole muss abgesaugt werden«, erklärte Dr. Moldenhauer. »Das ist nur ein kleiner Eingriff, den wir ambulant durchführen können. Er ist nötig, weil die Zellen nicht lebensfähig sind. Wenn man sie in der Gebärmutter beließe, käme es zu einer Blutvergiftung.«

Finja wischte sich die Tränen ab. »Tut das sehr weh? Und kann ich später trotzdem noch Kinder bekommen?«

Moldenhauer lächelte. »Sie erhalten natürlich eine örtliche Betäubung. Sie werden von dem Eingriff nichts spüren.

Und Sie sind nach wie vor fruchtbar. Die Wahrscheinlichkeit, dass sich bei Ihnen ein weiteres Mal eine Blasenmole bildet, geht gegen null.«

»Machen wir das sofort?«

»Nein. Der Eingriff braucht etwas Vorbereitung. Sie müssten dazu einen neuen Termin vereinbaren. Es ist auch gut, wenn Sie sich ein wenig Zeit nehmen, um sich seelisch darauf einzustellen. Es muss nicht gleich morgen sein. Sie sollten aber auch nicht zu lange warten. Vielleicht kommen Sie Ende nächster oder Anfang übernächster Woche?«

»Okay.« Finja stand auf, ein wenig unsicher auf den Beinen. Kari erhob sich ebenfalls und stützte sie.

Marijke Meenken wartete nicht im Wartezimmer, sondern direkt vor der Tür des Sprechzimmers, misstrauisch beäugt von Cindy Kessler, die mit ihren langen pinkfarbenen Fingernägeln Patientenkarten sortierte. Die Miene der Kapitänswitwe war gleichermaßen neugierig und frustriert.

Als sie Finja erblickte, schlug Marijke erschrocken die Hände vor den Mund. »Ach, du liebe Güte«, keuchte sie. »Was ist denn passiert?«

»Ich bin nicht schwanger«, schniefte Finja.

»Aber – der Test war doch positiv«, wunderte sich Marijke. »Wie kann das sein?«

»Das besprechen wir zu Hause«, sagte Kari, die sich unter den forschenden Blicken von Cindy Kessler unwohl fühlte.

Marijke hakte sich auf Finjas anderer Seite ein, und gemeinsam fuhren sie mit dem Fahrstuhl nach unten.

Kari neigte sich Marijke zu. »Haben Sie irgendetwas entdeckt?«, erkundigte sie sich halblaut.

Marijke schüttelte den Kopf. »Es ist niemand gekommen, während Sie im Sprechzimmer waren, und ich konnte auch keinen Blick auf die Unterlagen an der Rezeption werfen.

Diese Arzthelferin bewacht ihren Arbeitsplatz wie ein Drache. Sie hat mich keinen Moment lang aus den Augen gelassen.«

»Hm.« Kari hatte im Grunde nichts anderes erwartet. Sie öffnete die Tür zur Straße und wollte gerade zu Marijkes Auto gehen, als ihr siedend heiß einfiel, dass sie einen Termin hatte. Rasch warf sie einen Blick auf ihre Armbanduhr.

»Ich muss noch zu *Baby-Well*«, sagte sie. »Ich bin zur Physiotherapie bei Tim Siebert angemeldet.« Sie sah Finja zerknirscht an. »Ist das in Ordnung?«

»Natürlich«, erklärte Marijke Meenken, ehe Finja etwas entgegnen konnte. »Ich nehme Finja einfach mit zu mir. Witta, Alma und Grethe kommen gleich vorbei. Alma bringt Kuchen mit, und ich habe noch eine Flasche Baileys im Schrank.« Sie zwinkerte Finja zu. »Wenn du gar nicht schwanger bist, darfst du ja jetzt wieder etwas trinken.«

Kari wollte gerade den Kopf schütteln, doch zu ihrer Verblüffung nickte Finja und lächelte zum ersten Mal, seit sie ihre Diagnose bekommen hatte.

»Das wäre nett«, sagte sie.

21.

Jonas Voss parkte den Dienstwagen direkt vor der Praxis von *Baby-Well* auf dem Bürgersteig. Gemeinsam mit Hannah betrat er den Empfangsraum und sah sich neugierig um. Hier machte Kari also den Geburtsvorbereitungskurs, an dem er nicht teilnehmen durfte, obwohl es auch um sein Kind ging. Aber wie so oft hatte Karis Beruf Vorrang.

Jonas verspürte Bedauern. Die Praxis machte einen sehr guten Eindruck. Der Empfangsbereich war hell und freundlich. Die Stühle für die Wartenden sahen bequem aus. An den Wänden hingen hübsche Bilder, außerdem Porträts sämtlicher Angestellten von *Baby-Well*. An der Wand neben der Tür standen die abschließbaren Spinde.

Rechts vom Empfang befand sich eine Tür mit der Aufschrift »Personal«. Sie öffnete sich, als Jonas sich einmal leise räusperte. Heraus trat ein Mann Mitte dreißig, groß und durchtrainiert, mit sehr kurz geschnittenen schwarzen Haaren und einem gepflegten Dreitagebart. Auf dem Schild an seinem roten *Baby-Well*-T-Shirt stand der Name »Florian Petzold«.

»Hallo«, sagte er und schaute zwischen Hannah und Jonas hin und her. »Was kann ich für Sie tun?« Sein Blick richtete sich wieder auf Hannahs Bauch. »Erwarten Sie ein Kind?«

»Nein.«

Zum Glück war es Hannah, die antwortete. Voss, der sich nicht gut verstellen konnte, wäre es schwergefallen zu lügen. Schließlich war er tatsächlich ein werdender Vater, auch wenn die Frau neben ihm nicht seine Partnerin war.

»Wir sind dienstlich hier«, erklärte Hannah und zeigte Petzold ihren Ausweis.

»Kriminalpolizei?« Die Augen des Physiotherapeuten verengten sich, und seine Miene wurde vorsichtig. »Sind Sie sicher, dass Sie hier richtig sind?«

»Uns liegt eine Anzeige vor«, erklärte Voss. »Einer Patientin von Ihnen ist Geld gestohlen worden. Sie glaubt, dass es hier in der Praxis passiert ist.«

»Ein Diebstahl?« Petzold entspannte sich sichtlich. »Das kann nicht sein.« Er deutete auf die Spinde. »Die Patientinnen können ihre Wertsachen dort einschließen. Da kann nichts wegkommen.«

Hannah zückte ihr Tablet. »Wie funktioniert das System?«

»Sie stellen Ihre Tasche hinein, werfen eine Münze oder einen Chip in den Schlitz auf der Innenseite der Tür und schließen von außen ab. Passende Chips finden Sie dort in der Schale neben der Tür. Den Schlüssel nehmen Sie mit. Wenn Sie die Tür wieder öffnen, bekommen Sie die Münze oder den Chip zurück. Sie fallen einfach in das Fach unter dem Schließmechanismus.«

»Das ist eine sichere Sache«, sagte Hannah.

»Eben.« Petzold verschränkte die Arme vor der Brust.

»Es sei denn«, fügte Hannah an, »jemand besitzt einen Zweitschlüssel für die Schränke.«

Petzolds Blick flackerte kurz zur Tür des Personalraums.

»Nein.« Seine Halsmuskeln spannten sich an. »Das kann ich mir nicht vorstellen.«

»Hm.« Jonas schob die Ärmel seiner Lederjacke hoch. »Wir würden trotzdem gerne mit Frau Bachmann sprechen. Das ist die Inhaberin von *Baby-Well*, richtig?«

»Ja. Selbstverständlich. Kommen Sie.« Petzold trat hinter dem Tresen hervor und ging ihnen mit raumgreifenden Schritten voran, durch den Flur in den hinteren Bereich der Praxis. Er klopfte an eine Tür, an der Dorothea Bachmanns Name mit den Zusätzen »Heilpraktikerin« und »Psychotherapie« stand – eine Art Praxis in der Praxis –, und öffnete sie, ehe die Frau, die am Schreibtisch saß, sie hereinbitten konnte.

»Entschuldige, Dorothea«, sagte Petzold. »Hier sind zwei Herrschaften von der Polizei für dich.«

Der Physiotherapeut betrat den Raum, und Jonas und Hannah folgten ihm.

Die Frau am Schreibtisch erhob sich mit überraschter Miene. Sie war bereits komplett ergraut, obwohl sie nicht älter als Mitte vierzig sein konnte. Die langen Locken fielen ihr bis auf die Schultern und umrahmten ein schmales Gesicht mit blauen Augen. Ihr Händedruck war warm und fest.

»Guten Tag«, sagte sie. »Ich bin Dorothea Bachmann. Was kann ich für Sie tun?«

Jonas erläuterte knapp das Problem. Bachmann schüttelte vehement den Kopf. »Ein Diebstahl aus unseren Wertschließfächern? Das halte ich für absolut ausgeschlossen.«

»Das heißt, es gibt keine Zweitschlüssel für die Spinde?«, fragte Voss.

»Doch. Die gibt es. Für den Fall, dass eine der Frauen ihren Schlüssel verliert. Das passiert öfter, als man denkt, auch wenn es eigentlich nicht zu erklären ist. So groß ist die Praxis nicht. Aber tatsächlich hatten wir bereits mehrere solcher Fälle. Es wäre ärgerlich, wenn wir dann jedes Mal das komplette Schloss austauschen müssten, und für die Frauen wäre es auch lästig, weil sie dann nicht an ihre Sachen herankämen.«

»Es birgt aber auch das Risiko, dass der Zweitschlüssel missbraucht wird«, bemerkte Hannah nüchtern.

»Auf keinen Fall«, versicherte Dorothea Bachmann. »Für meine Angestellten lege ich die Hand ins Feuer. Wenn ein Schlüssel unberechtigt benutzt wurde, kann es nur einer von denen sein, die angeblich verloren wurden.«

»Das heißt, Sie vertrauen Ihren Mitarbeitern, aber nicht Ihren Patientinnen?«, erkundigte sich Hannah.

»Nein.« Dorothea Bachmann sah sie erschrocken an. »So habe ich das nicht gemeint.«

»Haben Sie sich die Namen der Frauen notiert, die ihren Schlüssel verloren haben?«, fragte Voss.

»Nein.« Bachmann zupfte an ihren Locken. Es war nicht zu übersehen, dass ihr zunehmend unbehaglich zumute wurde.

»Dann würden wir gern Ihre Mitarbeiter dazu befragen«, erklärte Hannah. »Ist Herr Gregor Wahls im Haus?«

»Warum denn ausgerechnet Gregor?«, fragte Dorothea Bachmann empört. »Er ist eine Seele von Mensch. Er würde niemals etwas Illegales tun.«

»Vielleicht besprechen wir das unter vier Augen?«, schlug Voss mit einem Seitenblick auf Florian Petzold vor.

Dorothea Bachmann wehrte ab. »Wir sind hier eine große Familie. Wir haben keine Geheimnisse voreinander.«

»Wir müssen leider darauf bestehen.«

»Wenn Sie meinen.« Bachmann machte eine entschuldigende Geste in Petzolds Richtung. Der Physiotherapeut hob die Hände.

»Ich bin schon weg.« Er verließ das Büro und drückte die Tür von außen ins Schloss.

Voss erwartete, dass Bachmann sie einladen würde, in der Sitzgruppe Platz zu nehmen, doch die Heilpraktikerin blieb mit verschränkten Armen neben ihrem Schreibtisch stehen. »Also?«

»Hat Ihnen Gregor Wahls mitgeteilt, dass er vorbestraft ist?«, fragte Voss.

Bachmanns Gesichtszüge entgleisten. »Wie bitte?« Sie schwankte leicht, als sie zu ihrem Bürostuhl ging und sich darauf sinken ließ.

»Er hat in der Praxis in Neumünster, in der er gearbeitet hat, ehe er zu Ihnen gekommen ist, Geld unterschlagen«, teilte Hannah der Inhaberin von *Baby-Well* mit. »Man hat ihn zu einer Geldstrafe verurteilt.«

Dorothea Bachmann hatte rasch ihre Fassung wiedergefunden. »Ich bin sicher, er hat daraus gelernt«, erklärte sie. »Er wird sich bestimmt nicht noch einmal etwas zuschulden kommen lassen.«

Voss hörte ein Geräusch an der Bürotür und gleich darauf eilige Schritte auf dem Flur. Er stürzte zur Tür, riss sie auf und sah gerade noch, wie ein Mann mit der weißen Hose und dem roten T-Shirt von *Baby-Well* durch den Empfangsraum stürmte und durch die Eingangstür verschwand. Voss musste nicht lange rätseln, um wen es sich handelte.

»Wahls haut ab«, rief er Hannah zu und nahm die Verfolgung auf.

. . .

Bis zu ihrem Termin bei Tim Siebert war noch eine halbe Stunde Zeit gewesen, deshalb hatte Kari eine Runde durch die Fußgängerzone gedreht, nachdem Marijke mit Finja davongefahren war. Sie war die Friedrichstraße hinaufgegangen und hatte dort den Strandübergang passiert. Die Nordsee war so blau wie der Himmel gewesen, und Kari hatte einen Moment lang einfach nur das unvergleichliche Panorama bewundert. Den kilometerlangen Strand, die zahllosen weiß-blau gestreiften Strandkörbe, das Meer, das bis zum Horizont reichte. Dann hatten sich ganz in ihrer Nähe zwei Möwen mit zänkischem Geschrei über eine verlorene Eiswaffel hergemacht, und Kari war weitergegangen. Die Treppe hinunter, an der Konzertmuschel vorbei, die Promenade entlang bis zur Sylter Welle.

Ihre Gedanken waren wieder bei Finja gewesen. Wie würde Jonas' Tochter mit der neuen Situation umgehen?

So recht verstand sie Finjas Reaktion nicht. Die junge Frau war erschrocken gewesen, als sie den Verdacht gehabt hatte, dass sie schwanger war, und entsetzt, als der Test ihr die Bestätigung geliefert hatte. Noch im Sprechzimmer von Dr. Moldenhauer hatte sie erklärt, dass sie das Kind nicht wollte. Und trotzdem war sie in Tränen ausgebrochen, als sich herausstellte, dass sie nicht schwanger war. Dabei hätte Kari angenommen, dass Finja unendlich erleichtert sein müsste.

Machte es ihr zu schaffen, dass ihr die Entscheidung abgenommen worden war, ehe sie selbst sie hatte treffen können?

Karis Mutter hätte darauf vielleicht eine Antwort gewusst, aber Kari hatte keine Lust, sie anzurufen. Ihre Mutter hätte sicher Karis erneuten Einsatz auf Sylt kommentiert und als Flucht vor der Verantwortung gedeutet oder als hartnäckige Weigerung, sich endlich ganz auf Jonas einzulassen.

Davon abgesehen half es Finja nicht, wenn Kari und ihre Mutter Vermutungen über die seelische Verfassung der jungen Frau anstellten. Jonas' Tochter musste dieses Problem für sich selbst bewältigen. Aber vielleicht wäre es gut, wenn sie sich therapeutische Unterstützung suchte? Kari würde ihr diesen Rat geben. Die Therapeutin musste ja nicht Karis Mutter sein.

Am Strandübergang bei der Sylter Welle hatte Kari die Promenade nach einem letzten Blick auf die Nordsee wieder verlassen und war durch die Strandstraße bis zum Rathaus gegangen.

Jetzt befand sie sich auf der Süderstraße, nur noch knapp hundert Meter von *Baby-Well* entfernt. Ein Blick auf die Uhr verriet ihr, dass sie perfekt in der Zeit lag. Bis zu ihrem Termin mit Tim Siebert waren es noch exakt fünf Minuten.

Kari wollte gerade ihr Smartphone aus der Tasche holen, um zu prüfen, ob es eine Nachricht von Marijke oder Finja gab, ließ es aber stecken, als sie sah, wie sich die Tür der Praxis öffnete und Gregor Wahls herausstürzte. Er schaute sich rasch um, wandte sich in die Richtung, aus der Kari kam, und sprintete los. Ein paar Sekunden nach ihm schoss Jonas aus der Eingangstür von *Baby-Well*.

Wahls war schneller, als Kari es dem rundlichen Mann zugetraut hätte. Er wechselte die Straßenseite, und Kari erkannte mit einem Blick, dass Jonas es nicht schaffen würde, zu ihm aufzuschließen. Nun kam auch Hannah aus der Praxis auf die Straße gelaufen, aber Wahls' Vorsprung war bereits zu groß. Hannah würde ihn ebenso wenig einholen wie Jonas.

Kari zögerte nur eine Sekunde lang. Sie überzeugte sich, dass die Straße frei war, und lief dann hinter Gregor Wahls her.

Es ging besser, als sie gedacht hätte. Seit ungefähr sechs Wochen joggte sie dem Baby zuliebe nicht mehr, doch ihre Beine fanden wie von selbst den Rhythmus, und der Babybauch behinderte sie kaum. Sie wurde immer schneller und hatte Gregor Wahls gleich darauf erreicht.

»Herr Wahls! Gregor!« Kari griff keuchend nach dem Ärmel des Mannes und drosselte ihr Tempo.

Wahls blieb tatsächlich stehen.

»Hallo ...« Er suchte offensichtlich nach ihrem Namen.

»Kari«, schnaufte Kari. »Kari Blom.« Wahls war, wie ihr jetzt einfiel, der Einzige der *Baby-Well*-Mitarbeiter, mit dem sie sich nicht duzte, weil er bei dem Gespräch über Finjas Schwangerschaft nicht dabei gewesen war. »Ich bin im Schwangerschaftsvorbereitungskurs von Iris und Florian.«

»Ja, ich weiß.« Wahls drehte hektisch den Kopf und versuchte, sich loszumachen, doch Kari hielt seinen Ärmel fest.

»Entschuldigen Sie, wenn ich Sie einfach auf der Straße anspreche«, sagte sie. »Aber ich hatte gerade ein ganz komisches Gefühl. So, als hätte sich das Baby in meinem Bauch auf den Kopf gedreht.«

»Nein. Bestimmt nicht. Trotzdem sollten Sie zum Arzt gehen, nur zur Sicherheit. Aber nicht rennen.« Wahls griff nach ihren Fingern und bog sie auseinander. »Ich muss leider weiter.«

»Das glaube ich nicht.« Jonas Voss packte Gregor Wahls am anderen Arm, gerade als die Hebamme sich von Karis Griff befreit hatte. Hannah langte zwei Sekunden später bei ihnen an und zwinkerte Kari so kurz zu, dass sie es fast übersehen hätte.

»Verzeihen Sie«, sagte sie. »Wir müssen Ihnen Herrn Wahls leider entführen. Das ist ein Polizeieinsatz.«

»Polizei?«, fragte Kari mit gespieltem Entsetzen. »Das muss ein Irrtum sein. Herr Wahls ist Hebamme. Ein ganz feiner und ehrlicher Mensch.«

»Das werden wir klären«, entgegnete Hannah. »Wenn wir Sie dann bitten dürften weiterzugehen?«

»Ja. Sicher. Ich habe ohnehin einen Termin.« Spontan zog sie eine der Kari-Blom-Visitenkarten aus der Tasche, die Ole Lund für diesen Einsatz kreiert hatte – mit dem Hörnumer Leuchtturm, dem Schriftzug »freie Autorin« und der Nummer ihres Undercover-Handys –, und drückte sie Wahls in die Hand.

»Rufen Sie mich an, falls Sie irgendetwas brauchen«, sagte sie. »Wenn ich in der Praxis Bescheid sagen oder Ihnen einen Anwalt besorgen soll.«

Wahls schaute überrascht. »Ja. Danke.«

Jonas sah geflissentlich an Kari vorbei. Er hasste es, Theater zu spielen.

Kari blinzelte Hannah zu. »Ich bin dann mal weg.« Sie überquerte erneut die Straße und eilte zur Praxis von *Baby-Well*. Nun war sie tatsächlich fünf Minuten zu spät.

Hastig öffnete sie die Eingangstür und stellte fest, dass der Empfang verwaist war. Ratlos sah sie sich um. Eine Klingel wie an der Rezeption eines Hotels gab es hier nicht.

Kari ging zur Tür des Personalraums und klopfte an. Sie wartete ein paar Sekunden, doch von drinnen war nichts zu hören. Kari drückte probehalber die Klinke hinunter, aber die Tür war abgeschlossen. War Tim Siebert schon nach Hause gegangen, obwohl sie nur fünf Minuten zu spät war?

Unwahrscheinlich, befand Kari, und lief den Flur entlang.

Tatsächlich hörte sie plötzlich leise Stimmen aus einem der Behandlungsräume. Sie ging näher heran und stellte fest, dass die Tür nur angelehnt war.

Kari linste durch den Spalt und sah Tim Siebert und seine Freundin Iris Asmussen, die sich an den beiden Längsseiten einer Behandlungsliege gegenüberstanden. Dieses Mal küssten sie sich nicht, und die Atmosphäre zwischen ihnen war auch nicht romantisch. Stattdessen schienen sie erbittert zu streiten. Beide hatten die Hände auf die Liege gestützt, und ihre Nasen befanden sich so dicht voreinander, dass sie sich fast berührten. Iris' Schultern bebten. Tims Gesicht war zu einer wütenden Fratze verzogen.

Worüber die beiden debattierten, konnte Kari nicht verstehen, weil sie sich nicht anschrien, sondern mit gedämpften Stimmen anzischten. Kari konnte nur vereinzelte Wörter heraushören.

Eines davon war »Betrug«.

Kari spitzte die Ohren, doch es half nichts. Der Streit wurde im Flüsterton fortgesetzt, und Kari erfuhr nicht, von welchem Betrug die Rede war. Ging es um Tims Fremdgehen? Oder um den Kassenbetrug?

Auf der anderen Seite des Gangs öffnete sich eine Tür. Kari ging rasch ein paar Schritte rückwärts und tat dann so, als käme sie gerade erst vom Empfang aus den Flur entlang. Dorothea Bachmann erschien in der Bürotür.

»Ach. Kari«, sagte die Besitzerin von *Baby-Well* erfreut. »Hatten wir eine Verabredung?«

»Nein.« Kari bemühte sich um einen leichten Tonfall. »Ich habe einen Termin bei Tim, aber ich war zu spät. Kann es sein, dass er schon gegangen ist?«

»Bestimmt nicht.« Dorothea Bachmann sah sich rasch

um, doch bevor sie sich auf die Suche machen konnte, trat Tim bereits aus dem Behandlungsraum.

»Kari, hallo. Entschuldige, dass du warten musstest. Ich hatte noch rasch etwas mit Iris zu besprechen.«

Iris Asmussen kam aus dem Raum, streichelte Tim über den Arm und lächelte Kari freundlich zu, als sie an ihr vorbeiging. Sie wirkte fröhlich und ausgeglichen wie immer. Wäre Kari nicht Zeugin ihres Streits mit Tim geworden, sie wäre nicht auf die Idee gekommen, dass zwischen den beiden etwas anderes herrschte als perfekte Harmonie. Aber vielleicht bekam sie ja etwas aus Tim heraus, während sie auf der Behandlungsliege lag?

»Komm.« Tim zeigte einladend auf die offene Tür. »Mach es dir bequem, dann können wir gleich anfangen.«

22. Gregor Wahls saß wie ein Häufchen Elend auf dem Stuhl im Vernehmungsraum, der ebenso wie Voss' und Behrends' Interimsbüro im Containerbau grau und wenig einladend war. Hannah hatte sich bemüht, das Ambiente mit ein paar August-Macke-Bildern an der Wand und einem frischen Blumenstrauß auf dem Sideboard ein wenig aufzulockern, doch die Atmosphäre blieb trotzdem trist.

Hannah stellte drei Becher dampfenden Kaffee auf den Tisch, dazu Milch und Zucker, ehe sie sich zusammen mit Jonas der Hebamme gegenübersetzte. Der Mann mit dem runden Gesicht und dem schütteren blonden Haar schaute auf.

»Bitte. Bedienen Sie sich«, lud Voss ihn ein.

Wahls schüttete ein wenig Milch in seinen Becher. Voss sah, dass seine Finger zitterten.

Hannah schaltete ihr Tablet ein und legte es vor sich auf den Tisch. »Also, Herr Wahls«, sagte sie. »Dann erzählen Sie mal.«

Wahls nippte an seinem Kaffee. »Ich weiß gar nicht, was Sie von mir wollen«, behauptete er. »Ich habe nichts getan.«

Hannah lächelte müde. »Weshalb sind Sie dann weggelaufen?«

»Das bin ich nicht.« Wahls stellte den Becher zurück auf den Tisch. »Mir war nur eingefallen, dass ich noch ein Geburtsgeschenk für meine Schwester brauche. Ich wollte rasch zur Sylter Schokoladenmanufaktur in der Strandstraße und ein paar Pralinen kaufen. Ich bin gerannt, weil ich nicht viel Zeit hatte. Meine nächste Patientin sollte in zwanzig Minuten kommen.«

»So.« Hannah notierte sich Wahls Angaben.

Für sich genommen war seine Aussage nicht unglaubwürdig, aber sie wussten es ja besser.

»Uns liegt eine Anzeige vor«, sagte Jonas und schob die Ärmel seines Baumwollhemds nach oben. Die Lederjacke hatte er ausgezogen und über die Stuhllehne gehängt. »Eine der Teilnehmerinnen des Geburtsvorbereitungskurses, der gestern Abend in Ihrer Praxis stattgefunden hat, vermisst einen Hundert-Euro-Schein. Er befand sich in der Geldbörse in ihrer Handtasche, als sie die Tasche im Spind bei *Baby-Well* verstaut hat, aber er war verschwunden, als sie die Tasche nach dem Kurs wieder herausgeholt hat.«

»Das kann nicht sein.« Wahls nahm erneut seinen Becher in die Hand und schlürfte daran. »Die Spinde sind ja abgeschlossen.«

»Aber nicht nur die Person, die ihre Sachen hineinlegt, sondern auch das Personal von *Baby-Well* hat einen Schlüssel«, sagte Jonas.

»Sie wollen unterstellen, dass jemand aus der Praxis ein Dieb ist?«, gab sich Wahls empört und stellte den Becher mit einem leisen Knall auf den Tisch.

»Wir unterstellen gar nichts. Wir wissen, dass *Sie* dieser Dieb sind«, präzisierte Hannah, die es nicht leiden konnte, wenn Leute nicht zu dem standen, was sie getan hatten.

Wahls schüttelte so heftig den Kopf, dass seine verbliebenen dünnen Haarsträhnen wie Fäden aufflogen. »Das ist nicht wahr.«

»Wir haben eine Augenzeugin«, sagte Jonas Voss ruhig.

Wahls Blick flackerte für eine Sekunde. Offenbar checkte er rasch im Geiste, wer ihn beobachtet haben könnte. Ohne Ergebnis. »Das kann nicht sein.«

Voss war die Spielchen leid. »Wir wissen noch einiges mehr«, erklärte er. »Sie sind wegen Betrugs vorbestraft, weil Sie bei Ihrer vorherigen Arbeitsstelle in Neumünster Geld unterschlagen haben. Ihrer jetzigen Arbeitgeberin haben Sie diese Vorstrafe verschwiegen.«

Gregor Wahls wurde blass.

»Im damaligen Verfahren haben Sie angeführt, dass Sie spielsüchtig sind und deshalb Geld brauchten.«

»Das ist vorbei«, unternahm Wahls einen letzten verzweifelten Versuch, den Kopf aus der Schlinge zu ziehen.

»Leider nicht.« Jonas suchte in den Taschen seiner Lederjacke und fand ein Stück Papier, das er entfaltete. Dass es nur sein Einkaufszettel für den Supermarkt war, konnte Gregor Wahls ja nicht sehen. »Wir haben auch Augenzeugen, die bestätigen können, dass Sie dem Buchmacher in der Strandstraße einen Besuch abgestattet haben. Gestern Abend, zur selben Zeit, als die Bestohlene bei ihrem Kurs war.« Er steckte den Zettel zurück in die Tasche. »Sofern es nötig ist, können wir uns den Geldschein aushändigen lassen, den Sie dort eingezahlt haben. Wenn wir darauf sowohl Ihre Fingerabdrücke als auch die der Bestohlenen finden, ist die Sache klar.«

Tatsächlich würde es wohl kaum so einfach sein. Jonas wusste nicht, wie viele Kunden ein Buchmacher gewöhnlich hatte, aber der Schein, den Wahls dort abgegeben hatte, war mit Sicherheit nicht der einzige Hunderter und bestimmt auch nicht der einzige, der frisch und sauber aus dem Bankautomaten gekommen war. Natürlich könnte man sämtliche Scheine spurentechnisch untersuchen lassen, doch ein solcher Aufwand für einen einfachen Diebstahl ließ sich kaum rechtfertigen.

Aber er war auch nicht nötig. Wahls knickte angesichts der Möglichkeiten, über die der Polizeiapparat verfügte, ein. Seine Augen wurden feucht, und er sah Voss händeringend an.

»Ich habe es wirklich versucht«, beteuerte er. »Ich habe eine Therapie gemacht. Ich wollte weg von den verdammten Pferdewetten. Aber ich schaffe es einfach nicht. Mein Dispokredit ist ausgeschöpft, und ich habe schon ein paar andere Kredite laufen. Die Bank gibt mir kein Geld mehr.«

»Sollen wir jetzt Mitleid haben?«, erkundigte sich Hannah bissig. Jonas schaute erst sie und dann das Aufnahmegerät auf dem Tisch bedeutungsvoll an. Sie befanden sich in einer offiziellen Vernehmung, und unsachliche Bemerkungen machten sich im Protokoll nicht gut.

Hannah hob die Hände zu einer stummen Entschuldigung.

Wahls schniefte und fuhr sich mit dem Handrücken über die Oberlippe.

»Ich habe mir das nicht ausgesucht, wissen Sie?«, sagte er zu Hannah, mit seiner tiefen, volltönenden Stimme, die so gar nicht zu seinem weichen Äußeren passte. »Das Leben hat mir immer wieder ein Bein gestellt. Ich wollte eigentlich Kinderarzt werden. Aber das Studium habe ich nicht geschafft. Die Frau, die ich geliebt habe und mit der ich ein Kind haben wollte, hat mich verlassen, als sich herausgestellt hat, dass ich nicht zeugungsfähig bin. Meine einzige Möglichkeit, etwas für kleine Kinder zu tun, war, Hebamme zu werden.«

»Das ist ein schöner Beruf«, warf Voss ein.

»Ja. Aber nicht für einen Mann«, entgegnete Wahls. »Wir sind in ganz Deutschland nur fünf oder sechs männliche Hebammen. Natürlich gibt es ein paar Leute, die das toll finden, aber was glauben Sie, wie oft man blöd angesehen wird? Von Kolleginnen, von Patientinnen, aber vor allem von Ärzten? Als würde man einer ganz besonders putzigen Gattung angehören. Die dämlichen Sprüche, die ich mir von Ärzten habe anhören müssen, kann ich gar nicht mehr zählen.«

»Deshalb spielen Sie?«

Wahls hob die Schultern. »In Neumünster hat mich mal ein Bekannter mit ins Wettbüro genommen. Ich habe spaßeshalber ein wenig Geld gesetzt und gewonnen. Glück, dachte ich, aber als wir beim nächsten Mal dort waren, habe ich wieder gewonnen, und in den Wochen danach ebenso. Mein Bekannter sagte, ich hätte ein goldenes Händchen. Ich habe die Einsätze erhöht und ein paar wirklich gute Gewinne gemacht, aber dann habe ich plötzlich verloren.« Er seufzte schwer.

Jonas wusste, wie die Geschichte weiterging. »Sie wollten sich das Geld zurückholen. Sie haben wieder gewettet und die Einsätze erhöht, um den Verlust auszugleichen. Aber Sie haben erneut verloren. Also haben Sie noch mehr Geld gesetzt. Irgendwann müsste es doch klappen, und dann würden Sie auf einen Schlag alles zurückgewinnen, was Sie verloren hatten.«

Wahls nickte müde. »So war es.«

»In Neumünster hat man Ihnen gekündigt, weil Sie Geld unterschlagen hatten«, klinkte Hannah sich wieder ein. »Wie ging es dann weiter, als Sie hier auf Sylt die Stelle bei *Baby-Well* angetreten haben?«

Wahls drehte den Kaffeebecher in seinen Händen. »Eine Weile habe ich es geschafft, den Wettbüros fernzubleiben. Aber irgendwann musste ich es doch wieder tun. Ich habe alles verspielt, was ich noch hatte, und trotzdem konnte ich einfach nicht aufhören.« Ein feuchter Glanz trat in seine Augen. »Wenn ich nur irgendwann auf den richtigen Gaul setze, kann ich alle Verluste ausgleichen.«

Jonas wollte etwas einwenden, doch Wahls winkte ab.

»Ich weiß. Das wird nicht passieren. Aber das hilft mir nicht. Wenn es mich überkommt, muss ich einfach spielen.«

»Und weil sie selbst kein Geld mehr haben, spielen Sie mit dem Geld anderer Leute«, sagte Hannah. Mit neutraler Stimme dieses Mal, aber ihr Blick war kalt wie Eis.

»Ja.« Wahls schob den Kaffeebecher weg und sah auf seine Hände. »Ich sehe die Spinde durch, wenn die Frauen ihren Kurs machen. Normalerweise nehme ich nur einen oder zwei Scheine, so dass es nicht auffällt. Die Frauen hier auf Sylt haben Geld.«

»Nicht alle.«

»Nein. Wahrscheinlich nicht.« Wahls fuhr sich mit der Hand über die Augen. »Gestern Abend konnte ich nicht widerstehen. Dieser nagelneue Hunderter. Er war so glatt zwischen den Fingern. Ich konnte ihn einfach nicht stecken lassen.«

»Gut.« Hannah tippte auf ihrem Tablet. »Und wie läuft das mit den Krankenkassenkarten?«

Gregor Wahls ließ die Hand sinken und sah sie verständnislos an. »Krankenkassenkarten?«

»Wollen Sie behaupten, dass Sie den Frauen nur Geld stehlen?«

»Ja.« Wahls legte die Hände auf den Tisch und sah zwischen Voss und Behrends hin und her. Seine Abwehrhaltung war verschwunden, er wirkte jetzt vollkommen aufrichtig. »Was soll ich denn mit den Karten anfangen? Die sind doch nichts wert.«

»Sie könnten sie in eine Arztpraxis tragen und dort einlesen lassen. Der Arzt könnte dann Leistungen abrechnen, die er nicht erbracht hat. Er könnte Sie am Gewinn beteiligen.«

Wahls lachte auf. »Ich glaube kaum, dass das so einfach ist. Und selbst wenn. Ich habe Ihnen doch gesagt, wie die Ärzte mich ansehen. Meinen Sie, ich würde mit einem von denen gemeinsame Sache machen?«

Hannah verengte die Augen. »Haben Sie Dr. Lindner deshalb ermordet?«, fragte sie. »Weil er Sie verächtlich behandelt hat?«

Wahls' Gesicht verlor sämtliche Farbe. »Moment mal.« Er gestikulierte aufgeregt. »Ich dachte, wir reden hier über den Diebstahl von ein paar Geldscheinen. Und jetzt soll ich auf einmal ein Mörder sein?«

Hannah tippte auf ihrem Tablet. »Wo waren Sie am Montagnachmittag? Zwischen sechzehn und siebzehn Uhr?«

»Montag? Da muss ich nachsehen.« Wahls zog ein Smartphone hervor und wischte hektisch über das Display. Seine Finger zitterten leicht, und Jonas hörte, wie rasch sein Atem ging. Dann entspannte sich sein Gesicht, und Wahls lächelte. Er legte das Smartphone so auf den Tisch, dass Voss den geöffneten Kalender sehen konnte.

»Da hatte ich einen Termin bei einer Patientin in Hörnum«, erklärte er und deutete auf den entsprechenden Eintrag. »Sie können die Frau anrufen und fragen. Sie wird Ihnen bestätigen, dass ich dort war und wir uns ganz ihrem Baby gewidmet haben. Der Geburtstermin ist in zwei Wochen.«

Jonas spürte die Enttäuschung, die wie eine Welle über ihm zusammenschlug. Von Hörnum zum Roten Kliff war es ein weiter Weg. Wahls war offenbar weder der Betrüger, den Kari suchte, noch der Mörder, den Hannah und er jagten.

. . .

Kari Blom seufzte. Tim Siebert fand mit seinen Fingern exakt die Stellen, an denen ihre Schulter- und Nackenmuskulatur verhärtet war. Sie spürte, wie sie sich entspannte und innerlich weich wurde. Fast war es, als würde sie zerfließen.

Ein ausgesprochen angenehmes Gefühl, aber in Bezug auf ihre Mission alles andere als zielführend. Sie war hier, um herauszufinden, ob Tim an dem Abrechnungsbetrug beteiligt war, nicht, um sich ihrem Wohlbehagen hinzugeben.

Bevor sie schwanger geworden war, hatte sie selten ein Problem damit gehabt, ihre Gefühle auszublenden und sich auf ihren Job zu fokussieren, doch seit das Krümelchen in ihrem Bauch heranwuchs, war alles anders. Was früher selbstverständlich gewesen war, stellte sie plötzlich vor beinahe unüberwindliche Schwierigkeiten.

Kari blinzelte schläfrig. »Alles in Ordnung bei dir und Iris?«, murmelte sie.

Tims Hände verharrten für einen winzigen Augenblick. »Wieso?«, fragte er. Es sollte wohl unbefangen klingen, doch Kari hörte die Wachsamkeit in Tims Stimme.

»Nur so. Als ich eben nach dir gesucht habe, habe ich euch zufällig gehört. Es klang, als würdet ihr streiten.«

»So?«

»Iris ist dahintergekommen, dass du ihr nicht treu bist, stimmt's?«, wagte Kari einen Schuss ins Blaue.

»Wie kommst du denn darauf?« Tim klang überrascht und erleichtert zugleich. Anscheinend war es bei seinem Streit mit Iris nicht darum gegangen.

»Ich habe euch gesehen«, sagte sie. »Cindy Kessler und dich, meine ich. In der Praxis von Dr. Lindner.«

Wieder stockten Tims fließende Bewegungen. »Ist das ein Hobby von dir, andere Leute zu beobachten?«

Kari lachte aufgesetzt. »Na ja. Ich bin neugierig. Berufskrankheit.«

»Richtig. Du bist Schriftstellerin.« Tim hörte sich nicht erfreut an.

»Genau. Deswegen halte ich ständig die Augen offen. Aber keine Angst. Ich verrate es Iris nicht. Auch wenn ich es nicht richtig finde. Kannst du dich nicht entscheiden?«

Tim presste seine Daumen rechts und links neben ihrer Wirbelsäule in die Nackenmuskeln, und Kari stieß einen leisen Schmerzensschrei aus. Der Physiotherapeut brummte. Statt nachzulassen, knetete er ihre Schultern so heftig, dass Kari die Tränen in die Augen traten. Sie biss sich auf die Lippen, um nicht erneut aufzuschreien. Es war offensichtlich, dass sie bei Tim einen Nerv getroffen hatte. Er reagierte sich ab, indem er ihre Muskeln verbissen traktierte. Aber wenn das nicht half, würde er vielleicht reden.

Zwei, drei Minuten lang hatte sie das Gefühl, dass ihr Plan nicht aufging. Schmerzimpulse jagten im Abstand von Sekundenbruchteilen durch ihren Körper. Sie war kurz davor, aufzugeben und Tim zu bitten, es etwas sanfter angehen zu lassen, als er von selbst in den behutsamen Modus zurückwechselte, den sie von ihm kannte.

»Doch«, sagte er. »Ich habe mich entschieden. Aber ich weiß nicht, wie ich es Cindy beibringen soll.«

»Hm.« Kari seufzte, weil der Schmerz endlich nachließ

und sich eine angenehme Wärme in Schultern und Nacken ausbreitete. Sie spürte, wie die Müdigkeit sie zu überrollen drohte und holte tief Luft. Auf keinen Fall durfte sie jetzt den Faden verlieren.

»Wo liegt das Problem?«, erkundigte sie sich.

Tim lachte unfroh. »Was denkst du? Wenn ich Cindy erkläre, dass die Affäre mit ihr ein Fehler war, wird sie es Iris sagen.«

Das traute Kari der zickigen Arzthelferin ohne Weiteres zu. Aber war das schon die ganze Geschichte? Oder ging es dabei auch um den Krankenkassenbetrug? Machte Tim mit Cindy gemeinsame Sache, und Iris wusste nichts davon, oder war sie ebenfalls beteiligt? Oder war Dorothea Bachmann die Drahtzieherin hinter dem Betrug?

»Die Polizei war vorhin hier«, startete sie einen weiteren Versuchsballon. »Offenbar macht sich jemand während des Geburtsvorbereitungskurses heimlich an den Spinden zu schaffen.«

»So?« Erneut stockte Tim in seinen Bewegungen.

Es war eine interessante Erfahrung. Kari war darin geschult, winzige mimische und gestische Veränderung bei ihrem Gegenüber wahrzunehmen, aus denen sie Rückschlüsse darauf ziehen konnte, ob die betreffende Person die Wahrheit sagte oder log. Dass es offenbar noch weitaus schwieriger war, eine Tätigkeit mit den Händen auszuführen, während sich im Kopf die Gedanken überschlugen, faszinierte sie. Die Hände des Physiotherapeuten waren wie ein Seismograph, der seine innere Erschütterung anzeigte.

»Nach dem, was die Polizisten gesagt haben, geht es um gestohlenes Geld.«

»Ach so?« Tim massierte weiter, deutlich erleichtert, wie es Kari schien.

»Ich glaube das nicht«, fuhr sie munter fort.

»Nein?« Wieder hielt Tim in seiner Behandlung inne.

»Ich bin da einer wirklich großen Sache auf der Spur«, verriet Kari ihm in verschwörerischem Ton. »Abrechnungsbetrug. Ich glaube, da besorgt sich jemand die Krankenkassenkarten und lässt sie bei einem Arzt einlesen, der dann irgendwelche Phantasiebehandlungen abrechnet und sich den Gewinn mit dem Kartendieb teilt.«

»Aha?« Tim klang, als würde er die Zähne fest zusammenpressen.

»Na ja, Dieb ist das falsche Wort. Er stiehlt die Karten ja nicht. Er leiht sie sich nur aus.«

Tim machte sich wieder über ihre Muskeln her und knetete sie heftig. Kari stöhnte auf.

»Ehrlich, Kari. Du hast eine blühende Phantasie«, sagte der Physiotherapeut. »Aber ich wäre an deiner Stelle vorsichtig. Wenn du so etwas öffentlich behauptest, hast du schnell eine Anzeige wegen übler Nachrede am Hals.«

Das klang wie eine Drohung.

»Nur, wenn es nicht stimmt«, erwiderte Kari, während sie darüber nachdachte, ob Tim in der Lage wäre, ihr mit einem gezielten Handgriff das Genick zu brechen und es wie einen Unfall aussehen zu lassen.

Tim strich noch einmal mit beiden Händen über ihren Rücken und trat dann vom Behandlungstisch zurück.

»Fertig«, sagte er. »Wenn du willst, bleib noch ein bisschen liegen. Ich habe heute keine Patientinnen mehr.«

Kari wartete darauf, dass er den Raum verließ, doch Tim blieb an der Tür stehen.

»Nur mal angenommen, du hättest recht«, sagte er. »Was glaubst du, wer derjenige ist, der sich die Krankenkassenkarten ausleiht?«

»Na ja.« Kari ließ sich Zeit. »Es muss jemand sein, der in der Praxis arbeitet, sonst könnte er nicht auf die Schlüssel für die Spinde zugreifen. Iris und Florian fallen aus. Sie sind bei unserem Geburtsvorbereitungskurs die ganze Zeit im Raum. Also bleiben nur Gregor und Frau Bachmann. Und du.«

»So, so.« Tim lachte. Es klang nicht weniger aufgesetzt als das Lachen, das Kari sich kurz zuvor abgerungen hatte. »Du hältst mich also für einen Betrüger?«

»Ich habe mitbekommen, dass die Polizei Gregor verhaftet hat«, wich Kari einer direkten Antwort aus. »Anscheinend hat er Geld aus den Spinden gestohlen.«

»Ach was.« Tim wirkte ehrlich überrascht.

»Ich kenne mich mit der Psychologie von Verbrechern nicht aus«, sagte Kari. »Ich schreibe ja keine Krimis, sondern Biographien und Ratgeber. Aber warum sollte Gregor Geld stehlen, wenn er schon mit dem Abrechnungsbetrug seinen Reibach macht? Damit erhöht er doch nur das Risiko, erwischt zu werden.«

»Weil er den Hals nicht vollkriegen kann«, entgegnete Tim und fügte hinzu: »Außerdem denken und handeln Verbrecher nicht immer logisch. Sonst würde die Polizei nie einen von ihnen erwischen.«

»Wahrscheinlich hast du recht«, gab Kari zu.

»Eben.« Tim öffnete die Tür und verschwand in den Flur.

Kari richtete sich auf und sprang von der Liege.

Sie hatte die Saat ausgebracht. Nun brauchte sie nur noch aufzugehen.

Wenn Tim am Betrug beteiligt war, musste er jetzt handeln und alle Beweise, die es möglicherweise gegen ihn gab, verschwinden lassen.

Kari zog ihre weite Umstandsjeans an, knöpfte die Bluse

zu und schlüpfte in die bequemen Ballerinas. Dann zog sie ihr Smartphone aus der Handtasche, die sie dieses Mal aus gutem Grund nicht im Spind eingeschlossen, sondern in den Behandlungsraum mitgenommen hatte.

Marijke Meenken war schon nach dem zweiten Klingeln am Apparat.

»Frau Meenken«, sagte Kari. »Könnten Sie rasch zu *Baby-Well* kommen? Ich habe Tim Siebert ein wenig unter Druck gesetzt und möchte gern wissen, was er als Nächstes unternimmt.«

»Sie wollen ihn beschatten?«, fragte die Kapitänswitwe begeistert. Kein Wunder, normalerweise versuchte Kari immer, die Häkeldamen aus dem aufregenden Teil ihrer Ermittlungen herauszuhalten. Aber mit dem Krümelchen im Bauch war sie nicht beweglich genug, um ganz allein auf Verbrecherjagd zu gehen. Und die Häkelmafia hatte ihre kriminalistischen Fähigkeiten in den letzten Jahren oft genug unter Beweis gestellt. Dieses eine Mal würde sie sich einfach von ihnen helfen lassen. Dafür könnten die alten Frauen dann vielleicht in den nächsten Jahren ein Auge auf das Krümelchen haben, während Kari wieder selbst ermittelte.

»Ja«, sagte Kari, und Marijke ließ einen freudigen Laut hören.

»Ich bin in spätestens einer Viertelstunde bei Ihnen«, versprach sie.

Was bedeutete, dass sie sich vermutlich an keine einzige Verkehrsregel halten würde.

■ ■ ■

Jonas Voss sah von seinem Bürofenster aus zu, wie Gregor Wahls die Stephanstraße in Richtung Süden davonging. Die Patientin in Hörnum hatte seine Angaben bestätigt. An dem

Nachmittag, an dem jemand Dr. Wolf Lindner vom Roten Kliff gestoßen hatte, war Wahls bei ihr gewesen.

Hannah trat neben Jonas und legte ihm die Hand auf den Arm. »Sollen wir ans Meer gehen?«, fragte sie. »Wir könnten unterwegs beim Raffelhüschen reinschauen und Schokocroissants kaufen.«

Voss wandte ihr den Kopf zu. »Ich dachte, du machst dir nichts aus Schokocroissants.«

Hannah blinzelte. »Ein Schokocroissant für dich, eine Rosinenschnecke für mich. Und dazu holen wir uns im Sunset Beach einen Kaffee und setzen uns auf unsere Bank auf der Promenade. Dann kriegen wir vielleicht den Kopf wieder frei.«

»Und wenn nicht, haben wir zumindest diesen herrlichen Herbsttag nicht komplett verschwendet«, stimmte Jonas zu. Er schnappte sich seine Lederjacke, zog sie über und schob die Ärmel hoch. »Wollen wir?«

Hannah nickte. Sie warf ihren blonden Bob zurück und hängte sich ihre Handtasche über die Schulter. Ihre blauen Augen leuchteten. »Ich bin so weit.«

Gemeinsam verließen sie den Interims-Containerbau, liefen die Stephanstraße gen Süden bis zum Hebbelweg, von dort in die Norderstraße und an der nächsten Ecke rechts in die Strandstraße.

Mitte Oktober war es in der Fußgängerzone nicht mehr so voll wie im Sommer, aber es waren immer noch viele Touristen und Tagesgäste unterwegs, die das schöne Wetter nutzten. Die Schwermut fiel von Jonas ab, als er sich zwischen all den bunt gekleideten und gut gelaunten Menschen in Richtung Meer bewegte, und seine Stimmung hob sich weiter, als er im Raffelhüschen das letzte Schokoladencroissant ergatterte.

Oben am Strandübergang hielt er für einen Moment inne und ließ den Blick über den langen Sandstrand mit den weiß-blau gestreiften Strandkörben und das weite Meer schweifen, das im ewigen Gleichklang auf den Sand rollte, mit feinen weißen Gischtkronen auf den Wellen. Es war wie ein Anker, an dem er sich festhalten konnte. Sein Meer, seine Heimat, sein Glück.

An Hannahs Lächeln sah er, dass es ihr nicht anders ging. Auch wenn sie nicht wie er auf der Insel geboren war, empfand sie Sylt längst als ihr Zuhause. Sie liebte das Kommen und Gehen des Wassers, das Geschrei der Möwen und den Wind. Jonas war froh, dass sie mit Maximilian einen Partner gefunden hatte, mit dem sie auch ihr weiteres Leben auf Sylt verbringen konnte.

Mit den Gebäcktüten in den Händen schlenderten sie die Promenade entlang bis zum Sunset Beach am Brandenburger Strand, das vom dahinterliegenden Club Royale überragt wurde. Wie immer, wenn Jonas den luxuriösen Club sah, wanderten seine Gedanken automatisch zu Kari. Hier hatte sie damals ihren ersten Fall als Undercover-Ermittlerin auf Sylt gelöst. Hier hatte Jonas sie zum ersten Mal gesehen und sich auf den ersten Blick in sie verliebt.

Wie lange war das jetzt her? Waren es sieben Jahre oder doch schon acht?

Hannah unterbrach seine nostalgischen Gedanken, indem sie ihn in Richtung Sunset Beach schob. Jonas wäre beinahe daran vorbeigelaufen.

Kurz darauf saßen sie mit zwei Porzellanbechern mit dampfendem Kaffee auf einer Bank auf der Promenade, direkt vor der weißen Brüstung, hinter der der Strand und das Meer lagen. Der Besitzer des Sunset Beach hatte wieder einmal neue Becher für sie besorgt. Auf dem von Jonas war eine Möwe zu sehen, die mit einer Angel am Kai saß, neben sich einen Eimer, aus dem ein Fischschwanz herausragte. Hannahs Becher zeigte eine Möwe mit Kochmütze, die in einem Topf rührte, aus dem ein identischer Fischschwanz heraussah.

Hannah beäugte die beiden Becher kritisch. »Wir sollten tauschen«, meinte sie.

»Warum?« Jonas Blick wanderte ratlos zwischen den beiden Motiven hin und her.

»Die Bilder manifestieren die Geschlechterstereotypen«, sagte Hannah ernst. »Der Mann auf der Jagd, die Frau am Herd.« Sie hob den Zeigefinger. »Wenn dein Kind erst mal da ist, musst du darauf achtgeben. Dass ihr ihm oder ihr nicht irgendwelche alten Rollenbilder vorlebt. Das Kind muss die Möglichkeit haben, seine Fähigkeiten und Vorlieben frei zu entdecken.«

Jonas hob die Augenbrauen. »Hast du in letzter Zeit einen Elternratgeber gelesen?«, erkundigte er sich.

Hannah wurde tatsächlich ein wenig rot. »Na ja. Man muss sich doch vorbereiten. Ich meine ... vielleicht braucht ihr ja mal einen Babysitter. Da will ich nichts falsch machen.«

Jonas sah sie mit schiefgelegtem Kopf an. »Und das ist alles?«

Das Rot auf Hannahs Wangen vertiefte sich. »Nein«, gestand sie. »Wir denken auch darüber nach. Ich werde nächstes Jahr sechsunddreißig. Wenn wir noch Kinder haben wollen, Maximilian und ich, müssen wir bald damit anfangen.«

Voss lächelte. »Und? Wollt ihr?«

Hannah kaute auf ihrer Unterlippe. »Ich weiß es noch nicht. Bisher kann ich mir nicht vorstellen, wie das funktionieren soll mit meinem Beruf.« Sie zwinkerte ihm zu. »Aber das kann ich mir ja bald bei euch ansehen. Das wird mir sicher bei der Entscheidung helfen.«

»Hm.« Jonas wusste ebenfalls nicht, wie das gehen sollte, Kari, die so schnell wie möglich wieder arbeiten wollte, und das Krümelchen, das so viel Zuwendung bekommen sollte wie nur irgend möglich. Er selbst konnte eine Weile in Elternzeit gehen, aber irgendwann musste er auch wieder zurückkommen, wenn er nicht wollte, dass seine Stelle auf Sylt von einem Kollegen übernommen wurde und man ihn nach der Elternzeit aufs Festland versetzte, womöglich zu weit weg von seiner Insel, um überhaupt noch hier leben zu können.

Sicherer wäre es, wenn er während der Elternzeit seinen Job in Teilzeit fortführen würde, aber da Kari sich privat auf Sylt nicht sehen lassen durfte, schon gar nicht zusammen mit ihm, würde er das erste Lebensjahr des Kindes vermutlich vorwiegend in Kiel verbringen.

Sie hatten über all diese Dinge noch nicht gesprochen, dabei wurde es langsam Zeit. Die Anträge mussten rechtzeitig beim Arbeitgeber eingereicht werden.

Jonas beschloss, dass er dieses Gespräch sofort führen würde, sobald Kari ihren Abrechnungsbetrug bearbeitet und er selbst den Mörder von Dr. Wolf Lindner gefasst hatte.

Er hielt Hannah den Becher hin. »Willst du meinen haben?«

»Nein.« Hannah lachte. »Das war nur ein Witz. Ich mag die Koch-Möwe.«

»Schön.« Jonas holte sein Schokocroissant aus der Papiertüte und biss herzhaft hinein, und Hannah tat dasselbe mit ihrer Rosinenschnecke.

Eine Weile kauten sie schweigend und sahen den Kite-Surfern zu, die an der Strandlinie entlang über das Meer rasten. Sie hatten diese neumodischen Bretter, bei denen sich der Kiel aus dem Wasser hob, so dass das Brett in der Luft zu schweben schien und die Surfer noch schneller waren als mit herkömmlichen Kite-Brettern. Jasper hatte ihm erklärt, wie die Dinger hießen, aber Jonas hatte es wieder vergessen.

»Cool, dieses Foil Pumping«, sagte Hannah in diesem Moment, und Jonas musste grinsen. Da sie ständig mit ihrem Tablet im Netz war, wusste Hannah über aktuelle Trends immer bestens Bescheid.

»Erstaunlich, dass das funktioniert, mit so einem seltsamen Kiel«, bemerkte er.

»Eigentlich ist es kein Kiel, eher so etwas wie ein kleines Unterwasserflugzeug«, korrigierte Hannah. »Mit einem Mast und zwei Flügeln vorn und hinten. Wenn die Geschwindigkeit groß genug ist, heben sie das Foilboard einfach aus dem Wasser, und der Surfer schwebt über der Oberfläche. Das fühlt sich so an wie eine lang gezogene perfekte Welle. Es gibt die Foils sogar mit Elektroantrieb, für Bretter ohne Kite oder Segel.«

Voss kniff die Augen zusammen. »Bist du neuerdings unter die Surfer gegangen?«

»Nein«, lachte Hannah. »Aber Maximilian hat einen Freund, der leidenschaftlich surft.« Sie wies hinaus aufs Meer. »Die Dinger sind übrigens richtig teuer. Unter tausend Euro bekommt man da kaum etwas.«

»Puh.« In dem Fall konnte er nur hoffen, dass das Krümelchen sich nicht ausgerechnet das Foilsurfen als Hobby aussuchte. Aber bis sein Kind so weit war, gab es sicher wieder andere Sportarten, die modern waren.

Hannah stopfte die leere Bäckertüte in die Tasche ihrer himmelblauen Windjacke, stellte den Kaffeebecher auf der Bank ab und holte ihr Tablet hervor.

»Was haben wir übersehen?«, wechselte sie das Thema und wurde wieder dienstlich. »Wer hatte ein Motiv, Dr. Lindner zu töten?«

»Wer profitiert von seinem Tod?«, stellte Jonas die zentrale Frage.

»Die Tochter«, sagte Hannah. »Aber die hat ein Alibi.«

»Sonst niemand?«

»Nicht auf den ersten Blick. Aber das macht es umso wahrscheinlicher, dass Karis Theorie zutrifft und Lindners Tod etwas mit dem Abrechnungsbetrug zu tun hat.«

Jonas missfiel diese Möglichkeit nach wie vor. »Gregor Wahls war es jedenfalls nicht.«

»Richtig«, bestätigte Hannah. »Also sollten wir das restliche Personal von *Baby-Well* unter die Lupe nehmen, meinst du nicht?«

»Hm.« Jonas drehte den Becher in seinen Händen. Damit würden sie Kari in die Quere kommen, und das hatte in der Vergangenheit schon mehrfach zu heftigen Konflikten geführt. Jetzt, wo sie bald das Baby bekamen, wollte er einen solchen Streit gerne vermeiden. Aber da alle anderen Spuren in eine Sackgasse geführt hatten, blieb ihm wohl nichts anderes übrig, als diesen Weg zu gehen.

»Du hast recht«, stimmte er zu und sah wieder zu den Foil-Surfern, die mit beneidenswerter Leichtigkeit wie schwerelos über das Meer glitten. »Wir trinken in Ruhe den Kaffee aus, und dann gehen wir zu *Baby-Well* und machen ein bisschen Druck.«

23. Der weiße Golf Sportsvan schoss mit überhöhter Geschwindigkeit heran, vollführte unmittelbar vor der Tür von *Baby-Well* eine gewagte Kehre und kam mit kreischenden Bremsen zum Stehen. Die Beifahrertür wurde aufgestoßen, und Kari sah einen Kopf mit kurzen grauen Locken. Wäre Marijke Meenken ein paar Jahrzehnte später zur Welt gekommen, hätte sie gute Karten für eine erfolgreiche Karriere als Rennfahrerin gehabt.

Kari rutschte auf den Beifahrersitz und zog die Tür zu.

»Wo ist Tim Siebert?«, fragte Grethe von der Rückbank aus. Kari wandte sich halb zu ihr um, während sie versuchte, den Gurt zu schließen.

Natürlich war Marijke nicht allein gekommen, sondern gemeinsam mit ihren Häkelschwestern. Immerhin hatten sie Finja nicht mitgebracht.

»Ich weiß es nicht«, sagte Kari. Tim Siebert hatte ein paar Minuten vor ihr die Praxis verlassen und war mit dem Rad davongefahren. Die Süderstraße entlang in Richtung Norden, so viel hatte Kari noch gesehen. Dann war sein Punkt immer kleiner geworden, bis er schließlich ihren Blicken entschwunden war.

»Wo wohnt er?«, erkundigte sich Grethe, während sich Marijke zu Kari beugte und ihr half, den Gurt einrasten zu lassen. Der Bauch mit dem Krümelchen wurde langsam wirklich zu einem Hindernis.

»Im Norden von Westerland«, erwiderte Kari, die sich von Ole Lund die Meldedaten sämtlicher Mitarbeiter von *Baby-Well* aufs Handy hatte schicken lassen. Sie nannte Marijke die Adresse, und die Kapitänswitwe legte einen Kavaliersstart hin. Hinter ihr wurde empört gehupt.

»Ein Glück, dass du dich gegen die Ausparkhilfe entschieden hast«, sagte Grethe launig. »Sonst hätte das System dich jetzt gestoppt.«

»Ja«, stimmte Marijke zu, die Augen konzentriert auf die Straße gerichtet. »So etwas ist bei einer Verfolgungsjagd nur hinderlich.«

»Genau genommen ist es keine Verfolgungsjagd«, merkte Witta näselnd vom Rücksitz aus an. »Wir verfolgen Tim Siebert ja nicht, sondern fahren zu seiner Wohnung.«

»Verfolgung hin oder her. So ein System ist auch hinderlich, wenn man es eilig hat«, gab Marijke zurück.

»Das sagt Albert auch«, warf Alma ein. Ihr neuer Freund war von Beruf Chauffeur, und Autos waren deshalb plötzlich ein Gesprächsthema für die Bäckerwitwe, die sich bisher nur mit Lieferwagen ausgekannt hatte. »Diese ganzen Spielereien sind nur etwas für Leute, die nicht Autofahren können.«

»Richtig«, stimmte Grethe zu. »Wir sind früher auch wunderbar ohne diesen ganzen Schnickschnack zurechtgekommen.«

Kari enthielt sich der Diskussion. Sie war ebenfalls kein Fan von Autos, bei denen Einblendungen in der Windschutzscheibe oder riesengroße Displays von Navigationsgeräten und Bordentertainmentsystemen die Aufmerksamkeit vom Straßenverkehr ablenkten, aber im Augenblick war das nicht das Thema, das sie interessierte. Sie wollte wissen, wo sich Tim Siebert aufhielt. Vielleicht traf er sich ja gerade in diesem Moment mit seinem Komplizen oder seiner Komplizin in Sachen Abrechnungsbetrug, um zu planen, wie man etwaige Beweise am besten verschwinden lassen konnte?

Marijke spürte, dass Kari angespannt war. »Machen Sie sich keine Sorgen«, beruhigte sie ihre Untermieterin. »Wir werden ihn schon finden.«

Dank Marijkes Fahrstil dauerte es nur wenige Minuten, bis sie die Hochhaussiedlung im Norden Westerlands erreichten.

»Ich gehe allein«, erklärte Kari, ehe die Häkeldamen Anstalten machen konnten, den Wagen zu verlassen.

Grethe griff nach ihrem Arm und hielt sie zurück. »Was

wollen Sie ihm denn sagen, wenn Sie plötzlich unangekündigt vor seiner Wohnungstür stehen?«

Kari musste zugeben, dass sie sich darüber keine Gedanken gemacht hatte.

»Ich komme mit«, entschied Marijke. »Wir behaupten, dass ich einen furchtbaren Hexenschuss bekommen habe und Sie deshalb mit mir hierhergefahren sind. In der Praxis von *Baby-Well* ist keiner da, der sich darum kümmern könnte, aber Frau Bachmann war so freundlich, Ihnen Tims Adresse zu geben.«

»Okay.« Kari musste lachen. Die Geschichte war nicht schlecht. Am Ende würde Tim Siebert sie tatsächlich glauben.

Marijke war wie der Blitz aus dem Auto. Kari, die mit ihrem Schwangerschaftsbauch kämpfte, brauchte deutlich länger, bis sie an der Haustür war.

»Wenn Sie weiter herumspringen wie ein junges Reh, glaubt Tim Ihnen den Hexenschuss nicht«, bemerkte sie, an ihre Vermieterin gewandt.

Marijke blinzelte ihr zu. »Noch sieht er mich ja nicht. Sie können sich auf mich verlassen. Ich hatte oft genug einen Hexenschuss, um mich in die Situation hineinversetzen zu können.«

»Fein.« Kari suchte das Klingelschild mit Sieberts Namen und drückte auf den Knopf. Sie warteten eine Weile, doch nichts geschah. Kein Knacken in der Gegensprechanlage, kein Summen des Türöffners.

Marijke machte ein enttäuschtes Gesicht. »Und was jetzt?«

»Wir klingeln bei den Nachbarn.« Kari hatte bereits den Finger auf dem Knopf.

»Ja, bitte?«, meldete sich Sekunden später eine knarzende Stimme aus der Gegensprechanlage.

»Hallo. Mein Name ist Kari Blom«, sagte Kari. »Ich wollte zu Tim Siebert, aber da macht niemand auf.«

»Dann ist er vermutlich nicht zu Hause«, war die unfreundliche Antwort.

»Haben Sie vielleicht eine Idee, wo ich ihn finden könnte? Es ist wirklich dringend. Meine Vermieterin hat einen schrecklichen Hexenschuss und braucht so schnell wie möglich Hilfe.«

»Ich glaube nicht, dass Tim Hausbesuche macht. Er arbeitet in einer Praxis. *Baby-Well* heißt der Laden.«

»Ja, ich weiß«, sagte Kari. »Ich bin mit der Besitzerin befreundet.« Das war nicht ganz die Wahrheit, aber in ihrem Beruf kam Kari nicht umhin, gelegentlich eine Notlüge zu bemühen. »Frau Bachmann hat mir Tims Adresse gegeben, damit ich mit meiner Vermieterin direkt zu ihm fahren kann. Sie ist hier bei mir und hat fürchterliche Schmerzen.«

Marijke ließ ein gequältes Stöhnen hören, um Karis Aussage zu unterstreichen.

»Hören Sie.« Die Stimme aus der Gegensprechanlage klang zunehmend genervt. »Ich kann Ihnen nicht helfen. Ich weiß nicht, wo Tim ist.«

»Hat er vielleicht eine Freundin, bei der er sich aufhalten könnte?«, fragte Marijke.

»Ja. Iris. Den Nachnamen weiß ich nicht.«

Kari hätte sich beinahe mit der flachen Hand vor die Stirn geschlagen.

Natürlich! Iris Asmussen war Tims Freundin und möglicherweise auch seine Komplizin beim Abrechnungsbetrug. Wenn er nicht zu Hause war, war er vermutlich bei ihr.

»Danke!«, rief sie in Richtung Sprechanlage und zog Marijke mit sich. »Ich kenne seine Freundin. Ich habe auch ihre Adresse.«

»Ja, dann.« In der Sprechanlage knackte es, dann war das Rauschen verschwunden.

Marijke und Kari eilten zum Wagen.

»Eine Wunderheilung«, urteilte Witta, als sie eingestiegen waren. »Vielleicht sollte ich mit meinem verstauchten Fuß auch mal zu Tim Siebert gehen.«

»Er war nicht zu Hause«, sagte Marijke, während sie den Motor startete.

»Stell dir vor«, erwiderte Witta. »Auf den Gedanken bin ich auch gekommen. Schließlich habt ihr die ganze Zeit nur vor der Haustür gestanden. Da müsste die Wunderheilung dann auch gleich noch eine Fernheilung durch die Sprechanlage gewesen sein.«

»Wo fahren wir jetzt hin?«, fragte Grethe, die kein Interesse an Wittas müder Witzelei hatte.

»Nach Hörnum«, sagte Kari. »Da wohnt Iris Asmussen.«

Sie hatte in den letzten Tagen mitbekommen, dass Iris eine verlängerte Mittagspause machte, weil sie abends wegen des Geburtsvorbereitungskurses lange in der Praxis war. Iris hatte Florian erzählt, dass ihre Mutter neuerdings mit Gerichten mit wenig Kohlenhydraten experimentierte, weil Iris darüber geklagt hatte, dass sie nach dem Mittagessen immer so müde war. Kari hatte nachgefragt und erfahren, dass Iris in der Einliegerwohnung im Haus ihrer Eltern lebte, die Mahlzeiten aber mit der Familie einnahm.

Viel zu eng, hatte Kari gedacht. Vielleicht war das der Grund, warum sich Iris von Tim in den Abrechnungsbetrug hatte verwickeln lassen? Das Leben auf Sylt war teuer, und eine Frau von Anfang dreißig wie Iris wollte vielleicht endlich auf eigenen Beinen stehen. Oder gar eine eigene Praxis eröffnen? In der Geburtshilfe- und Physiotherapiebranche verdienten meist nur die Praxisinhaber gut, nicht die Angestellten. Aber noch wusste Kari ja gar nicht, ob Iris und Tim überhaupt etwas mit dem Betrug zu tun hatten, den Lunds Freund bei der Staatsanwaltschaft vermutete. Hätte es den Mord an Dr. Lindner nicht gegeben, Kari hätte mittlerweile ernsthafte Zweifel, ob Staatsanwalt Magnus Richter sich nicht einfach täuschte.

»Iris Asmussen ist die Freundin von Tim Siebert, richtig?«, erkundigte sich Alma und holte Kari damit aus ihrem Gedankenkarussell zurück.

»So ist es.« Marijke Meenken trat das Gaspedal durch, vollführte erneut eines ihrer waghalsigen Wendemanöver und jagte die Westerlandstraße zurück in Richtung Süden.

Sie passierten die Einfahrt zur Nordseeklinik, das Rathaus und die Fußgängerzone und schließlich den Campingplatz. Dahinter bog Marijke auf die Hörnumer Straße. Mit gedrosseltem Tempo ging es vorbei am Rantumbecken und durch Rantum, ehe Marijke auf dem freien Abschnitt bis nach Hörnum das Gaspedal bis zum Anschlag durchtrat. Zum Glück war wenig Verkehr, und die Sylter Polizei hatte auch keine mobilen Blitzkästen auf der Strecke aufgestellt.

Binnen weniger Minuten erreichten sie die Ortseinfahrt von Hörnum, und kurz darauf stoppte Marijke vor einem bescheidenen Einfamilienhaus aus roten Klinkersteinen mit dunklen Dachziegeln.

Sie wollte schon aussteigen, doch Kari hielt sie zurück.

»Dieses Mal gehe ich allein«, erklärte sie. »Eine Hebamme kann bei Rückenschmerzen nichts ausrichten. Und dass wir extra nach Hörnum fahren, in der Hoffnung, Tim Siebert hier zu finden, statt einfach in irgendeine Physiotherapiepraxis oder zu einem Orthopäden in Westerland zu gehen, glaubt uns kein Mensch.«

»Die sind aber alle restlos ausgebucht«, wandte Witta ein. »Da bekommt man nicht so schnell einen Termin.«

»Ein akuter Hexenschuss ist ein Notfall«, blieb Kari hart. »Zumindest beim Arzt oder in der Nordseeklinik würde sich jemand finden, der sich darum kümmert.«

»Also gut«, gab Marijke klein bei. »Wir warten hier.«

Kari nickte zufrieden und kletterte aus dem Wagen. So gern sie die Häkelmafia hatte, es ging nicht an, dass die alten Damen ihr diktierten, wie sie ihre Arbeit zu tun hatte.

Sie klingelte erst bei Iris, dann, als eine halbe Minute lang nichts passiert war, bei deren Eltern.

Gleich darauf wurde die Tür von einer Frau geöffnet, die eine ältere Kopie von Iris Asmussen war. Die blonden Locken fielen ihr weit über die Schultern, die blauen Augen leuchteten freundlich. Der weiche Busen, der sich unter dem lindgrünen Top abzeichnete, schien wie dafür gemacht, dass ein Kind seinen Kopf darauf bettete.

»Hallo«, sagte sie mit einer Stimme, die ebenso warm und sanft war wie die von Iris. »Was kann ich für Sie tun?«

»Hallo«, erwiderte Kari. »Verzeihen Sie bitte die Störung. Ich bin auf der Suche nach Iris. Sie ist meine Hebamme. Und ich hatte vorhin plötzlich so ein Stechen im Unterleib.«

»Kommen Sie herein«, sagte Mutter Asmussen und legte Kari die Hand auf den Rücken. Ehe sie es sich versah, wurde sie durch den Flur ins Wohnzimmer geführt. Iris' Mutter drückte sie auf die Sitzfläche des Sofas, nahm ihre Füße und hob Karis Beine auf die Couch.

»Darf ich?« Sie machte sich an den Knöpfen von Karis Bluse zu schaffen. Kari versteifte sich.

»Ach. Verzeihen Sie.« Die Frau lachte herzlich. »Iris hat Ihnen nicht gesagt, dass ich ebenfalls Hebamme bin, stimmt's?« Sie streckte Kari die Hand hin. »Andrea Asmussen.«

»Ah.« Kari schüttelte die angebotene Hand. Sie wusste nicht recht, was sie sagen sollte. Aber zum Glück konnte man ihre Behauptung, dass sie ein Stechen im Unterleib verspürt hatte, ja nicht überprüfen.

»Warten Sie einen Moment.« Andrea Asmussen verließ den Raum und kam gleich darauf mit einer Tasche zurück, der sie ein Stethoskop entnahm.

Kari knöpfte ihre Bluse auf, und Andrea Asmussen untersuchte sie mit derselben Sorgfalt, wie es auch ihre Tochter und Karis Hebamme in Kiel getan hatten.

»Soweit ich das beurteilen kann, ist alles in Ordnung«, sagte Andrea Asmussen. »Ihr Kind wächst, und es bewegt sich. Da passiert es schon mal, dass Ihre Gebärmutter auf den Darm drückt oder vielleicht auch eine Darmschlinge abklemmt. Das ist dann unangenehm, aber es ist nicht gefährlich. Gehen Sie aber ruhig noch einmal zu Ihrem Frauenarzt und lassen ein Ultraschall machen, wenn Sie sich unwohl fühlen.«

»Danke.« Kari knöpfte ihre Bluse wieder zu. »Es tut mir wirklich leid, dass ich einfach so bei Ihnen hereingeplatzt bin. Es ist nur, weil ich mich bei Iris so geborgen fühle. Dr. Lindner ist ja tot, und sein Nachfolger ist so ein junger Arzt, bei dem alles schnell gehen muss.«

Im Stillen leistete sie Abbitte bei Sebastian Moldenhauer, der sich alle Zeit der Welt für sie genommen hatte und bei seiner Untersuchung mindestens genauso sanft gewesen war wie Dr. Wolf Lindner.

»Das verstehe ich«, sagte Andrea Asmussen, und Kari sah ihr an, dass sie stolz auf ihre Tochter war. »Für Iris ist das genau der richtige Beruf. Es ist nur schade, dass sie so wenige Möglichkeiten hat, sich weiterzuentwickeln. Ihr Traum ist ja eine eigene Praxis, aber um sich so etwas auf Sylt leisten zu können, bräuchte sie viel mehr Geld, als wir jemals aufbringen könnten. Es sei denn, wir verkaufen das Haus ...«

Offenbar hatten Iris' Eltern tatsächlich darüber nachgedacht, sich aber nicht dazu durchringen können. Es wäre, dachte Kari, auch ein allzu großes Opfer. Natürlich wollte man für seine Kinder nur das Beste, doch irgendwann mussten sie auch auf eigenen Beinen stehen. Und es war niemandem damit gedient, wenn in einer Familie jemand sein eigenes Glück für das eines anderen opferte. Das war eine der Weisheiten, die Kari schon sehr früh von ihrer eigenen Mutter gelernt hatte. Als Teenager hatte sie das unromantisch und beinahe zynisch gefunden, doch mittlerweile wusste sie, dass ihre Mutter recht hatte. Natürlich. Als Psychotherapeutin kannte ihre Mutter die Fallstricke in Beziehungen so gut wie kaum jemand sonst.

»Iris könnte doch irgendwo hingehen, wo das Leben nicht so teuer ist«, schlug Kari vor.

Andrea Asmussen reichte ihr die Hand, um ihr aufzuhelfen. »Nein. Das will sie nicht. Iris liebt die Insel. Sie möchte auf Sylt leben, mit ihrem Mann und den Kindern, die sie irgendwann bekommen werden. Und sie will hier ihre Praxis haben. Es muss ja nicht Westerland sein. Sie könnte sich auch hier in Hörnum etwas aufbauen.«

»Gemeinsam mit ihrem Mann«, griff Kari die Vorlage auf. Ihre Vermutung, dass Iris und Tim mit dem Krankenkassenbetrug das Geld generierten, das sie für ihre Zukunft brauchten, schien sich zu bestätigen. »Tim Siebert, richtig?«

»Genau.« Andrea Asmussen geleitete Kari durch den Flur. »Er ist ein hervorragender Physiotherapeut.«

»Das stimmt«, bestätigte Kari aus tiefstem Herzen. »Er hat Zauberhände.«

Andrea Asmussen öffnete die Haustür.

»Noch mal danke«, sagte Kari. »Und verzeihen Sie die Störung. Ich dachte, ich würde Iris hier finden, und vielleicht auch Tim. Meine Vermieterin hat einen schlimmen Hexenschuss, wissen Sie?«

Iris' Mutter lächelte. »Sie hätten vorher anrufen sollen. Iris ist heute Mittag gar nicht nach Hause gekommen. Sie hat Tim eingeladen, mit ihr essen zu gehen.«

»Ach, wie schön«, flötete Kari und versuchte, ihre Neugier möglichst beiläufig wirken zu lassen. »Wohin denn?«

Andrea Asmussen war vollkommen arglos. »In die Sturmhaube am Roten Kliff. Das Restaurant ist einfach toll geworden, mit dem neuen Pächter und dem großartigen Konzept. Obwohl wir schon fast nicht mehr daran geglaubt haben, dass es irgendwann tatsächlich fertig wird. Fünf Jahre hat es gedauert, bis nach der großen Sanierung und dem Umbau die Pforten endlich wieder geöffnet haben, aber dafür ist es jetzt eines der schönsten Lokale auf der Insel. Allein dieser Innenraum mit der vier Meter hohen Decke und der großen Front mit den Panoramafenstern und dem weiten Blick über die Nordsee! Und die Terrasse ist ein Traum. Vom Essen gar nicht zu reden, und das hauseigene Bier, das im Keller der Sturmhaube gebraut wird, ist auch nicht zu verachten. Als Hebamme und Physiotherapeut kann man sich so etwas natürlich nicht alle Tage leisten. Aber auch wenn man nicht so viel verdient, muss man sich gelegentlich mal etwas gönnen, und das tun die beiden heute.«

Kari verspürte ein Kribbeln. Nicht, weil die schöne Insel wieder um eine Perle reicher war, sondern weil das Rote Kliff der Ort war, an dem Dr. Wolf Lindner den Tod gefunden hatte.

War es Zufall, dass Iris und Tim ausgerechnet dorthin zum Essen gingen? Oder hatte Kari mit ihrem Vorstoß bei

Tim etwas in Gang gesetzt, dass kein gutes Ende nehmen würde?

Sie verabschiedete sich rasch von Andrea Asmussen und eilte zu Marijkes Wagen.

»Schnell«, rief sie. »Wir müssen zum Roten Kliff.«

Das war etwas, das sie nicht zweimal zu sagen brauchte. Marijke ließ den Motor an und trat das Gaspedal durch. Kari sah gerade noch die verblüffte Miene von Andrea Asmussen, dann schossen sie auch schon um die nächste Kurve und bewegten sich schlingernd in Richtung Norden.

• • •

Jonas Voss hatte gehofft, seine Tochter zu Hause anzutreffen, doch als er die Tür aufschloss, stellte er fest, dass er allein war. Frustriert belegte er sich zwei Scheiben Brot mit Salami und Käse und setzte sich mit dem Teller auf die Terrasse. Wenn schon niemand da war, der ihm Gesellschaft leistete, wollte er wenigstens die letzten warmen Strahlen der Herbstsonne genießen. Bald genug wären die goldenen Tage vorüber und der Spätherbst mit seinen Stürmen, der hohen Brandung und dem kalten Wind würde einsetzen. Auch das eine Jahreszeit, die Jonas mochte, doch es würde auch viele graue Tage geben, wolkenverhangen und lichtlos. Dann fiel es ihm manchmal schwer, die Energie für seinen Alltag aufzubringen.

Zum Glück hatte er mit Hannah eine Kollegin an seiner Seite, deren gute Laune kaum zu erschüttern war. Sie zog ihn mit und half ihm durch die langen Winter. Und dann würde ja im Januar sein Kind auf die Welt kommen.

Obwohl er bereits zweifacher Vater war, fiel es ihm schwer, sich vorzustellen, dass dann plötzlich ein neuer Mensch in sein Leben treten würde. Ein Mensch, der einen Namen brauchte. Bisher hatten Kari und er noch nicht darüber gesprochen. Sie würden es bald tun müssen. Wenn es nach ihm ginge, würde auch sein drittes Kind einen Namen bekommen, der friesisch, aber nicht altbacken war. Ob Kari damit einverstanden wäre? Oder würde sie das Kind nach ihren Eltern Christian oder Margarethe nennen wollen? Oder womöglich Silja oder Redlef nach seinen Eltern? Wobei Silja noch in Ordnung wäre, während ihm Redlef doch zu sehr nach einer Bürde für ein kleines Kind klang.

Andererseits wurden auch kleine Kinder irgendwann erwachsen, und sein Vater hätte es durchaus verdient, dass man ihm diese Ehre erwies. Immerhin hatte er sich viele Jahre lang hingebungsvoll um Jasper und Finja gekümmert, als Friederike ihn verlassen hatte und Jonas es nicht geschafft hatte, Beruf und Familie unter einen Hut zu bekommen.

Jonas hörte das Klappern der Haustür, und gleich darauf trat Jasper auf die Terrasse und riss ihn aus seinen Gedanken.

»Hey, Paps. Was machst du denn hier? Und wo ist Finja?«

»Erstens: Ich esse.« Jonas deutete auf sein angebissenes Käsebrot. Das andere mit der Salami hatte er bereits vertilgt. »Und zweitens: Ich weiß es nicht.«

»Hm.« Jasper beäugte das Käsebrot. »Ist auch noch Fisch da?«

Voss musste grinsen. Schon als kleiner Junge hatte Jasper, anders als die meisten anderen Kinder, am liebsten Fisch gegessen. Was sicher damit zu tun hatte, dass Redlef, stolzer Besitzer eines Fischkutters und einer Fischhandlung, ihn ausdauernd damit gefüttert hatte, während er ihm zugleich spannende Geschichten aus dem Seemannsleben erzählt hatte.

»Dein Opa Redlef hat gestern Stremellachs und Makrele mitgebracht. Wenn du nicht schon heute Nacht alles aufgegessen hast, müsste noch etwas davon da sein.«

»Super.« Jasper verschwand wieder im Haus und kehrte wenig später mit zwei dick mit Stremellachs und Makrele belegten Brotscheiben zurück. Er ließ sich in einen der Liegestühle fallen und biss herzhaft in das Makrelenbrot.

»Was ist jetzt mit Finja?«, fragte er kauend. »Ist sie schwanger oder nicht?«

»Nein«, ertönte die Stimme seiner Schwester von der Terrassentür her. »Ist sie nicht.«

Jonas und Jasper fuhren beide von ihren Liegestühlen hoch. Sie hatten Finja nicht kommen hören. Jonas drehte sich zur Tür und sah, dass seine Tochter ungewöhnlich rote Wangen und glänzende Augen hatte. Rasch legte er sein Brot beiseite, stand auf und ging auf sie zu. Er nahm sie bei den Armen und betrachtete sie besorgt.

»Alles in Ordnung bei dir?« Er runzelte die Stirn und schnupperte. War das Alkohol, was er roch? Aber das konnte nicht sein. Finja trank zwar gerne einen Schluck Prosecco oder ein wenig Wein zum Abendessen, doch nur als kultiviertes Ritual, das sie mit dem Erwachsensein assoziierte. Alkohol, um sich zu berauschen, lehnte sie kategorisch ab, genauso wie den Konsum alkoholischer Getränke am helllichten Tag.

»Klar. Ich bin nicht schwanger. Das ist es doch, was wir alle wollten, oder nicht?«, entgegnete Finja mit seltsam schleppender Stimme. Dazu gestikulierte sie auf eine Weise mit der Hand, wie Jonas es sonst nur von Witta Claaßen kannte.

Er verstärkte den Griff um ihre Arme und schaute ihr in die Augen. »Hast du getrunken?«

»Ja, stell dir vor«, gab seine Tochter zurück, in einem Tonfall, der ebenfalls besser zur Landarztwitwe gepasst hätte.

»Warum?« Jonas trat zurück und ließ die Hände sinken. Finja kam ihm auf einmal vollkommen fremd vor.

»Warum nicht? Ich bin volljährig.« Finja ging – nein:

schwankte – zu einem der Liegestühle und ließ sich hinein-
sinken. Sie schnappte sich Jaspers mit Stremellachs belegte
Brotscheibe und biss davon ab.

Jasper runzelte die Stirn. Finja war gewöhnlich auf Ordnung und Gerechtigkeit bedacht. Sie war schon sehr früh
viel zu ernst für ihr Alter gewesen, eine fürsorgliche und res-
pektvolle große Schwester. Sie hatte ihm noch nie etwas weg-
genommen.

»Was ist los?«, erkundigte er sich.

Finja ließ die Brotscheibe sinken und brach in Tränen aus.

»Ich war mit Kari beim Frauenarzt«, berichtete sie ihrem Bruder schluchzend. »Weil ich dachte, dass ich schwanger bin. Der Test, den Kari mit mir gemacht hat, war positiv.
Ich wollte herausfinden, was ich tun muss, um es abtreiben
zu können.«

»Ach so?« Jetzt vergaß auch Jasper, von seinem Brot ab-
zubeißen. Stattdessen sah er seinen Vater an. »Hast du das
gewusst? Wieso sagt mir denn niemand was?«

»Weil es dich nichts angeht«, versetzte Finja.

»Pfff.« Jasper warf sein angebissenes Brot auf den Teller
und verschränkte beleidigt die Arme.

Jonas zog es das Herz zusammen. Seine Kinder hatten immer eine enge und vertrauensvolle Beziehung zueinander gehabt. Wenn Finja ihren Bruder so anging, musste sie sehr aufgewühlt sein.

»Was hat der Frauenarzt gesagt?«, forschte er so sachlich
nach, wie er es vermochte.

»Dass ich nicht schwanger bin.«

»Aber der Test war doch positiv.«

»Weil ich eine Blasenmole habe.«

Jonas und Jasper tauschten einen ratlosen Blick.

»Was ist das?«, fragte Jonas.

»Ein Zellhaufen. Er entsteht, wenn die Eizelle, die befruchtet wird, kein genetisches Material enthält.«

Jasper, der genau wie Jonas nie lange böse sein konnte, sah seine Schwester interessiert an. »Warum weinst du dann?«, erkundigte er sich. »Du wolltest das Kind doch gar nicht. Wieso bist du jetzt traurig, dass du keins bekommst?«

Finja zog ein Taschentuch hervor und tupfte sich die Tränen ab. »Ich weiß es auch nicht. Vielleicht, weil ich die Entscheidung selbst treffen wollte. Oder weil ich das Gefühl habe, dass ich versagt habe. Weil meine Eizellen nicht funktionieren.«

Jonas streckte die Arme aus. »Komm mal her.«

Finja erhob sich. Einen Moment lang zögerte sie. Dann kam sie zu Jonas und ließ sich von ihm umarmen. Er strich ihr über das lange dunkle Haar, das sich weich und seidig anfühlte, und Finja bettete ihren Kopf an seine Brust, wie sie es schon seit vielen Jahren nicht mehr getan hatte.

Jonas ließ sie weinen, bis sie sich beruhigt hatte. Jasper vertilgte in der Zwischenzeit die beiden angebissenen Fischbrote und anschließend den Rest von Jonas' Käsebrot.

»Und warum hast du getrunken?«, fragte er, als Finja sich wieder auf ihren Platz gesetzt hatte.

»Kari hatte noch einen Termin«, erklärte Finja. »Marijke hat mich mitgenommen. Wir haben uns mit ihren Häkelfreundinnen getroffen, und die waren der Meinung, dass es kein Problem gibt, bei dem ein Schnaps nicht hilft.«

Jonas lachte leise. Die Erklärung war so naheliegend, dass er sich fragte, warum er nicht selbst darauf gekommen war.

Finja lächelte. »Das war nett«, sagte sie. »Als ich in Braderup in den Bus gestiegen bin, habe ich mich schon viel besser gefühlt.«

24. Kari spürte die unheilschwangere Atmosphäre schon, als Marijke Meenken den Golf Sportsvan mit kreischenden Bremsen auf dem Parkplatz der Sturmhaube zum Stehen brachte. Mehrere Personen kamen über den Holzbohlenweg von der Kliffkante zum Parkplatz gelaufen und spähten die Straße entlang, über die Kari und die Häkeldamen gekommen waren. Kari sprang aus dem Wagen und sprach eine der Frauen an. »Was ist denn passiert?«

»Wir warten auf den Krankenwagen«, erwiderte die Frau mit einem Dialekt, den Kari der südlichen Pfalz zuordnete. Sie war groß und schlank und trug eine teure Designerwetterjacke zu modisch zerlöcherten Jeans, für die sie nach Karis Ansicht mehrere Jahrzehnte zu alt war. Die blonde Kurzhaarfrisur umrahmte ein unnatürlich braun gebranntes und von Knitterfalten zerfurchtes Gesicht, Folge zu vieler Stunden auf der Sonnenbank vermutlich.

»Warum? Hat sich jemand verletzt?«

Die Frau nickte heftig. »Stellen Sie sich das vor. Ein Mann. Er ist von der Kliffkante gestürzt. Einfach so.«

»Einfach so?«

Ein heftig keuchender Mann gesellte sich zu ihnen. Seine Jeans hatten den gleichen Used-Look wie die der Frau, die Wetterjacke stammte vom selben Designer. Sein lichtes Haar kringelte sich in langen Strähnen über den Kopf. Ehe er der Frau hinterhergelaufen war, hatten sie wahrscheinlich, mit viel Gel oder Wachs befestigt, über der kahlen Stelle gelegen, doch jetzt hatte sich die Frisur komplett aufgelöst.

»Da war ein Mann«, japste er. »Der hat ihn in Richtung Abgrund geschubst.«

»Das war eine Frau«, widersprach seine Partnerin. »Und sie hat ihn auch nicht geschubst. Die beiden haben gestritten, und sie hat sich mit einem Ruck aus seinem Griff befreit. Er hat sich weggedreht und ist auf die Kliffkante zugetaumelt. Ich glaube, er war betrunken.«

Kari spürte etwas Saures in ihrer Kehle aufsteigen. Marijke, Alma und Grethe, die mittlerweile zu Kari aufgeschlossen hatten, gaben entsetzte Laute von sich. Witta, die noch am Wagen stand und mit ihrer Krücke kämpfte, winkte ihnen zu, auf sie zu warten.

Kari kümmerte sich nicht darum. »Danke«, sagte sie zu der Pfälzerin und ihrem Mann und hastete über den Holzbohlenweg in Richtung Kliff. Das Baby in ihrem Bauch schien das nicht zu stören, jedenfalls trat es nicht um sich.

Kari erreichte die Kliffkante und beugte sich vorsichtig darüber.

Unten sah sie eine Gestalt mit verdrehten Gliedmaßen im Sand liegen. Um den Abgestürzten herum hatte sich eine Menschentraube versammelt, die einige Meter Abstand hielt. Nur ein Mann kniete neben dem Verletzten und bemühte sich um ihn.

Kari hetzte die Treppe zum Strand hinunter und lief zu der Gruppe. Irgendwo hinter ihr folgten Marijke, Grethe und Alma.

Kari drängte sich zwischen den Schaulustigen hindurch, von denen nicht wenige ein Smartphone auf den Verletzten gerichtet hielten und filmten. Kari schüttelte verständnislos den Kopf. Was war nur mit den Menschen los? Warum war die Sensationsgier so groß, während Mitgefühl und Hilfsbereitschaft auf der Strecke blieben?

Sie sah sofort, dass die Person am Boden Tim Siebert war. Überrascht stellte sie fest, dass sie auch den Mann kannte, der neben ihm kniete. Dr. Sebastian Moldenhauer, die Praxisvertretung von Dr. Wolf Lindner, der exakt an dieser Stelle ebenfalls von der Klippe gestürzt war.

»Dr. Moldenhauer.« Kari ging schwerfällig neben dem Arzt in die Hocke. »Was ist mit Tim?«

Der Gynäkologe schaute zu ihr, dann wieder auf den Physiotherapeuten, der reglos im Sand lag. »Sie kennen ihn?«

»Ja. Er ist mein Physiotherapeut bei *Baby-Well*.«

»Aha.« Sie sah, wie es hinter Moldenhauers Stirn arbeitete. Kari zeigte auf Tim. »Was ist mit ihm?«

Moldenhauer legte sacht die Hand auf Tims Brust. »Exitus. Aber verraten Sie es den Aasgeiern da drüben nicht.« Sein Kopf neigte sich in Richtung der Schaulustigen. »Solange sie glauben, dass man sie zum Helfen heranziehen könnte, halten sie Abstand. Wenn sie erfahren, dass niemand etwas von ihnen verlangt, werden sie sich nach Herzenslust austoben, Fotos schießen und Filmchen drehen und alles zertrampeln. Dann wird die Polizei nicht den Hauch einer Spur finden.«

»Polizei?«

Moldenhauer sah sie ernst an. »Ihnen ist bekannt, dass Dr. Lindner auch an dieser Stelle gestorben ist?«

»Ja.« Sie fragte sich, wie viel sie als Patientin darüber wissen durfte. Dass der Gynäkologe am Roten Kliff abgestürzt war, hatte in der Zeitung gestanden, aber über die näheren Umstände war nichts bekannt geworden.

»Wie kommt es, dass Sie hier sind?«, wechselte sie vorsichtshalber das Thema.

»Wir waren verabredet.« Moldenhauer wies auf den Toten. »Er wollte mir einen Deal anbieten.«

»Einen Deal?« Kari ahnte, dass sie sich wie ein Papagei anhörte, aber ihr Gehirn schien nur noch im Zeitlupentempo zu funktionieren.

Moldenhauer richtete sich auf, und Kari tat es ihm gleich.

»Er hat behauptet, meine Arzthelferin würde krumme Geschäfte machen, die der Praxis schaden«, erklärte er, nur um im nächsten Moment unwillig den Kopf zu schütteln. »Aber das ist Sache der Polizei. Verzeihen Sie, wenn ich davon angefangen habe. Auch ein Arzt kann unter Schock stehen.«

»Das verstehe ich«, beteuerte Kari. »Es ist wohl das Beste, wenn ich wieder gehe. Ich habe ja nichts gesehen.« Sie winkte dem Gynäkologen und lief zu den Schaulustigen, unter die sich mittlerweile auch die Häkeldamen gemischt hatten. Von der Treppe her näherten sich die Rettungssanitäter, ein Notarzt und mehrere uniformierte Polizeibeamte, die einen engen Ring um den Mann am Boden bildeten. Der Notarzt und einer der Sanitäter knieten sich neben ihn.

»Was ist mit ihm?«, erkundigte sich Witta, die sich keuchend auf ihre Krücke stützte.

»Nicht hier.« Kari winkte die alten Damen zur Wasserkante.

»Er ist tot«, sagte sie, als die Häkelfrauen sie umringt hatten.

Sofort flogen vier Köpfe zu dem Mann, der reglos zwischen den Rettungskräften im Sand lag.

»Ist das sicher?«, erkundigte sich Witta.

»Ja. Der Mann, der sich um ihn gekümmert hat, ist Arzt«, erklärte Kari.

»Natürlich.« Marijke Meenken schlug sich die Hand vor die Stirn. »Dr. Sebastian Moldenhauer, der Gynäkologe. Ich wusste doch, dass er mir bekannt vorkommt.«

»Also hat er etwas mit dem Abrechnungsbetrug zu tun?«, fragte Grethe. »Ich meine, das kann doch kein Zufall sein? Erst stürzt Dr. Lindner hier in den Tod, dann Tim Siebert, und ausgerechnet Lindners Nachfolger ist zur Stelle, um sich um den Mann zu kümmern?« Sie hob den Zeigefinger. »Ich wette, er hat ihn selbst hinuntergestoßen, und jetzt tut er so, als würde er Erste Hilfe leisten.«

»Aber warum?« Alma Grieger spähte zu dem jungen Arzt hinüber. »Er sieht so sympathisch aus.«

»Du solltest in den letzten Jahren gelernt haben, dass das nicht das Geringste zu bedeuten hat«, tadelte Witta. »Du kannst nicht vom Aussehen auf den Charakter eines Menschen schließen. Hinter der schönsten Fassade kann ein Dämon wohnen und hinter der hässlichsten Fratze ein guter Mensch.«

»Und das von dir«, spottete Grethe. »Wo du doch so viel Wert auf Äußerlichkeiten legst.«

»Das ist deine verzerrte und vollkommen falsche Wahrnehmung«, gab Witta zurück.

»Kinder, bitte«, machte Marijke Meenken dem Disput ein Ende. »Das ist jetzt wirklich nicht die richtige Zeit und der richtige Ort. Im Angesicht eines Toten.«

»Du hast recht.« Witta verlagerte ihr Gewicht stärker auf den unverletzten Fuß. »Darauf trinken wir erst mal einen Küstennebel. Du hast doch noch eine Flasche im Haus?«

Marijke seufzte. »Sicher.«

»Also, lasst uns fahren.« Witta sah die anderen um Zustimmung heischend an. »Hier können wir ohnehin nichts mehr tun, richtig?«

Kari nickte müde. Jonas und Hannah würden sicher bald auftauchen und alles abriegeln lassen. Wenn sie mehr über die Todesumstände von Tim Siebert erfahren wollte, musste sie warten, bis Jonas ihren Chef Ole Lund in Kenntnis gesetzt hatte. Bis dahin würde sie versuchen, sich auszuruhen. Mit dem Krümelchen im Bauch war sie einfach nicht mehr so fit und belastbar wie früher.

»Also. Wäre vielleicht eine von euch so freundlich, mich zu stützen?«, fragte Witta. »Die ganze Treppe wieder hoch, mit dem kaputten Fuß.«

»Du hättest ja nicht herunterlaufen müssen«, spottete Grethe, griff ihrer Freundin aber nichtsdestoweniger helfend unter den Arm. Alma unterstützte sie auf der anderen Seite, und gemeinsam arbeiteten sie sich die lange Holzbohlentreppe wieder aufs Rote Kliff hinauf.

Auf halbem Weg zum Parkplatz kamen ihnen Jonas Voss und Hannah Behrends entgegen. Hannah nickte Kari zu, als sie an ihr vorbeilief. Jonas tat so, als würde er sie gar nicht sehen.

• • •

Erst als er schon den Fuß auf die erste Stufe der Holztreppe hinunter zum Strand gesetzt hatte, warf Jonas einen raschen Blick zurück. Er hatte wirklich gehofft, dass Kari es jetzt, wo sie schwanger war, ein bisschen ruhiger angehen lassen würde. Stattdessen schien sie, angestachelt durch die Häkeldamen, zu neuer Höchstform aufzulaufen. Nicht nur, dass sie wieder einmal im selben Umfeld ermittelte wie er, nun nahm sie auch noch die Leiche in Augenschein, ehe man ihn überhaupt informiert hatte.

»Ich frage mich, wie die alten Frauen das ertragen«, sagte Hannah neben ihm. »All die Toten, über die sie gestolpert sind, seit Kari sich damals bei ihrem Club Royale-Fall das erste Mal bei Frau Meenken einquartiert hat.«

Jonas schämte sich plötzlich. Diese Seite der Dinge hatte er völlig aus den Augen verloren. Auch wenn die alten Damen fürchterlich neugierig und sensationslüstern waren – das Schicksal der Betroffenen ließ sie sicher nicht unberührt.

»Humor und viel Küstennebel, nehme ich an«, sagte er

und stellte fest, dass sein Ärger verflogen war. Nicht nur auf die Häkelmafia, sondern auch auf Kari. Genau wie er machte sie einfach nur ihren Job. Es war nicht ihre Idee gewesen, nach Sylt zu kommen. Ole Lund hatte sie auf den Abrechnungsbetrug angesetzt. Und Tim Siebert, der Tote unten am Kliff, war nun mal einer ihrer Verdächtigen. Kari war sicher nicht hierhergekommen, um einen Leichenfund zu machen, sondern weil sie einer Spur gefolgt war, die nun buchstäblich ins Leere geführt hatte.

Unten am Strand herrschte Trubel. Die uniformierten Beamten, die rot-weißes Flatterband weiträumig um den Leichnam herum aufspannten, hatten alle Hände voll zu tun, um die Schaulustigen zurückzudrängen und zu verhindern, dass reihenweise Handyfotos geschossen und Videoclips aufgenommen wurden. Mehrere Kollegen schafften Stellwände heran, die sie um den Toten herum aufstellten, um ihn von den neugierigen Blicken abzuschirmen.

Jonas dachte plötzlich, dass er Kari dankbar sein sollte. Sie hatte sich nicht unter die Gaffer gemischt, sondern sich mit den Häkelfrauen diskret zurückgezogen, damit er in Ruhe seine Arbeit tun konnte.

Zusammen mit Hannah trat er hinter die Stellwände. Neben dem Toten hielten sich dort nur ein uniformierter Kollege aus List und ein Mann Anfang dreißig mit langen blonden Haaren und Vollbart auf, der mit ausgestreckter Hand auf ihn zukam.

»Guten Tag. Mein Name ist Sebastian Moldenhauer. Ich bin Arzt.«

Jonas runzelte die Stirn. Den Namen hatte er irgendwann in den letzten Tagen schon einmal gehört.

Hannah war wie immer schneller als er. »Der Gynäkologe? Die Praxisvertretung von Dr. Lindner?«

»Richtig.« Moldenhauer schüttelte den Kopf. »Ich kann das alles gar nicht fassen. Erst der Tod von Wolf, und jetzt Tim.« Er schaute an der rot leuchtenden Flanke des Kliffs hinauf zu den dürren Büscheln Dünengras, die über die Kante ragten. »Wir waren hier verabredet. Oben auf dem Kliff, in der Sturmhaube, nicht hier unten. Tim sagte, er habe Informationen für mich. Weil in meiner Praxis – also der Praxis von Dr. Lindner – ein großer Betrug laufe.« Er fuhr sich mit der Hand durch die Haare. »Als ich kam, herrschte oben an der Kliffkante ein Aufruhr. Die Leute haben nach unten gezeigt und gesagt, da sei jemand abgestürzt. Ich bin hinuntergelaufen, so schnell ich konnte, aber es war zu spät. Tim war tot.« Moldenhauer fummelte an einem Knopf seines königsblauen Oberhemds herum, unbewusst vermutlich. »Ich ...« Der Arzt brach ab und biss sich auf die Lippen.

»Ja?« Hannah, die ihr Tablet hervorgeholt hatte und sich Notizen machte, sah ihn neugierig an.

Moldenhauer blickte sich um und beugte sich näher zu Jonas und Hannah, obwohl man sie hinter der Stellwand nicht sehen konnte.

»Ich war nicht pünktlich hier«, berichtete er. »Ich fürchte, Tim hat die Nerven verloren.« Der Arzt malträtierte weiter seinen Hemdknopf. »Weil er in Wirklichkeit selbst in den Betrug verwickelt war. Vermutlich haben ihn seine Komplizen unter Druck gesetzt, und er hat die Anspannung nicht ausgehalten. Er ist an der Kliffkante entlanggelaufen und vor lauter Nervosität aus dem Gleichgewicht geraten. Oder er ist gesprungen. Obwohl ... Eigentlich hat er auf mich einen aufrichtigen Eindruck gemacht. Aber was heißt das schon?«

Jonas tauschte einen raschen Blick mit Hannah. Kari hatte anscheinend von Anfang an recht gehabt. Der Mord an Dr.

Wolf Lindner hing mit dem Abrechnungsbetrug zusammen, ebenso wie der Tod von Tim Siebert.

Hannah tippte etwas auf ihrem Tablet und schaute dann den jungen Gynäkologen an.

»Woher kennen Sie Tim Siebert?«, erkundigte sie sich.

Moldenhauer lächelte traurig. »Wolf – Dr. Lindner – hat in seiner Praxis ein leistungsfähigeres Ultraschallgerät als die Hebammen bei *Baby-Well*, und vor allem den besseren Drucker. Wir machen die Untersuchungen und die Bilder für die Patientinnen, die wir gemeinsam betreuen, und jemand von *Baby-Well* holt sie in der Praxis ab. Meistens Tim Siebert, soweit ich das mitbekommen habe. Sophie meint, er hätte etwas mit Cindy am Laufen. Das ist unsere Arzthelferin. Oh.«

Moldenhauer schaute auf den Hemdknopf, den er plötzlich in der Hand hielt. Anscheinend hatte er tatsächlich nicht bemerkt, dass er die ganze Zeit daran gezerrt hatte. Eine Übersprungshandlung, dachte Jonas. Ein Gynäkologe hatte schließlich eher selten mit Toten zu tun.

»Mist.« Moldenhauer schob den Knopf in die Hosentasche seiner Jeans. »Na ja, jedenfalls war Tim heute Mittag in der Praxis, um ein paar Ultraschallbilder abzuholen. Cindy war nicht da. Ich hatte sie zur Apotheke geschickt, um neue Tupfer zu besorgen. Tim hat mich beiseitegenommen und gesagt, bei uns laufe ein Abrechnungsbetrug im großen Stil. Wenn ich mehr darüber wissen wolle, solle ich ihn um eins am Roten Kliff treffen.« Moldenhauer holte tief Luft und fuhr sich mit beiden Händen durch die Haare. »Ich habe ihm nicht geglaubt. Aber ich wollte jeden Zweifel ausräumen, damit die Praxis nicht in Verruf gerät oder Sophie der Kassensitz entzogen wird, bevor sie überhaupt ihr Examen hat.«

Er starrte auf den Leichnam zu seinen Füßen. Jonas konnte sehen, wie sich die Gedanken in seinem Kopf bewegten. Moldenhauers Stirn kräuselte sich. Er kniff die Augen so weit zusammen, dass seine blonden Augenbrauen beinahe einen rechten Winkel bildeten.

»Ich bin nur ein Frauenarzt«, sagte er. »Rechtsmedizin war nie mein Steckenpferd. Mir sind die Lebenden weitaus lieber als die Toten. Aber das hier ist kein Zufall, oder? Zwei tote Männer am selben Fundort, beide mit derselben Todesursache. Da laufen wirklich irgendwelche krummen Sachen in Wolfs Praxis, stimmt's?« Er strich sich über den dichten Bart. »Auch wenn ich mir beim besten Willen nicht vorstellen kann, dass Wolf ein Betrüger war. Und Sophie ist ganz sicher keine Betrügerin.«

»Zerbrechen Sie sich darüber nicht den Kopf«, sagte Hannah. »Es wird sich alles aufklären. Wir möchten Sie lediglich darum bitten, fürs Erste mit niemandem über Ihren Verdacht zu sprechen.«

»Okay.« Der Arzt wirkte plötzlich vollkommen erschöpft. »Ich sage meine restlichen Termine für heute ab und fahre nach Hause. In meine Unterkunft hier auf Sylt, meine ich. Wenn Sie noch Fragen haben ...«

»Geben Sie uns einfach Ihre Handynummer.«

Moldenhauer diktierte die Zahlen, und Hannah tippte sie in ihr Tablet. Dann verabschiedete sich der Arzt. Er zwängte sich durch eine Lücke zwischen den Stellwänden und entschwand ihren Blicken.

Hannah schaute nachdenklich auf ihr Tablet. »Karis Verdacht scheint zu stimmen«, überlegte sie. »Cindy Kessler, die Arzthelferin von Dr. Lindner, ist in diesen Abrechnungsbetrug verwickelt, gemeinsam mit irgendwem bei *Baby-Well*. Lindner musste wahrscheinlich sterben, weil er dem Betrug auf die Spur gekommen ist. Aber was ist mit Tim? War er ein Komplize? Ist er für die anderen zum Unsicherheitsfaktor geworden? Oder war er ebenfalls ein unbequemer Zeuge?«

Jonas schob die Ärmel seiner Lederjacke nach oben und schaute über die Nordsee, die unter einem strahlend blauen Himmel lag. Eigentlich ein Anblick, bei dem ihm auch nach all den Jahren, die er auf der Insel lebte, immer noch das Herz aufging, doch heute war die Frustration so mächtig, dass ihm das Meer nicht half.

»Ich habe keine Ahnung«, sagte er bitter. »Aber ich bin sicher, Kari wird es herausfinden.«

Hannah lachte. »Ja. Das glaube ich auch.« Sie stupste ihn in die Seite. »Gönn es ihr. Du bist doch kein Macho, der seiner Frau beweisen muss, dass er besser ist als sie.«

Jonas suchte ihren Blick und lächelte. Der Ärger verflog so schnell, wie er gekommen war. »Nein«, sagte er. »Das bin ich nicht.«

Im Gegenteil. Er war ein Mann, der sich immer eine starke Partnerin gewünscht hatte, und genau das war Kari. Er war stolz auf sie.

25. Der Nachmittag verging wie im Flug. Statt zu Marijke nach Hause zu fahren, waren Kari und die Häkeldamen in der Sturmhaube eingekehrt, weil Witta gejammert hatte, dass sie eine Pause brauche, ehe sie mit ihrem verletzten Fuß das letzte Stück bis zum Parkplatz bewältigen könne.

Dass das Argument nur vorgeschoben war, war offensichtlich. Der Weg zum Parkplatz war kürzer als der zur Sturmhaube. Aber Kari hatte trotzdem nicht protestiert. Genau wie die Häkeldamen reizte es sie, am Ort des Geschehens zu bleiben.

Also hatten sie es sich auf der Terrasse gemütlich gemacht, an einem Tisch, von dem aus man zwar nicht den Strand, wohl aber ein Stück des Wegs zur Kliffkante einsehen konnte. So hatten sie das Eintreffen der Spurensicherung beobachten können, und etwas später hatte Kari auch ihre Freundin Susanne Lorenz gesehen, die als Rechtsmedizinerin am Universitätsklinikum Schleswig-Holstein in Kiel arbeitete. Wenn es auf Sylt einen Toten gab, übernahm meistens sie den Außentermin, weil sie die Insel liebte. Kari wusste, dass Jonas das sehr recht war. Er arbeitete gern mit Susanne zusammen, weil sie immer sachlich war, nicht mehr Worte machte als nötig und die Fakten so erklärte, dass sie auch ein medizinischer Laie verstand.

Kari hätte gern gewusst, was bei der Inaugenscheinnahme des Toten herausgekommen war, doch sie musste sich gedulden, bis Susanne sich bei Ole Lund gemeldet hatte und der Kriminalrat die Informationen an sie weitergab.

Bis dahin hatte es mehrere Stunden gedauert, die von den Häkeldamen mit viel Kaffee, Kuchen und Likör gefüllt worden waren und mit ebenso vielen Spekulationen darüber, welche Volten der Abrechnungsfall geschlagen haben mochte, so dass Tim Siebert am Ende hatte sterben müssen.

Nur Kari war enthaltsam geblieben und hatte sich an einem großen Becher Früchtetee und einem Stück Apfelkuchen festgehalten, das ausgezeichnet schmeckte. Sie hielt sich auch aus den wilden Theorien der Häkelmafia heraus. Stattdessen lauschte sie den Gesprächen an den Nebentischen. Genau wie die Häkeldamen hatten sich auch einige der anderen Gäste entschieden, den Schock über Tims Absturz bei einem mehr oder weniger hochprozentigen Getränk auf der Terrasse der

Sturmhaube zu verarbeiten. Kari hörte verschiedene Darstellungen des Geschehens, die vom gezielten Mord bis zum unglücklichen Unfall alle Interpretationen erlaubten, so wie es auch bei dem Pfälzer Ehepaar der Fall gewesen war, das sie bei ihrer Ankunft am Roten Kliff getroffen hatten.

Kari wunderte sich nicht darüber. Nach all den Jahren, die sie im Polizeidienst arbeitete, wusste sie, wie unzuverlässig Zeugenaussagen waren. Jonas und Hannah, die sämtliche Tagesgäste von den uniformierten Kollegen befragen lassen würden, bekämen vermutlich ein ähnlich uneinheitliches Bild wie Kari auf ihrem Lauschposten. Wobei die Geschichten nicht mit Absicht verzerrt wurden. Menschen nahmen dieselben Dinge unterschiedlich wahr, das war das ganze Geheimnis.

Als die letzten Zeugen des Vorfalls gegangen waren, konnte Kari sich nicht länger ablenken. Die Gedanken, die in ihrem Hinterkopf gelauert hatten, drängten sich wieder nach vorn.

Im Grunde war es nur eine einzige Frage: War sie, Kari Blom, der Auslöser für diese furchtbare Entwicklung der Ereignisse? Hatte Tim Siebert sterben müssen, weil sie ihn unter Druck gesetzt hatte?

Sie war erleichtert, als endlich ihr Smartphone klingelte und Ole Lund am anderen Ende war.

»Hallo Kari.«

Die Stimme des Kriminalrats klang ebenso betroffen, wie Kari sich fühlte.

»Es tut mir wirklich leid«, sagte er. »Wenn ich gewusst hätte, wie dramatisch sich das alles zuspitzt, hätte ich dich nicht nach Sylt geschickt. Diese ganze Aufregung. Das kann ja nicht gut für das Kind sein.«

»Wir schaffen das schon.« Wie so oft, wenn sie sich überfordert fühlte, fuhr Kari eine Trennwand zu ihren Gefühlen hoch. Solange es ihr gelang, klar zu denken, konnte sie alle

Probleme lösen. Sie durfte sich nur nicht von Emotionen überschwemmen lassen. Das war schwer geworden, seit sie schwanger war. Die Hormone machten ihr oft genug einen Strich durch die Rechnung. Aber sie würde jetzt nicht aufgeben. Sie hatte den Auftrag angenommen, und nun würden ihr Krümelchen und sie ihn auch zu Ende bringen.

»Okay.« Lund kannte sie gut genug, um zu wissen, dass sie ihre Meinung nicht ändern würde. Entsprechend sachlich wurde sein Tonfall. »Dann reden wir über die Fakten. Susanne hat bei Tim Siebert genau wie bei Dr. Lindner Blutergüsse an Armen und Handgelenken festgestellt. Offenbar ist Siebert ebenfalls zur Kliffkante gezerrt und hinuntergestoßen worden. Wir müssen also mit einiger Wahrscheinlichkeit nicht nur von Mord, sondern auch vom selben Täter ausgehen.«

»Hm.« Kari nippte an ihrem Tee.

»Mehr haben wir im Augenblick nicht. Siebert hatte sein Mobiltelefon dabei. Es ist schon auf dem Weg nach Flensburg zu den Kollegen von der IT. Sie melden sich, wenn sie die PIN und das Passwort haben. Verwertbare Spuren gibt es kaum. Die Kollegen von der Kriminaltechnik haben mit der Fusselrolle ein paar Haare und Fasern von Sieberts Kleidung aufgelesen, aber die müssen nicht notwendigerweise vom Täter stammen.«

»Klar.«

»Hast du irgendeine Idee?«, fragte Lund.

»Iris Asmussen«, sagte Kari. »Siebert war mit ihr in der Sturmhaube verabredet. Die Leute, die seinen Sturz gesehen haben, waren sich nicht einig. Einige meinen, er sei einfach zur Kliffkante getaumelt und hinuntergefallen, weil er betrunken war. Andere sagen, da sei eine zweite Person gewesen, mit der er gestritten hätte. Eine Zeugin war der Ansicht, diese Person hätte Siebert zur Kante geschubst, ein anderer Zeuge glaubt, die Person hätte Siebert von sich weggestoßen, und er wäre daraufhin an die Kante geraten. Man ist sich auch uneinig darüber, ob die zweite Person ein Mann oder eine Frau war. Dunkel gekleidet, das ist wohl die einhellige Meinung, mit einem schwarzen Hoodie, unter dem auch die Haare verborgen waren. Es könnte also Iris Asmussen gewesen sein. Oder ein Komplize. Oder«, Kari musste schlucken, »Tim ist einfach gesprungen, weil er wusste, dass wir ihm auf der Spur sind und er nicht ins Gefängnis wollte.«

Sie spürte, wie sie schon wieder von einer weinerlichen Stimmung erfasst wurde. Diese verdammten Schwangerschaftshormone!

»Kari.« Lunds Stimme war eindringlich. »Was immer auch passiert ist, ist nicht deine Schuld, und die Selbstmordvariante ist nach Susannes Befund absolut unwahrscheinlich. Die Blutergüsse sind vor dem Sturz verursacht worden, und Siebert hat sie sich mit Sicherheit nicht selbst zugefügt. Es deutet alles darauf hin, dass wir es mit einem Doppelmord zu tun haben.«

Kari krümmte sich, weil ihr Krümelchen ihr plötzlich einen Tritt versetzte, der mit einem scharfen Schmerz einherging. Anscheinend war der Undercover-Nachwuchs in ihrem Bauch derselben Meinung wie der Kriminalrat.

»Ich bleibe dran«, keuchte sie ins Telefon.

Sie konnte geradezu sehen, wie Lund die Stirn kräuselte. »Ist alles in Ordnung bei dir?«

»Ja, ja. Das Krümelchen testet nur gerade seine fußballerischen Fähigkeiten.«

Der Kriminalrat lachte leise. »Was habt ihr jetzt vor?«

»Wir gehen gleich zum Geburtsvorbereitungskurs und sehen uns weiter um«, erklärte Kari. »Dafür sind wir schließlich hier.«

Sie warf einen Blick auf die Armbanduhr und erschrak. Der Kurs begann bereits in einer halben Stunde.

»Ole, ich muss los«, sagte sie und drückte ihren Chef weg. Sie verstaute das Telefon in der Handtasche, angelte ihr Portemonnaie heraus und winkte dem Kellner.

»Wir müssen uns beeilen«, sagte sie zu den Häkeldamen, die den restlichen Kuchen auf ihren Tellern in Rekordgeschwindigkeit vertilgten, während Kari für alle die Rechnung bezahlte. Wenn ein neues Abenteuer winkte, musste man sie nicht lange bitten.

▪ ▪ ▪

Jonas Voss steckte den Schlüssel ins Schloss der Wohnungstür und drehte ihn. Der Riegel glitt zurück. Jonas drückte die Klinke hinunter, und die Tür schwang auf. Er trat in einen engen, düsteren Flur. Links stand ein gut gefülltes Schuhregal, rechts hingen eine rote Windjacke und ein gleichfarbiges Basecap an der Garderobe. Als Hannah hinter ihm die Wohnung betrat, wurde es sehr eng.

Jonas durchquerte den schmalen Gang und gelangte geradeaus in ein Wohnzimmer, das ein buntes Sammelsurium aus Einrichtungsgegenständen bot, die allesamt vom Flohmarkt oder Sperrmüll zu stammen schienen, aber sorgfältig aufgearbeitet worden waren. Jonas zählte bei Sesseln, Couchtisch, Anrichte, Regalen und Fernsehschrank vier verschiedene Holzarten. Die beiden Sessel hatten außerdem verschiedenfarbige Bezüge, der eine rot, der andere grün. Auch die Formen waren unterschiedlich, der rote war klobig, mit breiten, bequem wirkenden Armlehnen, der grüne schmal, mit filigranen Holzlehnen. Das Bücherregal war prall gefüllt, der Flachbildfernseher dagegen klein. Die Fernbedienung, die davor lag, war verstaubt, als würde sie nur selten benutzt.

Auf dem Tisch lagen ein paar Zeitschriften, Fachblätter aus dem Bereich Sportmedizin und Physiotherapie. Auch bei den Büchern handelte es sich überwiegend um Fachbücher. Knochen, Muskeln und Faszien waren die vorherrschenden Themen. Tim Siebert schien seinen Beruf nicht nur ernst genommen, sondern auch geliebt zu haben.

Obwohl der Raum mit den vielen Möbeln überladen war, fand Voss ihn gemütlich. Er hätte sich gut vorstellen können, sich in einen der Sessel zu setzen – den roten mit den breiten Armlehnen –, aus dem Fenster im fünften Stock in den blauen Himmel zu schauen und den Wolken beim Vorbeiziehen zuzusehen.

»Als Physiotherapeut scheint man noch weniger zu verdienen als im Polizeidienst«, stellte Hannah fest. »Wenn es nicht mal für ein paar zusammenpassende Möbel reicht. Jedenfalls nicht, wenn man auf Sylt wohnt.«

Sie wussten beide, dass die Mieten selbst für die winzigen Wohnungen hier im wenig attraktiven Norden von Westerland sehr hoch waren.

»Aber Siebert hat das Beste daraus gemacht«, sagte Voss.

»Hm.«

Hannah schien nicht derselben Ansicht zu sein. Was ihn nicht wundern sollte, schließlich kannte er die Wohnung, in der sie gelebt hatte, ehe sie mit Maximilian zusammengezogen war. Sie war ebenso klein gewesen wie Sieberts Apartment, aber das Mobiliar war perfekt aufeinander abgestimmt gewesen. Hannah liebte es ordentlich, im Beruf ebenso wie im Privatleben. Etwas, das sie mit Kari gemeinsam hatte. Wenn Jonas bei ihr einzog, um sich um das Baby zu kümmern, würden ihre unterschiedlichen Einstellungen zu diesem Thema sicherlich des Öfteren aufeinanderprallen. Bisher hatten sie diese Konflikte dank ihrer getrennten Wohnungen umgangen. Aber sie würden sich schon irgendwie zusammenraufen, allein schon dem Krümelchen zuliebe.

Jonas ging zurück in den Flur und von dort in die Küche. Die Einrichtung folgte demselben Prinzip wie im Wohnzimmer. Neben der Spüle gab es ein Regal mit Gläsern und Tassen, einen Tisch, zwei Stühle und eine Anrichte mit gläsernen Türen, die noch aus Großmutters Zeiten zu stammen schien.

Auf dem Tisch lagen ein paar ungeöffnete Briefe, Werbung, Unterlagen für eine Tagung und eine Mahnung für die nichtbezahlte Rechnung einer Fachzeitschrift.

»Wo hat er seine persönlichen Sachen?«, fragte Hannah. »Geburtsurkunde, Zeugnisse, Ausbildungsbescheinigung et cetera?«

»Schlafzimmer?«, schlug Voss vor und betrat erneut den Flur, von dem zwei weitere Türen abzweigten, eine zu einem winzigen Badezimmer, in dem außer für Dusche, Waschbecken und WC kein Platz war, die andere zu einem ebenfalls kleinen Raum, in dem sich ein Bett und ein Kleiderschrank befanden. Wie in den anderen Zimmern gab es auch hier weder Bilder an den Wänden noch Pflanzen auf der Fensterbank. Aber das zusammengewürfelte Mobiliar brachte ja auch genug Farbe in Sieberts Leben.

Hannah öffnete den Kleiderschrank und nickte zufrieden. »Na also.«

Jonas trat hinter sie und sah, dass Tim Siebert eines der Schrankfächer nicht für Kleidung, sondern für Aktenordner genutzt hatte. Darin fanden sich seine persönlichen Dokumente, das Abiturzeugnis mit durchschnittlichen Noten, die Bescheinigung für ein freiwilliges soziales Jahr und das Zeugnis der physiotherapeutischen Ausbildung, die Siebert in Hamburg absolviert hatte. Nichts Neues, Jonas hatte bereits mit Tims Eltern telefoniert, die ihm diese Informationen ebenfalls gegeben hatten. Sie waren schockiert und entsetzt über den Tod ihres einzigen Sohnes und wollten so rasch es ging auf die Insel kommen. Voss hatte ihnen abgeraten. Für die Ermittlungen war ihre Anwesenheit nicht nötig, und verabschieden konnten sie sich von Tim erst, wenn die Obduktion abgeschlossen war. Der Vater hatte bereits angekündigt, dass sie ihn anschließend nach Hamburg überführen lassen und auf dem Ohlsdorfer Friedhof beisetzen lassen würden, einem der schönsten Friedhöfe, die Jonas kannte. Tims Vater arbeitete als Lehrer für Deutsch und Geschichte an einem Hamburger Gymnasium, die Mutter war Musiklehrerin.

Der Vater hatte Voss auch berichtet, dass Tim nach seinem freiwilligen sozialen Jahr eine Weile um die Welt getingelt war, ehe er die Ausbildung zum Physiotherapeuten begonnen hatte. Jonas meinte herausgehört zu haben, dass die Eltern ein wenig enttäuscht waren, weil ihr Sohn nicht studiert hatte, aber sie schienen trotzdem stolz auf ihn zu sein.

Hannah hatte in einem weiteren Aktenordner Tims Kontoauszüge gefunden. Sie blätterte darin und hielt Voss dann eine Übersicht hin. Das Guthaben bewegte sich knapp über der Nulllinie. Die einzigen regelmäßigen Einzahlungen waren das Gehalt von *Baby-Well* und ein Zuschuss, den Tims Vater jeden Monat überwies.

»Wenn er irgendetwas mit Karis Abrechnungsbetrug zu tun hatte, muss er das Geld in bar bekommen haben«, sagte Hannah. »Oder er hat noch ein Nummernkonto in der Schweiz oder in Liechtenstein, zu dem es keine Unterlagen gibt. Aber so, wie er lebt, kann ich mir das kaum vorstellen.«

Jonas nickte. Die gesamte Wohnung vermittelte nicht den Eindruck, dass Tim Siebert mehr Geld zur Verfügung gehabt hatte, als für die ganz alltäglichen Dinge nötig war. Er besaß nicht einmal ein Auto. Zur Arbeit war er mit dem Rad gefahren. Ein kostspieliges Hobby schien er ebenfalls nicht zu haben.

»Das sieht alles nicht so aus, als wäre er in den Abrechnungsbetrug verwickelt«, sprach Hannah aus, was Jonas dachte. »Aber irgendetwas muss er damit zu tun gehabt haben. Warum ist er sonst tot?«

Jonas stemmte die Hände aufs Fensterbrett und schaute die Straße entlang in Richtung Norden. »Aus demselben Grund wie Dr. Lindner möglicherweise«, sagte er. »Die beiden sind den Betrügern auf die Spur gekommen, und die wollten sich ihr Geschäft nicht ruinieren lassen.«

Hannah stellte sich neben ihn. »Und deshalb mussten zwei Menschen sterben?«

Voss zuckte mit den Schultern. »Es wäre ja nicht das erste Mal«, sagte er müde, »dass die Gier größer ist als die Menschlichkeit.«

• • •

Marijke Meenken hatte derart auf die Tube gedrückt, dass Kari nicht nur pünktlich, sondern sogar eine Viertelstunde zu früh bei *Baby-Well* eintraf. Mit dem Erfolg, dass außer ihr niemand da war. Was kein Wunder war, das Personal hatte sich in den letzten Tagen erheblich reduziert. Gregor Wahls war von der Besitzerin Dorothea Bachmann fürs Erste freigestellt worden, bis das ganze Ausmaß seiner Verfehlungen geklärt war. Tim war tot. Und Dorothea Bachmann selbst hatte sich zurückgezogen. Von dem Buchprojekt, das sie mit Kari hatte angehen wollen, und dem Enthusiasmus, mit dem sie der angeblichen Schriftstellerin begegnet war, war nicht viel übrig geblieben.

Aber zumindest Iris Asmussen und Florian Petzold müssten da sein, wenn sie die Teilnehmerinnen ihres Geburtsvorbereitungskurses nicht versetzen wollten. Vielleicht waren sie ja schon im Gruppenraum und bereiteten das Treffen vor?

Kari beschloss, einfach nachzusehen. Sie wollte sich gerne hinsetzen, und im Empfangsraum zog es. Im Gruppenraum dagegen war es gewöhnlich kuschelig warm, und die Stühle waren ebenfalls bequemer. Dinge, die früher vollkommen uninteressant für Kari gewesen waren. Im Gegenteil hatte sie überheizte Räume als bedrückend empfunden. Aber seit sie schwanger war, schien sie ständig entweder zu schwitzen oder zu frieren. Heute allerdings kam der Frost vermutlich auch vom Schock über Tims Tod.

Kari öffnete die Tür des Gruppenraums und blieb überrascht stehen. Sie hatte damit gerechnet, Iris und Florian anzutreffen, aber nicht damit, die beiden eng umschlungen vorzufinden, vereint in einem leidenschaftlichen Kuss.

»Oh.«

Iris und Florian fuhren auseinander, doch Kari hatte genug gesehen.

»Entschuldigung«, sagte sie. »Ich wollte euch nicht stören. Ich dachte nur, ich könnte mich hier ein wenig aufwärmen.«

Iris lachte gekünstelt. »Kein Problem.«

Kari setzte einen Blick auf, von dem sie hoffte, dass er unschuldig und naiv wirkte. »Ich wusste gar nicht, dass ihr zusammen seid.« Sie sah Iris an. »Ich dachte, du wärst mit Tim liiert.«

Florian Petzold entschied sich für die Offensive. Er stellte sich neben Iris und legte ihr besitzergreifend den Arm um die Schultern. »Das war sie«, erklärte er. »Aber jetzt ist sie meine Freundin.«

»Mhm.« Kari nickte, als wäre das die natürlichste Sache

der Welt. Dann wandte sie sich wieder Iris zu. »Aber vorgestern habt ihr euch noch geküsst, Tim und du.«

Florian winkte ab. »Das war nur, weil Tim nicht loslassen kann. Er versucht es immer wieder. Aber Iris empfindet nichts mehr für ihn.«

»Ich verstehe das«, beteuerte Kari. »Ich hätte mich auch von ihm getrennt, wenn er mit einer anderen herummacht.«

Iris und Florian hoben synchron die Augenbrauen.

»Mit der Arzthelferin von Dr. Lindner«, präzisierte Kari. »Cindy Kessler. Ich habe gesehen, wie Tim mit ihr geknutscht hat.«

Florian runzelte die Stirn. »Bezahlt dich irgendjemand dafür, uns hinterherzuspionieren? Dorothea vielleicht?«

»Nein.« Kari gestikulierte abwehrend. »Das waren einfach nur Zufälle. Weil ich immer auf der Suche nach einem Plätzchen bin, an dem ich mich ausruhen kann. Es macht mich so schlapp, dieses Kind mit mir herumzutragen. Deswegen platze ich ständig in Räume, in denen sich schon jemand aufhält.«

Das fehlte ihr noch, dass Iris und Florian misstrauisch wurden. Schließlich lag der Gedanke nicht ganz fern, dass die beiden in die jüngsten Ereignisse verstrickt waren, auch wenn Kari noch nicht wusste, auf welche Weise. Waren sie die Drahtzieher hinter dem Abrechnungsbetrug, und Tim war ihnen in die Quere gekommen? Oder ging es um die Liebe, und Florian hatte seinen Nebenbuhler getötet?

»So, so.« Florian ließ Iris' Schulter los und verschränkte die muskulösen Arme vor der Brust.

Kari sah Iris treuherzig an. »Meinst du, er hat sich deshalb umgebracht?«, fragte sie, um sich selbst aus der Schusslinie zu bringen. »Weil er nicht damit fertig wird, dass du ihn nicht mehr liebst?«

»Umgebracht?«, echote Iris verständnislos.

Florian reagierte deutlich gedankenschneller. »Soll das heißen, Tim ist tot?«, fragte er mit entsetzter Miene.

»Ja«, sagte Kari. »Deswegen ist mir ja so kalt. Ich habe ihn gesehen, wie er da lag.«

Iris sah sie mit großen Augen an. »Wo lag er?«

Ihr Entsetzen erschien Kari ebenso echt wie das von Florian.

Hatten die beiden wirklich nichts von Tims Tod gewusst und auch nichts damit zu tun, oder spielten sie hier gerade die Rolle ihres Lebens?

»Am Roten Kliff. Er ist abgestürzt. Oder gesprungen, das weiß man noch nicht.«

»Mein Gott. Genau wie Dr. Lindner«, sagte von der Tür her eine Stimme, aus der ungläubige Betroffenheit klang.

Dorothea Bachmann betrat den Raum und sah zwischen ihren Angestellten und Kari hin und her. »Bist du ganz sicher?«, fragte sie bang. »War es wirklich Tim?«

»Ja. Tut mir leid.«

Bachmann schüttelte den Kopf und schlug die Hände vors Gesicht. »Mein Gott. Das darf doch nicht wahr sein. Tim war so ein wunderbarer Mensch und ein begnadeter Therapeut.«

»Das war er.« Iris ließ sich auf einen Stuhl sinken. Florian drehte sich zum Fenster und starrte hinaus.

Kari biss sich auf die Lippen. Es behagte ihr nicht, aber sie musste die Frage stellen. »Warst du nicht mit Tim dort verabredet?«, fragte sie Iris. »Zum Essen?«

Iris wandte ihr den Blick zu, hohle Augen, die durch sie hindurchsahen. »Woher weißt du das nun wieder?« Sie winkte ab, als spiele die Antwort keine Rolle mehr. »Wir waren dort, ja. Ich hatte nicht lange Zeit, aber Tim wollte noch einen Spaziergang machen.« Sie schluchzte auf. »Wäre ich doch nur bei ihm geblieben. Dann wäre er jetzt noch am Leben.«

Iris wandte den Blick ab, und auch Kari schwieg.

Die Betroffenheit im Raum war so groß, dass sie alles andere überschwemmte. Einerseits tat es Kari gut, weil sie mit ihrer Bestürzung nicht mehr allein war, doch andererseits konnte sie in dieser Atmosphäre unmöglich erspüren, ob einer der Anwesenden log.

Hatten sie wirklich alle drei nichts mit dem Vorfall am Roten Kliff zu tun? Oder waren einer oder sogar mehrere von ihnen direkt oder indirekt an Tims Absturz beteiligt gewesen?

26. Die Ankunft der anderen Teilnehmerinnen des Geburtsvorbereitungskurses erlöste Kari aus der unangenehmen Situation, sich allein mit drei Personen in einem Raum aufzuhalten, denen sie misstraute, ohne ausmachen zu können, wer von ihnen möglicherweise ein skrupelloser Mörder war.

Die fünf Frauen waren zutiefst entsetzt, als sie erfuhren, was geschehen war. Sie alle hatten Tim gekannt und geschätzt. Lena, der Gregor Wahls den Hundert-Euro-Schein gestohlen hatte, sank leichenblass auf einen der Stühle. Merle und Annika traten Tränen in die Augen, Lia und Elisa starrten fassungslos vor sich hin.

Es war Dorothea Bachmann, die sie schließlich aus der Zeitschleife herausholte.

»Lasst uns einen Kreis bilden«, forderte sie die Anwesenden auf. »Jede nimmt die Hände ihrer beiden Nachbarinnen. Wir atmen tief durch und konzentrieren uns ganz auf unsere Empfindungen. Lasst sie raus. Egal, ob ihr weint oder schreit oder stumm bleibt. Ihr seid nicht allein.«

Kari, die gewöhnlich keine Freundin solcher Aktivitäten war, stellte sich dankbar in den Kreis. Links von ihr stand Dorothea, rechts Iris. Beide drückten Karis Hände fest, aber Dorotheas Hand war warm, während die von Iris eiskalt war. Die meisten im Kreis schlossen die Augen, und bei fast allen sah Kari jetzt Tränen.

Nur Florian Petzold weinte nicht. Stattdessen presste er die Zähne so fest zusammen, dass es wehtun musste. Sein Blick war unverwandt auf einen unsichtbaren Punkt auf dem Boden gerichtet. Dann zwang er endlich seine Kiefer auseinander. Sein Mund öffnete sich, und er brüllte so laut, dass alle anderen erschrocken zusammenfuhren. Keine Worte, nur ein wilder, unartikulierter Laut wie bei einem verwundeten Tier.

Dorothea löste den Kreis auf, ging zu ihm und legte ihm die Hände auf die Schultern.

Der Schrei verstummte abrupt. Florians Blick irrte durch den Raum.

»Er war mein Freund«, stieß er hervor. »Dieser blöde Hund. Warum macht er das?«

»Ich glaube nicht, dass er freiwillig gesprungen ist«, sagte Kari leise.

Florian war mit ein paar Schritten bei ihr und packte sie an den Armen. »Was soll denn das nun wieder heißen?«, fauchte er sie an. »Du hast doch behauptet, er hätte sich umgebracht.«

»Florian!« Dorothea Bachmann trat neben den Physiotherapeuten und sah ihn streng an.

Florian ließ Kari sofort los. Er hob die Hände zu einer kurzen, wortlosen Entschuldigung und rieb sie sich anschließend an der weißen Baumwollhose ab.

»Ich habe in der Sturmhaube zufällig gehört, wie sich ein

paar der Gäste unterhalten haben. Da gab es auch Leute, die meinten, Tim sei gestoßen worden«, sagte Kari, nachdem sich ihr rasender Herzschlag wieder beruhigt hatte. Hoffentlich hatte das Krümelchen keinen Schock erlitten! Jonas hatte recht, sie sollte mit dem Baby im Bauch keine Undercover-Ermittlungen mehr führen. Aber nun steckte sie mittendrin und musste die Sache irgendwie zu Ende bringen.

»Aber wer sollte ihn denn umbringen?«, hauchte Dorothea Bachmann. »Und weshalb?«

»Dieselbe Person, die auch Dr. Lindner getötet hat«, sagt Kari.

Dorothea wedelte mit den Händen und schüttelte den Kopf. »Bitte. Überlasst das der Polizei. Ihr müsst an euch und eure Kinder denken. Diese Aufregung tut euch nicht gut. Iris und Florian machen jetzt ein paar Atemübungen mit euch. Versucht, eure Gedanken zurück auf euer eigenes Leben zu lenken. Auf die Geburt, euer Kind, eure Familie.« Sie bedeutete der Gruppe, sich wieder im Kreis aufzustellen. »Ich schlage vor, wir legen eine Schweigeminute ein, in der wir uns von Tim verabschieden. Und danach konzentrieren wir uns auf unser eigenes seelisches Gleichgewicht.«

Die Frauen und Florian befolgten den Vorschlag, und eine Minute lang war es totenstill im Raum. Kari beobachtete Dorothea. War sie nun eine besonders einfühlsame Therapeutin oder eine Meisterin der Ablenkung?

Nachdem die Schweigeminute verstrichen war, verabschiedete sich Dorothea. Iris und Florian verteilten Schaumstoffmatten, auf denen sich die Kursteilnehmerinnen auf dem Boden ausstreckten, und Iris leitete mehrere Atemübungen an. Kari merkte, wie sich die anderen Frauen um sie herum entspannten. Sie selbst dagegen wurde immer unruhiger.

Was, wenn Dorothea Bachmann hinter dem Abrechnungsbetrug und den Morden steckte? Wenn sie gerade jetzt dabei war, belastende Beweise verschwinden zu lassen?

Mühsam rappelte sich Kari von der Matte hoch und kam auf die Füße. »Entschuldigung. Ich muss zur Toilette.«

»Natürlich.« Iris lächelte ihr zu, und auch Florians Miene zeigte keinerlei Argwohn. Offenbar hatten die beiden Kari ihre Erklärung für ihr ständiges Hineinplatzen in pikante Situationen abgekauft. Und dass das Baby ständig auf die Blase drückte, war ja nicht gelogen.

Kari machte tatsächlich zuerst einen Abstecher in den Toilettenraum. Danach näherte sie sich dem Büro von Dorothea Bachmann. Sie drückte versuchsweise die Klinke hinunter und fand die Tür unverschlossen vor. Vorsichtig schob Kari sie einen Spalt weit auf und spähte hinein.

Das Büro war verwaist.

Kari zögerte nicht lange. Sie schlüpfte hinein und schloss die Tür hinter sich. Rasch nahm sie die Aktenordner in den Regalen in Augenschein und fand die Buchführung der Praxis, nach Jahrgängen sortiert. Kari griff sich den aktuellen Ordner und legte ihn auf den Schreibtisch.

Das System war leicht zu durchschauen. Zu jeder Abrechnung mit der Kasse war eine Kopie der Verordnung abgeheftet. Privat gezahlte Leistungen wurden gesondert geführt. Kari musste eine Weile blättern, ehe sie den Betrug entdeckte.

Bei ungefähr jeder dritten oder vierten Verordnung stammten die Unterschriften der Patientinnen dem Schriftbild nach von derselben Person, obwohl die Verordnungen auf unterschiedliche Namen ausgestellt worden waren. Wäre die Praxis auf Altenpflege spezialisiert, hätte man annehmen können, dass eine Pflegerin für Frau Meyer, Frau Schulz, Frau Schmidt und die anderen unterschrieben hatte, doch bei einer Praxis für Schwangere war das nicht sehr wahrscheinlich. Die deutlich plausiblere Erklärung war, dass einer der Angestellten seine Unterschrift auf Verordnungen setzte, die nicht für eine Patientin ausgestellt worden waren, sondern nur für deren Krankenkassenkarte. Dazu passte auch, dass am Ende jeden Monats eine Summe, die, wie Kari rasch im Kopf überschlug, ziemlich genau dem Wert dieser Verordnungen entsprach, auf ein Konto mit einer Ziffernfolge überwiesen wurde, das sich offenbar nicht in Deutschland befand. Kari vermutete ein Nummernkonto, in der Schweiz, in Liechtenstein oder vielleicht auch auf den Caiman-Inseln.

»Kari!«

Kari schreckte hoch. Sie war so in das Aktenstudium vertieft gewesen, dass sie nicht bemerkt hatte, wie sich die Bürotür geöffnet hatte. Dorothea Bachmann stand im Rahmen und sah sie entsetzt an.

»Dorothea.« In Karis Kopf rasten die Gedanken. Wie sollte sie sich jetzt verhalten? Wie konnte sie ihr Vorgehen begründen?

»Was machst du da?« Bachmann schloss die Tür hinter sich und kam auf Kari zu.

»Es tut mir leid.« Kari setzte eine zerknirschte Miene auf. »Aber diese Sache mit Tim macht mich völlig fertig. Ich habe da zufällig etwas gehört. Dass hier in der Praxis angeblich Leistungen abgerechnet werden, die gar nicht erbracht wurden. Ich wollte wissen, ob an diesem Gerücht etwas dran ist.«

»Wie bitte?« Bachmanns Augen weiteten sich entsetzt. »Wer sagt denn so etwas?«

»Leute. In der Sturmhaube«, phantasierte Kari. »Aber es stimmt.«

»Was stimmt?«

Kari drehte den Ordner so, dass Dorothea Bachmann hineinsehen konnte.

»Irgendjemand fälscht die Unterschriften auf den Verordnungen. Und am Monatsende geht ein nicht unerheblicher Betrag auf ein Nummernkonto.«

»Was?« Bachmann beugte sich über den Ordner. Sie öffnete die Schreibtischschublade und nahm eine Lesebrille heraus, ein giftgrünes Plastikmodell, das nicht zu ihren grauen Locken und der besonnenen Ausstrahlung passte. Aber von letzterer war in diesem Moment ohnehin nicht viel übrig.

»Das darf doch nicht wahr sein.« Die Heilpraktikerin schüttelte den Kopf. »Wie ist das möglich?«

Kari räusperte sich. »Wer macht denn bei euch die Abrechnungen?«

»Wer gerade Zeit hat. Meine Angestellten wechseln sich ab. Es gibt keine feste Zuordnung.«

»Und du?«

»Ich nicht.« Dorothea Bachmann hüstelte. »Erzähl es bitte nicht weiter, aber ich leide an Dyskalkulie. Mir geraten beim Rechnen immer die Zahlen durcheinander. Deswegen überlasse ich das meinen Angestellten.« Sie schnitt eine schuldbewusste Grimasse. »Ich hätte das wohl gelegentlich kontrollieren sollen. Aber es ist so mühsam für mich und bereitet mir solches Unbehagen, dass ich lieber davor weglaufe.« Sie seufzte. »Offensichtlich war das ein Fehler.« Dorothea Bachmann neigte den Kopf. »Glaubst du, Tims Tod hat etwas damit zu tun? Und womöglich auch der von Dr. Lindner?«

Kari wusste nicht recht, ob die Heilpraktikerin ihr etwas vormachte – müsste man für diesen Abschluss nicht auch rechnen können? –, aber fürs Erste würde sie sich darauf einlassen.

»Ich fürchte ja«, sagte sie mit düsterer Stimme.

»O Gott.« Dorothea Bachmann presste die Finger an die Lippen. »Was soll ich denn jetzt tun?«

Ein Klopfen an der Tür riss sie aus der Blase, die sie einge-hüllt hatte.

Dorothea richtete sich auf. »Ja, bitte?«, sagte sie laut.

Die Tür öffnete sich, und Florian Petzold streckte den Kopf hinein.

»Entschuldigung. Wir vermissen Kari«, sagte er.

»Ich habe sie abgefangen«, erwiderte die Heilpraktikerin.

»Als ich von der Toilette kam«, ergänzte Kari rasch.

»Wir haben noch etwas Wichtiges zu besprechen. Macht einfach ohne sie weiter.«

»Klar. Kein Problem.« Florian hob die Hand. »Ich wollte nur sichergehen, dass alles in Ordnung ist.«

»Danke«, sagten Kari und Dorothea im Chor.

Florian hob die Augenbrauen und schloss kopfschüttelnd die Tür. Kari atmete auf.

Dorothea blätterte im Ordner hin und her. »Was denkst du, wer das getan hat?«

»Ich weiß es nicht«, sagte Kari, obwohl sie sehr wohl einen Verdacht hatte.

Dorothea Bachmanns blaue Augen hefteten sich auf Karis Gesicht. »Nun sag schon«, forderte sie. »Ich sehe doch, dass dir ein Name durch den Kopf spukt.«

Kari seufzte. Ihr mimisches Talent war einer der Gründe, warum sie in ihrem Job als Undercover-Ermittlerin so erfolg-reich war, doch bei Dorothea versagte es offenbar.

»Iris«, sagte sie.

»Iris?« Bachmann wirkte irritiert. »Iris ist eine Seele von Mensch. Und sind es nicht eher Männer, die solche Verbre-chen begehen?«

Kari zuckte mit den Achseln. »Kann sein. Aber ihre Mut-ter hat mir erzählt, dass Iris von einer eigenen Praxis auf Sylt träumt. Und ich habe zufällig mitbekommen, dass sie mit

Tim gestritten hat. Viel verstanden habe ich nicht, nur, dass es um einen Betrug ging. Ich dachte zuerst, damit sei Cindy Kessler gemeint. Tim hat sie geküsst. Aber jetzt ist Tim tot, genau wie Dr. Lindner.«

Dorothea Bachmann nickte langsam. »Man merkt, dass du Schriftstellerin bist. Du sammelst Informationen und setzt sie zu einem stimmigen Bild zusammen.« Die Heilpraktikerin atmete tief durch. »Wenn das so ist, gibt es wohl nur eine logische Konsequenz.«

Kari nickte. »Du musst die Polizei rufen.«

■ ■ ■

Jonas Voss seufzte leise, als er die Praxis von *Baby-Well* betrat. Im Grunde hätte ihm von Anfang an klar sein müssen, dass dieser Moment irgendwann kommen würde, aber er hatte den Gedanken daran verdrängt. Er hasste es, Theater zu spielen, erst recht, wenn er es dabei mit Kari in ihrer Rolle als erfolglose Schriftstellerin zu tun bekam.

Jonas war ein klarer und geradliniger Mann. Er sagte offen und ehrlich, was er dachte. Heimlichkeiten und Lügen waren ihm zuwider. Selbst eine Notlüge, um die Kinder zu schützen, kam ihm nur schwer über die Lippen. Doch ausgerechnet seine eigene Frau brachte ihn immer wieder in Situationen, in denen er sein äußerst begrenztes schauspielerisches Können aufbieten musste.

»Du schaffst das schon.« Hannah, die weitaus mehr Vergnügen an der Scharade fand als er, blinzelte ihm zu. »Wir schicken Kari einfach nach draußen. Die Anzeige kommt von der Inhaberin von *Baby-Well*, da muss sie nicht dabei sein. Dann ist es einfach nur eine ganz normale Befragung.«

»Hm.« Voss schob die Ärmel seiner Lederjacke hoch. Wenn Kari dabei war, war nur selten etwas einfach.

Der Empfang von *Baby-Well* war verwaist. Jonas lief den Flur bis zu Dorothea Bachmanns Tür entlang, dicht gefolgt von Hannah. Er klopfte an, und eine sanfte, warme Frauenstimme forderte von drinnen zum Eintreten auf.

Dorothea Bachmann stand zusammen mit Kari neben dem Schreibtisch, der mit geöffneten Aktenordnern übersät war. Beide Frauen wirkten ungläubig und verstört.

»Guten Abend«, sagte Jonas und stellte Hannah und sich vor. »Sie haben eine Straftat zu melden?«

»Ja.« Bachmanns Blick ging zwischen Voss und den Ordnern hin und her. »Einen Betrug. Von einem Ausmaß und einer Dreistigkeit, die ich nicht für möglich gehalten hätte.«

»Setzen wir uns doch.« Voss wies auf die Sitzgruppe in der Ecke des Raums und sah Kari an. »Gehören Sie zur Praxis?«

»Nein, nein. Ich bin nur eine Patientin. Und – eine Freundin.« Kari warf Dorothea Bachmann einen Blick zu, den diese mit einem freundlichen Nicken erwiderte, ein unschwer zu durchschauender Versuch, am Gespräch teilnehmen zu dürfen.

Voss machte ihr einen Strich durch die Rechnung. »Dann muss ich Sie bitten, draußen zu warten. Oder, besser noch, nach Hause zu fahren. Es wird sicherlich eine Weile dauern, bis wir uns ein Bild gemacht haben. Wenn wir Sie brauchen, melden wir uns bei Ihnen. Ihre Adresse ist ja vermutlich in der Praxis bekannt?«

»Ja. Natürlich.« Kari presste die Lippen zusammen. Sie klemmte ihre Handtasche unter den Arm und marschierte auf Jonas zu.

Gerade, als sie an ihm vorbeigehen wollte, stolperte sie. Jonas streckte automatisch die Arme aus und fing sie auf.

»Ups. Verzeihung«, sagte Kari laut. Ihre Blicke verhakten sich ineinander, und Jonas' Herz machte unwillkürlich einen

Satz. Er hätte sie gern länger festgehalten, doch Kari löste sich rasch von ihm und wisperte ihm nebenbei ins Ohr: »Iris Asmussen. Die solltest du unter die Lupe nehmen. Und lass dir von sämtlichen Mitarbeitern Handschriftenproben geben.«

Jonas hätte gerne entgegnet, dass er durchaus in der Lage war, seinen Job ohne ihre Anleitung zu machen, aber vor Dorothea Bachmann musste er sich alle Vertraulichkeiten verkneifen.

Deshalb trat er nur einen Schritt beiseite. »Passen Sie auf sich auf«, sagte er freundlich. »In Ihrem Zustand sollte man vorsichtig sein.«

»Danke.« Kari lächelte, aber ihre Augen feuerten Blitze auf ihn ab.

Voss lächelte ebenfalls. Er wusste, dass Kari es hasste, wenn man ihre Schwangerschaft als »Zustand« beschrieb, und manchmal tat so eine kleinliche Rache einfach gut, auch wenn es eigentlich nicht seine Art war. Er hielt Kari zuvorkommend die Tür auf. »Auf Wiedersehen.«

■ ■ ■

Kari schloss die Tür zu Dorothea Bachmanns Büro hinter sich. Sie kochte vor Wut auf Jonas. Andererseits – hatte sie ihn nicht erst dazu gebracht, seinen dummen Spruch abzulassen, indem sie ihn gereizt hatte? Sicherlich würde ihm auch Dorothea Bachmann von Iris' Motiv berichten, und vermutlich wäre er auch selbst auf die Idee mit den Schriftproben gekommen. Aber Kari konnte eben nicht aus ihrer Haut. Sie mochte es nicht, wenn sie die Dinge nicht kontrollieren konnte. Ihre Arbeit verrichtete sie stets mit größtmöglicher Genauigkeit. Sie musste einfach dafür sorgen, dass auch im Fall des Abrechnungsbetrugs alle Möglichkeiten ausgeschöpft wurden.

Vor der Tür des Gruppenraums blieb sie stehen. Der Geburtsvorbereitungskurs war noch in Gang, würde aber in ungefähr zehn Minuten enden. Jonas und Hannah würden sicherlich länger brauchen, um mit Dorothea Bachmann die Abrechnungen durchzusehen. Für Kari bliebe also genug Zeit, sich mit Iris Asmussen zu unterhalten, ehe Jonas und Hannah mit ihren Befragungen begannen.

Was nicht heißen sollte, dass sie ihrem Ehemann eine Zeugenbefragung nicht zutraute. Aber in diesem Fall gab es keine Beweise, nur Vermutungen. Wenn Iris Asmussen mauern wollte, würde Jonas nichts dagegen ausrichten können. Die Trickkiste, in die Kari greifen konnte, stand ihm nicht zur Verfügung. In seiner Funktion als vernehmender Beamter musste er sich an enge Vorschriften halten. Kari dagegen war privat hier. Sie konnte tun und lassen, was sie wollte.

Von neuem Elan ergriffen, klopfte sie an die Tür und betrat den Gruppenraum.

Sie sah die Teilnehmerinnen im Halbkreis auf ihren Matten sitzen, Iris ihnen gegenüber. Sie leitete die Übungen an, Florian stand an der Wand und bediente die Musikanlage, aus der sphärische Klänge ertönten. Allein die Musik bewirkte, dass sich Kari entspannte.

Iris bedeutete ihr mit einer einladenden Geste, im Kreis der anderen Platz zu nehmen.

Zehn Minuten lang tat Kari nichts anderes, als zu atmen, loszulassen und sich ganz auf das Krümelchen in ihrem Bauch zu konzentrieren. Dann beendete Iris die Sitzung, Florian schaltete die Musik aus, und Kari war zurück in der Realität.

Die Kursteilnehmerinnen erhoben sich und stellten die Matten zusammengerollt in die Ecke. Lena berührte Kari am Arm.

»Ich wollte ja eigentlich heute mit euch ins Café Orth gehen und meinen Geburtstag nachfeiern«, sagte sie. »Ich war extra noch bei der Bank und habe Geld geholt, bevor ich hergekommen bin. Aber jetzt würde ich es doch lieber absagen. Es erscheint mir pietätlos, am dem Tag zu feiern, an dem Tim gestorben ist.«

»Du hast vollkommen recht.« Kari lächelte. »Wir verschieben das einfach. Am Wochenende sehen wir uns ja ohnehin länger, da finden wir bestimmt eine Gelegenheit.«

»Genau.« Lena nickte. »Dann bis morgen Abend.« Sie winkte Kari zu und ging mit den anderen Frauen zur Tür. Kari blieb im Gruppenraum zurück.

»Ist noch was?«, erkundigte sich Iris.

»Ja.« Kari fuhr sich mit einer Geste, die hoffentlich verlegen wirkte, durch die blonden Haare. »Ich würde gern etwas mit dir besprechen. Unter vier Augen.«

Florian Petzold, der hinzugetreten war, musterte Kari misstrauisch.

»Eine Frauensache«, sagte Kari. »Es ist mir ein bisschen unangenehm.«

»Kein Problem.« Iris warf ihre blonden Rauschgoldengel-Locken zurück. »Ich habe Zeit. Wir gehen einfach in einen der Behandlungsräume.«

Sie führte Kari über den Flur in den gegenüberliegenden Raum und schloss die Tür hinter ihnen. Kari glaubte dennoch, Florians Blicke wie Nadelstiche im Rücken zu spüren.

Iris fuhr mit dem Fußschalter die Behandlungsliege in die niedrigste Position und lud Kari ein, neben ihr Platz zu nehmen.

»Worum geht es denn?«, fragte sie freundlich.

Kari zupfte an ihren Fingern. »Ich weiß nicht recht, wo ich anfangen soll«, gab sie sich unsicher. »Eigentlich darf ich es dir gar nicht sagen, aber du bist mir so sympathisch. Ich kann dich nicht einfach ins offene Messer laufen lassen.«

Iris runzelte die Stirn. Das war ganz offensichtlich nicht das, was sie erwartet hatte. »Ich weiß nicht, wovon du redest.«

Kari machte eine vage Bewegung mit dem Kopf in die Richtung, in der sich das Büro der Praxisinhaberin befand. »Ich war zufällig dabei, als Frau Bachmann in ihren Büchern entdeckt hat, dass mit den Abrechnungen etwas nicht stimmt. Irgendjemand hat offenbar gefälschte Verordnungen bei den Krankenkassen eingereicht.«

»So?« Iris' Miene wurde abweisend. »Und warum kommst du damit zu mir?«

»Ich habe heute Morgen zufällig mitbekommen, wie du dich mit Tim gestritten hast wegen des Betrugs.«

Iris' Blick flackerte. »Da ging es aber nicht um irgendwelche Abrechnungen, sondern um – äh ...«

»Tims Affäre mit Cindy Kessler?«

»Genau!« Iris wirkte erleichtert.

»Hm.« Kari schaute wieder auf ihre Finger. »Das kannst du vielleicht mir erzählen. Aber bei der Polizei kommst du damit nicht durch. Sie werden einen Graphologen beauftragen. Dann bist du dran, weil du die Patientenunterschriften auf den Verordnungen gefälscht hast.«

Das war nicht mehr als eine Vermutung, aber im Gegensatz zu Jonas konnte Kari es sich leisten, einen Schuss ins Blaue zu wagen.

Ein Lächeln huschte über Iris' Gesicht, so kurz, dass Kari es fast übersehen hätte. Offenbar beglückwünschte sich Iris zu einer Entscheidung, die sie irgendwann einmal getroffen hatte.

»Der Graphologe wird feststellen, dass es nicht meine Schrift ist.« Sie hob die Hand. »Aber du hast recht. Ich habe mich nicht wegen Cindy mit Tim gestritten. Warum sollte ich auf sie eifersüchtig sein? Ich wollte mich ohnehin von ihm trennen. Ich liebe Florian.«

»Worum ging es dann?«

»Ich habe herausgefunden, was Tim getan hat. Er hat die Krankenkassenkarten der Patientinnen aus den Spinden genommen, während Florian und ich die Frauen in unseren Kursen betreut haben. Dann ist er mit den Karten zu irgendwelchen Ärzten gelaufen und hat sie dort einlesen lassen. Im Gegenzug hat er Phantasie-Verordnungen bekommen, die er über das Konto der Praxis abrechnen lassen konnte. Und die Ärzte haben ihren Reibach gemacht, indem sie für dieselben Patientinnen irgendwelche Leistungen abgerechnet haben, die natürlich nicht erbracht wurden. Die Patientinnen waren ja gar nicht selbst dort.«

Kari nickte. Genau so hatte sie sich das Procedere vorgestellt.

»Wobei es nicht die Ärzte waren, sondern die Helferinnen«, präzisierte Iris und schüttelte den Kopf. »Man glaubt gar nicht, wie viele Ärzte ihre Buchführung nicht selbst machen, sondern die Arbeit ihrem Praxispersonal überlassen.« Iris hob die Hände und ließ sie wieder sinken. »Ich habe Tim gesagt, dass er damit aufhören muss. Deshalb haben wir gestritten. Ich wollte, dass er sich stellt. Irgendwann fliegt so ein Schwindel nämlich auf, und dann fällt das auf uns alle zurück. Glaubst du, irgendjemand macht noch einen Schwangerschaftskurs oder eine Physiotherapie bei *Baby-Well*, wenn bekannt wird, dass es Diebstähle und falsche Abrechnungen gegeben hat?«

»Wahrscheinlich nicht.« Kari musterte die Hebamme. Sie glaubte Iris kein Wort, aber sie hatte auch nichts, womit sie die Frau weiter unter Druck setzen konnte.

»Wenn du es nicht warst – wer hat dann die Unterschriften auf den Verordnungen gefälscht?«, fragte sie. »Es war immer dieselbe Handschrift.«

Iris zuckte mit den Schultern. »Cindy, nehme ich an. Tim und sie waren ja neuerdings ganz dicke miteinander. Bestimmt lief der Löwenanteil der Verordnungen über Dr. Lindners Praxis.«

»Glaubst du, Dr. Lindner ist dahintergekommen?«, fragte Kari und tat so, als wäre sie plötzlich ganz aufgeregt. »Musste er deshalb sterben?«

»Schon möglich.« Iris erhob sich von der Behandlungsliege. Das Thema schien ihr nicht zu behagen.

»Und Tim?«, machte Kari einfach weiter. »Hat man ihn auch wegen des Abrechnungsbetrugs umgebracht?«

»Ich weiß es nicht.« Iris' Lippen waren nur noch ein schmaler Strich. »Ich weiß auch nicht, was es dich angeht.«

»Wie gesagt.« Kari blieb ihrer naiven Tour treu. »Ich wollte dich nur vorwarnen. Damit die Polizei dir nicht am Ende etwas anhängt, das du nicht getan hast.«

Sie konnte an Iris' Blick ablesen, dass die Hebamme ihr ebenso wenig glaubte wie umgekehrt.

Ein Klopfen an der Tür erlöste sie beide. Jonas Voss streckte den Kopf in den Behandlungsraum und runzelte die Stirn, als er Kari sah. »Was tun Sie noch hier?«, fragte er. »Ich hatte Sie doch gebeten, nach Hause zu gehen.«

»Wir hatten ein kleines Frauenproblem zu bereden«, entgegnete Kari munter. »Frau Asmussen ist meine Hebamme.«

»Aha?« Auch Jonas glaubte ihr ganz offensichtlich nicht, verzichtete aber auf eine Diskussion. »Nun, ich muss Ihnen Frau Asmussen jetzt entführen.« Er sah die Hebamme an. »Kommen Sie? Wir haben ein paar Fragen an Sie.«

Iris warf Kari noch einen Blick zu, ehe sie ihm folgte. »Wir sehen uns dann morgen beim Kurs«, sagte sie.

Es klang fast wie eine Drohung.

27. Jonas Voss fühlte sich zutiefst erschöpft, als er neben Hannah auf den Beifahrersitz des blauen Dienst-Audis sank. Mittlerweile war es fast zehn. Die Gespräche mit Dorothea Bachmann, Iris Asmussen und Florian Petzold hatten lange gedauert. Sie hatten auch eine Menge Informationen bekommen. Das Problem war, dass Jonas keine Ahnung hatte, wer von den dreien die Wahrheit gesagt und wer gelogen hatte.

Dorothea Bachmann hatte angeblich keine Ahnung davon gehabt, dass ihre Bücher gefälscht waren, dass sich darin Verordnungen fanden, die nicht von den Patientinnen, sondern einer anderen Person unterschrieben worden waren, und dass ein Teil ihrer Einkünfte auf ein Nummernkonto ging, das sich nicht zu einem Eigentümer zurückverfolgen ließ. Schwer vorstellbar, fand Voss. Immerhin war es Bachmanns Praxis. Von seinem Vater wusste er, wie sorgfältig Redlef die Bücher seiner Fischhandlung und seines Kutters prüfte. Aber Redlef litt auch nicht an Dyskalkulie. Vielleicht war die Angst vor der Entdeckung ihres persönlichen Defizits bei Dorothea Bachmann größer gewesen als die Angst davor, von ihren Angestellten betrogen zu werden?

Iris Asmussen hatte erklärt, dass sie von dem Abrechnungsbetrug gewusst hatte, aber nicht daran beteiligt gewesen war. Im Gegenteil hatte sie ihren Freund Tim aufgefordert, der Sache ein Ende zu machen und sich der Polizei zu stellen, nachdem sie herausgefunden hatte, was er tat.

Florian Petzold hatte sie angeblich darin unterstützt. Iris hatte ihrem neuen Freund erzählt, was ihr zukünftiger Ex tat, und der Physiotherapeut mit der Ausstrahlung eines Soldaten hatte darauf gedrängt, möglichst schnell reinen Tisch zu machen.

Iris' Angaben zufolge waren Tim und die Arzthelferinnen von Dr. Wolf Lindner und einigen anderen Ärzten in Westerland diejenigen, die den Betrug durchgeführt und sich den Profit geteilt hatten. Ob das stimmte, würden sie erst am nächsten Tag herausfinden können.

Jonas hatte die drei Mitarbeiter von *Baby-Well* zum Stillschweigen verdonnert. Gleich morgen früh würde er mit Hannah die Arzthelferinnen aufsuchen und befragen und sich von jeder von ihnen eine Schriftprobe geben lassen.

Vielleicht hatten sie dann ja nicht nur die Abrechnungsbetrüger, sondern auch den Mörder von Dr. Wolf Lindner und Tim Siebert. So geschickt der Betrug eingefädelt war, hatte er doch offenbar ein paar Schwachstellen gehabt. Iris Asmussen hatte herausgefunden, was ihr Freund tat, und vielleicht hatte auch Dr. Lindner entdeckt, was seine Arzthelferin trieb.

Hatte also Cindy Kessler erst ihren Chef und dann ihren Komplizen aus dem Weg geräumt, um selbst nicht belangt zu werden? Jonas hatte die Frau noch nicht kennengelernt, aber er hatte schon jetzt Schwierigkeiten, sich dieses Szenario vorzustellen. Es sei denn, Lindners Arzthelferin war eine Walküre mit der Statur und Muskelkraft einer Ringerin. Wie sonst hätte sie es schaffen sollen, zwei kräftige und sportliche Männer gewaltsam zur Kliffkante zu zerren und hinunterzustoßen? Oder war Cindy Kessler keine Walküre, sondern eine Sirene, die beide Männer mit ihrem betörenden Gesang verführt hatte? Im übertragenen Sinne natürlich.

Hannah trat auf die Bremse und riss Jonas damit aus seinen Gedanken. Überrascht sah er, dass sie nicht vor dem Interims-Containerbau standen, sondern auf dem Parkplatz am Brandenburger Strand. Fragend sah er seine Kollegin an.

»Ich dachte, wir trinken noch rasch ein Bier zusammen und lassen die Befragungen Revue passieren«, sagte Hannah und lächelte.

»Gern.« Jonas erwiderte das Lächeln. Seit Hannah mit Maximilian zusammen war, gingen sie nur noch selten nach Dienstschluss etwas trinken, was Jonas außerordentlich bedauerte. Aber vielleicht ließ sich die liebgewonnene Tradition ja wiederbeleben, nachdem Hannah mittlerweile vom rosaroten Wolkentrip zurück und ihre Liebesbeziehung in ruhigeres Fahrwasser geschwenkt war.

28. Den vier Frauen, die sich am frühen Freitagmorgen im Flur des Interims-Containerbaus des Polizeireviers Sylt in der Stephanstraße versammelt hatten, konnte man das Schuldbewusstsein mühelos vom Gesicht ablesen. Alle vier sahen adrett aus und begrüßten Jonas Voss und Hannah Behrends mit dem freundlich-professionellen Lächeln, das typisch für die Frauen hinter dem Empfangstresen einer Arztpraxis war. Voss und Behrends erwiderten es und baten die vier in den Vernehmungsraum.

Sie hatten am Abend im Sunset Beach mit Blick über den Brandenburger Strand darüber diskutiert, ob sie die Arzthelferinnen getrennt voneinander oder gemeinsam vernehmen sollten. Es gab Argumente für beides, doch am Ende hatten sie entschieden, es zunächst mit einer Befragung als Gruppe zu versuchen. Das übliche Argument für eine Einzelbefragung war, dass sich die Befragten nicht absprechen sollten, aber Jonas und Hannah waren sich sicher, dass die Arzthelferinnen das ohnehin längst getan hatten. Voss und Behrends hofften, dass sich die Frauen in der Gruppe sicherer fühlten und deshalb unvorsichtig wurden. Falls der Plan nicht aufging, konnten sie die Arzthelferinnen immer noch einzeln befragen.

Hannah sorgte wie immer für eine gemütliche Atmosphäre. Sie stellte Kaffee, Wasser und Kekse auf den Tisch und forderte die vier Frauen auf, sich zu bedienen. Anschließend schaltete sie die Kamera ein. Das Aufnahmegerät rückte sie so weit an die Tischkante, dass es kaum ins Auge fiel. Voss sah die Frauen der Reihe nach an.

Cindy Kessler, Arzthelferin des ermordeten Dr. Wolf Lindner.

Michelle Rademacher, beschäftigt bei einer Hals-Nasen-Ohren-Ärztin in Westerland.

Nicole Ehlen, Arzthelferin eines Orthopäden.

Tamara Dieck, angestellt bei einem Internisten.

Wahrscheinlich gab es noch mehr Tatbeteiligte, aber das waren die vier, die Iris Asmussen ihnen genannt hatte.

Drei der Frauen zeigten ihre Nervosität, indem sie ihre Kaffeebecher in den Händen drehten, ihre Kleider zurechtzupften und sich immer wieder hektisch durch die Haare strichen. Nur eine von ihnen gab sich gänzlich ungerührt. Voss warf einen Blick auf Hannahs Tablet, auf dem sie zu jedem Namen ein Foto aus der Meldedatenbank gespeichert hatte, und sah, dass es sich um Cindy Kessler handelte. Die Helferin des verstorbenen Dr. Lindner hatte die Beine überschlagen und die Hände mit den pinkfarbenen Fingernägeln auf der Tischplatte gefaltet. Ihre grünen Augen musterten ihn abschätzend.

Voss schenkte ihr ein freundliches Lächeln.

»Guten Morgen«, sagte er in die Runde. »Zunächst einmal möchten wir uns bedanken, dass Sie unserer Einladung so rasch und vollzählig gefolgt sind.«

Kessler verzog verächtlich die Mundwinkel, sagte aber nichts. Die anderen drei zeigten erneut ihr Arzthelferinnen-Lächeln.

»Ich vermute, Sie haben gehört, dass es gestern Nachmittag einen weiteren Todesfall am Roten Kliff gab?«

Auch das war ein Teil der Taktik, den Jonas und Hannah am Abend im Sunset Beach ersonnen hatten. Wenn die Frauen noch nichts von Tims Tod gehört hatten, würden sie bestürzt sein und infolgedessen vermutlich weniger vorsichtig mit dem, was sie sagten. Oder eine von ihnen war direkt an dem Mord beteiligt, dann würde sie sich vielleicht ebenfalls durch ihre Reaktion verdächtig machen.

Dass es Mord war, stand jedenfalls fest. Prof. Dr. Susanne Lorenz von der Kieler Rechtsmedizin hatte bei Tim Siebert wie bei Dr. Lindner Blutergüsse an Armen und Handgelenken gefunden, die nur den Schluss zuließen, dass jemand Siebert gewaltsam zur Kliffkante gezerrt hatte. Den Bericht hatte Jonas Voss heute Morgen auf dem Tisch gehabt.

Michelle, mit zwanzig Jahren die jüngste der Arzthelferinnen, riss die Augen auf. »Einen Toten?« Sie fuhr sich mit beiden Händen erst durch die langen braunen Locken, dann über den kurzen schwarzen Rock, den sie zu einem engen schwarzen Top trug. Ihre braunen Augen erinnerten Voss an ein Reh im Scheinwerferlicht.

Ihre beiden Sitznachbarinnen, die schüchtern wirkende Tamara und die blasse Nicole, mit fünfundvierzig die Älteste der vier, schüttelten stumm die Köpfe. Nur Cindy Kessler änderte nichts an ihrer Haltung.

»Nein«, entgegnete sie. »Wer ist es denn? Jemand, den wir kennen?«

Hannah ließ ihren Blick einmal durch die Runde schweifen. »Tim Siebert«, sagte sie dann.

Es war, als wäre eine Bombe explodiert. Michelle, Tamara und Nicole reagierten unvermittelt und heftig. Alle drei kreischten auf. Nicole schlug die Hände vor den Mund. Tamara begann, an ihren Fingernägeln zu kauen. Michelle schluchzte.

Cindy Kessler dagegen zeigte ihre Gefühle nicht. Ihre Miene verschloss sich. Ihr Mund wurde hart. Sie änderte ihre Haltung nicht, aber ihre Finger verschränkten sich fester.

Hannah tippte auf ihrem Tablet. Der erste Teil des Plans hatte funktioniert. Keine der vier Frauen leugnete, Tim Siebert gekannt zu haben.

Nicole ließ die Hände sinken. »Wie ist das passiert?«

»Er ist von der Kliffkante gestürzt«, sagte Hannah. »Allerdings nicht aus Versehen. Jemand hat ihn hinuntergestoßen. Genauso, wie der Täter es auch mit Dr. Lindner getan hat.«

»Aber warum?« Dieses Mal war es Tamara, die ihre Hände herunternahm und sie stattdessen zwischen die Beine schob.

»Damit kommen wir zum Grund Ihres Hierseins«, sagte Hannah freundlich. »Wir gehen davon aus, dass die beiden Morde unmittelbar mit dem Abrechnungsbetrug zusammenhängen, den Tim Siebert durchgeführt hat. Gemeinsam mit Ihnen.«

»Quatsch.« Cindy Kessler beugte sich vor und schob ihren Kaffeebecher so energisch beiseite, dass ein Teil herausschwappte. »Wer behauptet denn so einen Unsinn?«

»Ein Zeuge«, sagte Voss.

»So?« Die grünen Augen funkelten ihn an. »Dann täuscht sich der Zeuge.«

»Wir werden sehen«, gab Jonas gelassen zurück. »In diesem Moment sichten Kollegen von uns die Buchführung in den Praxen Ihrer Arbeitgeber. Wenn es dort falsche Abrechnungen gibt, werden wir sie finden.«

Tamara, Michelle und Nicole knickten sofort ein.

»Es war Tims Idee«, sagte Nicole. »Er hat mich gefragt, wer bei uns in der Praxis die Abrechnungen macht, Dr. Böttcher oder ich. Als ich ihm gesagt habe, dass ich das tue, hat er vorgeschlagen, dass er mir gelegentlich ein paar Krankenkassenkarten vorbeibringt. Die sollte ich dann einlesen und für die Patientinnen Verordnungen für eine Physiotherapie ausdrucken. Außerdem konnte ich irgendwelche Leistungen für die Patientinnen abrechnen, die angeblich Dr. Böttcher erbracht hat. Das Geld musste ich dann nur noch auf ein privates Konto abzweigen.«

»Genauso war es bei mir auch«, bestätigte Tamara, und Michelle nickte.

Cindy verweigerte die Aussage.

»Auf den Verordnungen wurden die Unterschriften der Patientinnen gefälscht, und zwar immer von derselben Person. Wer von Ihnen war das?«

Tamara, Nicole und Michelle schüttelten die Köpfe.

»Frau Kessler?« Voss sah die Helferin von Dr. Lindner an.

»Nein.«

»Schön.« Hannah legte Schreibblock und Stift auf den Tisch. »Dann hätten wir gerne von jeder von Ihnen eine Schriftprobe. Schreiben Sie einfach einen Phantasienamen auf. Evelin Meyer zum Beispiel.«

Tamara, Nicole und Michelle kamen nacheinander der Aufforderung nach. Obwohl er die Unterschriften nur kopfüber sah, erkannte Jonas, dass sie nicht der Schrift auf den Verordnungen entsprachen.

Cindy Kessler blieb bei ihrer bockigen Haltung. »Sie können mich nicht dazu zwingen.«

»Nein. Aber wir können uns ohne Probleme eine richterliche Anordnung besorgen.«

»Dann tun Sie das.«

Hannah nickte. Jonas sah ihr an, dass der Widerstand der Arzthelferin sie ärgerte, aber sie blieb ruhig und sachlich. »Wir kommen später darauf zurück«, erklärte sie. »Es ist ja nur der minderschwere Anklagepunkt, der gegen Sie vorgebracht werden wird.«

Sie erntete vier erschrockene Mienen. Nicht einmal Cindy gelang es, ihre coole Fassade aufrechtzuerhalten.

Auch in diesem Punkt ging Jonas' und Hannahs Kalkül offensichtlich auf. Natürlich gab es bisher keine Anklage, doch das hatte Hannah ja auch nicht behauptet. Sie hatte nur von der Möglichkeit gesprochen. Richtig eingesetzt boten die sprachlichen Feinheiten ein machtvolles Instrumentarium.

Die Frauen, die als Zeuginnen geladen worden waren und sich nun quasi auf der Anklagebank wiederfanden, wurden sichtlich nervös.

»Anklagepunkt?«, hauchte Nicole tonlos.

»Wie gesagt«, lächelte Hannah. »Wir gehen davon aus, dass die beiden Morde mit dem Abrechnungsbetrug zusammenhängen, den Sie alle soeben gestanden haben. Die Vertuschung einer Straftat ist eines der häufigsten Mordmotive.«

»Aber wir haben Tim doch nicht umgebracht«, sagte Tamara entsetzt.

»Wer dann?«, fragte Voss in die Runde.

»Eine von Tims Komplizinnen vielleicht?«, schlug Hannah vor. »Dorothea Bachmann? Oder Iris Asmussen?«

»Die wussten doch gar nichts davon«, wunderte sich Michelle. »Tim hat immer gesagt, wie praktisch es ist, dass sich die Bachmann nicht um ihre Bücher kümmert. Da konnte er problemlos die gefälschten Verordnungen abrechnen und das Geld auf sein Konto überweisen.«

»Und seine Freundin Iris?«, fragte Voss.

»Freundin. Pah«, versetzte Cindy Kessler. »Er wollte sich von ihr trennen.«

»Ihretwegen.«

»Ja.«

»Hm.« Jonas sah die vier Frauen der Reihe nach an. »Tim Siebert hatte also keine Helfershelfer. Das heißt, außer Ihnen hatte auch niemand ein Motiv, ihn zu töten.«

»Was? Nein?« Die Arzthelferinnen wehrten bestürzt ab.

Hannah wischte über das Display ihres Tablets. »Wo waren Sie gestern Mittag? Zwischen dreizehn und vierzehn Uhr?«

Das war die Zeit, zu der Tim Siebert vom Roten Kliff gestürzt war.

Auf den Gesichtern der vier zeichnete sich grenzenlose Erleichterung ab.

»Das ist unsere Mittagspause«, berichtete Michelle. »Da treffen wir uns immer zum Essen. Gestern waren wir im Extrablatt in der Friedrichstraße. Da ist neuerdings so ein süßer Kellner. Wir haben ein bisschen geflirtet.«

»Das heißt, man wird sich dort an Sie erinnern?«, fragte Jonas.

»Auf jeden Fall.« Die vier Frauen nickten heftig.

»Okay.« Voss schaute zu Hannah, ob sie noch weitere Fragen hatte, doch das war nicht der Fall. »Dann dürfen Sie jetzt gehen.«

Die vier schossen blitzschnell von ihren Stühlen hoch.

Hannah hielt sie zurück, ehe sie den Raum verlassen konnten. »Sie bekommen dann Post von der Staatsanwaltschaft. Es wird natürlich ein Verfahren geben. Wegen des Abrechnungsbetrugs. Falls Sie es nicht wissen: Das ist kein Kavaliersdelikt. Betrug wird mit bis zu fünf, in schweren Fällen auch zehn Jahren Haft bestraft.«

Die Erleichterung der Arzthelferinnen verflog, als hätte

eine Sturmbö sie davongeweht. Stattdessen stand in ihren Augen jetzt echte Panik. Sie schleppten sich aus dem Raum und verschwanden in den Flur des Containerbaus, als trügen sie zentnerschwere Steine auf ihren Schultern.

Jonas spitzte die Lippen. »Du hast nicht erwähnt, dass es auch Geldstrafen gibt. Und dass die Strafen oft zur Bewährung ausgesetzt werden.«

»Stimmt.« Hannah schaute grimmig in den jetzt leeren Flur. »Die Strafen für Betrug sind oft viel zu milde. Gerade in einem solchen Fall. Geschädigt werden ja nicht nur die Krankenkassen, sondern auch die Versicherten. Weniger Leistungen, höhere Beiträge. Da finde ich es nur gerecht, wenn die Verantwortlichen wenigstens ein paar schlaflose Nächte haben.«

Jonas nickte. Dieser Sichtweise konnte er zustimmen.

»Ich nehme an, der Kellner im Extrablatt wird das Alibi der Damen bestätigen«, überlegte er. »Damit kommen sie für den Mord an Tim Siebert nicht infrage, und für den an Dr. Wolf Lindner auch nicht. Es spricht alles dafür, dass es derselbe Täter ist.«

»Davon können wir ausgehen.« Hannah konsultierte wieder ihr Tablet. »Die Kollegen von der IT aus Flensburg haben sich gemeldet. Das Handy von Tim Siebert ist geknackt, aber es gibt keine interessanten Kontakte in den Stunden vor seinem Tod. Das letzte Gespräch hat er um kurz vor elf geführt. Mit einer Sylter Nummer. Sie gehört der Buchhandlung, die denselben Namen trägt wie du.«

»Buchhaus Voss.«

»Richtig.«

Hannah hatte schon ihr Diensthandy in der Hand und tippte die Nummer ein. Das Gespräch wurde rasch entgegengenommen. Hannah stellte sich vor und erklärte ihr Anliegen. Gleich darauf bedankte und verabschiedete sie sich.

»Tim Siebert hatte ein Buch bestellt. Ein medizinisches Fachbuch, irgendwas mit Faszien. Er wollte wissen, ob es schon da ist. Ist es aber noch nicht.«

»Okay.« Jonas beugte sich zu Hannah hinüber, um zu sehen, ob sich noch weitere interessante Informationen auf ihrem Tablet befanden.

»Mehr haben wir nicht«, erklärte sie zu seiner Enttäuschung.

»Schade.« Jonas verschränkte die Hände hinter dem Kopf und schaute aus dem Fenster. Am Himmel formierten sich dunkle Wolken zu einer bedrohlich aussehenden Front. Das Ende des goldenen Herbsts schien schneller zu kommen, als Jonas es sich erhofft hatte.

»Wenn wir die Arzthelferinnen als Täterinnen im Mordfall Tim Siebert ausschließen und außer Tim niemand bei *Baby-Well* etwas mit dem Betrug zu tun hatte, wer kommt dann für den Mord an Tim überhaupt noch infrage?«

Hannah musste nicht lange überlegen. »Heike Langer. Ingo Strecker. Oder Sophie Lindner.«

Voss arbeitete lange genug mit Hannah zusammen, um ihren Gedankengang ohne weitere Nachfrage zu entschlüsseln. »Du meinst, Tim Siebert hat Wolf Lindner ermordet, weil er seinem Betrug auf die Spur gekommen ist, und nun hat jemand von Lindners Angehörigen sich gerächt, indem er Siebert auf dieselbe Art getötet hat?«

»Es wäre eine Möglichkeit, meinst du nicht?«

»Wir prüfen das.« Jonas legte sein Mobiltelefon auf den Tisch und tippte die Nummer von Heike Langer ein.

Es klingelte ein paarmal, dann meldete sich Lindners Ex-Frau. Jonas erläuterte rasch sein Anliegen. Heike Langer lachte heiser.

»Sie haben Humor«, sagte sie. »Vor zwei Tagen haben

Sie behauptet, Ingo und ich wären so wütend auf meinen Ex-Mann, dass wir ihn von der Kliffkante gestoßen hätten. Und jetzt meinen Sie, wir hätten dasselbe mit dem Mann getan, der gestern gestorben ist, um den Mord an Wolf zu rächen? Wir kennen diesen Mann nicht einmal. Und woher, um alles in der Welt, hätten wir wissen sollen, dass er Wolfs Mörder war?«

»Wir stellen nur Fragen.«

»Prima. Was sagten Sie? Gestern zwischen dreizehn und vierzehn Uhr? Da waren wir im Fitnessstudio. Ingo hat einen Kurs gegeben, Bauch Beine Po. Ich bin mitgekommen und habe ebenfalls daran teilgenommen. Wir haben ungefähr fünfundzwanzig Kursteilnehmerinnen als Zeuginnen. Reicht das?«

»Das reicht vollkommen, Frau Langer«, entgegnete Voss. »Entschuldigen Sie bitte die Störung. Ich wünsche Ihnen alles Gute.«

»Ja, besten Dank«, sagte Heike Langer und legte auf.

Jonas seufzte. Hannah grinste ihn an. »Ich glaube, sie mag dich.«

»Hm.« Voss war nicht nach Scherzen zumute. »Damit sind Langer und Strecker raus.« Er wählte die Nummer von Sophie Lindner.

Die Begrüßung war weitaus freundlicher als bei Heike Langer. »Kommissar Voss. Das ist nett, dass Sie sich melden. Gibt es etwas Neues? Wissen Sie, wer meinen Vater ermordet hat?«

»Wir haben einen Verdacht«, erklärte Voss. »Leider müssen wir dazu noch ein paar Fragen stellen. Unter anderem müssten wir wissen, wo Sie gestern zwischen dreizehn und vierzehn Uhr waren.«

Jonas konnte förmlich sehen, wie die Gedanken in Sophie

Lindners Kopf ratterten. »Verraten Sie mir, weshalb Sie das fragen?«

»Es gibt einen weiteren Toten«, sagte Voss. »Er ist am selben Ort und auf dieselbe Weise gestorben wie Ihr Vater.«

»Dann war es derselbe Täter? Oder ...« Auch Sophie Lindner brauchte nicht lange, um den Zusammenhang herzustellen. »Sie meinen, ich hätte seinen Mörder getötet?«

Voss entgegnete dasselbe wie bei dem Telefonat mit Sophies Mutter. »Wir stellen nur Fragen.«

»Ich war gestern den ganzen Tag in Kiel«, sagte die Tochter des Gynäkologen. »Ich musste hier noch ein paar Dinge regeln wegen des Übernahmevertrags mit Sebastian. Wenn Sie wollen, schicke ich Ihnen eine Kopie des digitalen Kalenderblatts, dann können Sie das überprüfen.«

»Das wäre sehr freundlich.« Jonas diktierte ihr seine E-Mail-Adresse. »Darf ich Sie noch etwas fragen?«

»Bitte.«

»Wie ist Ihr Verhältnis zu Dr. Moldenhauer?«

»Wir gehen von Zeit zu Zeit gemeinsam etwas trinken, manchmal auf Sylt, manchmal auch in Kiel. Wir tauschen uns gern über die aktuellen Forschungsergebnisse zur Gynäkologie aus.«

»Mehr nicht?«

»Nein.« Sie zögerte kurz. »Wieso ist das wichtig?«

Voss umschiffte die Antwort und stellte stattdessen die nächste Frage. »Sie sagten, Dr. Moldenhauer hat seit einiger Zeit gelegentlich in der Praxis Ihres Vaters mitgearbeitet?«

»Richtig.«

»Wie standen die beiden zueinander?«

Es folgte eine kurze Pause. »Sie mochten sich. Aber Sie glauben nicht im Ernst, dass Sebastian den Tod meines Vater gerächt hat, oder?«

Jetzt, wo Sophie Lindner es aussprach, erschien es Jonas tatsächlich sehr an den Haaren herbeigezogen. Auch wenn Dr. Sebastian Moldenhauer gelogen haben könnte. Seine Behauptung, dass Tim sich mit ihm verabredet hatte, um über den Betrug zu reden, ließ sich nicht überprüfen. Aber Rache für den Mord an einem Kollegen war in der Tat nicht das plausibelste Mordmotiv.

»Es gehört zu unserem Beruf, alle Möglichkeiten in Betracht zu ziehen«, erwiderte er. »Auch die unwahrscheinlichen.«

»Sebastian können Sie getrost von der Verdächtigenliste streichen«, sagte Sophie Lindner. »Er ist Arzt. Er holt Kinder auf die Welt. Ganz bestimmt tötet er niemanden. Auch dann nicht, wenn es einen guten Grund dafür gäbe.«

Voss war geneigt ihr zuzustimmen. Er bedankte sich für das Gespräch und verabschiedete sich.

Hannah, die ihm nachdenklich zugehört hatte, tippte auf ihrem Tablet.

»Die Rache-Theorie können wir vergessen«, hielt sie fest. »Genau wie die vier Arzthelferinnen. Der Mörder war in beiden Fällen derselbe. Und nach allem, was wir wissen, kann es nur einer der Angestellten bei *Baby-Well* sein. Iris Asmussen, Florian Petzold oder Gregor Wahls. Oder die Besitzerin Dorothea Bachmann selbst. Auch wenn die Arzthelferinnen behaupten, dass außer Tim niemand an dem Betrug beteiligt war. Aber das muss ja nicht stimmen.«

■ ■ ■

Etwa vier Kilometer Luftlinie entfernt kamen in diesem Moment Kari Blom, die Häkeldamen und Almas neuer Freund Albert Franke in Marijke Meenkens Haus im Lörki Wai in Braderup zu demselben Ergebnis. Albert war bereits am

Donnerstagabend angereist, weil ihm sein Chef für den Freitag freigegeben hatte und Albert das verlängerte Wochenende mit Alma auf Sylt genießen wollte. Da er ein gutmütiger Mensch war, hatte er aber auch nichts dagegen, sich von der Häkelmafia für ihr neues Abenteuer vereinnahmen zu lassen.

Ohne zu murren, hatte er sich zwischen Alma und Grethe auf das Sofa gequetscht. Dort saß er nun, den rechten Arm um die Schultern seiner Freundin gelegt, in der linken Hand ein süßes, selbst gebackenes Brötchen, das er genüsslich vertilgte. Sein rundes Gesicht leuchtete zufrieden, genau wie das seiner Liebsten. Kari freute sich, dass die Bäckerwitwe ein spätes Glück gefunden hatte.

Albert passte perfekt zu ihr. Er war genauso aufmerksam, freundlich und höflich wie sie, aber keinesfalls unterwürfig. Hinter der Maske des dienstbaren Chauffeurs versteckte sich ein durchaus kritischer und manchmal auch rebellischer Geist. Albert war wie die Häkeldamen einem gelegentlichen Gläschen Schnaps nicht abgeneigt. Er feierte gern, und vor allem war er ein guter Tänzer. Ein Glücksfall für Alma, die, wie sich herausgestellt hatte, seit Jahren einmal im Monat nach Westerland zum Tanztee für Senioren ging. Nun hatte sie einen festen Partner, mit dem sie, immer noch bemerkenswert dynamisch, über das Parkett schwebte. Alma hatte Kari einen kurzen Videoclip gezeigt, den der DJ der Veranstaltung mit ihrem Handy aufgenommen hatte, und Kari war ehrlich beeindruckt gewesen.

»Das schwarze Schaf sitzt bei *Baby-Well*«, sagte Witta, in der Hand eine von Marijkes filigranen Teetassen, auf denen sie im Gegensatz zu den anderen bestand, den kleinen Finger abgespreizt. Die Dauerwelle war frisch gelegt, das weiße Kleid gebügelt, ohne die Spur einer Knitterfalte. Die Landarztwitwe gab wie immer die Grande Dame.

Grethe, in Jeans und blauem Seemannspullover, die kurzen eisgrauen Haare vom Schlafen verdrückt, stimmte ihr zu, was eigentlich so gut wie nie vorkam. Aber heute waren sich die Häkeldamen einig. Bei dem Abrechnungsbetrüger oder der Betrügerin konnte es sich nur um Dorothea Bachmann, Iris Asmussen, Florian Petzold oder Gregor Wahls handeln. Und dieselbe Person musste auch der Mörder oder die Mörderin von Dr. Wolf Lindner und Tim Siebert sein.

Alma rührte Zucker in ihren Tee. »Ich kann mir nicht vorstellen, dass es eine der Frauen war«, sagte sie. »Frauen morden doch anders. Heimlich. Mit Gift oder indem sie einem Schlafenden ein Kissen aufs Gesicht drücken. Aber doch nicht, indem sie jemanden von einer Klippe stoßen.«

Eine Einschätzung, die von der Kriminalstatistik gestützt wurde, aber Kari war sich trotzdem nicht sicher, ob die Bäckerwitwe recht hatte.

Marijke stellte ihre Teetasse zurück auf den Tisch und nahm sich ein Hörnchen. »Nun hört doch auf, Kinder«, mahnte sie, ehe Witta Almas Beitrag kommentieren konnte. »Es gibt keine Beweise, richtig?«

Kari und die anderen Häkeldamen nickten. Albert sah Marijke abwartend an.

»Wir können hier den ganzen Tag Rätselraten, aber damit kommen wir dem Täter nicht näher«, fuhr die Kapitänswitwe fort. In den grauen Augen hinter der dicken Brille blitzte es.

»Was schlägst du vor?«, fragte Grethe.

Marijke zwinkerte ihr zu. »Wir müssen dem Mörder eine Falle stellen.«

»Das ist ein sehr guter Vorschlag«, verkündete Witta huldvoll.

»Aber wie soll diese Falle aussehen?«, fragte Alma.

»Ich dachte …«, ein kleines, schelmisches Lächeln stahl sich in Marijkes Mundwinkel, »wir könnten Frau Bloms berufliches Potenzial nutzen.«

»Aha?« Kari hatte keine Ahnung, worauf ihre Vermieterin hinauswollte.

Marijke erklärte es ihr.

Die anderen Häkeldamen und Albert applaudierten.

Zu Recht. Marijkes Idee war wirklich gut.

● ● ●

Jonas Voss streckte die Beine aus und schaute in den Himmel, der sich immer weiter zuzog. Sie saßen wieder auf ihrer Bank am Brandenburger Strand, den Blick auf die Nordsee und die Surfer gerichtet, die vom böigen Wind getrieben über die Wellen flogen. Gischt spritzte auf, und eine Möwe segelte in rasender Geschwindigkeit über die Wasseroberfläche, ehe sie herabstieß und kurz darauf mit einem silbrigen Fisch im Schnabel wieder auftauchte und in die Höhe schoss.

Ein Schauspiel, das Jonas für gewöhnlich faszinierte, doch heute hatte er kaum einen Blick dafür.

Der Nachmittag war frustrierend gewesen. Hannah und er hatten nacheinander erneut alle vier Mitarbeiter von *BabyWell* vernommen, angefangen mit der Besitzerin Dorothea Bachmann über Iris Asmussen und Florian Petzold bis zur männlichen Hebamme Gregor Wahls. Weitergekommen waren sie keinen Schritt. Keiner der vier hatte ein Alibi, weder für den Mord an Dr. Wolf Lindner noch für den an Tim Siebert, doch das war auch das Einzige, was man gegen sie vorbringen konnte.

Alle hatten sich vom Vorwurf distanziert, gemeinsam mit Tim Siebert am Abrechnungsbetrug beteiligt gewesen zu sein. Keiner der vier war nach eigenen Angaben zum Zeitpunkt der Morde in der Nähe des Roten Kliffs gewesen. Beweise für das Gegenteil gab es nicht. Die Auswertung von Tim Sieberts Handydaten hatte ebenso wenig neue Erkenntnisse erbracht wie die Analyse von Dr. Lindners Rechnern, seinem Smartphone und seinen sonstigen Unterlagen.

Jonas hatte nicht den Hauch einer Ahnung, wie sie weitermachen sollten.

Auch Hannah war enttäuscht. Sie las ein ums andere Mal die Notizen auf ihrem Tablet, aber der ersehnte Geistesblitz blieb aus.

»Sieht so aus, als müssten wir darauf hoffen, dass Kari irgendetwas findet, das uns weiterbringt«, sagte sie schließlich und steckte das Gerät zurück in die Handtasche.

Jonas trank den letzten Rest aus seinem Kaffeebecher. Auf dem Boden des Porzellangefäßes wurde eine Möwe sichtbar, die grinsend den Flügel hob und zwei Federn zum Victory-Zeichen spreizte. Am liebsten hätte er Ole Lund gebeten, Kari von diesem Fall zu entbinden, in dem sie nicht einmal offiziell ermittelte. Seine Frau war schwanger! Es war leichtsinnig, sich in unmittelbarer Nähe eines skrupellosen Mörders und Betrügers aufzuhalten. Was, wenn der Täter sich bedroht fühlte und auch Kari ausschaltete, so wie er es mit Dr. Lindner und Tim Siebert getan hatte?

Der einzige Grund, warum Jonas nicht bei Karis Chef anrief, war, dass er genau wusste, dass es nichts nützen würde. Selbst wenn Lund bereit wäre, Kari abzuziehen, seine Frau würde sich der Anweisung widersetzen. Sie hatte noch nie einen Fall abgegeben, ehe sie den Täter dingfest gemacht hatte.

Hannah, die zu ahnen schien, was in ihm vorging, legte ihm die Hand auf den Arm.

»Mach dir keine Sorgen«, sagte sie. »Kari kann gut auf sich selbst aufpassen.«

»Hm.« Jonas schaute auf seine Schuhe und stellte fest, dass sie abgetreten aussahen. Er konnte nur beten, dass Hannah recht hatte.

29. Kari Blom betrat den Empfangsraum von *Baby-Well* exakt um sechzehn Uhr vierzig, zwanzig Minuten vor Beginn ihres Kurses. Sie summte leise ein Lied vor sich hin. Es war »Ich wünsch dir Liebe ohne Leiden«. Ole Lund, bekennender Udo Jürgens-Fan, hätte sich darüber gefreut.

Sie hatte Glück, die vier verbliebenen Mitarbeiter von *Baby-Well* hielten sich alle im Vorraum der Praxis auf, die drei Angestellten im Praxis-Rot-Weiß, Dorothea Bachmann im braun-violett gemusterten Wollkleid. Zwischen der Inhaberin und Gregor Wahls schien eine Annäherung stattgefunden zu haben. Offenbar wollte Dorothea der diebischen Hebamme eine zweite Chance geben.

Iris Asmussen schüttelte ihre blonden Locken und lächelte ihr warmes Lächeln. »Hallo Kari. Du scheinst ja ausgesprochen gute Laune zu haben heute.«

»O ja.« Kari grinste breit.

»Sehr schön.« Iris sah auf die Armbanduhr. »Du bist ein bisschen zu früh, aber wenn du willst, kannst du schon in den Gruppenraum gehen. Florian und ich kommen gleich.« Sie verschwand in den Aufenthaltsraum für die Angestellten. Florian und Gregor folgten ihr. Dorothea nickte Kari zu.

»Ich muss noch rasch etwas mit Gregor besprechen«, entschuldigte sie sich, bevor sie ebenfalls den Personalraum betrat. Die Tür fiel leise hinter ihr ins Schloss.

Perfekt, befand Kari, die schon bei ihren vorherigen Besuchen festgestellt hatte, dass diese Tür nicht besonders dick war. Wenn sich Personen im Aufenthaltsraum miteinander unterhielten, konnte man ihre Stimmen im Empfangsraum hören. Sofern sie laut genug sprachen, verstand man sogar die Worte, also sollte es andersherum genauso sein.

Es war genau das Tableau, das sie sich ausgemalt hatten. Kari holte rasch ihr Smartphone hervor und verschickte ein Daumen-hoch-Emoticon per SMS an Marijke Meenken.

Gleich darauf wurde die Tür zur Praxis so heftig aufgestoßen, dass sie innen gegen die Wand krachte. Marijke stürmte herein.

»Frau Blom!«, rief sie laut. »Gut, dass ich Sie noch erwische, bevor Ihr Kurs anfängt!« Die Tür schwang zurück und fiel mit einem Knall ins Schloss.

»Frau Meenken!«, rief Kari in derselben Lautstärke zurück.

Sie hatten lange darüber diskutiert, welche der Häkeldamen die Rolle übernehmen durfte. Witta fand natürlich, dass ihr der Vorzug gebühren sollte, da es um ein medizinisches Thema ging, aber Grethe hatte zu recht darauf hingewiesen, dass es nicht besonders glaubwürdig wirkte, wenn Witta mit ihrem verstauchten Fuß der Untermieterin ihrer Freundin hinterherrannte. Witta hatte sich murrend gefügt.

Am Ende war die Wahl auf Marijke gefallen, weil sie von den vier Häkeldamen die klarste und kräftigste Stimme hatte. Dass es die richtige Entscheidung gewesen war, stellte die Kapitänswitwe jetzt eindrucksvoll unter Beweis.

»Der Verlag hat angerufen!«, verkündete Marijke mit einem Volumen, das problemlos einen kleinen Theatersaal gefüllt hätte. Auch ihre Mimik und Gestik waren absolut bühnenreif. Ihre Augen leuchteten, und als sie weitersprach, legte sie die Hand an die Brust, als müsse sie ihren flatternden Atem beruhigen.

»Sie sind interessiert, stellen Sie sich das vor, Frau Blom!«, setzte sie den Monolog fort, den sie am Nachmittag in Marijkes Wohnzimmer einstudiert hatten. »Sie wollen die Story tatsächlich kaufen. Für ihre Wochenzeitung. Das wird Ihr Durchbruch, Frau Blom! Endlich, nach all den Jahren, in denen Sie so hart gekämpft haben.« Marijke legte die gefalteten Hände an den Mund. »Es ist aber auch eine unglaubliche Geschichte«, dröhnte sie und bewegte sich sicherheitshalber noch ein wenig näher zur Tür des Personalraums. »Ein Abrechnungsbetrug im großen Stil und ein Täter, der skrupellos Menschen tötet. Und das in einer Praxis, die sich angeblich ganz dem Wohl werdender Mütter verschrieben hat.« Marijke schüttelte den Kopf, als blicke sie in einen tiefen dunklen Abgrund. »Sie dürfen aber mit niemandem darüber reden«, setzte sie hinzu, weiterhin in voller Lautstärke. »Auf keinen Fall darf die Sache öffentlich werden, bevor die Zeitschrift erschienen ist.«

»Natürlich nicht«, beteuerte Kari laut. »Ich gehe erst zur Polizei, wenn der Artikel gedruckt ist. Niemand wird erfahren, wer der Mörder und Betrüger ist, ehe sein Bild in der Zeitung erscheint.«

Marijke rückte näher an Kari heran. »Haben Sie keine Angst?«, fragte sie im Bühnenflüsterton – gedämpft, aber hinter der Tür mit Sicherheit immer noch problemlos zu verstehen. »Dass der Mörder Ihnen etwas antun könnte?«

»Nein«, verkündete Kari. »Er weiß ja nicht, dass ich seine Identität kenne.«

»Trotzdem. Passen Sie gut auf sich auf«, bat Marijke.

»Das werde ich tun.« Kari hob die Hand. »Wir sehen uns dann nach dem Kurs, Frau Meenken. Sie holen mich ab?«

»Natürlich. Wie immer. Der Wagen steht ein Stück weiter südlich direkt an der Straße. Wir gehen in der Innenstadt einen Kaffee trinken. Wenn wir nicht rechtzeitig zurück sind, setzen Sie sich einfach ins Auto. Sie haben ja den Zweitschlüssel. Der weiße Sportsvan, aber das wissen Sie ja.«

»Danke, Frau Meenken!«, rief Kari. »Bis später.«

Marijke winkte ihr zum Abschied zu und verließ die Praxis, wieder unter lautem Türenknallen.

Kari ging den Flur entlang zum Gruppenraum.

Ob ihre Vorstellung überzeugend gewesen war? Oder hatten sie zu dick aufgetragen? War es wirklich denkbar, dass man sich in solcher Lautstärke über eine Geschichte austauschte, die unbedingt geheim gehalten werden sollte? Würden die *Baby-Well*-Mitarbeiter ihr abkaufen, dass sie so naiv war?

Die Antwort auf die Frage erhielt sie keine zwei Sekunden später. Die Tür des Aufenthaltsraums flog auf, und Dorothea Bachmann eilte hinter ihr her.

»Kari.« Die Inhaberin von *Baby-Well* griff nach Karis Arm. »Ist das wahr?«

Kari blieb stehen. »Ich weiß nicht, was du meinst.«

»Dass du den Täter kennst. Die Person, die meine Bücher gefälscht und erfundene Verordnungen abgerechnet hat. Und die Tim und Dr. Lindner ermordet hat.«

Kari sah sie mit gespieltem Entsetzen an. »Wie kommst du denn darauf?«

»Du hast doch gerade darüber gesprochen.« Dorothea deutete den Gang entlang zum Empfangsbereich. »Mit deiner Vermieterin.«

»Ach so.« Kari lachte verlegen. »Das war nicht ganz die Wahrheit. Ich habe dem Verlag gegenüber ein bisschen gepokert. Mit einer exklusiven Enthüllungsstory kann man punkten. Wenn es nur vage Verdachtsmomente sind, hat man keine Chance. Die Branche ist knallhart.«

Dorothea Bachmann sah sie missbilligend an. »Wenn es nicht stimmt, solltest du es nicht so laut herausposaunen. Wir haben im Aufenthaltsraum jedes Wort verstehen können.«

»Oh.« Kari schlug die Hand vor den Mund. Um ihren angeblichen Schreck über diesen Umstand zu illustrieren, aber auch, um das zufriedene Lächeln zu verbergen, das für den Bruchteil einer Sekunde um ihre Lippen spielte. Der Plan funktionierte genau so, wie die Häkeldamen und sie es sich erhofft hatten.

»Ich habe das gar nicht gemerkt«, entschuldigte sie sich, als sie die Hand wieder heruntergenommen hatte. »Frau Meenken, meine Vermieterin, ist extrem schwerhörig, weißt du? Sie müsste ein Hörgerät tragen, aber du kennst das bestimmt. Viele ältere Leute wollen einfach nichts davon wissen. Deswegen muss man immer sehr laut mit ihr reden, und sie selbst spricht natürlich auch sehr laut. Ich bin so daran gewöhnt, dass ich gar nicht mehr daran denke, dass auf diese Weise jeder mitbekommt, worüber wir sprechen.«

Die Inhaberin von *Baby-Well* schüttelte den Kopf. »Das ist sehr, sehr dumm«, sagte sie düster. »Ich hoffe nur, deine Sorglosigkeit wird dir nicht irgendwann zum Verhängnis.«

Damit ließ sie Kari stehen und ging den Flur entlang zu ihrem Büro. Im nächsten Moment fiel die Tür hinter ihr ins Schloss.

Kari hatte plötzlich ein ganz mulmiges Gefühl. War das eine Warnung? Oder gar eine Drohung?

Aber genau das war ja der Plan. Der Täter oder die Täterin sollte durch Karis und Marijkes Schmierenkomödie in Panik versetzt werden. Er oder sie sollte versuchen, Kari auf dem Weg zu Marijkes Wagen abzufangen, um sie daran zu hindern, ihr Wissen weiterzugeben. Sobald das geschah, würden Albert und die Häkeldamen ihr zu Hilfe eilen, die auf der gegenüberliegenden Straßenseite in der Limousine von Alberts Chef warteten. Und Kari selbst konnte sich ebenfalls wehren. Das Krümelchen in ihrem Bauch behinderte sie vielleicht ein wenig, aber die grundlegenden Techniken des Jiu Jitsu beherrschte sie nach wie vor.

Wieder öffnete sich die Tür des Personalraums, und Iris und Florian traten heraus. Sie kamen auf Kari zu, doch ehe einer von ihnen etwas sagen konnte, flog die Eingangstür der Praxis auf, und die Teilnehmerinnen des Geburtsvorbereitungskurses strömten herein.

Kari winkte ihnen lächelnd zu, während sie nebenbei Iris und Florian im Auge behielt.

Die Saat war ausgebracht. Jetzt musste sie nur noch aufgehen.

30.

Marijke Meenken schaute vom Rücksitz der schicken schwarzen Limousine aus zur Praxis von *Baby-Well* hinüber. Ob sie ihre Sache gut gemacht hatte? Oder hatten die Mitarbeiter ihre Scharade durchschaut, weil sie hoffnungslos unglaubwürdig gewesen war? Sie würden es bald wissen.

Sie waren mit zwei Wagen nach Westerland gefahren. Zum einen, weil in Marijkes Sportsvan keine sechs Personen Platz fanden und niemand von ihnen zu Hause hatte warten wollten. Alle wollten sehen, wie Kari den Mörder und Betrüger entlarvte. Zum anderen war Marijkes verlassenes Fahrzeug, an dem sie sich mit Kari verabredet hatte, ein weiterer Köder. Der Täter hatte die Möglichkeit, Kari dort aufzulauern.

Die große Limousine von Alberts Chef war ein hervorragender Beobachtungsposten und zudem überaus bequem. Sie konnten es sich auf den beiden einander gegenüberliegenden Rückbänken gemütlich machen und brauchten nicht in ein Café zu gehen. Auf diese Weise würden sie nichts verpassen.

Witta hatte in dem kleinen Kühlschrank zwischen den Sitzbänken eine Flasche Prosecco gefunden und im Fach darüber die passenden Gläser. Albert war nicht ganz glücklich darüber gewesen, hatte aber auch nicht protestiert, als Witta die Flasche öffnete und allen ein Glas einschenkte. Außer Albert und Marijke natürlich, weil die beiden noch fahren mussten. Alma würde dann eben am nächsten Tag eine neue Flasche kaufen und die Gläser spülen, damit Albert keinen Ärger bekam.

Marijke fand die Aktion ein wenig unpassend. Schließlich feierten sie hier keine Filmpremiere, sondern waren auf Verbrecherjagd. Aber sie verstand auch, dass die Landarztwitwe etwas brauchte, um ihre Nerven zu beruhigen. Also stießen Witta, Alma und Grethe an, während sich Marijke und Albert jeweils an einem Glas Wasser festhielten und sich Blicke zuwarfen, mit denen sie sich gegenseitig ihres Mitgefühls versicherten.

Die Zeiger der Uhr am Armaturenbrett rückten langsam auf neunzehn Uhr zu. Der Geburtsvorbereitungskurs musste jeden Moment zu Ende sein.

Was würde dann geschehen? Würde einer der Mitarbeiter von *Baby-Well* Kari nach draußen auf die Straße folgen und versuchen, sie zu überwältigen, ehe sie in Marijkes Sportsvan stieg und die Türen von innen verriegelte, so wie sie es geplant hatten? Oder würde ihnen der Täter mit seinem eigenen Fahrzeug folgen und Kari überfallen, wenn sie allein im Gartenhaus war?

Alma hielt für jeden dieser Fälle ihr Smartphone mit der rosafarbenen Häkelhülle in der Hand. Sobald irgendjemand Kari zu attackieren versuchte, würden sie Jonas Voss verständigen. Allerdings würde der Kommissar nicht rechtzeitig zur Stelle sein können, um Kari zu retten. Das mussten sie selbst erledigen. Waffen hatten sie auf die Schnelle nicht auftreiben können, aber im Kofferraum der Limousine befand sich die Tasche mit den Golfschlägern von Alberts Chef.

Allein hätte keine von ihnen eine Chance gegen einen Mann oder eine Frau im besten Alter und mit finsteren Absichten, aber wenn sie alle fünf gleichzeitig mit einem Schläger auf den Täter losgingen, sollten sie die Oberhand gewinnen können. Und Kari mit ihren Kampfsportkünsten war ja auch noch da. Sie war Polizistin und würde sich nicht so leicht überwältigen lassen.

Auf jeden Fall mussten sie verhindern, dass der Täter Kari körperlich attackierte. Nicht auszudenken, welchen Schaden das bei dem ungeborenen Kind anrichten könnte!

Alma, die neben Albert auf dem Beifahrersitz saß, riss Marijke aus ihren Gedanken.

»Da kommt sie!«, rief sie und deutete über die Straße zur Eingangstür von *Baby-Well*, die sich in diesem Moment öffnete. Kari und die Frauen aus dem Schwangerschaftskurs traten heraus. Sie verabschiedeten sich, und die Frauen gingen in verschiedene Richtungen davon. Die anderen fünf in Richtung Norden, vermutlich in die Fußgängerzone, um im Café Orth noch gemeinsam einen Tee zu trinken, Kari in Richtung Süden zu Marijkes weißem Sportsvan. Marijke hatte ihn wie abgesprochen ein Stück von der Praxis entfernt abgestellt, damit der Täter eine Chance hatte, sie auf dem Weg zum Wagen abzupassen.

Marijke wartete darauf, dass sich die Tür der Praxis erneut öffnete, doch nichts dergleichen geschah.

Kari lief gemächlich die Straße entlang. Die Lichter des Sportvans blinkten auf, als sie den Funkschlüssel betätigte. Sie drückte sich eine Weile draußen herum, stellte ihre Handtasche in den Kofferraum, nahm sie wieder heraus und ging einmal um den Wagen herum. Schließlich öffnete sie die Beifahrertür und stieg ein.

Nach wie vor rührte sich bei *Baby-Well* nichts. Niemand verließ die Praxis und folgte Kari.

»Verdammt«, fluchte Grethe nach einer Weile. »Das klappt nicht.«

»Nein.« Marijke war zutiefst enttäuscht. Der Plan war doch so gut gewesen!

War der Täter am Ende doch nicht bei *Baby-Well* zu finden, und alle ihre Vermutungen waren falsch gewesen?

»Was machen wir denn jetzt?«, fragte Alma.

»Wir fahren nach Hause«, entschied Marijke. »Es wird jetzt abends so schnell frisch. Wenn Frau Blom zu lange im Wagen sitzt, verkühlt sie sich am Ende noch.«

»Sie kann die Heizung anschalten«, widersprach Witta. »Du hast doch Sitzheizung?«

»Ja. Aber was nützt das? Wenn der Täter sie abfangen wollte, hätte er das längst getan. Zumindest wäre er zu seinem Fahrzeug gelaufen, um sie auf dem Heimweg zu verfolgen, wenn er es für sicherer hält, sie zu Hause zu überfallen. Er wird doch nicht davon ausgehen, dass sie nach dem Kurs noch stundenlang vor der Praxis im Wagen sitzt.«

»Da hast du allerdings recht.«

»Also los.« Marijke öffnete die hintere Tür und stieg aus.

Grethe tat auf der anderen Seite dasselbe. Dann steckte sie ihren Kopf wieder in den Wagen. »Wo bleibst du denn?«, fragte sie Witta, die sich nicht von der Stelle rührte.

»Ich fahre bei Albert mit«, verkündete die Landarztwitwe und brachte ihre weiße Dauerwelle in Form. Marijke fühlte sich an die Queen erinnert, die zu einer Parade aufbrach, bereit, den Menschen draußen vom Wagenfenster aus huldvoll zuzuwinken. Die passenden hauchzarten weißen Handschuhe trug Witta bereits. Fehlte nur noch der Hut.

»Von mir aus.« Grethe schlug die Wagentür zu, und Marijke tat auf ihrer Seite dasselbe.

»Dass das nie aufhört«, spottete Grethe, während sie die Straße überquerten. »Witta glaubt immer noch, dass sie zu Höherem berufen ist.«

»Lass ihr die Freude«, sagte Marijke. »Sie hat ja sonst nicht viel.«

»Sie hat eine schicke Villa in Kampen und eine schöne Witwenrente. Was soll ich denn sagen?«

»Du wolltest nie etwas anderes als das, was du hast«, entgegnete Marijke zerstreut. »Und du hast doch dein Auskommen.«

»Stimmt.« Grethe grinste. »Ich bin rundum zufrieden.«

»Siehst du.« Marijke strebte auf den Sportsvan zu und winkte Kari, die durch die Frontscheibe die Straße beobachtete. »Das meine ich.«

. . .

Kari behielt angestrengt die Eingangstür von *Baby-Well* im Auge, doch nichts geschah. Stattdessen öffneten sich die hinteren Türen der schwarzen Limousine von Alberts Chef, und Marijke und Grethe kamen auf sie zu. Ihre Vermieterin winkte.

Gleich darauf hatten die beiden alten Damen den Wagen

erreicht. Marijke setzte sich hinters Steuer, Grethe rutschte auf die Rückbank.

»Das war wohl ein Schuss in den Ofen«, konstatierte sie.

Kari nickte. Sie hatte wirklich geglaubt, dass der Plan funktionieren könnte. Aber offenbar war er doch zu durchsichtig gewesen.

Marijke legte grübelnd einen Finger an die Nase. »Ich glaube, wir haben einen Denkfehler gemacht«, sagte sie.

»So?«, fragte Grethe von hinten.

»Wir sind davon ausgegangen, dass der Täter Frau Blom verfolgt, um sie zum Schweigen zu bringen«, erklärte die Kapitänswitwe. »Aber das muss er ja gar nicht. Sie haben bei *Baby-Well* Ihre Adresse angegeben, richtig?« Sie schaute Kari an. »Der Täter muss einfach nur warten, bis Sie heute Nacht allein in Ihrem Gartenhaus sind. Dann kann er unbeobachtet nach Braderup fahren und versuchen, sich heimlich Zutritt zu verschaffen. Alles andere wäre doch leichtsinnig und dumm.«

Kari nickte. Sie verspürte plötzlich wieder neue Energie. »Natürlich«, sagte sie. »Sie haben vollkommen recht. Lassen Sie uns nach Hause fahren.«

Marijke startete den Motor, prüfte, ob die Straße hinter ihr frei war, und lenkte den Wagen nach Norden. Als sie die schwarze Limousine auf der gegenüberliegenden Straßenseite passierten, sahen sie, dass die Innenbeleuchtung eingeschaltet war. Albert, Alma und Witta schienen über irgendetwas zu streiten.

Marijke schüttelte verständnislos den Kopf. Grethe grinste, wie Kari im Rückspiegel sehen konnte. »Bestimmt hat Witta jetzt auch noch den teuren Champagner geköpft, und Alma ist sauer, weil sie den ersetzen muss. Das zahlt sie nicht mal eben aus der Portokasse.«

Kari konnte sich kaum vorstellen, dass die Bäckerwitwe, die immer auf Versöhnung bedacht war, irgendjemandem ernsthaft böse sein könnte, aber andererseits hatte Witta Claaßen durchaus ein Talent, auch die gutmütigsten Menschen auf die Palme zu bringen. Und wenn die Landarztwitwe ihren neuen Freund in Schwierigkeiten brachte, wich Alma vielleicht ausnahmsweise von ihrem Harmoniebedürfnis ab.

»Ich hoffe, die vergessen nicht, dass sie uns mit ein bisschen Abstand folgen sollen?« Marijke warf einen skeptischen Blick zu ihren Freundinnen hinüber, fuhr aber weiter.

Sie passierten den Bahnhof, fuhren auf dem Bahnweg in Richtung Flughafen und bogen von dort in die L24 in Richtung des Kreisels, an dem sich das Delikatessengeschäft »Feinkost Meyer« befand und die Straßen nach Braderup, Kampen und Wenningstedt abzweigten.

»Was will der denn?« Marijke kniff die Augen zusammen. Kari wandte sich um und sah, dass von hinten ein schwarzer SUV dicht aufgefahren war und sie bedrängte.

Marijke drückte das Gaspedal durch und beschleunigte, auf sechzig, siebzig, achtzig Stundenkilometer, doch der Abstand vergrößerte sich nicht im Geringsten. Der SUV beschleunigte ebenfalls.

»Lass den Spinner doch vorbei«, ertönte Grethes Stimme von hinten.

Marijke lenkte den Sportsvan so weit wie möglich an den Fahrbahnrand. Der SUV setzte zum Überholen an. Als er auf gleicher Höhe mit ihnen war, schwenkte er plötzlich nach rechts und rammte Marijke.

»Um Gottes willen.« Marijke umklammerte das Lenkrad. »Ist der verrückt geworden?«

Grethes Kopf erschien zwischen den Sitzen. »Du musst bremsen.«

Kari drehte sich zu Marijke und sah, wie sich die Augen der Kapitänswitwe weiteten. »Das geht nicht«, keuchte sie erschrocken. »Die Bremse reagiert nicht.«

»Ich denke, der Wagen ist neu?«, fragte Grethe.

»Zwei Jahre.«

»Hast du ihn nach dem Kauf nicht in die Inspektion gegeben?«, bohrte die Klempnerwitwe weiter.

»Natürlich habe ich das. Es war alles in Ordnung.«

»Dann hat jemand die Bremsen manipuliert«, schloss Grethe.

Der SUV kam wieder näher und rammte sie erneut. Marijke raste weiter geradeaus und schaffte es gerade noch zu verhindern, dass der Golf ausbrach.

Karis Herz hämmerte wie verrückt. »Sie saßen doch die ganze Zeit auf der gegenüberliegenden Straßenseite im Wagen«, presste sie hervor. »Haben Sie denn nichts gesehen?

»Wir hatten die Praxis im Auge, nicht Marijkes Golf. Da ist niemand herausgekommen.« Grethe machte eine kurze, erschrockene Pause. »Jedenfalls nicht durch die Vordertür.«

In Karis Kopf setzte sich das Puzzle im Bruchteil einer Sekunde zusammen. Mit Sicherheit gab es eine Hintertür, und der Täter hatte die Zeit, in der Kari ihren Kurs besucht hatte, nicht etwa damit verbracht, auf dessen Ende zu warten, sondern stattdessen die Bremsen von Marijkes Golf manipuliert. Sie hatten ja laut genug verkündet, dass der Wagen vor der Tür stand. Und ein Unfall war eine sehr viel unauffälligere und weniger risikobehaftete Möglichkeit, jemanden aus dem Verkehr zu ziehen, als dieser Person auf einer belebten Straße aufzulauern.

Warum hatten sie nicht daran gedacht?

Wieder krachte der SUV in die Fahrertür von Marijkes Golf, und Kari spürte, wie sich alles in ihrem Inneren verknotete. Die stürmische Fahrt würde in einem Unglück enden, und was wurde dann aus ihr und dem Krümelchen?

Dieses Mal lenkte der Fahrer des SUV sein Fahrzeug nicht zurück in die Mitte der Fahrbahn, sondern blieb an Marijkes Seite. Metall kreischte auf Metall. Eine Weile bewegten sie sich in der Schwebe. Dann kam der Golf von der Straße ab.

Die Räder auf der rechten Seite gerieten auf den Randstreifen, auf dem sie gebremst wurden, und durch den ungleichen Vortrieb auf rechter und linker Seite kam der Wagen vollends aus der Spur. Er beschrieb eine halbe Rechtsdrehung, kippte auf der abschüssigen Böschung nach vorn und überschlug sich.

Kari hörte die Schreie von Marijke und Grethe, während ihr selbst vor Entsetzen die Stimme wegblieb. Die Erde kam in rasender Geschwindigkeit auf sie zu.

Das Letzte, was Kari sah, waren die Rücklichter des schwarzen SUV, die in der Dunkelheit verschwanden.

· · ·

»Um Gottes willen.«

Witta ließ auf der Rückbank der Luxuslimousine vor Schreck ihr Champagnerglas fallen und schlug die Hände vor den Mund. Sie konnte nicht glauben, was sich vor ihren Augen abspielte. Marijke, Grethe und Kari wurden von einem Verkehrsrowdy in einem dieser schrecklichen großen SUVs von der Straße gedrängt, nachdem der Wagen bereits einige Male mit Marijkes Golf kollidiert war.

Zuerst hatte Witta gedacht, dass der Fahrer betrunken sei. Er fuhr mit überhöhter Geschwindigkeit, startete ein riskantes Überholmanöver und geriet auf der Gegenfahrbahn heftig ins Schlingern, so dass er Marijke rammte.

Als er allerdings ein zweites und drittes Mal mit dem weißen Sportsvan kollidierte, begriff Witta, dass es Absicht war.

Sie hatten geglaubt, der Mörder von Dr. Wolf Lindner und Tim Siebert würde versuchen, Kari in seine Gewalt zu bekommen, doch stattdessen bestand sein Plan offensichtlich darin, einen tödlichen Verkehrsunfall zu provozieren.

Warum, um alles in der Welt, drosselte Marijke das Tempo nicht? Ihr musste doch klar sein, dass der Schaden, den sie erlitten, umso größer sein würde, je schneller sie fuhr.

»Nein, nein, nein.« Alma auf dem Beifahrersitz vor ihr rang die Hände und starrte entsetzt durch die Frontscheibe.

Sie sahen, wie der schwarze SUV ein letztes Mal mit Marijkes Golf zusammenstieß. Dann kam der Sportsvan von der Fahrbahn ab und überschlug sich mehrmals, ehe er weitab der Straße auf dem Dach liegen blieb. Der Fahrer des SUVs trat aufs Gas und verschwand in der Dunkelheit.

Albert drosselte das Tempo und brachte die Limousine auf Höhe des Unfallorts zum Stehen. Alma schnappte sich ihre Handtasche und öffnete die Beifahrertür.

»Ich hole Hilfe«, sagte sie und drückte Albert rasch einen Kuss auf die Wange. »Versuch, den SUV einzuholen. Wir müssen wissen, wer das getan hat.«

Witta rutschte auf der Rückbank in Richtung Tür und streckte die Hand nach dem Griff aus. »Nun warte doch. Wir müssen Erste Hilfe leisten.«

»Darum kümmere ich mich«, sagte Alma mit einer Schärfe, die Witta in all den Jahren noch nie von ihrer Freundin gehört hatte. »Hier wird professionelle Hilfe gebraucht, nicht die Sprechstundenhilfe eines Landarztes aus dem letzten Jahrtausend. Zumal du mit deinem kaputten Fuß ja nicht mal bis zum Wagen kämest.«

Sie schlug die Beifahrertür zu, und Albert gab Gas, ehe Wittas Hand den Türgriff erreicht hatte. Sie wurde zurück in die weichen Sitzpolster gepresst, während die Limousine beschleunigte. Der starke Motor dröhnte, und auf Alberts Gesicht lag ein Ausdruck der Entschlossenheit, der Witta ebenfalls fremd war.

Sie richtete sich in ihrem Sitz auf und rückte die weiße Dauerwelle zurecht.

Albert und sie waren auf sich allein gestellt. Sie musste jetzt auch stark sein.

■ ■ ■

Alma rannte über die Wiese auf Marijkes Wagen zu, so schnell sie konnte. Jetzt zahlte es sich aus, dass sie jeden Morgen die Aufwärmübungen aus der Rhythmischen Sportgymnastik absolvierte, die sie immer geliebt hatte. Witta mochte sie gelegentlich wegen ihrer überflüssigen Pfunde verspotten, doch im Ernstfall könnte sie der Landarztwitwe problemlos davonlaufen. Ein Stück Kuchen am Nachmittag und regelmäßige Bewegung waren allemal besser als ständige Askese. Wobei das in Wittas Fall ohnehin eher der Geiz als ein medizinisches Konzept war.

Der Boden war uneben, Alma stolperte ein paarmal, schaffte es aber, nicht zu stürzen. Auch das ein Vorteil ihrer Gesundheitsschuhe gegenüber den albernen hochhackigen Pumps, die Witta immer noch tragen zu müssen glaubte. Dabei hielt sie sich doch für so vernünftig!

Alma schüttelte die unsinnigen Gedanken ab. Sie wusste, dass sie ihr nur deshalb durch den Kopf schossen, um von der Angst abzulenken, die sie andernfalls gelähmt hätte, aber jetzt musste sie sich konzentrieren.

Sie erreichte den Sportsvan und sah, dass Marijke, Kari und Grethe kopfüber in ihren Sitzen hingen, gehalten von den Gurten und den Airbags, die sich geöffnet hatten. Ihre Gesichter waren gespenstisch bleich und seltsam leblos, das war im Licht der Innenbeleuchtung, die sich aus unerfindlichen Gründen eingeschaltet hatte, deutlich zu erkennen. Alma versuchte, die Fahrertür zu öffnen, konnte sie jedoch nicht bewegen. Sie lief um den Wagen herum, musste aber feststellen, dass auch die anderen Türen verklemmt waren.

Allein konnte sie hier überhaupt nichts ausrichten.

Rasch zog sie das Smartphone mit der rosafarbenen Häkelhülle aus der Handtasche und alarmierte den Notruf.

Nachdem sie dem Beamten am anderen Ende die Sachlage geschildert hatte, tippte sie schweren Herzens die nächste Nummer ein.

Feuerwehr, Polizei und Rettungswagen waren unterwegs. Aber sie musste auch Jonas Voss darüber informieren, was passiert war. Persönlich!

■ ■ ■

Albert lenkte den Wagen durch den Kreisel auf den Wenningstedter Weg. Gleich darauf passierten sie den Ortseingang von Kampen und jagten mit überhöhter Geschwindigkeit die Hauptstraße entlang. Die Edelboutiquen flogen links und rechts an ihnen vorbei, dann hatten sie Kampen auch schon wieder verlassen. Der Chauffeur drückte weiter aufs Gas. Witta, die einen Blick auf den Tacho warf, sah, dass er fast hundertfünfzig fuhr.

»Du meine Güte.« Sie klammerte sich am Griff über der Hintertür fest.

Was Albert da tat, war lebensgefährlich, aber wie sollten sie sonst den Verbrecher einholen, der Marijke, Grethe und Kari von der Straße gedrängt hatte? Witta murmelte ein stummes Gebet. Der zerbeulte, auf dem Dach liegende Sportsvan hatte furchtbar ausgesehen. Hatten ihre beiden Freundinnen und Frau Blom überhaupt eine Chance? Würden sie den schrecklichen Unfall überleben? Und was war mit dem ungeborenen Kind in Karis Bauch?

Sie durfte gar nicht darüber nachdenken!

Die Limousine hatte gerade die Vogelkoje passiert, als in der Dunkelheit vor ihnen zwei rote Rücklichter auftauchten.

»Da!« Witta deutete aufgeregt nach vorn. Albert konnte das von seinem Platz aus natürlich nicht sehen, aber die roten Lichter sah er sehr wohl.

»Das kann irgendjemand sein«, dämpfte er ihre Euphorie, beschleunigte den Wagen aber gleichzeitig weiter.

Nur ein paar Sekunden später hatten sie den Vorausfahrenden eingeholt und saugten sich an seine Stoßstange. Albert drosselte das Tempo, bis sie genauso schnell fuhren wie der Wagen vor ihnen. Das waren immer noch achtzig Stundenkilometer, aber im Vergleich zu der rasenden Verfolgungsjagd kam es Witta wie Schneckentempo vor.

Das Fahrzeug vor ihnen war tatsächlich ein schwarzer SUV. Ob es derselbe war, der Marijke von der Straße abgedrängt hatte, konnte Witta nicht feststellen, aber wenn er es war, würde man an der rechten Seite die Spuren der Zusammenstöße finden.

»Es ist auf jeden Fall dieselbe Marke«, sagte Albert. »Das Kennzeichen konnte ich leider nicht entziffern.«

Ein Indiz dafür, dass sie das richtige Fahrzeug vor sich hatten, denn dessen Kennzeichen war komplett mit Dreck verschmiert. Absichtlich, nahm Witta an. Der restliche Wagen war blitzsauber.

»Lass dich ein bisschen zurückfallen«, forderte sie den Chauffeur auf. »Er muss nicht merken, dass wir ihm folgen.«

Albert bremste.

Der große schwarze Wagen rollte weiter in Richtung List. Sie passierten den Ortseingang, bogen aber vor der Ge-

schäftsmeile und der Abfahrt zum Hafen und zur Dänemark-
fähre nach links in die Dünenstraße. Von dort ging es vorbei
an den alten Reihenhäusern, langen Reihen aus Dutzenden
aneinanderklebender kleiner Backsteinbauten, zum Neubau-
gebiet auf der anderen Seite des Orts.

Vor einem der mehrstöckigen Neubauten drosselte der
SUV das Tempo und bog in die Garageneinfahrt, so dass er
von der Straße aus nicht mehr zu sehen war.

Albert stoppte ein Stück weiter auf der gegenüberliegenden Straßenseite, und Witta und er wandten die Köpfe nach
hinten.

»Was jetzt?«, fragte der Chauffeur.

»Wir müssen herausfinden, ob es der richtige Wagen ist«,
sagte Witta. »Und wenn ja, müssen wir Kommissar Voss Bescheid geben.«

»Okay.« Albert zog sein Smartphone aus der Uniformja-
cke, die er trug, obwohl es sein freier Tag war. »Ich sehe nach.
Wenn ich in fünf Minuten nicht zurück bin, rufst du die Polizei.«

Er öffnete die Tür, schlüpfte aus dem Wagen und verschwand in der Dunkelheit, ehe Witta etwas erwidern konnte.

»Oje.« Witta suchte ängstlich in der Handtasche nach ihrem Seniorenhandy. Hoffentlich hatte sie noch ein Guthaben
auf dem Prepaidgerät!

31. Der erste Rettungswagen kam ihm ent-
gegen, als er gerade den Flughafen hinter sich gelassen hatte
und mit dem Passat in Richtung Norden raste. Zum Glück
hatte er sich vor einem halben Jahr einen neuen Wagen an-

geschafft. Der alte, verrostete wäre bei dem Tempo, das Jonas Voss fuhr, vermutlich in die Knie gegangen.

Der Unfallort war schon von Weitem zu sehen. Rechts der Straße standen etliche Fahrzeuge mit aufgeblendeten Scheinwerfern auf der Wiese, vielleicht dreißig Meter von Straßenrand entfernt. Sie waren wie Bühnenspots auf ein Szenario gerichtet, das aus einem Fernsehdrama zu stammen schien.

Ein weißer VW Golf Sportsvan bildete das Zentrum. Er lag auf dem Dach. Die Motorhaube war komplett verbeult, die Windschutzscheibe in ein durchlöchertes Splitternetz zersprungen, die hintere Seitentür eingedrückt. Die Fahrertür fehlte, sie lag ein Stück weiter neben dem Wagen im Gras. Die Feuerwehrleute, die sie mit Schneidbrennern herausgeschnitten hatten, taten gerade dasselbe mit der Beifahrertür. Ein Rettungssanitäter war durch die Öffnung in den Wagen gekrochen und kümmerte sich um die beiden Frauen, die auf dem Beifahrersitz und auf der Rückbank in ihren Gurten hingen.

Als Jonas Karis totenblasses Gesicht sah, versetzte es ihm einen derart heftigen Stich ins Herz, dass er im ersten Moment an einen Infarkt glaubte.

»Jonas.« Einer der uniformierten Polizisten, der in der Polizeistation in List arbeitete, kam auf ihn zu. »Das ging ja schnell. Ich dachte nicht, dass die Leitstelle dich schon informiert hat.«

Tatsächlich hatte die Leitstelle das auch nicht getan. Es war Alma Grieger gewesen, die ihm Bescheid gegeben hatte. Jonas entdeckte sie am Rand der Szene. Sie stand mit hängenden Schultern abseits der Rettungskräfte und blickte mit banger Miene zu dem Autowrack hinüber. In der Hand hielt sie das Smartphone, von dem Jonas wusste, dass es in einer rosafarbenen Häkelhülle steckte.

»Ich habe es eher zufällig mitbekommen«, erklärte Jonas und wunderte sich, dass er selbst in diesem Schockmoment in der Kari-Blom-Welt blieb und nichts verriet.

»Ach so?« Der uniformierte Kollege runzelte die Stirn. »Und da hast du dich gleich auf den Weg gemacht?«

Jonas' Blick wanderte wieder zu dem kopfüber liegenden Wagen. Er wollte etwas antworten, doch seine Kehle war wie zugeschnürt. Er konnte nur Kari hinter der Scheibe anstarren, während eine eisige Hand sein Herz umklammerte.

»Jedenfalls scheint es in der Tat ein Fall für euch zu sein«, fuhr der Beamte fort. »An der linken Seite des Golfs finden sich zahlreiche schwarze Lackspuren, und die Beulen in den Türen stammen ganz offensichtlich von einem Zusammenprall. Nicht nur einmal, sondern mehrfach. Sieht so aus, als hätte jemand den Wagen mit Absicht von der Straße abgedrängt.«

Jonas nickte. Er presste die Faust vor den Mund. Ihm war so übel, dass es vermutlich nur eine Frage der Zeit war, bis er sich übergeben würde.

Der uniformierte Kollege musterte ihn besorgt und legte ihm die Hand auf die Schulter. »Jonas? Ist alles in Ordnung mit dir?«

Jonas Voss biss die Zähne zusammen. Er hätte in diesem Moment Trost gebraucht, aber er durfte ja niemandem verraten, dass die Frau auf dem Beifahrersitz seine Frau war. Und dass sie schwanger war.

»Geht schon. Es ist nur so ein erschütternder Anblick. Und zu wissen, dass es Vorsatz war …« Voss wischte sich verstohlen die Tränen ab, die ihm übers Gesicht rannen, und hoffte, dass der Kollege sie in der Dunkelheit nicht sah.

»Ja. Das stimmt.« Der uniformierte Beamte schaute ebenfalls wieder auf das Schreckensbild.

Jonas beobachtete, wie die Feuerwehrleute die herausgeschnittene Beifahrertür hochhoben und beiseitelegten. Einer der Männer zerstach den Airbag, der Kari gehalten hatte, zwei weitere schnitten sie aus dem Gurt und hoben sie aus dem Wagen auf eine Trage. Der Notarzt und ein Sanitäter beugten sich über sie.

Jonas schwankte wie in Trance auf die Gruppe zu.

»Was ist mit ihr?«

Der Notarzt blickte auf, während der Sanitäter Kari eine Sauerstoffmaske aufsetzte.

»KHK Voss, Polizeirevier Sylt«, stellte Jonas sich rasch vor.

»Kommissar Voss.« Die Miene des Notarztes war ernst. »Es sieht nicht gut aus. Ihr Puls ist schwach, und sie hat eine Menge Blut verloren. Wir müssen sie so schnell wie möglich ins Krankenhaus bringen.«

Zwei Sanitäter hoben die Trage hoch und liefen damit zu einem der wartenden Rettungswagen.

»Und das Baby?«, presste Jonas hervor.

Der Notarzt warf ihm einen überraschten Blick zu. Karis Bauch war noch nicht besonders dick. Man musste schon genau hinsehen, um zu erkennen, dass sie schwanger war.

»Ich weiß es nicht.« Der Arzt hob die Schultern. »Ich konnte keine Herztöne hören.«

Jonas kam es vor, als würde plötzlich kaltes Eis durch seine Adern gepumpt.

Wie sollte er weiterleben, wenn er Kari verlor und sein Kind starb?

■ ■ ■

Witta verrenkte sich den Hals, um durch die Heckscheibe der Limousine die Einfahrt des Mehrfamilienhauses im Auge zu behalten, in der Albert verschwunden war. Die Uhr am Armaturenbrett verriet ihr, dass mittlerweile mehr als drei Minuten vergangen waren. Nur noch zwei, dann müsste sie etwas unternehmen.

Zum Glück hatte sie tatsächlich noch ein Guthaben auf dem Handy, allerdings würde es nur noch für einen kurzen Anruf reichen. Während sie die Notrufnummer eintippte, so dass sie dann nur noch auf den grünen Hörer zu tippen brauchte, legte sie sich im Kopf den Text zurecht. Sie musste ihren Namen nennen, möglichst knapp das Problem schildern und vor allem die Adresse mitteilen, an der sie sich befanden, damit die Einsatzkräfte zum richtigen Ort kommen konnten.

Wieder schaute sie auf die Uhr. Vier Minuten, und noch immer war von Albert nichts zu sehen.

Stattdessen öffnete sich die Tür des Mehrfamilienhauses, und ein Mann kam heraus. Er trug schwarze Jeans, Lederjacke und einen Motorradhelm auf dem Kopf. Das getönte Visier hatte er heruntergeklappt, so dass sie sein Gesicht nicht sehen konnte, obwohl eine Lampe den Hauseingang beleuchtete.

Der Mann trat auf die Straße und ging direkt an ihr vorbei, ehe er in der nächsten Einfahrt verschwand. Gleich darauf tauchte er mit einem Motorrad wieder auf, das er auf die Straße schob. Er stieg auf, startete den Motor und brauste an ihr vorbei. Witta sah ihm mit zusammengekniffenen Augen nach, doch außer den beiden Buchstaben NF auf dem Kennzeichen konnte sie nichts erkennen. Dann war das Motorrad in der Dunkelheit verschwunden.

Witta seufzte. Sie konnte nur hoffen, dass der Mann nichts mit Karis Fall zu tun hatte. Die Buchstaben für den Kreis Nordfriesland trugen alle einheimischen Fahrzeuge auf Sylt und den anderen nordfriesischen Inseln, ebenso wie auf der anderen Seite des Hindenburgdamms bis weit hinter Leck im Westen und bis nach Tönning im Süden. Und über den Typ des Motorrads konnte sie keine Angaben machen. Der Lack war dunkel gewesen, das war das Einzige, was sie aussagen könnte.

Sie schrak zusammen, als die Fahrertür des Wagens aufgerissen wurde und Albert hinters Steuer rutschte.

»Er ist es«, verkündete er aufgeregt und hielt Witta sein Smartphone hin, auf dem die verbeulte und von weißen Lackspuren gezeichnete Seitenfront des schwarzen SUV zu sehen war. Albert hatte eine umfangreiche Dokumentation angefertigt, die er ihr stolz präsentierte.

Witta japste erschrocken nach Luft. Die Bilder waren mit Blitz aufgenommen worden!

»Bist du denn lebensmüde?«, keuchte sie. »Wenn dich jemand beim Fotografieren entdeckt hätte!«

Albert winkte ab. »Es hat mich keiner gesehen. Die Fenster, die zur Seite rausgehen, waren alle dunkel.«

Er wischte erneut über das Display, und Witta erblickte vier übereinander angebrachte Namensschilder mit Knöpfen daneben.

»Ich habe auch das Klingelbrett an der Haustür fotografiert«, erklärte Albert. »Aber ich kenne keine der Personen, die dort wohnen.«

Witta kniff erneut die Augen zusammen und versuchte, die winzige Schrift auf dem Bildschirm zu entziffern. Zugleich fragte sie sich, warum sie nicht mitbekommen hatte, dass Albert an der Haustür fotografiert hatte. Es musste im selben Moment passiert sein, als sie von dem Motorradfahrer abgelenkt gewesen war.

»Nein«, erklärte sie enttäuscht, als sie schließlich die

letzte Buchstabenfolge enträtselt hatte. »Die Namen sagen mir auch nichts.«

»Das ist nicht schlimm«, verkündete Albert munter. »Wir schicken das Foto an die Polizei. Zusammen mit dem beschädigten Wagen werden sie schon irgendetwas damit anfangen können.«

»Sicher.« Witta schaute wieder zur Haustür. Was, wenn Albert doch beobachtet worden war? Der Mörder war skrupellos. Wer hinderte ihn daran, auch Albert und sie anzugreifen, wenn er sich bedroht fühlte?

»Lass uns schnell hier wegfahren«, bat sie. »Am besten direkt zur Polizei.«

Albert hatte nichts dagegen. »Das machen wir«, sagte er und startete den Motor. »Und dann müssen wir Alma Bescheid sagen.«

Die Erwähnung der Freundin erinnerte Witta an den schrecklichen Unfall, den sie in den letzten Minuten erfolgreich verdrängt hatte. »Ja. Das müssen wir.«

Vor allem mussten sie dann fragen, wie es um Marijke, Grethe und Kari stand. Und um das ungeborene Kind.

Witta seufzte schwer. Sie war sich alles andere als sicher, ob sie die Antworten auf diese Fragen wirklich wissen wollte.

32. Alma sah ratlos zum Schauplatz der Tragödie hinüber. Zwei Sanitäter trugen Kari Blom auf einer Trage zu einem der wartenden Rettungswagen. In Hauptkommissar Jonas Voss, der wie zur Salzsäule erstarrt zugesehen hatte, kam plötzlich Leben. Er rannte den Sanitätern hinterher, die die Trage in den Wagen schoben, und kletterte zusammen mit ihnen hinein. Gleich darauf raste der Krankenwagen mit Blaulicht und heulender Sirene davon.

Die Feuerwehrleute schweißten unterdessen die Hintertür des Sportsvans auf und holten Grethe heraus. Genau wie Kari und Marijke vor ihr wurde auch sie auf eine Trage gelegt. Ein Sanitäter setzte ihr eine Sauerstoffmaske auf Mund und Nase, zwei weitere trugen sie zum dritten Rettungswagen. Alma eilte hinter ihnen her.

»Kann ich mitfahren?«

Die Sanitäter wechselten einen raschen Blick. »Sind Sie eine Angehörige?«

»Nein«, antwortete Alma wahrheitsgemäß. »Aber Grethe ist eine meiner ältesten Freundinnen.«

Wieder ein kurzer Blickwechsel, dann nickte der ältere der beiden und streckte ihr die Hand hin. »Steigen Sie ein.«

Alma nahm auf dem winzigen Klappsitz neben der Hintertür Platz und sah zu, wie die Sanitäter Grethe eine Blutdruckmanschette umlegten und einen Zugang legten, an den sie eine Flasche mit einer durchsichtigen Flüssigkeit anschlossen. Der Rettungswagen setzte sich in Bewegung, er rumpelte ein kurzes Stück über die Wiese, ehe er die Straße erreichte und beschleunigte. Alma hörte das gellende Martinshorn auf dem Wagendach über ihnen.

»Wird sie es schaffen?«, erkundigte sie sich schüchtern.

»Das kann man jetzt noch nicht sagen«, erwiderte der Sanitäter. »Sie hat offenbar viel Blut verloren. Aber Ihre Freundin scheint eine gute Konstitution zu haben. Ihr Herz arbeitet noch.« Sein Blick wurde mitfühlend. »Beten Sie einfach für Sie.«

Alma nickte. Sie hatte seit Jahren nicht gebetet, nicht

mehr, seit der Allmächtige ihren Fritz einfach von ihrer Seite gerissen hatte. Aber schaden konnte es ja nicht.

Sie faltete die Hände und formulierte eine einfache und schlichte Bitte: »Lieber Gott, lass meine Freundinnen und Frau Blom und ihr ungeborenes Kind überleben. Sie haben es verdient. Amen.«

Dann drosselte der Fahrer auch schon das Tempo, und gleich darauf hielt der Rettungswagen. Die hinteren Türen wurden aufgerissen, und zwei Pfleger in weißer Kleidung zogen die Trage heraus und klappten das Gestell mit den Rollen aus. Einer der Sanitäter lief neben ihnen her durch den Flur der Notaufnahme und setzte den Arzt, der ebenfalls dazugekommen war, rasch über Grethes Vitalwerte in Kenntnis.

Alma blieb vor dem Klinikeingang stehen. Sie wusste, dass man Grethe, Marijke und Kari zunächst in den OP bringen würde. Erst wenn die Ärzte mit ihrer Arbeit fertig waren, könnte sie zu ihnen. Sofern sie dann noch am Leben waren.

Sie fühlte sich auf einmal unendlich müde.

Mit schweren Schritten verließ sie das Klinikgelände und ging den nur spärlich beleuchteten Pfad zur Aussichtsplattform entlang. Sie musste jetzt das Meer sehen, auch wenn im Dunkeln vermutlich nur die Spiegelung des Monds auf den Wellen zu erkennen war. Aber das Meer war Hoffnung.

Sie erreichte die Aussichtsplattform, ließ sich auf eine der Bänke sinken und atmete ein paarmal tief durch. Ihr pochendes Herz beruhigte sich langsam wieder. Die Ärzte würden ihr Bestes tun. Ihre Freundinnen und Kari waren in guten Händen.

Mit dem Nachlassen des Schocks und der Panik setzte auch ihr klarer Verstand wieder ein.

Sie hatte Albert und Witta losgejagt, um dem Fahrer des SUVs zu folgen. Ob sie ihn gefunden hatten?

Alma holte ihr Smartphone hervor und aktivierte das Display, doch es gab keine Nachrichten und auch keinen verpassten Anruf.

Die beiden würden doch nicht auch diesem Verbrecher in die Hände gefallen sein?

Alma öffnete rasch ihre Kontaktliste und schob sie mit dem Daumen ein Stück nach oben. Dann tippte sie auf die Nummer, die dort gespeichert war.

■ ■ ■

Hannah Behrends hatte sich gerade zusammen mit Maximilian auf das Sofa gekuschelt, als das Smartphone klingelte. Sie hatten eine DVD in den Player geschoben, eine Schale Erdnüsse mit knusperigem Teigmantel und Chilipulver auf den Tisch gestellt, eine Flasche Rotwein geöffnet und sich auf einen gemütlichen Filmabend gefreut. *Notting Hill*, der romantische Evergreen mit Hugh Grant, für den Hannah schwärmte, hätte es werden sollen. Doch offenbar hatte das Schicksal andere Pläne.

»Hallo?«, meldete sie sich. Die Nummer, die auf dem Display angezeigt wurde, war ihr unbekannt.

»Frau Behrends!«

Die Stimme am anderen Ende gehörte einer Frau im fortgeschrittenen Lebensalter, und sie klang äußerst aufgeregt. Hannah beschlich ein ungutes Gefühl. »Ja?«

»Hier ist Alma Grieger«, sagte die Frau, und Hannah sah sofort die Bäckerwitwe mit den rot gefärbten Haaren vor ihrem geistigen Auge. Normalerweise war Alma stets gut gelaunt und fröhlich. Wenn sie so klang wie jetzt, war mit Sicherheit irgendetwas überhaupt nicht in Ordnung.

»Es ist etwas Schreckliches passiert«, erklärte Alma und schilderte zu Hannahs Entsetzen, wie Kari und zwei der Häkeldamen mit Marijkes Golf Sportsvan verunglückt waren, weil ein schwarzer SUV sie von der Straße abgedrängt hatte. Nicht ohne Grund. Offenbar hatte Kari dem Betrüger und Mörder bei *Baby-Well* mithilfe der Häkelmafia eine Falle gestellt. Der Täter war hineingetappt, allerdings ganz anders als geplant. Nicht er steckte jetzt in Schwierigkeiten, sondern Kari und die Häkelfrauen.

»Die drei sind in die Nordseeklinik eingeliefert worden«, schloss Alma ihren Bericht. »Hauptkommissar Voss ist auch dort. Und Albert und Witta jagen den Täter.«

Hannah musste eine Sekunde überlegen, ehe ihr einfiel, wer Albert war.

»Wo halten sich die beiden im Moment auf?«, fragte Hannah.

»Ich weiß es nicht«, erwiderte Alma, und Hannah hörte die Besorgnis in ihrer Stimme.

»Bleiben Sie ganz ruhig«, sagte Hannah. »Wo sind Sie jetzt?«

»Auf der Aussichtsplattform hinter der Nordseeklinik.«

»Warten Sie auf mich. Ich bin in einer Viertelstunde bei Ihnen.«

Sie beendete das Gespräch und löste sich aus Maximilians Umarmung. Ihr Freund sah erst sie, dann die Weingläser und die Schale mit den Nüssen auf dem Tisch an. »Ich nehme an, aus dem gemütlichen Abend wird nichts?«

»Nicht heute.« Sie hauchte ihm rasch einen Kuss auf die Wange. »Aber wir holen das nach.«

Dann war sie auch schon im Flur, schnappte sich Jacke, Handtasche und die Schlüssel von Maximilians Wagen und hastete hinaus auf die Auffahrt.

Während sie von Rantum aus in Richtung Westerland fuhr, überlegte sie, ob sie einen Abstecher zur Polizeistation unternehmen sollte, um ihre Waffe zu holen, entschied sich aber dagegen. Sie hatte den Eindruck, dass jede Minute kostbar war.

Auf den Straßen war nicht viel Verkehr, und Hannah erreichte die Nordseeklinik schon nach zehnminütiger Fahrt. Gerade als sie den Weg zur Aussichtsplattform entlanglief, meldete sich ihr Smartphone wieder. Sie zog es aus der Tasche und sah, dass erneut eine unbekannte Nummer angezeigt wurde.

»Frau Behrends.« Dieses Mal war es die Stimme der Landarztwitwe, zweifelsfrei am näselnden Tonfall zu erkennen. »Witta Claaßen hier. Wir sind in der Polizeistation in List, aber die Beamten hier meinten, es ist besser, wenn wir uns gleich an Sie wenden. Ich rufe vom Handy von Herrn Franke aus an, meines hat kein ausreichendes Guthaben mehr.«

»Witta«, erklang aus dem Hintergrund eine tadelnde Stimme, die vermutlich Albert Franke gehörte, dem Chauffeur.

»Ja, ja, schon gut.« Witta holte tief Luft. »Frau Behrends, es ist etwas Furchtbares geschehen.«

»Ich weiß«, schnitt ihr Hannah rasch das Wort ab. »Frau Grieger hat mich bereits informiert.«

»Ach.« Witta klang ein wenig pikiert, fing sich aber rasch. »Umso besser. Dann muss ich nicht ganz von vorn anfangen.« Sie legte eine kurze, effektheischende Pause ein. »Ich darf Ihnen mitteilen, dass wir den schwarzen SUV gefunden haben«, verkündete sie stolz.

Hannah rieselte ein Schauer über den Rücken. »Wo?«

»Der Fahrer hat ihn neben einem Mehrfamilienhaus in List abgestellt. Die Namen an der Tür sagen uns nichts, aber vielleicht können Sie ja etwas damit anfangen. Albert hat ein Foto gemacht. Er schickt es Ihnen gleich.«

»Danke, Frau Claaßen. Ich melde mich wieder«, sagte Hannah und drückte das Gespräch weg.

Im selben Moment zeigte das Gerät den Eingang einer MMS an. Hannah öffnete sie und sah das Foto einer Reihe von übereinander angeordneten Klingelknöpfen. Rasch überflog sie die Namen, die darauf standen. Beim letzten stockte ihr der Atem.

»Das darf doch nicht wahr sein«, keuchte sie.

»Was?«, fragte eine Stimme aus der Dunkelheit. Dann trat Alma Grieger ins Licht der Laterne, neben der Hannah stehen geblieben war.

»Ihr Freund Albert und Ihre Freundin Witta haben den Fahrer des SUV gefunden. Bleiben Sie hier im Krankenhaus? Ich muss Kommissar Voss mitnehmen. Wir müssen jemanden verhaften.«

Alma konnte nur nicken. Ehe sie den Mund öffnen konnte, war Hannah schon losgerannt.

...

Jonas Voss saß im leeren Flur der Notaufnahme, die Unterarme auf den Knien, den Oberkörper vorgebeugt, der Kopf so schwer, dass er ihn kaum halten konnte. Aus tränenverschleierten Augen starrte er auf die Türen des Operationsbereichs, hinter denen Kari lag und um ihr Leben rang.

Über ihm flackerte eine Leuchtstoffröhre. Von irgendwo war das Geräusch einer Lüftungsanlage zu hören. Ab und an lief eine Krankenschwester an ihm vorbei und bedachte ihn mit einem mitfühlenden Blick. Jonas hatte sich noch nie zuvor so elend gefühlt.

Am anderen Ende des Flurs wurde eine Tür aufgerissen. Jonas wandte müde den Kopf und sah, dass Hannah mit raschen Schritten auf ihn zueilte.

Sie umarmte ihn, und für eine halbe Minute gab sich Jonas einfach dem Schmerz und den Tränen hin. Dann ließ sie ihn los und griff nach seinen Schultern.

»Es tut mir unendlich leid, was passiert ist, Jonas«, sagte sie. »Aber du musst jetzt mitkommen. Ich brauche dich.«

Voss schüttelte den Kopf. »Ich kann hier nicht weg. Sie operieren Kari gerade.«

»Es wird noch eine Weile dauern, bis sie fertig sind«, erwiderte Hannah ruhig. »Du kannst ihr im Augenblick nicht helfen. Aber du kannst die Person festnehmen, die ihr das angetan hat.«

Sie holte ihr Smartphone aus der Tasche und aktivierte das Display. Als sie es ihm hinhielt, sah er ein Foto, das eine Reihe von Klingelknöpfen zeigte.

Jonas las die Namen auf den Schildern und knirschte mit den Zähnen.

»Also doch«, fluchte er.

33. Die Straße vor dem Mehrfamilienhaus in List war verwaist. Hannah parkte den blauen Dienst-Audi direkt gegenüber der Eingangstür, und Jonas sprang heraus. Hannah folgte ihm und schlug die Wagentür zu. Während sie die Straße überquerten, schob er die Ärmel seiner Lederjacke hoch. Mehr noch als sonst wollte er jetzt die Hände frei haben.

»Sollten wir nicht den Kollegen von der Polizeistation List Bescheid geben und auf Unterstützung warten?«, erkundigte sich Hannah. »Die wären ja in ein paar Minuten hier.«

Voss schüttelte den Kopf. »Nicht nötig. Mit den beiden werden wir fertig. Sie scheinen ja nicht damit zu rechnen, dass wir kommen.«

Die Fenster der Erdgeschosswohnung waren dunkel, nur aus einem der hinteren Zimmer drang ein schwacher Licht-schein zur Straße.

Jonas ging zur Haustür und drückte auf den Klingelknopf. Er spürte, dass er bis zum Zerreißen angespannt war. Sein Kiefer schmerzte bereits, weil er die Zähne so fest zusammen-biss, und seine Hände waren zu Fäusten geballt. Er war über-haupt nicht der Typ dafür, aber in dieser Sekunde wollte er einfach nur zuschlagen.

Im Inneren rührte sich nichts. Jonas klingelte ein weiteres Mal, ohne Erfolg. Beim dritten Mal ließ er den Finger einfach auf dem Klingelknopf liegen. Das Glockenspiel der Klingel war bis vor die Haustür zu hören.

Endlich bewegte sich etwas in der Wohnung, und in der Gegensprechanlage knisterte es. Voss wartete nicht darauf, dass am anderen Ende etwas gesagt wurde.

»Polizei«, schnarrte er. »Öffnen Sie sofort die Tür.«

Der Befehlston verfehlte seine Wirkung nicht. Der Sum-mer ertönte. Voss drückte die Tür auf und strebte zur Woh-nungstür im Erdgeschoss, dicht gefolgt von Hannah.

»Was soll denn das?« Ingo Strecker, Fellmützenfrisur und Pornobalken gewachst und rot glänzend, stand im Bademan-tel in der Tür und sah ihnen verdutzt entgegen. »Wir haben Ihnen doch alles gesagt. Und wir haben ein Alibi.«

»Nur für den Mord an Tim Siebert, nicht für den an Dr. Lindner«, versetzte Hannah. »Wir werden noch herausfin-den, wie Sie das mit Herrn Siebert bewerkstelligt haben. Aber darum geht es nicht. Es geht um den heutigen Abend.«

»Ach so?« Der Fitnesstrainer wickelte den Bademantel

enger um den muskulösen Körper und zog den Gürtel straff. »Was soll denn da gewesen sein, heute Abend?«

»Besitzen Sie einen schwarzen SUV?«, erkundigte sich Hannah. Jonas hielt sich zurück. Er hatte die geballten Fäuste in die Tasche seiner Lederjacke geschoben. Seine Zähne waren weiterhin zusammengebissen. Er musste seine gesamte Energie aufwenden, um sich zu beherrschen, sonst hätte er etwas getan, das das sofortige Ende seiner Polizistenlaufbahn bedeutet hätte.

»Ja«, erwiderte Strecker. »Ist das neuerdings verboten?«

»Dürfen wir uns den Wagen ansehen?«, fragte Hannah, ohne auf seinen ironischen Ton einzugehen.

»Wenn es Sie glücklich macht.« Strecker griff nach dem Funkschlüssel samt Lederplakette mit Herstellerlogo, der an einem Haken über der schmalen Ablage im Flur hing, und machte eine einladende Handbewegung in Richtung Haustür. »Kommen Sie.«

Der Fitnesstrainer ging ihnen voran, auf die Straße, dann nach rechts in die Einfahrt. Die Flip-Flops an seinen Füßen klatschten auf das Pflaster. In der Mitte des für sechs Fahrzeuge ausgelegten Parkplatzes blieb er stehen und streckte den Arm aus. »Bitte. Da ist er.«

Hinten rechts auf der Parkfläche stand ein schwarzer SUV, die Schnauze nach vorn gerichtet, direkt vor der Hauswand, so dass die rechte Seite des Fahrzeugs nicht zu sehen war.

Hannah ging um den Wagen herum und holte ihre Taschenlampe hervor. Sie richtete den Strahl auf den SUV, und Jonas sah ihr an, dass sie das richtige Fahrzeug gefunden hatten.

»Ach du Scheiße.« Ingo Strecker, der ihr gefolgt war, glotzte verstört auf die verbeulte Wagenseite. »Was ist denn da passiert?«

Jonas schloss zu den beiden auf. Der Wagen sah schlimm aus, die gesamte Beifahrerseite verbeult und von zahllosen langen Schrammen gezeichnet, in denen weiße Lacksplitter steckten. Es würde kein Problem sein nachzuweisen, dass dies das Fahrzeug war, mit dem Marijke Meenkens Sportsvan kollidiert war.

»Sie wollten eine unliebsame Zeugin loswerden, nicht wahr?«, sagte Hannah. »Deshalb haben Sie Frau Blom und ihre Vermieterin von der Straße abgedrängt.«

»Frau Blom?« Strecker blinzelte, sichtlich unter Schock. »Wer soll das sein?«

»Eine Schriftstellerin, die bei *Baby-Well* in Behandlung ist und zufällig herausgefunden hat, wer dort die Bücher fälscht.«

»Die Bücher?«

Jonas' Blick war immer noch von Angst und Wut getrübt, doch trotzdem sickerte langsam die Erkenntnis durch, dass Strecker nicht die Person war, die sie suchten. Der Fitnesstrainer war eher schlicht gestrickt, und ihm fehlten auch die Kontakte. Viel wahrscheinlicher war es, dass Lindners Ex-Frau hinter dem Betrug steckte, und dass sie es auch war, die den Wagen gefahren hatte.

»Wir müssen mit Ihrer Lebensgefährtin sprechen«, sagte er.

»Heike? Glauben Sie vielleicht, Heike hat das getan?« Strecker strich mit den Fingern über die zerschrammte Seite seines SUVs, zärtlich, verstört, ungläubig.

Hannah zeigte in Richtung Wohnhaus. »Bitte.«

Strecker ließ die Hand sinken, nur um sie gleich darauf wieder zu heben und sich erst durch seine rot gelockte Fellmützenfrisur und anschließend nervös über den dünnen Oberlippenbart zu fahren. »Das ist jetzt ein bisschen schlecht«, sagte er.

»So?« Jonas trat an ihn heran und griff nach den Aufschlägen von Streckers Bademantel. »Es geht hier um zweifachen Mord und dreifachen versuchten Mord. Denken Sie wirklich, es gäbe irgendetwas Wichtigeres?«

»Jonas.« Hannah legte ihm sacht die Hand auf den Arm.

»Entschuldigung.« Voss nahm rasch die Hände zurück, als hätte er sich verbrannt. Der Bademantel öffnete sich ein wenig und gab den Blick auf ein schwarzes, nietenbesetztes Lederhalsband frei. Strecker zog den Mantel mit einer lässigen Geste wieder enger.

»Schon gut«, sagte er. »Wenn es unbedingt sein muss.«

Er lief vor ihnen her zum Hauseingang und betrat den Vorraum. Mit schlecht verborgenem Widerwillen öffnete er die Wohnungstür und ging durch den Flur zu einem der hinteren Räume.

»Gibt es bei Ihnen so etwas wie Schweigepflicht?«, fragte er, die Hand auf der Türklinke.

»Nein«, sagte Hannah. »Aber wir sorgen dafür, dass nur die Details unserer Ermittlungen an die Öffentlichkeit gelangen, bei denen es unumgänglich ist.«

»Okay.« Strecker nickte ergeben und öffnete die Tür.

Jonas bekam große Augen. Hannah entwich ein überraschter Laut.

Bei dem Raum hinter der Tür handelte es sich um das Schlafzimmer des Paars. In der Mitte stand ein breites Bett mit einem Metallgitter am Kopfende. Heike Strecker, die darauf lag, war mit den Händen an das Gitter gefesselt. Sie trug eine Katzenaugenmaske und hatte einen ballförmigen roten Gummiknebel im Mund, der mit einem schwarzen Lederriemen am Hinterkopf befestigt war. Voss erkannte sie trotzdem problemlos an den langen pechschwarz gefärbten Haaren und der solariumsgebräunten Haut. Was sie ansonsten trug, konnte er nicht sehen, weil Strecker ihren Körper vor dem Verlassen des Schlafzimmers mit einer roten Satindecke verhüllt hatte.

Der Fitnesstrainer befreite seine Freundin rasch von Fesseln und Knebel. Heike Langer setzte sich im Bett auf und zog die Decke bis zum Kinn. Die Katzenmaske behielt sie auf.

»Was wollen Sie?«, fragte sie wütend. Ihre Augen sprühten Funken. »Unser Privatleben geht Sie überhaupt nichts an.«

Hannahs Blick glitt zu dem Stativ, das in der Zimmerecke aufgestellt worden war. Das Objektiv der darauf montierten Videokamera war auf das Bett gerichtet.

»Sie nehmen Ihre – äh – Sessions auf?«, fragte sie.

»Ja.« Strecker verschränkte die muskulösen Arme vor der Brust.

Hannah tauschte sich wortlos mit Jonas aus. »Darf ich fragen, wie lange diese Session schon dauert?«

Strecker hob die Schultern. »Zwei Stunden? Vielleicht auch drei. Ich kann das nachsehen.« Er ging zur Kamera und tippte auf dem Kameradisplay. »Wir haben exakt um neunzehn Uhr fünfzehn angefangen«, verkündete er.

»Mit Unterbrechungen? Oder läuft die Aufnahme durch?«

»Nein, nein. Wir machen keine Cuts. Die Speicherkarte hat hundertachtundzwanzig Megabyte. Da passen locker vierzehn Stunden Video drauf. Wir wollen das alles am Stück haben.«

Jonas spürte, wie sämtliche Spannung aus seinem Körper wich. Wenn Strecker und Langer seit Viertel nach sieben mit ihrem Liebesspiel beschäftigt gewesen waren, konnte keiner von beiden den SUV gefahren und Marijkes Sportsvan von der Straße gedrängt haben. Karis Geburtsvorbereitungskurs war erst um neunzehn Uhr zu Ende gewesen, und der Unfall war um neunzehn Uhr fünfundzwanzig gemeldet worden.

Hannah kam offensichtlich zu demselben Ergebnis.

»Würden Sie uns die Aufnahme zur Verfügung stellen?«, fragte sie. »Als Beweis für Ihr Alibi? Wir versprechen Ihnen auch, dass wir sie uns nur ansehen, wenn es unbedingt nötig ist. Wir machen keine Kopie, und Sie bekommen das Video nach Abschluss unserer Ermittlungen zurück.«

»Wenn es der Wahrheitsfindung dient.« Strecker entfernte die Speicherkarte aus der Kamera und reichte sie Hannah.

»Danke.« Hannah nahm einen kleinen verschließbaren Beutel aus der Handtasche und verstaute die Karte darin.

Jonas fuhr sich mit der Hand durch die zerzausten Locken. Wenn Langer und Strecker für den Anschlag nicht infrage kamen, hatte sich der Täter ganz bewusst Streckers Fahrzeug ausgesucht. Es musste jemand sein, der die Zusammenhänge kannte.

»Gibt es eine Person, die Zugriff auf Ihre Autoschlüssel hat?«, erkundigte er sich.

»Nein.« Strecker runzelte die Stirn und schüttelte dann den Kopf. »Wir sind ja gerade erst eingezogen. Außer uns beiden hat keiner einen Wohnungsschlüssel. Und wenn der Autoschlüssel nicht hier am Brett hängt, habe ich ihn in der Hosentasche.«

»Und der Zweitschlüssel?«

»Der liegt an meinem Arbeitsplatz im Studio. In einer verschlossenen Schublade im Büro.«

»Also hat vermutlich jemand den Wagen aufgebrochen«, schlussfolgerte Hannah. »Das muss sich die Spurensicherung ansehen.«

Jonas nickte müde. Die Beifahrerseite des SUVs war stark beschädigt. Er bezweifelte, dass man etwaige Aufbruchsspuren noch feststellen könnte. Und noch viel weniger ließen sie sich vermutlich einer konkreten Person zuordnen.

»Danke«, sagte er zu Stecker und Langer. »Und verzeihen Sie bitte die Störung.«

Er verließ gemeinsam mit Hannah die Wohnung und das Haus, setzte sich in den Dienstwagen und ließ den Kopf gegen die Nackenstütze sinken.

Würde dieser Fall zu seiner ganz großen Niederlage werden? Der Fall, den er nicht löste, bei dem ein Mörder ungestraft davonkam und er darüber hinaus noch seine Frau und sein Kind verlor?

Hannah setzte sich hinters Steuer und startete den Motor.

»Wo fahren wir hin?«, fragte Voss.

»Zur Polizeistation List«, sagte Hannah. »Witta Claaßen und Albert Franke warten dort. Vielleicht haben Sie noch etwas beobachtet, das uns weiterhilft.«

Jonas hatte wenig Hoffnung, aber er protestierte nicht. Es gab ja keine Alternative.

Keine fünf Minuten später hielt Hannah hinter einer dunklen Luxuslimousine, die vor der Polizeistation List parkte.

Witta und Albert saßen in der Polizeistation in dem winzigen Aufenthaltsraum, in dem die Beamten ihre Pausen verbrachten. Franke hatte einen Kaffeebecher vor sich stehen, Witta ein Schnapsglas und eine halb leere Flasche Weizenkorn. Der uniformierte Beamte, der Jonas und Hannah hineingelassen hatte, deutete ein Schulterzucken an.

»Irgendetwas mussten wir tun, um sie zu beruhigen«, murmelte er. »Die Flasche war noch von der letzten Geburtstagsfeier übrig.«

»Kommissar Voss.« Wittas Augen leuchteten auf, als sie Jonas und Hannah erblickte. »Haben Sie den Verbrecher verhaftet?«

»Leider nicht.« Voss setzte sich der Häkeldame gegenüber, und Hannah nahm sich den letzten freien Stuhl. Der uniformierte Kollege blieb in der Tür stehen.

»Aber weshalb denn nicht?« Die Landarztwitwe zupfte an ihrer weißen Dauerwelle. »Wir haben Ihnen doch die Fotos geschickt. Von dem zerbeulten Wagen und von den Namen der Hausbewohner.«

»Den Wagen haben wir gefunden«, bestätigte Hannah. »Es handelt sich eindeutig um das Tatfahrzeug. Aber der Besitzer ist nicht der Täter.«

Witta war weit über achtzig und oft verbohrt, wie Jonas wusste, doch die Gedanken bewegten sich immer noch äußerst flink durch ihren Kopf.

»Dann hat der Täter versucht, dem Besitzer des Wagens die Tat anzuhängen?« Wittas Gesicht verzog sich nachdenklich. Sie legte den Handrücken in einer theatralischen Geste an die Stirn, wie es ihr Vorbild Marlene Dietrich nicht besser gekonnt hätte. Dann blitzte plötzlich etwas in ihren Augen auf. »Der Motorradfahrer!«, rief sie.

»Was für ein Motorradfahrer?«, fragte Albert. »Ich habe keinen gesehen.«

»Er kam aus dem Haus, während du in der Einfahrt warst, um die Fotos zu machen«, erläuterte die Landarztwitwe. »Ich habe mich noch gewundert. Weil er zum Nebenhaus gegangen ist und von dort sein Motorrad geholt hat. Ich meine: Wenn er in dem Haus wohnt, weshalb benutzt er nicht seinen eigenen Parkplatz?«

Jetzt nickte auch Albert. »Stimmt. Da ist eine schwere Maschine an uns vorbeigefahren, als ich wieder ins Auto gestiegen bin.«

»Haben Sie das Kennzeichen erkennen können?«, fragte Hannah hoffnungsvoll.

»Nein, tut mir leid. Nur NF für Nordfriesland«, bedauerte Witta.

Albert hob die Hände. »Ich auch nicht. Ich habe gar nicht darauf geachtet.«

»Das macht nichts«, beruhigte Hannah die beiden, während sich in Jonas' Kopf die Informationen zu einem Bild zusammenfügten. Der Täter war tatsächlich in Karis Falle getappt, aber sehr viel weniger plump, als sich die Häkelmafia das ausgemalt hatte. Er war mit seinem eigenen Motorrad nach List gefahren und hatte sich Streckers SUV ausgeliehen, mit dem er Marijke von der Straße abgedrängt hatte. Und anschließend hatte er die Fahrzeuge wieder getauscht.

Hannah war offensichtlich zu demselben Ergebnis gekommen. Sie hatte bereits ihr Diensthandy in der Hand und tippte eine Nummer an.

»Ich müsste wissen, auf welche der folgenden Personen ein Motorrad zugelassen ist«, erklärte sie ihrem Gesprächspartner am anderen Ende. Vermutlich jemandem vom LKA Kiel, der Zugriff auf die Zulassungsdaten hatte. In den anderen Behörden, die diese Informationen besaßen, wäre am späten Freitagabend sicher niemand mehr zu erreichen, aber beim Landeskriminalamt war immer irgendjemand in seinem Büro.

Hannah nannte die vier Namen der *Baby-Well*-Mitarbeiter und wartete.

Ein, zwei Minuten lang waren die einzigen Geräusche im Raum Alberts Schlürfen an der Kaffeetasse und Wittas lautes Atmen – entweder, weil sie tatsächlich so aufgeregt war, oder weil Jonas und Hannah auf keinen Fall vergessen sollten, wer ihnen diesen wertvollen Hinweis geliefert hatte.

Dann tat sich etwas am anderen Ende. In Hannahs Augen blitzte es, und ihre Mundwinkel hoben sich.

»Danke, Kollege.« Sie drückte das Gespräch weg und sah in die Runde.

»Und?«, hauchte Witta, beide Hände an den geröteten Wangen.

»Es gibt tatsächlich eine Person mit einem Motorrad bei *Baby-Well*«, verkündete Hannah. »Und die schnappen wir uns jetzt.«

34. Das Gesicht von Florian Petzold, als er die Tür seiner Wohnung öffnete und Hannah Behrends davor erblickte, hätte ihr unter anderen Umständen ein Lächeln entlockt. Aber der Gedanke an Kari und die beiden Häkeldamen, die wegen des Physiotherapeuten im Krankenhaus lagen und um ihr Leben rangen, ließ jede Freude über den Ermittlungserfolg ersterben.

Jonas Voss war nicht mit nach oben gekommen, er wartete unten vor dem Haus. Einem der gesichtslosen Wohnblöcke im Norden Westerlands, gar nicht weit entfernt von der Adresse des ermordeten Tim Siebert. Ein Großteil derer, die auf Sylt lebten und arbeiteten, aber nicht zu denen gehörten, die auf der Sonnenseite des Lebens standen, wohnte in dieser Gegend.

Jonas hatte Angst gehabt, dass er sich nicht würde beherrschen können, wenn Petzold ein Geständnis ablegte. Dass er etwas tun könnte, was er noch nie im Leben getan hatte: einen anderen Menschen körperlich zu attackieren. Weil er vor lauter Sorge um das Leben seiner geliebten Frau und seines ungeborenen Kindes die Fassung verlor.

Also war Hannah allein in den vierten Stock hinaufgefahren, auch wenn das gegen die Vorschrift war. Aber Jonas hatte schon viel für sie getan und ihr aus mancher Klemme herausgeholfen. Es war nur fair, wenn sie ihm dafür etwas zurückgab.

»Herr Petzold?«, sagte sie förmlich. »Ich muss Sie bitten, mich aufs Polizeirevier zu begleiten. Sie stehen unter dem Verdacht, Dr. Wolf Lindner und Ihren Kollegen Tim Siebert getötet und außerdem einen schweren Unfall verursacht zu haben, bei dem drei Personen zu Schaden gekommen sind.«

Petzolds Augen hatten sich bei jedem ihrer Sätze verengt, und als sie fertig war, fackelte er nicht lange. Er sprang auf sie zu, stieß sie mit aller Wucht beiseite und rannte die Treppe hinunter.

»Verdammt.« Hannah rappelte sich rasch wieder hoch und nahm die Verfolgung auf.

Sie hätte mehr Abstand wahren müssen, und sie hätten doch den Umweg nach Westerland in Kauf nehmen und ihre Dienstwaffen aus der Polizeistation holen sollen, ehe sie zu Petzold gefahren waren, ganz unabhängig davon, wie dringlich sie den Mann zur Rede stellen wollten.

Aber für Selbstvorwürfe war es jetzt zu spät. Nun musste sie den Flüchtenden eben wieder einfangen.

■ ■ ■

Jonas Voss hatte sich mit dem Rücken an die Wand neben der Haustür gelehnt. Das Display seines Handys leuchtete in der Dunkelheit. Immer, wenn es sich verdunkelte, um in den Stromsparmodus zu wechseln, strich er mit dem Daumen darüber, als könnte er das Gerät damit hypnotisieren.

Noch immer keine Nachricht aus dem Krankenhaus!

War das nun gut oder schlecht?

Wenn sie Kari verloren hätten, hätte sich vermutlich längst jemand bei ihm gemeldet. Solange er nichts hörte, kämpften sie. Und jede Minute, die Kari durchhielt, erhöhte ihre Chance zu überleben. Oder nicht?

Voss bemerkte eine Bewegung im Treppenhaus. Jemand sauste in rasendem Tempo die Stufen herunter, das konnte er durch die Glasbausteine in der Hausfront hindurch erkennen. Ein Stück weiter oben folgte eine zweite Person.

Jonas steckte das Handy rasch in die Jackentasche, schob die Ärmel seiner Lederjacke hoch und nahm neben der Haustür Aufstellung.

Im nächsten Moment stürmte ein Mann heraus, den Jonas zwar nicht richtig sehen konnte, der aber von Größe und Statur her starke Ähnlichkeit mit Florian Petzold hatte.

Jonas fackelte nicht lange. Er warf sich auf den Mann, rang ihn zu Boden und drehte ihm die Arme auf den Rücken. Mit einer Hand zog er die Plastikhandschellen aus der Jackentasche, die ausnahmsweise genau dort waren, wo sie hingehörten. Als er sie dem Mann um die Handgelenke schlang, kam Hannah aus dem Haus gerannt.

»Herr Petzold«, sagte sie und holte keuchend Luft. »Sie sind verhaftet.«

Jonas zog die Plastikhandschellen so fest, wie er nur konnte. Florian Petzold stöhnte laut.

35. »Warum?«, fragte Hannah Behrends, als sie eine halbe Stunde später zu dritt im Vernehmungsraum in der Polizeistation Sylt saßen. Florian Petzold nach wie vor mit schmerzhaft auf den Rücken gebundenen Händen, Jonas und Hannah ihm gegenüber, jeder mit einem Becher dampfendem Kaffee vor sich. Petzolds verzerrte Miene und seinen verlangenden Blick nach den Wasserflaschen auf dem Akten-schrank ignorierten sie.

Petzolds Hände waren mittlerweile vermutlich gefühllos, aber Jonas und Hannah änderten nichts an der Situation. Die Finger des Physiotherapeuten würden höllisch kribbeln und brennen, wenn sie ihm die Fesseln irgendwann abnahmen, aber Schlimmeres würde nicht geschehen. Petzold würde keine bleibenden Schäden erleiden, somit bewegten sie sich innerhalb der Grenzen des Erlaubten, wenn auch am äußersten Rand.

Was überhaupt nicht ihre Art war. Normalerweise sorgten Hannah und Jonas dafür, dass sich die Befragten bei einer Vernehmung wohlfühlten, doch bei Petzold machten sie eine Ausnahme. Wer Kari und die Häkelmafia attackierte, hatte kein Mitleid verdient.

Petzolds graue Augen hefteten sich auf Hannah. »Wissen Sie, mit welchen Almosen man als Physiotherapeut abgespeist wird?«, fragte er. »Den ganzen Tag knetet man den Schönen und Reichen den Rücken, aber auf der Straße sehen sie einen mit dem Hintern nicht an, und das Geld, das man verdient, reicht auf dieser Insel nicht mal für eine anständige Wohnung.«

»Also haben Sie beschlossen, Ihr Einkommen aufzubessern«, sagte Hannah und tippte auf ihrem Tablet.

»Die Idee kam von Iris.« Petzold lachte bitter. »Es ist ja ganz leicht. Wir haben die Schlüssel für die Spinde. Die Patientinnen schließen ihre Sachen dort ein, während sie unsere Kurse besuchen oder eine Behandlung bekommen, auch die Portemonnaies mit den Krankenkassenkarten. Man muss sie nur kurz ausleihen und in eine Arztpraxis tragen, dann können alle einen ordentlichen Reibach einfahren. Diejenigen, die beim Arzt die Abrechnungen machen, und wir bei

Baby-Well mit ein paar erfundenen Verordnungen.« Petzold rutschte auf seinem Stuhl herum und versuchte, eine bequemere Position für seine Arme zu finden. »Können Sie mir vielleicht diese Dinger mal abmachen? Meine Hände sind schon eingeschlafen.«

»Tut uns leid«, sagte Jonas. »Fluchtgefahr. Es ist Freitagabend. Keine Kollegen mehr da, die Sie bewachen könnten. Wir können die Handschellen erst entfernen, wenn wir die Streife bestellen, die Sie ins Untersuchungsgefängnis überstellt. Die ersetzen dann die Plastikhandschellen durch ein ordentliches Modell aus Edelstahl.«

Petzold knurrte. »Das ist doch Schikane.«

»Nein. Sparmaßnahmen«, behauptete Hannah. »Beschweren Sie sich bei der Landesregierung. Wenn Sie Ihre Strafe absitzen, haben Sie ja jede Menge Zeit.«

»Okay.« Petzold trat der Schweiß auf die Stirn. »Dann bringen wir es eben schnell hinter uns.«

Hannah hob die Hände, um zu signalisieren, dass sie nichts dagegen hatte.

»Iris hat Tim eingespannt«, berichtete Petzold. »Er hat die Krankenkassenkarten aus den Spinden geholt, während Iris und ich die Kurse gegeben haben. Tim hat auch die Karten in die Arztpraxen getragen. Zu den Arzthelferinnen, mit denen wir zusammenarbeiten.« Sein Blick wurde verächtlich. »Die Ärzte sind doch selbst schuld, wenn sie die Abrechnungen vom Personal machen lassen.«

»Die Namen?«, fragte Hannah, und Petzold ratterte eine Liste von Personen herunter, darunter die vier Arzthelferinnen, die bereits ein Geständnis abgelegt hatten, sowie ein paar weitere, um die man sich ebenfalls kümmern würde.

»Was war mit Dr. Lindner?«, erkundigte sich Hannah, nachdem sie die Namen auf ihrem Tablet notiert hatte.

»Lindner hat seine Arzthelferin erwischt, als sie Phantasieabrechnungen an die Kasse geschickt hat«, sagte Petzold.

»Cindy Kessler.«

»Richtig. Lindner hat ihr ein Ultimatum gestellt. Sie sollte sich freiwillig bei der Polizei stellen und ihre Kündigung bei Lindner einreichen. Andernfalls wollte er sie anzeigen.«

»Aber das wollten Sie nicht.«

Petzold schnaubte. »Ich lasse mir doch von so einem reichen Schnösel nicht mein Geschäft kaputt machen.«

»Lieber stoßen Sie ihn von der Kliffkante.«

Petzold hob die Schultern. »Das war nicht schwer.«

»Hm.« Wieder machte Hannah sich Notizen. »Und was war mit Tim?«

»Tim hat herausgefunden, dass Iris ihn nur benutzt«, erklärte Petzold, sein Blick nach wie vor verächtlich. »Sie war ja schon lange heimlich mit mir zusammen. Tim dachte, der ganze Betrug würde dazu dienen, dass Iris und er sich ein schönes Leben aufbauen. Aber das wollte Iris nicht. Wenn wir genug Geld zusammengehabt hätten, wollte sie mit ihm Schluss machen und sich zu mir bekennen.« Er schüttelte den Kopf. »Tim war so ein Spacken. Er hat Iris mit Cindy betrogen, aber er ist ausgeflippt, als er gemerkt hat, dass Iris ihm nicht treu ist.«

»War das der Grund, weshalb Sie ihn getötet haben?«, fragte Jonas, der sich endlich wieder so weit im Griff hatte, dass ihm seine Stimme gehorchte.

»Was?« Petzold wandte ihm den Kopf zu. »Ach, Quatsch. Tim war dermaßen sauer, dass Iris ihn abserviert hat, dass er aussteigen wollte. Er wollte uns hinhängen. Wir hätten alles verloren.«

Also stimmte es, was Dr. Sebastian Moldenhauer am Tatort ausgesagt hatte. Tim Siebert hatte ihn tatsächlich dorthin bestellt, um ihm die Wahrheit über den Abrechnungsbetrug zu verraten.

»Deshalb musste Tim ebenfalls sterben.« Hannah tippte auf ihrem Tablet. »Warum so kompliziert und riskant?«, fragte sie. »Weshalb sind Sie mit den beiden zum Roten Kliff gefahren, an einen öffentlichen Ort, wo man Sie leicht hätte beobachten können?«

Petzold hob die Augenbrauen. »Ich dachte, wenn ich es entsprechend inszeniere, geht es vielleicht als Selbstmord durch. Hat aber leider nicht funktioniert.«

»Nein. Unsere Rechtsmedizin ist nicht so einfach zu täuschen«, versetzte Jonas kühl.

»Trotzdem hätte es fast geklappt«, brüstete sich Petzold. »Sie hatten alle möglichen Leute in Verdacht, aber nicht mich. Wenn diese verdammte Schriftstellerin nicht gewesen wäre ...«

»Sie meinen Frau Blom?«, fragte Jonas scharf. Sein Puls begann wieder zu rasen, und er spürte, wie ihm heiß wurde.

»Kari Blom, ja. Allein schon dieser bescheuerte Name. Bestimmt ein Pseudonym. Kein Wunder, dass sie damit keinen Erfolg hat. Veröffentlicht hat sie jedenfalls noch nichts. Aber irgendwie ist sie dahintergekommen, wie das mit den Abrechnungen läuft. Zusammen mit ihrer Vermieterin, dieser alten Frau aus Braderup. Die hält sich wahrscheinlich für Miss Marple.«

»Aber Sie wollten nicht zusehen, wie Ihnen diese beiden Frauen alles kaputtmachen?«, mutmaßte Hannah, ehe Petzold seinen Sermon fortsetzen und Jonas' Wut zum Überkochen bringen konnte.

»Richtig.« Petzold grinste. »Und ich hatte eine Bombenidee, wie ich das Problem löse.« Er beugte sich vertraulich zu Hannah vor. »Sie müssen wissen, dass ich mein Workout in demselben Studio mache, in dem Ingo Strecker als Trainer arbeitet«, erklärte er. »Ich habe mir oft genug anhören müssen, wie sauer Ingo auf den Ex-Mann seiner Freundin ist. Dr. Wolf Lindner. Weil seine Freundin ihn ständig mit ihrem Ex vergleicht. Und was Ingo nicht alles tut, um ihr zu imponieren. Allen hat er diese Angeberkarre gezeigt, die er sich ihretwegen zugelegt hat.«

»Den schwarzen SUV«, folgerte Jonas.

»Richtig.« Petzold nickte grimmig, doch gleich darauf kehrte das Grinsen zurück. »Zufällig weiß ich, dass Ingo den Zweitschlüssel für den Wagen in der Schublade seines Büros im Fitnessstudio aufbewahrt. Als diese Schriftstellerin heute Abend rumgetönt hat, dass sie den Mörder von Lindner und Tim kennt, wusste ich, dass ich handeln muss. Iris hat den Schwangerschaftskurs ausnahmsweise allein geleitet, weil ich angeblich ein paar Physiotherapien für unseren toten Kollegen Tim übernehmen musste. Was natürlich gelogen war. Ich habe die Zeit genutzt, um die Bremsleitungen von dem weißen Sportsvan durchzuschneiden, mit dem diese alte Frau immer kommt, um Kari Blom nach den Kursen abzuholen, und dann bin ich ins Fitnessstudio. Die Trainerin, mit der sich Ingo das Büro teilt, ist strohdumm. Ich musste nur ein bisschen mit ihr flirten, schon konnte ich mir nebenbei Ingos Schlüssel aus der Schublade stibitzen.«

»Anschließend sind Sie mit Ihrem Motorrad nach List gefahren«, führte Hannah die Geschichte fort. »Sie haben sich Streckers SUV geholt und damit vor der Praxis von *Baby-Well* gewartet, bis sich Frau Blom und ihre Vermieterin auf den Heimweg gemacht haben. Dann haben Sie die Frauen von der Straße abgedrängt und den verbeulten SUV wieder bei Strecker auf den Hof gestellt. Und zu guter Letzt sind sie mit dem Motorrad nach Hause gefahren.«

»Exakt. Vorher war ich allerdings noch im Fitnessstudio. Habe eine Runde trainiert, um das Adrenalin abzubauen. Und den Wagenschlüssel zurück in Ingos Schublade gelegt.«

»Und Ihre Freundin, Frau Iris Asmussen, hat das alles gewusst?«, erkundigte sich Hannah, die offensichtlich genauso fassungslos war wie Jonas.

»Nein. Sie glaubt, dass Tim schuld am Tod von Dr. Lindner ist. Und dass er selbst sich aus Liebeskummer von der Klippe gestürzt hat, am selben Ort, an dem er ihretwegen einen Mord begangen hat.«

Jonas fragte sich, ob ihm schon jemals ein Täter gegenübergesessen hatte, der auch nur annähernd so skrupellos und frei von Anteilnahme und Schuldgefühlen gewesen war wie Florian Petzold. Allerdings vergaß er die Frage schon im nächsten Moment wieder, als sein Smartphone klingelte und er auf dem Display die Nummer der Nordseeklinik sah.

»Voss«, meldete er sich atemlos.

»Hallo, Herr Voss. Dr. Sörensen hier«, ertönte eine tiefe Männerstimme am anderen Ende. »Entschuldigen Sie, dass es so lange gedauert hat, aber wir hatten alle Hände voll zu tun.«

In Jonas' Ohren setzte ein lautes Rauschen ein, durchsetzt vom wummernden Schlag seines Herzens. »Ja?«

»Wir sind jetzt fertig«, sagte Sörensen. »Die Frauen sind alle drei außer Lebensgefahr.«

Jonas schossen die Tränen in die Augen. Der Stein, der ihm vom Herzen fiel, war so groß, dass er den Aufschlag auf dem Boden zu hören glaubte.

»Und das Kind?«

»Dem Kind geht es gut«, erklärte der Arzt.

Jonas versagte die Stimme. »Danke«, presste er hervor.

»Da nich für«, erwiderte der Arzt friesisch nüchtern. »Wir machen nur unsere Arbeit.«

36. Jonas' Herzschlag beschleunigte sich mit jedem Schritt, als er am nächsten Morgen an Hannahs Seite durch den langen Gang auf der Unfallstation der Nordseeklinik zu dem Zimmer lief, in dem Kari, Marijke und Grethe lagen. Obwohl er wusste, dass die drei über den Berg waren, hatte er plötzlich Angst, die Tür zu öffnen. Dabei hätte man ihn mit Sicherheit informiert, wenn sich etwas am Zustand der Frauen verändert hätte.

Hannah und er waren am Abend zuvor gleich nach dem Anruf des Arztes ins Krankenhaus gefahren, und Jonas hatte einen kurzen Besuch auf der Intensivstation machen dürfen, aber Kari und die beiden Häkeldamen hatten geschlafen. Jonas hatte Karis Hand gedrückt und ihr ein paar zärtliche Worte ins Ohr geflüstert. Am liebsten wäre er die ganze Nacht an ihrem Bett sitzen geblieben, doch die Schwester hatte ihm freundlich, aber eindringlich geraten, nach Hause zu fahren, um am nächsten Tag frisch und ausgeruht seinen Besuch machen zu können. Kari war außer Lebensgefahr. Es war nicht nötig, bei ihr zu wachen.

Jonas hatte sich gefügt, war jedoch nicht gegangen, ehe er Dr. Sörensen gefunden hatte, der ihm detailliert Auskunft erteilt hatte. Das meiste war an Jonas vorbeigerauscht, medizinische Fachausdrücke, von denen er nur einen Teil verstand, und eine Fülle an Informationen, die er so schnell nicht verarbeiten konnte, die gerafften Krankenberichte dreier Frauen, die am frühen Abend in der Notaufnahme eingeliefert worden waren.

Klar war, dass sie alle drei großes Glück gehabt hatten. Marijke Meenken war hinter dem Steuer eingeklemmt worden, weil sich der Motorblock nach innen geschoben hatte, und das Lenkrad hatte ihr mehrere Rippen gebrochen, von denen sich zwei in die Lunge gebohrt hatten. Grethe, die in der Mitte der Rückbank gesessen hatte, war in ihrem Gurt nach vorn geschleudert und von Splittern der gesprungenen Windschutzscheibe getroffen worden. Und bei Kari hatte sich ein Keil des geborstenen Armaturenbretts in die Oberschenkelarterie gebohrt.

Alle drei hatten viel Blut verloren, und es war nur der raschen Versorgung am Unfallort zu verdanken, dass man sämtliche Verletzungen erfolgreich operieren und die Blutungen hatte stillen können.

Nun aber war das Schlimmste überstanden, und es waren nur minder schwere Verletzungen zurückgeblieben, die wieder heilen würden. Soweit Dr. Sörensen das zum jetzigen Zeitpunkt beurteilen konnte, würde keine der Frauen bleibende Schäden davontragen, und auch mit dem ungeborenen Kind war alles in Ordnung.

Jonas hatte sich noch einmal überschwänglich bedankt und war dann mit Hannah zurück in die Polizeistation gefahren.

Geschlafen hatte er in der Nacht nur wenig. Sie hatten Iris Asmussen abgeholt und vernommen. Die Hebamme hatte Petzolds Aussage in allen Punkten bestätigt. Sie hatte auch zugegeben, dass sie geahnt hatte, dass Florian Petzold ein Mörder war, dass sie es aber einfach nicht hatte wahrhaben wollen. Lieber hatte sie sich eingeredet, dass Tim Dr. Lindner ermordet und später selbst Suizid begangen hatte, um nicht der Wahrheit ins Auge sehen zu müssen: dass der Mann, den sie liebte, ein skrupelloser Gewaltverbrecher war.

Iris war erschüttert gewesen, als sie von Jonas und Hannah von dem Anschlag erfahren hatte, den Petzold auf Kari und die Häkelfrauen verübt hatte, und maßlos erleichtert, dass alle drei überlebt hatten. Was immer sie dazu beitragen konnte, Florian Petzold für lange Zeit hinter Gitter zu bringen, hatte sie abschließend erklärt, würde sie tun.

Jonas und Hannah hatten danach die halbe Nacht an den Berichten gesessen, und Jonas hatte bei allem Abscheu auch Mitleid mit Iris Asmussen verspürt. Aus dem schönen Traum, der Vision, die sie angetrieben hatte, dem Wunsch, schwangeren Frauen zu helfen und ihnen die besten Bedingungen für die Geburt ihres Kindes zu bieten, war stattdessen ein steiler Weg in den Abgrund geworden. Weil die Gier stärker gewesen war als Vernunft und Mitgefühl. Und weil Iris Asmussen mit Tim Siebert und Florian Petzold gleich zwei Männern begegnet war, deren dehnbare Moralvorstellungen das Fundament ehrlicher Überzeugungen aufgeweicht hatten, auf dem sie stand.

Manchmal war es eben tatsächlich der Flügelschlag eines Schmetterlings, der über ein ganzes Lebensschicksal entschied.

Mit diesem Gedanken war Jonas weit nach Mitternacht zu Bett gegangen, und mit demselben Gedanken war er am frühen Morgen wieder aufgewacht. Auch sein Schicksal, das von Kari, ihrem gemeinsamen Kind und den Häkeldamen hatte am seidenen Faden gehangen. Aber jetzt wollte er nicht mehr zurückschauen, sondern nach vorn.

Jonas atmete noch einmal tief durch. Dann klopfte er an die Tür und betrat das Krankenzimmer.

Das Bild, das sich ihm bot, war einfach nur rührend. In den drei nebeneinanderstehenden Betten lagen Marijke Meenken, Grethe Aldag und in der Mitte Kari. Alle drei mit diversen Verbänden um Köpfe und Gliedmaßen, angeschlossen an Messgeräte und Infusionsbeutel, aber wach und offenbar bei klarem Verstand.

An der Wand gegenüber saßen ebenfalls drei Personen, Witta Claaßen, Alma Grieger und ihr Freund Albert Franke. Witta und Alma hatten dicke Nadeln in den Händen und häkelten jede einen Strampelanzug, Witta in Weiß, Alma in Rosa. Albert schnitzte mit einem Messer an einem Stück Holz, das bereits erkennbar die Form einer Stretchlimousine angenommen hatte.

Jonas ging zu seiner Frau, die einen dicken Turban um den Kopf trug. Ihre beiden Arme waren bandagiert, ihr Gesicht von Blutergüssen entstellt, aber für Jonas war sie trotzdem wunderschön. Er nahm ihre Hände und drückte sie sanft.

»Kari. Ich bin ja so froh.« Jonas beugte sich vor und küsste sie.

Kari erwiderte seinen Kuss, aber er spürte, dass sie etwas sagen wollte, also gab er sie rasch wieder frei.

»Es tut mir leid«, erklärte Kari und hielt seine Hände fest in ihren. »Dass ich so egoistisch war. Ich hätte fast unser Kind verloren.«

Die Stunden voller Angst und Verzweiflung des gestrigen Abends zogen im Zeitraffer an Jonas' geistigem Auge vorbei, aber was er sagte, war: »Ich wusste, worauf ich mich einlasse, als ich dich geheiratet habe. Deine Arbeit ist nicht nur ein Job für dich. Sie ist dein Leben. Und du konntest beim besten Willen nicht wissen, was passieren würde.«

Kari wog den Kopf. Sie wusste, dass er es ihr leicht machen wollte, aber sie selbst konnte sich nicht so einfach verzeihen.

»Ich bin ein zu hohes Risiko eingegangen«, gab sie zu. »Ich habe mich dem Täter auf dem Silbertablett angeboten. Das hätte ich nicht tun dürfen. Nicht mit dem Kind im Bauch. Und ich habe meine Freundinnen ebenfalls in Gefahr gebracht.« Sie sah die Häkeldamen der Reihe nach an. »Es tut mir wirklich leid.«

»Papperlapapp.« Grethe, deren Kopf wie bei einer Mumie bandagiert war, wischte Karis Selbstvorwürfe mit einer ungeduldigen Bewegung ihrer ebenfalls dick umwickelten Hand beiseite. »Sie wissen doch, dass wir Ihnen unendlich dankbar sind. Wir freuen uns, dass wir noch ein paar Abenteuer mit Ihnen erleben dürfen. Was wäre unser Leben denn ohne Sie? Wir wären doch längst vor Langeweile eingegangen.«

»Aber wir hätten alle sterben können«, wandte Kari ein.

»So ist das eben. Das ganze Leben ist ein Risiko. Aber wenn man nicht lebt, ist man schon tot, bevor man gestorben ist«, erklärte Grethe, und die anderen drei Häkeldamen nickten. Nur Albert wiegte bedenklich den Kopf, hielt sich aber mit einer Meinungsäußerung zurück.

Witta konnte sich nicht länger zügeln. »Wer war es denn nun?«, drängte sie. »Der Mann mit dem Motorrad? War es überhaupt ein Mann?«

»Ja«, bestätigte Hannah. »Florian Petzold, der Physiotherapeut von *Baby-Well*. Er hat ein umfassendes Geständnis abgelegt. Für die Morde an Dr. Lindner und Tim Siebert und für den Unfall. Das Motiv war in allen drei Fällen dasselbe. Vertuschung einer Straftat. Petzold war es, der mit der Hebamme Iris Asmussen und seinem Kollegen Tim Siebert den Abrechnungsbetrug aufgezogen hat. Lindner ist dahintergekommen, und Tim musste sterben, weil er aussteigen wollte, als er herausgefunden hat, dass Iris ihn mit Petzold betrügt.«

Witta schüttelte den Kopf. »Was für ein Wahnsinn. So viel Leid. Und alles nur aus Gier.«

»Ja«, spottete Grethe von ihrem Bett aus. »Ein Motiv, für das du nicht das geringste Verständnis hast, nicht wahr?«

Wittas Geiz war legendär, das wusste mittlerweile auch Jonas.

Die Landarztwitwe rückte ihre Marlene-Dietrich-Dauerwelle zurecht. »In der Tat. Wir waren immer bescheiden, mein Wilhelm und ich.«

Grethe verdrehte die Augen, und auch dieses Mal musste Jonas nicht lange rätseln, weshalb. Im Gegensatz zur Sparsamkeit gehörte Selbstkritik nicht zu Wittas Stärken.

Alma Grieger gähnte. »Entschuldigung. Das war ein anstrengender Tag gestern. Diese ganze Aufregung. Und wir haben gar nicht gefrühstückt heute Morgen, weil wir so schnell wie möglich in die Klinik wollten.«

Albert legte sofort sein Schnitzwerk beiseite und sprang auf. »Ich sehe nach, ob ich irgendwo einen Automaten finde, aus dem man ein paar Schokoriegel ziehen kann. Oder soll ich etwas aus der Cafeteria besorgen?«

Hannah, die neben der Tür stehen geblieben war, lächelte die drei Besucher an. »Wollen Sie nicht lieber nach Hause fahren und sich ein wenig ausruhen?«

»Ach was.« Witta winkte ab. »Ausruhen können wir uns, wenn wir tot sind. Jetzt müssen wir erst mal die verlorene Zeit wieder aufholen. Wir haben schließlich noch einiges zu häkeln, bis das Kleine da ist.« Sie linste auf Karis Bauch. »Wollen Sie uns nicht doch verraten, was es wird? Das würde die Sache mit der Farbauswahl erheblich vereinfachen.«

Kari lächelte sie an. »Wir wissen es selbst noch nicht. Wir lassen uns überraschen.«

Jonas beugte sich vor. »Vielleicht kann man es ja hören.«

Er legte seinen Kopf auf Karis Bauch und lauschte. Zarte, regelmäßige Herzschläge drangen an sein Ohr. Ein Gefühl absoluter Glückseligkeit durchflutete ihn, und seine Augen wurden feucht.

»Nein«, sagte er, als er seinen Oberkörper wieder aufgerichtet hatte. »Keine Ahnung, was es wird. Aber eines weiß ich.« Er drückte erneut Karis Hand. »Dass ich der glücklichste Mann auf der ganzen Welt bin.«

• • •

Kari blickte in Jonas' warme braune Augen. Ihr fehlten einige Stunden, von dem Moment, als der schwarze SUV Marijkes Golf Sportsvan gerammt hatte, bis zu dem Augenblick, in dem sie in diesem Zimmer erwacht war, mit den Bandagen um Kopf und Arme, neben sich den Tisch mit dem Herzmonitor, in der Armbeuge den Zugang, der zu dem Tropf neben ihrem Bett führte, am Finger die Klemme, mit der ihr Puls gemessen wurde.

Ihr erster Gedanke hatte ihrem Kind gegolten.

Hatte ihr hartnäckiges Beharren darauf, den Abrechnungsfall zu lösen, ihr Krümelchen das Leben gekostet?

Zum Glück war rasch ein Arzt zur Stelle gewesen, der sie darüber aufgeklärt hatte, dass sie alle mit einem blauen Auge davongekommen waren, Kari und ihr Kind ebenso wie die beiden Häkeldamen, die rechts und links neben ihr lagen. Die lebensgefährlichen Verletzungen, die sie erlitten hatten, waren sofort operativ behandelt worden, und sämtliche Blutungen waren gestillt worden. Geblieben waren nur ein paar minder schwere Beeinträchtigungen, die Zeit brauchten, Quetschungen und Verstauchungen, Abschürfungen und Blutergüsse. Alles nicht schön, aber in ein paar Monaten würde man davon nichts mehr sehen und spüren.

Marijke hatte außerdem mehrere gebrochene Rippen, weil das Lenkrad beim Aufprall ins Wageninnere geschoben worden war, und eine leichte Gehirnerschütterung, Grethe einen gebrochenen Arm, weil sie versucht hatte, sich beim Überschlagen am Wagenhimmel abzustützen, um ihren Kopf zu schützen.

»Als ob dein Dickschädel Schaden nehmen könnte«, hatte Witta Claaßen gespottet, aber Kari hatte die unendliche Erleichterung in der Stimme der Landarztwitwe gehört und auch an ihrem Gesicht ablesen können.

»Nur um den Wagen ist es schade«, hatte Witta in Marijkes Richtung hinzugefügt. »Den hattest du doch gerade erst gekauft.«

»Zum Glück«, war Marijkes Antwort gewesen. »Je neuer der Wagen, desto besser die Airbags. Wer weiß, ob die Sache mit dem alten Golf Plus ebenso glimpflich ausgegangen wäre.«

Kari sah zu der Kapitänswitwe hinüber, dann zu den anderen Häkeldamen. Es war wieder einmal verdammt knapp gewesen, aber am Ende war alles gut ausgegangen.

Die Tür des Krankenzimmers flog auf, und Jasper schoss herein. Redlef Voss und Finja folgten mit etwas Abstand und gemesseneren Schritten.

»Kari.« Jasper stürzte auf sie zu und umarmte sie stürmisch und vorsichtig zugleich. »Was für eine irre Geschichte. Das musst du uns alles ganz genau erzählen.«

»Später«, mahnte Redlef. »Wenn sie wieder bei Kräften ist.« Er legte den Kopf schief. »Was machst du nur immer für Sachen, mien Deern?«, fragte er und blinzelte ihr zu. Seinen Mund konnte sie unter dem dichten Bart kaum erkennen, aber an seinen Augen sah sie, dass er schmunzelte. Dass Kari nicht aufgab, ehe sie ihr Ziel erreicht hatte, hatte ihm schon immer imponiert.

Auch Finja trat an Karis Bett. Sie streckte die Hand aus, wie sie es früher stets getan hatte, um nur nicht zu viel Nähe zu Kari entstehen zu lassen, aber dann änderte sie ihre Meinung. Sie schlang Kari die Arme um den Hals und drückte sie behutsam.

»Ich bin so froh, dass dir nichts passiert ist«, flüsterte sie. Anschließend richtete sie sich wieder auf und erklärte so laut, dass es alle hören konnten: »Und ich bin froh, dass du meinen Papa geheiratet hast. Ich will zwar keine neue Mutter, aber ich will, dass Paps glücklich ist, und das ist er mit dir. Und«, sie schluckte, »ich möchte, dass wir beide Freundinnen werden.«

Wieder streckte sie die Hand aus, aber dieses Mal nicht, um Distanz zu schaffen, sondern um ein Bündnis zu besiegeln.

Kari ergriff Finjas Hand. Ihr Blick wanderte zu Jonas, der aussah, als hätte sich endlich alles so gefügt, wie er es sich immer gewünscht hatte.

Kari war normalerweise nicht nah am Wasser gebaut, doch jetzt liefen ihr die Tränen über die Wangen.

»Was ist denn hier los?« Wieder hatte sich die Tür des Krankenzimmers geöffnet. Ole Lund stand im Rahmen, im hellgrauen Anzug mit dunkelgrauer Designerkrawatte. »Ich dachte, hier wird gefeiert«, sagte er. »Stattdessen heult ihr alle.«

Kari sah ihren besten Freund warm an. »Vor Glück, Ole. Ausschließlich vor Glück.«

DANKSAGUNG

Dieses Buch ist meiner Mutter gewidmet, die im Juni 2022 verstorben ist. Ihr verdanke ich die Liebe zu den schönen Künsten und wundervolle Tage auf Sylt, wo wir uns in den letzten Jahren jeden Sommer getroffen haben. In meiner Erinnerung lebt sie weiter.

Ich bin dankbar, dass ich in ihren letzten Stunden bei ihr sein durfte, und ich danke meiner Frau, die mich auf diesem Weg begleitet hat, mit all der Liebe, die auch nach vielen Jahren immer noch weiterwächst.

Danke auch meinen Freunden und meinem Agenten, die in dieser schwierigen Zeit für mich da waren.

Ich danke außerdem Constanze Bichlmaier für ihr wie immer liebevolles Lektorat, und Ihnen, liebe Leserinnen und Leser, dass Sie Kari, Jonas und den Häkeldamen seit so vielen Jahren die Treue halten. Ich hoffe, Sie sind ebenfalls gespannt, wie es mit der kleinen Familie weitergeht.